SARA AGNÈS L.

ANNABELLE

* L'EMPRISE

UN NOUVEAU DÉFI ?

J'aurais dû me douter que Nadja finirait par débouler dans mon bureau. Depuis ce matin, c'était la troisième fois qu'elle passait devant ma porte, à croire qu'elle inspectait les couloirs de *Quatre Vents*, la maison d'édition où je travaillais.

Depuis cinq ans, je suis éditrice au sein de la collection Rose Bonbon, spécialisée en littérature pour adolescentes. Les premiers temps, je me serais cachée sous la table, mais, en moins de deux ans, j'étais devenue si douée que l'on m'avait promue à la tête de la collection. Et, depuis que j'étais en place, nous avions presque doublé le tirage de nos parutions, et plusieurs romans étaient devenus des best-sellers.

Mais, ce matin, j'étais anxieuse, car Nadja n'arrêtait pas de jeter des coups d'œil à mon petit trois mètres carrés. Je commençais même à me demander si je n'avais pas oublié quelque chose. Une réunion, peut-être ? Alors que je fouinais dans mes mails pour vérifier que je n'avais pas manqué un rendez-vous important, ma supérieure repassa une énième fois, puis entra enfin dans mon bureau.

— Dis-moi, Annabelle, que dirais-tu de relever un nouveau défi ?

Je la fixai sans comprendre. Qu'est-ce qu'elle voulait dire ?

— Je songe à te changer de collection.

— Après tout ce que j'ai fait pour Rose Bonbon ? demandai-je, d'autant plus paniquée.

— J'aimerais que tu essaies de travailler avec un auteur en particulier. Ça ne te manque pas d'être sur le terrain ?

— Pas vraiment, dis-je en refrénant une moue boudeuse.

— Dans mon souvenir, tu aimais ça.

— Ouais… Enfin… courir après les textes, écouter les auteurs me promettre les meilleurs romans de leur vie…, je dois dire que ça ne me fait plus tellement envie, dus-je admettre.

Le bon côté de diriger une collection, c'était justement de ne plus avoir de contact direct avec les auteurs. Je n'étais plus là pour les guider, pour les encourager ou pour les disputer. C'était à mon équipe de faire ça. Combien de fois m'étais-je déplacée à l'autre bout de la ville dans un quartier miteux ou en rase campagne, pour rencontrer un auteur ? Ne pas brimer l'inspiration. Dire les choses de façon positive. Désormais, je n'avais qu'à énoncer ce qui me dérangeait, et mes collaborateurs s'assuraient de faire « passer le message » en douceur.

— Ça te changerait un peu de la littérature pour ados, insista Nadja.

Pourquoi me disait-elle cela ? M'étais-je plainte, dernièrement ?

— C'est pour quelle collection ? finis-je par m'enquérir.

— « Nuit Sexy ».

J'écarquillai les yeux.

— La littérature érotique ? C'est une blague ? Tu me vois là-dedans ?

— C'était dans ta lettre de motivation quand on t'a engagée.

— Mais ça fait quoi ? Cinq ans ? Nadja, je suis en littérature jeunesse depuis le tout début ! Je n'ai aucune expérience là-dedans !

— Ce n'est pas compliqué… Je t'aide si tu veux…

Je la dévisageai pendant de longues minutes avant de constater, dépitée :

— Tu es sérieuse !

Alors qu'elle était restée debout pendant tout le début de cet entretien, elle décida de s'installer sur la chaise devant moi.

— Jade est partie il y a un mois, et on doit replacer tous ses auteurs.

— Jade est partie ? répétai-je, surprise.

— C'est une longue histoire, et je n'ai ni l'envie ni le temps de te la raconter. Pour faire court, il me reste un de ses auteurs à caser. Et, comme il est un peu capricieux, il ne veut rien savoir de Danielle ou de Josiane.

— Et tu as pensé à moi ? Nadja ! Je n'ai jamais fait ce genre de littérature !

— Si tu en lis, ça suffit.

— Quoi ? Des récits érotiques ? Certainement pas !

Elle soupira bruyamment avec un petit geste nonchalant de la main.

— Écoute, tu ne perds rien à le rencontrer. Si ça se trouve, il ne voudra pas de toi non plus. Vois ça comme un test. Il a refusé de façon catégorique toutes les éditrices que je lui ai proposées jusque-là.

— Il veut peut-être un homme ?

— John ? On voit que tu ne le connais pas !

Elle grimaça et posa deux livres sur mon bureau.

— Écoute, lis ça, et on en reparle demain, tu veux ?

Je jetai un coup d'œil aux livres qui appartenaient visiblement à une même série intitulée « Fantasmes ». Les deux arboraient une photographie en noir et blanc en couverture. Les titres, écrits en rouge vif, laissaient déjà supposer tout le côté osé du contenu. La nature des images choisies et les titres des romans me firent froncer les sourcils.

— On ne juge pas un livre à sa couverture ! me gronda-t-elle.

— *Éloge de la soumise* ? *Les Caprices du Maître* ? Dis-moi que c'est une blague !

— Ce sont des best-sellers !

La couverture du premier montrait, en plan très rapproché, les mains d'une femme attachées avec une corde tressée. On ne voyait pas son visage, contrairement au galbe de son sein. Pour le second tome, l'image était encore plus dérangeante : la bouche d'une femme ou, plutôt, sa langue, parcourant le pied d'un homme. Les « caprices du Maître », ça ?

Je jetai un regard noir à Nadja.

— Hors de question que je m'occupe de ça !

— Allez, Anna ! Ce gars a besoin d'une éditrice pour lire le premier jet de son nouveau tome. On ne peut pas repousser la date de son prochain livre. Il est attendu comme le Messie !

— Le Messie ? (Je lui montrai la couverture du deuxième tome.) Ça ?

Elle grimaça.

— Rends-moi service, tu veux ? Rencontre-le. Et, si tu parviens à le mener à la publication de son livre, je te promets un auteur dans la section « Polar ». On doit envoyer les maquettes à l'impression dans deux mois top chrono.

Mes épaules s'affaissèrent.

— Deux mois ? Tu te rends compte que tu me demandes l'impossible ?

— Oui, mais je suis sûre que tu peux y arriver. (Elle se leva.) Écoute, si la boîte perd cet auteur, je vais me faire couper la tête. Jason me l'a bien fait comprendre.

— Et tu ne trouves rien de mieux à lui refiler qu'une éditrice jeunesse ?

— Je croyais que tu valais plus que ça ? Tu nous as fait tout un sermon sur le sujet quand on t'a collé Rose Bonbon.

— C'est différent, maintenant. J'aime ce que je fais.

— Et tu aimeras ça aussi. Jade adorait cet auteur !

— Et pourquoi est-ce qu'elle est partie, déjà ?

— Elle est en congé maladie, rétorqua-t-elle, visiblement agacée par ma question. Dès qu'elle reviendra, ne t'en fais pas, elle voudra certainement le récupérer. Et toi, si tu mènes bien ta barque, tu pourras te faufiler au polar ou à la littérature blanche.

Mes yeux s'agrandirent.

— La fiction ?

— Je te promets qu'on te prendra à l'essai. Mais tu devras faire du polar avant.

— OK.

Je serrai le livre contre moi avec une joie plus vive.

— Je te promets de les lire.

— Parfait ! John sera dans ton bureau à 10 heures précises, demain matin.

Mon sourire s'estompa légèrement.

— Tu lui as déjà donné rendez-vous ?

— On n'a que deux mois. Tu as oublié ?

Elle s'éloigna et ouvrit la porte de mon bureau avant de me jeter un dernier coup d'œil.

— Si tu veux un petit conseil, mets une robe. Quelque chose de plus féminin. Je crois que ça peut jouer en ta faveur dans ce genre de rencontre. N'oublie pas qu'il est très pointilleux.

La porte se referma derrière elle, et je jetai le roman de John L. sur mon bureau en me répétant les mots condescendants de ma patronne : « Quelque chose de plus féminin. » Qu'est-ce qui n'allait pas avec mon tailleur ? Il m'avait coûté une fortune !

CHAPITRE 2

JUSTE DE LA LITTÉRATURE

Pour pouvoir lire les deux romans de John L., je dus annuler le repas que mon fiancé et moi avions planifié chez ses parents. C'était un dîner récurrent, ces dernières semaines. Pour Steven, c'était une façon d'intégrer sa mère aux préparatifs de notre mariage, tout en essayant de nous rapprocher l'une de l'autre, mais, en toute honnêteté, je trouvais ardu de négocier chaque détail de cette journée, censée être la plus belle de ma vie.

Depuis que nous avions annoncé la date de la cérémonie, ma future belle-mère n'arrêtait plus de téléphoner à la maison pour nous suggérer tel traiteur, telle église, tel magasin pour les robes et les accessoires… Cela aurait encore été si ce n'avaient été que des suggestions, mais elle s'offusquait chaque fois que nous ne retenions pas ses idées, qui, avouons-le, étaient hors de notre budget la plupart du temps ! De ce fait, j'étais presque ravie de ne pas avoir à me rendre à ce repas de famille. Et, comme mon fiancé y alla seul, j'eus tout le loisir de lire les livres de John L. en toute quiétude.

Premier constat : c'était bien écrit, et il s'agissait davantage d'un recueil de nouvelles que d'un roman, même si les personnages principaux revenaient souvent d'une histoire à l'autre. Les thèmes abordés n'avaient rien de conventionnel : des relations de pouvoir entre Maîtres et soumis, des jeux sexuels incluant le sadomasochisme et des situations plutôt étonnantes. Comme leur titre l'indiquait, on y traitait de fantasmes, certains acceptables, d'autres plus difficiles à lire. La femme, dans la plupart des cas, était soumise aux hommes, parfois au narrateur, parfois à plusieurs. Il y avait bien un homme soumis dans certains textes, mais il n'était qu'évoqué. En revanche, le narrateur, qui se faisait appeler Maître John, était plus dérangeant pour moi, vu le nom de l'auteur. La fiction se confondait-elle avec la réalité dans l'esprit de cet homme ? Voilà qui ne me rassurait pas.

Steven rentra à l'appartement vers 22 heures alors que je notais mes impressions dans mon carnet. J'avais rempli plusieurs pages de commentaires, allant principalement du style d'écriture à la comparaison entre les deux tomes.

Après m'avoir rejointe sur le canapé, il récupéra l'un des livres de John L.

— Tu es restée ici pour ça ?

— C'est pour le travail, Steven.

— Mais ce n'est pas pour ados, ça !

— Oh non ! Et je ne te dis pas ce qui se passe là-dedans !

Il feuilleta rapidement les pages du deuxième tome sous mon nez. Au bout de trois minutes, il releva les yeux vers moi.

— Qu'est-ce que c'est que ça ?

— Littérature érotique.

— Ce n'est pas érotique, c'est tordu !

Je souris, fière qu'il pense cela. De toute évidence, lui non plus ne semblait pas apprécier ce genre de récits. Voilà qui me rassurait ! Il pointa le livre du menton.

— C'est un viol, là, non ? Les gens fantasment sur ça ?

— Ce n'est pas un viol : la fille est consentante.

— Tu déconnes ?

— Steven, c'est juste une histoire.

Il feuilleta le bouquin un peu plus loin et reposa les yeux sur la couverture.

— Maître John ? Qu'est-ce que ça veut dire ? Ce type raconte sa propre vie sexuelle ?

— Rien ne dit que c'est vrai ! dis-je très vite. Il est peut-être mythomane. Ou peut-être que tout ça, ce sont ses fantasmes à lui ?

— De quoi il a l'air ? Il est beau ?

— Mais je n'en sais rien ! rétorquai-je en riant. Je ne le rencontre que demain.

— Et si tout ça était vrai ?

Sa question me mettait mal à l'aise, et j'eus un moment d'hésitation avant de lui répondre :

— Je suis éditrice. Mon rôle, c'est de me soucier uniquement du texte.

— Et tu en penses quoi ?

J'inspirai avant de lui servir ma réplique toute prête en prévision de ma rencontre avec l'auteur, le lendemain matin :

— C'est bien écrit, même si c'est dérangeant.

Il continua de feuilleter le livre, l'air un peu perturbé, puis se mit à lire un passage à voix haute :

— « Je pointai simplement du doigt ce qui restait de nos ébats sur le sol, et elle se plaça à quatre pattes pour le nettoyer de sa langue. Sa tête embrassait le bois alors que sa croupe s'offrait à ma vue. Elle était offerte, ouverte. Tout son corps n'était qu'une invitation. Devant ce délectable spectacle, mon sexe se dressa, et je la rejoignis sur le sol pour m'enfoncer, sans douceur aucune, dans son joli petit cul. »

Je pinçai les lèvres.

— J'ai juste promis que de lire ses livres pour le moment.

— Mais tu vas aussi rencontrer l'auteur ! Pourquoi tu as accepté ça ?

— Je rends service à Nadja, je te l'ai dit.

Il ne semblait pas heureux de l'entendre. Au fond, pourquoi avais-je accepté ? J'aurais dû me douter que Steven ne serait pas fou de joie à cette idée.

— Et tu vas lui dire quoi à… Maître John ?

Je ris devant son ton dégoûté.

— Je vais lui dire la vérité : que ses textes sont bien écrits, assez rythmés, que certains passages sont suffisamment subtils pour nous laisser imaginer la suite, alors que d'autres sont plus… détaillés.

— Quoi ? Tu vas lui dire que c'est bon ? s'étonna-t-il.

— Ce n'est pas mon genre de littérature, insistai-je avec précaution, mais je ne dois pas oublier qu'il y a un public pour ça aussi, et c'est mon travail de reconnaître la qualité d'un texte.

— Attends ! Ça n'a rien à voir avec ce que tu fais d'habitude !

— Je sais ! Mais Nadja m'offre la chance de prouver mes capacités dans un autre domaine, ce n'est pas rien ! C'est une marque de confiance, tu ne penses pas ? En plus, c'est un auteur confirmé ! Il en est à son troisième livre, et les deux premiers sont des best-sellers !

Il me considéra un instant, probablement incapable de voir la chance qui m'était offerte avec ce John L., et je retournai à mes notes, gênée de lui tenir tête. Je comprenais ses appréhensions, mais je ne pouvais plus faire machine arrière. J'avais lu les deux livres et pris pas mal de notes. J'avais ce qu'il fallait pour soutenir une bonne discussion avec l'auteur. Et, en relevant ce défi, j'apparaîtrais sous un nouveau jour aux yeux de mes supérieurs.

Ce qu'on attendait de moi était simple : que son prochain livre soit à la hauteur de ses précédents. Et ça, c'était tout à fait dans mes cordes.

— Tu vas le suivre ? Je veux dire… il va devenir ton auteur ? questionna Steven.

— Je ne sais pas. Il paraît qu'il est très difficile… Il a refusé les deux autres éditrices qu'on lui a suggérées.

Il soupira avant d'avouer :

— Merde, Anna, je ne veux pas que tu suives un tordu pareil !

— Steven, c'est mon travail ! Si ça fonctionne avec lui, Nadja m'a promis de me refiler un auteur dans la collection « Polar ».

Sa réaction fut, soudainement, plus positive :

— Un polar ?

— Oui. Elle dit que ça prouvera que je peux faire autre chose que de l'ado. Ça vaut le coup d'essayer, tu ne penses pas ?

Il hésita un instant, puis confirma d'un signe de tête.

— Ce n'est que de la littérature, reconnut-il enfin.

— Exactement. Et puis il ne doit pas être bien méchant, ajoutai-je.

— Il est quand même bizarre ! Il a de drôles de goûts…

— C'est juste un livre, lui rappelai-je.

Il afficha un air inquiet, et je ris de le voir aussi soucieux.

— Tu sais, ça ne me ferait pas de mal de retourner sur le terrain.

Steven se remit à rire.

— Tu veux dire : rencontrer les petits prétentieux qui te promettent le roman du siècle ? Qui contestent chacune des modifications que tu apportes à leurs textes ? Les débats et les rencontres qui s'éternisent dans les cafés ? Les virées sur les chemins de campagne pour aller les encourager à terminer leur travail ? Ça te manque ? se moqua-t-il.

— Pas ça, non, admis-je en rigolant à mon tour, mais travailler le texte brut, voir l'idée faire son chemin et se concrétiser. Tout ce qui touche à la création, quoi. Et puis ce n'est pas comme si j'avais le choix : Nadja m'a pratiquement suppliée !

Il inspecta la couverture de très près et fit pivoter le livre sous tous les angles.

— Tu ne vas pas lâcher Rose Bonbon ?

— Mais non ! C'est juste un essai ! On sort le tome trois et on avise après. C'est un contrat de deux mois, au maximum !

Je lui retirai le livre des mains et le jetai sur le sol pour me serrer plus étroitement contre lui.

— Il y a peut-être un ou deux fantasmes qui te plairaient dans ce livre, tu sais ?

Il sourit en embrassant ma bouche offerte.

— Oh ? Comme quoi, par exemple ?

J'étais déjà en train de défaire sa chemise.

— Une baise improvisée sur un parking désert ou… une pipe pendant que tu te prélasses sur le canapé ?

Mes doigts déboutonnèrent son jean alors que je l'embrassais dans le cou.

— On dirait que ça t'a mise en appétit, dit-il avec un rire troublé.

— Et devine qui va en profiter ?

Il ne répondit pas. Il avait déjà le souffle court en sentant mes doigts libérer son sexe de son pantalon. Sa respiration changea de rythme au gré des caresses que je lui prodiguais.

— Ça ne te fait pas plaisir ? demandai-je, moqueuse.

— Si, dit-il très vite, comme s'il craignait que je ne cesse mon mouvement de va-et-vient.

Il ferma les yeux et laissa son corps se détendre, s'affalant légèrement sur le canapé. Je parsemai son cou et son torse de baisers, puis je continuai ma descente jusqu'à ce que ma bouche rejoigne mes doigts sur son sexe et les remplace dans leurs caresses. Steven gémit doucement, et sa main vint se poser sur ma nuque. Il gronda :

— Anna, je t'aime. Tu me rends complètement fou…

J'accélérai, et ses mots se perdirent dans un râle.

Dès que Steven s'endormit, je me remis au travail. Il devait être près d'une heure du matin quand je relus mes notes pour en faire un plan détaillé. Je voulais être prête pour ma rencontre avec John L. Une chose était sûre : son écriture était saisissante. L'auteur racontait ses aventures sexuelles avec une telle finesse que j'avais parfois la sensation d'en être spectatrice.

Si je ne pouvais rien reprocher à l'écriture de l'auteur, je ne pouvais en dire autant des situations évoquées. Steven n'avait que feuilleté l'un des livres et il avait déjà été choqué par ce qu'il avait lu. Ce n'était guère étonnant : dans tous les récits, l'homme ordonnait et la femme obéissait ! J'avais du mal à croire que ce type d'histoires connaisse un tel succès. Pourtant, Nadja m'avait transmis, par mail, le résultat des ventes des livres de John L., et j'en avais frémi de jalousie. Aucun de mes auteurs n'avait connu quelque chose de similaire. C'était définitivement ma chance de faire mes preuves !

Pour me motiver davantage, ma supérieure m'avait même promis un bonus si je parvenais à rendre le manuscrit dans les temps, ainsi qu'une assistante pour s'occuper de ma collection pendant que je serais sur le terrain. Avec le mariage, cela tombait définitivement à pic !

Pourtant, j'avais un sérieux cas de conscience à m'occuper de cet auteur. J'éprouvais déjà un certain malaise à l'idée de rencontrer l'homme derrière ces histoires, un homme possiblement capable d'autant de cruauté. Je me plus à m'imaginer un vieux pervers, incapable de vivre des relations saines, obligé de se faire appeler « Maître » ou de dominer une femme de toutes les façons possibles pour obtenir une érection. Steven avait raison sur une chose : si ces récits étaient autobiographiques, j'allais rencontrer un véritable tordu, le lendemain matin.

Lorsque je me couchai, je m'étais fixé trois directives auxquelles je tenais mordicus :

Un : je devais être honnête avec l'auteur, cela ne pouvait pas fonctionner autrement. J'allais donc lui dire la vérité : autant sur la qualité de son écriture que sur le malaise que je ressentais devant certains de ses textes.

Deux : je ne tolérerais pas le moindre propos déplacé de sa part. Je n'étais ni sa soumise ni sa maîtresse, et il avait intérêt à me respecter. Je n'en démordrais pas. Malgré toute l'importance que cet auteur avait pour la maison d'édition, il n'avait pas intérêt à me considérer autrement que comme son égale.

Trois : tout cela n'était qu'un travail, et je comptais le faire avec tout le sérieux habituel. Malgré mes doutes et mes réserves sur les livres de John L., cela restait de la littérature.

Juste de la littérature.

CHAPITRE 3

APPELEZ-MOI JOHN

Dès que ma supérieure me vit, elle approuva mon choix de tenue d'un sourire : une robe simple et décontractée. Enfin, elle fit un pas de côté pour laisser passer l'homme qui se tenait derrière elle.

— Monsieur Lenoir, laissez-moi vous présenter Annabelle Pasquier.

L'auteur entra dans mon bureau, s'avança vers moi et me tendit une main que j'acceptai mécaniquement. Nos regards restèrent accrochés pendant un bref instant.

— Annabelle, répéta-t-il.

— Monsieur Lenoir…

Il sourit.

— Appelez-moi John. Seules mes soumises sont tenues de m'appeler « monsieur ».

Il bonifia sa remarque d'un petit clin d'œil qu'il souhaitait probablement complice, mais auquel je fus incapable de réagir.

— Comme je vous l'expliquais, intervint Nadja, Anna est une éditrice confirmée. Elle est responsable de toute une collection…

Je cessai d'écouter ma présentation pour détailler ce fameux John du regard. Il était plus jeune que ce que j'avais cru. Il ne devait avoir que quelques années de plus que moi, sûrement dans la trentaine. Et il était bel homme. Trop à mon goût, d'ailleurs. Pourquoi m'étais-je imaginé un vieux libidineux, sans intérêt ? Il ressemblait à un aristocrate. Il se tenait debout, devant mon bureau, la tête fièrement relevée, et son attention dériva de Nadja jusqu'à moi.

Physiquement, il était grand, probablement sportif, car je distinguais des muscles bien fermes sous sa chemise blanche. Il avait des cheveux noirs, et quelques mèches tombaient sur son front, mais, lorsqu'il tourna de nouveau la tête en direction de ma supérieure, je découvris sa nuque fraîchement rasée.

— C'est bon, Nadja, la coupa-t-il soudain, Annabelle et moi allons faire connaissance, maintenant.

— Euh... oui. Bien sûr, oui.

Je fus étonnée de la façon dont il prenait congé de ma supérieure. J'eus même l'impression qu'il la chassait de mon bureau. Nadja posa une dernière fois les yeux sur moi, pour insister probablement sur l'importance que revêtait cette rencontre, puis quitta la pièce, me laissant seule avec John Lenoir.

D'un signe de la main, je l'invitai à prendre place, puis me réinstallai sur ma chaise avant de tirer mon carnet de notes vers moi.

— Bien, monsieur Lenoir...

— John, répéta-t-il avec un air légèrement agacé.

— John, pardon, me repris-je. Permettez-moi d'abord d'être honnête avec vous... (Il hocha la tête, visiblement heureux que je dirige la conversation.) Je suis effectivement responsable d'une collection, mais celle-ci est loin de correspondre à vos écrits. Elle est destinée aux romans pour jeunes adolescentes...

Il arbora un sourire amusé.

— Rose Bonbon, oui. Nadja m'a déjà expliqué tout ça.

Dans sa bouche, le nom de ma collection sonnait de façon péjorative. Intriguée, je demandai :

— Vous avez quand même accepté de me rencontrer ?

— Vous aussi, il me semble. Je ne sais pas, je me suis dit que vous aviez peut-être envie de changer de registre ?

Mon sourire se figea un instant, puis je secouai la tête.

— Euh... non. En fait, j'ai fait ça pour rendre service à Nadja. (Un silence s'installa dans mon bureau.) Cela dit, poursuivis-je, sur un ton plus enjoué, j'ai été très flattée qu'elle pense à moi pour prendre le relais de Jade. Vous savez, j'ai lu vos livres avec tout le sérieux qu'il se doit...

— Le « sérieux » ? m'interrompit-il.

— Bien sûr !

Comme pour lui prouver mes dires, j'ouvris mon carnet de notes, que je feuilletai devant lui. Il fronça les sourcils, essayant d'en déchiffrer des fragments. Je commençai à lui réciter le discours que j'avais préparé pendant une bonne partie de la nuit :

— La structure de vos textes est intéressante, et votre style d'écriture convient parfaitement au genre dans lequel…

Sa main s'abattit sur la feuille que je parcourais du regard avec un bruit qui me fit sursauter, et je remontai des yeux inquiets vers lui.

— Cessez de jouer les éditrices avec moi, voulez-vous ?

— Mais… c'est ce que je suis, me défendis-je.

— Si vous voulez parler de mon style d'écriture, vous le ferez sur le prochain tome. Ceux-là ont déjà été publiés.

— Euh… oui, mais c'est que…

Sous son regard réprobateur, je compris qu'il me demandait de me taire. Ma voix se tarit immédiatement.

— Dites-moi plutôt ce que vous avez pensé de mes livres.

J'eus un moment d'hésitation : que me demandait-il exactement ?

— D'un point de vue littéraire ? questionnai-je, prudente.

— Ne lisez-vous donc rien pour le plaisir ?

— Si, bien sûr, c'est juste…

— Quoi ?

— Eh bien…, c'est que… je ne lis pas… ce genre de choses en général…

Ma réponse me parut bête, mais elle sembla lui plaire. Un sourire amusé s'afficha sur ses lèvres, et il recula sur son siège pour mieux me regarder.

— Parfait, dit-il avec une voix plus douce. Je suis d'autant plus intrigué par votre opinion.

Que voulait-il ? Mon avis personnel ? Je cherchai prestement une réponse à formuler. Je ne voulais surtout pas le blesser. Après tout, les chiffres étaient sans équivoque : ils prouvaient que John L. était un auteur à succès et qu'il avait un lectorat bien établi. Il me scruta avec attention, visiblement ravi du silence qui persistait entre nous.

— Ce n'est pas mauvais, commençai-je enfin, prudemment. J'étais même surprise par la qualité de votre écriture. Je m'imaginais…

— Quoi ? Que ce serait vulgaire ?

— Non, enfin… peut-être un peu.

— Et pour le reste ? N'ayez pas peur de me blesser, insista-t-il. Je déteste qu'on prenne des gants avec moi.

Sa remarque me redonna de l'assurance.

— Je n'ai pas beaucoup apprécié, répondis-je.

— Je suppose que vos romans pour ados ne parlent pas de sexe.

— Pas de ce genre de sexe, répliquai-je, piquée par son attaque contre ma collection.

Il sourit plus franchement. Ma réponse lui avait-elle plu ? Essayant visiblement de maîtriser un fou rire dont je ne comprenais pas la teneur, il railla :

— Je ne savais pas qu'il y avait plusieurs genres de sexualité.

— Vous croyez que tout le monde pratique ce type de rapports ? demandai-je en montrant l'un de ses romans.

— Peut-être pas, en effet. N'empêche, on ne peut pas dire qu'un repas plus épicé que les autres ne soit pas un bon repas pour autant.

Sa comparaison, hautement simpliste, me fit réagir instantanément :

— Certains ont plus de mal que d'autres avec les épices…

— Vous, par exemple ?

Il me scruta, visiblement intrigué par ma réponse, que je retins quelques secondes.

— Un peu, dus-je admettre.

— Juste « un peu » ? railla-t-il.

Je le fusillai du regard, mais cela ne fit que le rendre de meilleure humeur.

— Au moins, vous êtes honnête, concéda-t-il. Ça me plaît. (Sans attendre, il poursuivit son interrogatoire.) En combien de temps les avez-vous lus ?

Je réfléchis quelques instants, posai les yeux sur les deux livres posés sur le coin de mon bureau en jaugeant le nombre de pages.

— Je dirais… entre quatre et six heures ?

— Hum ! Voilà qui est décevant. Voyez-vous, ce ne sont pas des livres à dévorer mais à savourer. Ils ne sont pas faits pour être lus aussi rapidement.

— Écoutez, monsieur… (Un regard noir se posa sur moi.) John, me repris-je très vite.

Il hocha la tête, comme s'il me permettait de reprendre la parole.

— Je vous l'ai dit : je ne suis pas familière de ce genre de littérature. Si j'avais su la semaine dernière que j'allais vous rencontrer, je serais probablement allée lire d'autres livres de cette collection et peut-être même des textes de vos concurrents pour essayer d'entrer dans… votre univers.

— « Entrer dans mon univers », voilà qui est intéressant, dit-il avec un rire.

— Je parle du travail, le coupai-je. Cela consiste à comprendre la structure et l'organisation d'un texte, à détecter les forces et les faiblesses d'un récit. Ma mission est de m'assurer que votre troisième tome soit au même niveau que les deux autres.

— Quel âge avez-vous ? demanda-t-il subitement.

Je me figeai pendant plusieurs secondes, m'apercevant soudain qu'il n'écoutait pas ce que je lui disais.

— Pardon ?

— Je vous demande votre âge. Je sais que c'est indiscret, mais…

— Mais qu'est-ce que c'est que cette question ? grondai-je. Si c'est en lien avec le public cible ou le…

— C'est de la pure curiosité, m'interrompit-il. Et je pose la question parce que vous êtes une jeune femme extrêmement séduisante.

Son compliment me cloua sur ma chaise pendant près d'une minute, ce qui lui donna tout le loisir de poursuivre :

— D'ailleurs, vous avez tout faux : vous êtes exactement mon public cible.

— Vous dites ça parce que je suis une femme ?

— Quelle idée ! Vous croyez donc que les hommes ne lisent pas ce genre de livres ?

Je songeai à la question, puis secouai la tête.

— Au contraire ! Je crois justement que vos textes s'adressent aux hommes. Parce que les fantasmes que vous décrivez… sont beaucoup plus… masculins.

Son sourire se confirma, légèrement moqueur. Pourquoi ? J'étais plutôt certaine de ma réponse. Après tout, pourquoi les femmes voudraient-elles lire des scènes aussi avilissantes pour elles ?

— Vraiment ? Expliquez-moi donc cela…

Il se cala plus confortablement dans son fauteuil et croisa les jambes en me fixant avec insistance, comme s'il espérait que ma réponse soit longue et explicite. Que voulait-il entendre, exactement ?

— Oh, mais je veux bien croire que des femmes vous lisent, elles aussi, concédai-je.

Alors que j'essayais de clore la discussion, il fronça les sourcils et insista davantage :

— Allez ! Racontez-moi ! Pourquoi croyez-vous que ces fantasmes soient masculins ?

— John…, ce n'est pas le but de cette rencontre.

— Ce que vous pensez de mon travail m'intéresse, se justifia-t-il. Le fait que mes récits parlent de sexe ne change rien à cela.

— Bien sûr, seulement… Écoutez, John, ma perception est peut-être due au fait que… disons que je ne suis pas tout à fait à l'aise avec ce que vous écrivez.

Voilà, je l'avais dit. J'en étais plutôt fière d'ailleurs, même si je craignais sa réaction. Pourtant, il parut de nouveau amusé par mon aveu.

— Vous n'êtes pas à l'aise ? répéta-t-il.

— Je vous l'ai dit : je fais dans la littérature pour ados.

— Je sais, je sais, dit-il avec agacement, et je suppose que cet inconfort est tout à fait compréhensible.

Ses mots me soulagèrent. Je ne l'avais donc pas blessé ? J'affichai un premier sourire franc lorsqu'il poursuivit :

— Annabelle, ce que j'aimerais savoir, c'est si cet inconfort risque de nuire à notre collaboration.

— Bien sûr que non, répondis-je avec plus de précipitation.

Il me jaugea un moment.

— Je suis quelqu'un de très exigeant.

— Je le suis tout autant, rétorquai-je du tac au tac.

Cette riposte me donna la sensation de retrouver un peu de contenance. J'en profitai pour essayer de lui sortir quelques répliques que j'avais préparées, la veille au soir :

— Écoutez, John, il est vrai que je ne connais rien à ce genre de littérature…

— Ni au BDSM. (Je me figeai, et mon regard se teinta d'incompréhension devant cet acronyme.) C'est le genre de sexualité que je pratique, expliqua-t-il.

— Ah ! Euh… oui. Ça, aussi.

Je répétai les lettres dans ma tête avant de poursuivre, tentant de reprendre un peu d'assurance :

— En revanche, je sais comment analyser la structure de vos récits et je peux aisément évaluer la qualité de votre travail par rapport à vos autres écrits.

— Hum !

Il resta un moment à réfléchir à mes paroles, et je me surpris à insister :

— Je suis une bonne éditrice, vous savez.

Il fixa longuement ma bouche.

— Je n'en doute pas une seconde.

Son regard me gênait, mais il releva les yeux pour les river dans les miens.

— Si j'accepte de travailler avec vous, poursuivit-il, allez-vous lire d'autres livres de ce genre pour vous familiariser avec... « mon univers » ?

— Bien sûr.

— Et me permettrez-vous de vous suggérer quelques titres ?

— Eh bien... oui. Si vous voulez...

Était-il en train de négocier ? D'accepter de devenir mon auteur ? Cette idée me rendit soudainement très nerveuse.

— Je risque de devoir faire votre éducation, lâcha-t-il dans un soupir las.

Je secouai la tête.

— Nous ne sommes pas ici pour parler de moi, mais de votre travail.

— Vous jugez une œuvre en fonction de ce que vous connaissez. J'ai donc besoin d'être sûr que votre jugement n'influencera pas mes écrits. Ce que je veux d'une éditrice est simple, Annabelle : qu'elle comprenne ce que je fais, qu'elle soit sincère en toutes circonstances sur mon travail et qu'elle n'ait aucun problème à parler de sexualité. (Il se pencha plus avant vers moi et m'interrogea, autant du regard que de vive voix.) Êtes-vous seulement capable de parler de sexe ?

Je fronçai les sourcils.

— Évidemment !

— Vous permettez que je vérifie ?

Il récupéra le premier tome de « Fantasmes », qu'il feuilleta rapidement, puis leva de nouveau les yeux sur moi.

— Quel est votre récit préféré dans tout ça ?

— La fellation sur le canapé, rétorquai-je sans hésiter.

— Sage, dit-il avec un large sourire. Laissez-moi deviner... Fait vécu ?

Je me rembrunis aussitôt. Je n'avais aucune envie d'admettre que certains passages de ses livres m'avaient émoustillée.

— Bien, vous avez émis vos conditions, éludai-je en évitant la question. Voici donc les miennes : je suis votre éditrice et non le sujet d'un de vos romans. À ce titre, ma vie privée ne vous regarde pas.

— Bien sûr, dit-il très vite.

— Et je tiens à préciser que je ne tolérerai aucun écart de conduite à mon endroit.

— Cela va de soi !

— Parfait.

Malgré moi, je m'étais légèrement emportée. John me scruta pendant quelques secondes, puis se leva, et je fus contrainte de redresser la tête vers lui. Était-il fâché ? Non, il arborait toujours ce petit sourire suffisant. Posté devant mon bureau, il fouilla dans son attaché-case et en sortit une vingtaine de pages qu'il me tendit.

— Si vous êtes d'accord, proposa-t-il, nous pouvons faire un essai. Voici le début de mon troisième tome.

— Oh, bien… je… Merci.

Je bondis sur mes jambes pour m'emparer de la pile de feuilles, surprise de la confiance qu'il venait de me témoigner. Dès que j'y jetai un coup d'œil, il reprit :

— Permettez-moi quand même de vous offrir deux conseils. (Il s'interrompit, attendant que je lui accorde toute mon attention.) D'abord, il serait sage de vous informer sur le BDSM avant de lire ces pages.

— Je me documenterai sur le sujet, promis-je aussitôt.

— J'ai d'excellents livres à la maison. Si vous le permettez, je vous les ferai porter par coursier avant la fin de la journée…

— Ah… eh bien… d'accord.

— Vous savez, tout cela est relativement variable. Chaque Maître a sa vision personnelle du BDSM.

Je le dévisageai, perturbée par son aveu. Venait-il de me confirmer que ses textes étaient autobiographiques ?

— De ce fait, si vous avez des questions, quelles qu'elles soient, n'hésitez pas à me les transmettre. J'y répondrai avec la plus grande honnêteté, promit-il.

Je hochai la tête d'un geste mécanique, anxieuse à l'idée de travailler avec cet homme, et dans un domaine qui m'était totalement inconnu. Devant mon silence, il pointa son manuscrit du menton.

— Celui-là, j'apprécierais que vous le lisiez plus doucement. Savourez donc chacun des fantasmes qu'il évoque. Ce sont des textes qui invitent au plaisir du corps, pas juste à la lecture. Vous comprenez ?

— Je vous promets d'essayer, répondis-je simplement.

Le sourire de John s'accentua.

— Parfait !

Il scruta mon bureau pendant un moment, puis il se pencha pour récupérer mon crayon. Sur un coin de mon carnet de notes, il inscrivit deux numéros de téléphone, une adresse postale et son adresse mail.

— Voici comment me joindre. Si cela ne vous embête pas, j'apprécierais que vous veniez me voir chez moi pour nos séances de travail.

Je vérifiai son adresse : ce n'était pas très loin, juste à la sortie de la ville.

— Si je le peux, je le ferai, opinai-je.

— Évidemment, je suppose que, pour les premières fois, vous seriez plus rassurée si on se voyait ici.

Je haussai un sourcil. Croyait-il que j'avais peur d'aller chez lui ? S'il savait le nombre de fois où j'avais rencontré des auteurs dans des endroits plus ou moins fréquentables ! Retenant un rire, je soutins son regard sans sourciller.

— Je n'ai aucun problème à me rendre à votre résidence, mais n'oubliez pas que j'ai d'autres obligations…

— Oh, mais je suis prêt à faire certains compromis. Nous pourrions travailler dans un café à mi-chemin d'ici ? C'est que votre bureau me paraît un peu petit…

Il détailla la pièce avec attention avant de reporter son attention sur moi, probablement dans l'attente d'une réponse.

— Je vais voir ce que je peux faire, dis-je enfin.

Son sourire revint, satisfait, et il tendit une main vers moi.

— Bien, alors… je vais donc aller me remettre à l'écriture. Quelque chose me dit que vous me donnerez des nouvelles très rapidement.

Je lui serrai la main et répondis à son sourire :

— Je vous appellerai avant la fin de la semaine. Nous avons beaucoup de travail et très peu de temps devant nous.

— C'est juste, confirma-t-il. Alors au revoir, Annabelle.

— Au revoir, John.

Il s'inclina légèrement avant de quitter mon bureau d'une démarche gracieuse. Je restai là, debout, à fixer la porte qu'il avait refermée derrière lui, sans bouger. J'étais partagée entre la joie et la crainte d'avoir réussi là où deux excellentes éditrices avaient échoué avant moi : devenir la partenaire de travail de John L.

CHAPITRE 4

LE RECORD

Je reçus des félicitations en règle de la part de Nadja et je fus estomaquée de tous les accommodements qu'elle était prête à faire pour rendre ma collaboration avec John Lenoir plus productive. J'avais vraiment la sensation d'être passée à un autre niveau ! Mais le défi était de taille : nous n'avions que deux mois pour terminer ce troisième tome.

En fin d'après-midi, John me fit livrer deux livres sur le BDSM, et la joie qui m'avait animée pendant la journée s'éteignit aussitôt. Il s'agissait d'un guide sur les responsabilités de la femme soumise et d'un ouvrage illustrant divers jeux sexuels sadomasochistes. Je reposai les livres sur mon bureau et me pris la tête entre les mains. Dans quoi étais-je en train de m'embarquer ? Cela en valait-il réellement la peine ? M'accrochant au bonus financier qui découlerait de ce travail, je m'attelai à la tâche.

Un premier coup de téléphone me dérangea durant ma lecture, c'était Steven qui voulait savoir comment s'était déroulée ma rencontre avec « Monsieur le Maître ».

— Ça y est, il a accepté de travailler avec moi.

— Et tu as dit oui ? s'écria-t-il.

— Je ne peux pas vraiment me permettre de dire non. Nadja était tellement contente qu'elle m'a promis un bonus si j'arrive à tenir jusqu'à la publication de son troisième tome.

Soudain, son animosité pour Maître John fondit comme neige au soleil :

— Waouh ! Je ne savais pas que les textes érotiques avaient autant de succès !

— Ouais, mais je ne te dis pas ce que je dois lire en contrepartie !

Je lui parlai des livres sur le BDSM que m'avait fait livrer John et des diverses recherches que j'avais effectuées sur Internet en parallèle.

— C'est un sacré tordu, celui-là ! gronda-t-il. Et sinon... il était comment ? Je veux dire… physiquement ?

— Euh… il était… normal.

Je retins mon souffle en mentant. John Lenoir était tout sauf normal, mais je me voyais mal répondre à Steven : « Il a un charme fou ! »

— C'est pour deux mois, c'est ça ? demanda-t-il soudain.

— Oui. C'est un peu serré vu le travail que ça représente, mais Nadja était tellement contente qu'elle m'a proposé de prendre une assistante pour m'aider sur Rose Bonbon.

— Waouh ! Il doit vraiment être important, le tordu.

— Arrête de l'appeler comme ça, dis-je en riant.

— Ouais, OK.

Dès que je raccrochai, je retournai à mes lectures. Lorsqu'il s'agissait de documentation technique, je lisais vite, et j'étais soulagée de ne pas avoir à m'attarder plus qu'il ne le fallait sur les détails de cet ouvrage. Ce fut un second coup de téléphone, de John cette fois, qui m'interrompit dans mon travail.

— Vous avez bien reçu mes livres ?

— Oui, merci. Je vais bientôt terminer le premier.

— Lequel ?

— Le *Guide de la soumise.*

— Hum ! Oui. Et puis-je savoir ce que vous en pensez ?

Étant toujours dans ma lecture, je n'avais pas encore eu le temps de me faire un avis, et, pendant que je cherchais une réponse évasive, John s'impatienta :

— La vérité, je vous prie.

— Euh… eh bien… c'est troublant.

— Je m'en doute, oui. Dites-moi donc ce qui vous déplaît.

Son insistance à vouloir parler de ce livre me perturba, mais je me repris très vite :

— Je n'ai pas dit que cela me déplaisait…

— Donc cela vous plaît ?

Son ton était moqueur, et je le grondai aussitôt :

— John, je vous ai déjà dit que je n'aimais pas les mets épicés.

— Mais tout est bon quand c'est bien apprêté. Votre mère ne vous l'a jamais appris ?

Je ris en faisant pivoter ma chaise pour faire face à la fenêtre de mon bureau, soulagée par le côté léger de notre discussion. Pourtant, il insista encore :

— Dites-moi tout. J'ai très envie de connaître votre opinion.

— À quoi bon ? Il n'y a que des règles dans ce livre ! (Je m'interrompis quelques secondes.) Je ne peux pas croire que des femmes fassent vraiment ça ! ajoutai-je enfin.

— Oh, mais des hommes le font aussi, vous savez… J'en connais deux ou trois qui…

— Pitié ! le coupai-je. Je ne veux pas connaître les détails.

Il rit avec cœur, et je m'aperçus que mon visage était en feu. J'avais l'air d'une vierge effarouchée. Au bout du fil, sa voix résonna de nouveau, joyeuse :

— Mais qu'est-ce qui vous dérange autant ? Je peux savoir ?

— Tout !

— Ne me dites pas que c'est au nom du féminisme !

— Mais… et pourquoi pas ?

— Ces règles ne s'appliquent qu'à des femmes consentantes, Annabelle ! À la base, tout ça n'est qu'un jeu.

— Non, arrêtez ! m'emportai-je. On ne peut pas jouer avec les gens de cette façon alors qu'il n'y a que le Maître qui en retire du plaisir !

— Ma parole, vous n'avez donc rien compris ?

Son hilarité avait disparu et semblait s'être transformée en reproche.

— Vous croyez que ces femmes ne retirent aucun plaisir à se soumettre de cette façon ? me questionna-t-il encore. Annabelle, je ne vous pensais pas aussi naïve !

— Attendez ! Vous me traitez de naïve parce que je ne vois aucun intérêt dans… ce genre de relation ? John, j'ai promis de me documenter sur le sujet, mais vous ne pouvez quand même pas me demander d'approuver ce que je lis !

— Ça n'a rien à voir ! gronda-t-il. Si vous êtes épanouie dans votre sexualité, c'est parfait ! Je me fiche bien de votre intérêt pour le BDSM ! Tout ce que je veux, c'est que vous compreniez ce qui touche mes lecteurs.

Je soupirai, regrettant d'avoir réagi aussi vivement, et j'essayai aussitôt de me rattraper :

— Écoutez, je n'ai pas encore terminé vos livres…

— Avec cette attitude, cela ne sert à rien ! jeta-t-il durement.

Je me figeai. Qu'était-il en train de me dire ? Qu'il ne voulait déjà plus travailler avec moi ? Parce que j'avais du mal à comprendre qu'une femme puisse avoir envie de se soumettre à un homme ?

— Annabelle, reprit-il avec une voix plus douce, qu'est-ce qui vous trouble autant dans ce *Guide* ? Expliquez-moi !

Les joues rouges et la nuque étrangement raide, je me décidai à admettre :

— Je ne vois pas pourquoi une femme aurait envie de faire ça.

— Faire quoi ?

— Se prosterner ou… être humiliée de cette façon…

— Et si un homme le fait est-ce plus acceptable pour vous ?

— Mais… non ! m'écriai-je.

Je tentai de retrouver mon calme et de calmer notre discussion.

— John, je vous assure que je ne veux pas vous juger, c'est juste que…

— Oui ? insista-t-il alors que je cherchais mes mots.

— Je ne vois aucun plaisir là-dedans.

— Hum !

Un silence passa, terriblement long, et je m'attendis à ce qu'il essaie encore de me convaincre, mais il me posa une simple question :

— Vous êtes libre, demain soir ?

Je sursautai.

— Quoi ? Euh… mais… pourquoi ?

— Je veux juste vous prouver que vous avez tort. Après quoi, on pourra peut-être se mettre au travail ?

— Mais je n'ai aucun problème à travailler sur vos textes !

— Annabelle, j'ai besoin que vous compreniez mon point de vue. C'est essentiel pour que cette relation de travail fonctionne. Vous ne pouvez pas juger de la qualité de mes textes si vous n'y voyez aucun plaisir !

Je ne répondis pas. J'avais l'impression que je n'arrivais à rien avec lui. Pourquoi tenait-il autant à ce que je saisisse quelque chose au BDSM ?

— Suis-je si exigeant en vous demandant de ne pas juger ce que je suis ?

— John, je ne vois pas pourquoi je devrais…

— Parce que vous êtes remplie de préjugés ! me coupa-t-il rudement. Et je refuse que mon éditrice lise mes textes avec une attitude condescendante.

J'eus du mal à ne pas lui raccrocher au nez et je serrai le combiné à m'en faire mal aux doigts. Comment osait-il me parler sur ce ton ?

— Annabelle, reprit-il d'une voix plus douce, vous êtes une jeune femme bien élevée, et je suis presque sûr que votre éducation vous empêche de croire que le plaisir peut prendre plusieurs formes…

— Vous me traitez d'idiote ? m'énervai-je.

— Mais non ! rétorqua-t-il avec un rire. Je dis juste que… vous êtes une femme qui a des convictions et qui a du mal à s'en défaire… (Sa voix s'adoucit encore.) Me croiriez-vous si je vous disais que la plupart de mes soumises n'avaient jamais connu l'orgasme avant de venir à moi ?

— Cela ne prouve rien du tout !

— Cela prouve, au contraire, que certaines personnes ont besoin de ce genre de relation pour être épanouies. Et cela vaut autant pour les hommes, je vous le rappelle !

Je réfléchis sérieusement à ses paroles. Peut-être avais-je un peu de mal à imaginer tout ça, effectivement, pourtant je n'avais jamais été en reste au niveau imagination. Au bout du fil, mon interlocuteur profita de ce silence pour changer de sujet :

— Demain soir, j'aimerais vous emmener dans un club privé. Le patron est un bon ami à moi. Je lui expliquerai la situation, mais il faudra me promettre de rester sage. Cela veut dire : ne pas dévisager les gens ni faire de commentaires désobligeants à leur endroit.

Que me proposait-il ? De l'accompagner dans un bar aux tendances sadomasochistes ? Un trouble m'envahit à cette idée. Je n'étais pas rassurée. Pas du tout même !

— Vingt heures, ça vous va ? insista-t-il.

— John ! Je n'ai pas accepté !

— Vous n'allez pas me dire que vous avez peur, maintenant ?

— C'est que… je ne sais pas si…

— Quoi ? Vous ne saurez pas vous tenir ? Serai-je forcé de vous mettre en laisse ?

Je ne répondis pas, mais sa réponse ne fit qu'augmenter ma nervosité.

— C'était une blague, lâcha-t-il lorsque le silence persista. Annabelle, vous n'avez rien à craindre de moi. Venez, voulez-vous ?

Un autre silence passa, puis il s'impatienta :

— Dois-je en faire une condition obligatoire ? Je peux téléphoner à Nadja, si vous voulez ?

Ses propos me piquèrent au vif.

— Mais faites donc ! rétorquai-je avec force. Et dites-lui, au passage, de vous trouver une autre éditrice.

Je raccrochai avec bruit et me redressai derrière mon bureau, furieuse de la façon dont il venait de me menacer. Cet homme me poussait vraiment à bout !

Au diable, John Lenoir et ses histoires idiotes auxquelles je ne comprenais rien. Au diable, mon bonus aussi. Après tout, j'étais heureuse d'être responsable de la collection Rose Bonbon. Là, au moins, je n'avais rien à prouver à personne !

Je tournai en rond dans mon bureau en attendant que Nadja surgisse, folle de colère, parce que je n'avais pas pu retenir cet auteur plus de… – je jetai un regard sur l'heure – six heures. En voilà un record !

CHAPITRE 5

UN MINIMUM

Je sortis du bureau plus tard, ce soir-là. J'avais attendu l'arrivée de Nadja, incapable d'aller la voir pour essayer de lui expliquer ma dispute au téléphone avec John. Il devait être près de 18 heures lorsqu'elle quitta le bureau, sans passer par le mien, comme si elle ignorait complètement ce qui s'était produit deux heures auparavant. Peut-être que John n'avait pas eu le courage de mettre sa menace à exécution ?

Ce qui m'agaçait le plus dans cette situation, c'était de ne pas savoir si notre relation de travail tenait toujours. Lasse d'attendre, je posai ses livres sur le coin de mon bureau, puis glissai son manuscrit dans mon sac avant de sortir.

Les bureaux de *Quatre Vents* étaient situés au septième étage d'un immeuble du centre-ville. Lorsque l'ascenseur s'ouvrit devant moi, je sursautai en voyant John Lenoir à l'intérieur.

— Qu'est-ce que vous faites ici ? demandai-je.

Il posa une main sur la porte de l'ascenseur pour l'empêcher de se refermer.

— Il faut qu'on parle. Venez.

— John, c'est inutile, ça ne marchera pas.

Il s'avança vers moi, sans relâcher la porte.

— Annabelle, je suis désolé. Je ne voulais pas être désagréable avec vous, tout à l'heure.

Je le dévisageai avec attention, touchée par ses excuses ; son regard semblait aussi sincère que la voix qu'il avait prise pour prononcer ces paroles.

— Venez, insista-t-il, on va prendre un verre.

— Il est tard et...

— Accordez-moi vingt minutes.

Je soupirai, mais cette façon qu'il avait de me supplier ne me laissait pas indifférente. Pendant cinq petites minutes, au téléphone, nous avions ri et trouvé un terrain d'entente. Était-ce encore possible de rattraper le coup ? Était-ce la raison pour laquelle je me décidai à le suivre ?

John m'invita dans un petit bistrot, tout près du travail. C'était le lieu de prédilection de la plupart des éditeurs de la maison lorsqu'ils voulaient rencontrer leurs auteurs dans un cadre moins rigide que leur bureau. Dès que le serveur eut pris notre commande, John rompit le silence entre nous :

— Annabelle, ai-je tort de m'obstiner à vouloir de vous comme éditrice ?

— Peut-être, dus-je admettre.

— Cela signifie-t-il que vous ne voulez plus l'être ?

Je grimaçai.

— John, je sais tout ce que vous représentez pour notre maison d'édition et à quel point mes patrons tiennent à ce qu'on sorte votre prochain tome à temps, mais… tout ça ne change rien. Peut-être que vous m'avez surestimée ? De toute évidence, je n'ai pas l'esprit suffisamment ouvert pour comprendre le type de sexualité qui vous branche… et, pour être honnête, je ne pense pas avoir à m'y intéresser.

Il fronça les sourcils.

— C'est là que vous vous trompez. Si vous ne pouvez pas voir le plaisir que mes textes procurent aux gens, vous ne pouvez pas comprendre mon travail. Il y aura toujours une barrière.

— Je peux juger de la qualité d'un texte sans pour autant tout savoir sur le sujet dont il traite !

— Il faut un minimum, quand même !

Je fis la moue, puis je cédai :

— C'est vrai, mais je vous rappelle que j'étais en train de terminer le *Guide de la soumise* quand vous avez téléphoné !

— Je sais.

Il leva les mains, comme pour faire amende honorable, puis notre serveur nous apporta nos consommations. Ravie par cette interruption, je portai le verre de vin à mes lèvres, étrangement assoiffée par notre discussion. L'alcool me redonna suffisamment de courage pour poursuivre :

— Vous savez, vous n'êtes pas obligé de rester avec moi. Je suis certaine que Nadja se ferait un plaisir de vous trouver une autre éditrice.

— Je ne veux pas d'une autre éditrice ! se borna-t-il à répondre.

— Mais… puisque cela vous agace que je ne comprenne rien à votre univers !

— Au contraire ! Annabelle, la raison pour laquelle je vous ai choisie, c'est justement parce que vous avez tout à apprendre !

Je le dévisageai, incrédule, pendant qu'il portait le verre de vin à ses lèvres. J'aurais aimé ne pas me sentir aussi flattée qu'il veuille toujours de moi comme éditrice, même si la raison évoquée ne me plaisait pas beaucoup.

— Ce qui m'agace, poursuivit-il en reposant son verre sur la table, c'est plutôt que vous ne voulez pas comprendre.

— Faux ! La preuve, c'est que je lis ce fichu *Guide* que vous m'avez remis.

— C'est juste, dit-il en retrouvant un air sombre, mais il reste une sorte de blocage entre ce que vous percevez et ce qui se passe vraiment dans ce genre de relation. Comme s'il y avait un filtre qui vous empêchait de voir le plaisir que j'essaie de transmettre par le biais de mes écrits.

Je le scrutai avec scepticisme. Du « plaisir » ? Oh, mais je ne doutais pas que certaines personnes y prenaient du plaisir ! Mais, cette fois, je me gardai bien d'émettre mon jugement à haute voix. Devant mon silence, il me demanda, franchement :

— À part des femmes dominées et asservies pour le plaisir de l'homme, que voyez-vous dans mes textes ?

Sous le choc de sa question, je déglutis en tentant de formuler une réponse. Malheureusement, il avait raison. Je ne voyais rien de plus. Devant mon air déconfit, il pinça les lèvres, visiblement déçu.

— Tout ce que je veux, en vous emmenant là-bas, c'est vous montrer que vous avez tort.

— À quoi est-ce que cela servira ?

— À vous faire une idée plus juste, déjà. Et pour que vous puissiez relire mes textes en ayant conscience que ces gestes, que vous jugez dégradants, sont une source de plaisir pour d'autres. (Malgré moi, je lui jetai un regard étonné, ce qui me valut un froncement de sourcils en retour.) Et pas seulement pour moi.

Je soupirai, et il profita de ma mine contrite pour réitérer son invitation :

— Accompagnez-moi, demain soir. Croyez-moi : il n'est pas courant de pouvoir entrer dans ce bar en observateur.

— Et qu'est-ce que j'y verrai ?

— De drôles de couples, des situations qui vous dérangeront ou qui vous exciteront. Qui sait ? Chaque soir est différent…

Je baissai les yeux vers mon verre pour tenter de réfléchir à sa proposition au calme. Quelque chose me disait de refuser, de laisser John à une autre éditrice et de retourner dans ma zone de confort, avec ma collection et mon équipe.

— Comment s'appelle l'heureux élu ?

Je relevai la tête vers lui et compris qu'il venait de remarquer ma bague de fiançailles.

— Steven.

— Et le mariage est prévu pour quand ?

— Septembre.

Ses doigts se mirent à pianoter sur son verre.

— Peut-être vaudrait-il mieux qu'il ne sache pas ce que nous allons faire demain soir.

Son regard brillait d'une drôle de lueur, et je m'empressai de contrecarrer ses plans :

— Je n'ai pas encore accepté.

— Allons, Annabelle, deux heures dans cet endroit vaudront mieux que tous les livres que je vous ferai lire.

Pour tout dire, j'en avais bien assez lu, et je n'étais pas certaine d'être prête à assister à une scène de cet ordre. Possible qu'il ait perçu mon hésitation, car il m'interrogea encore :

— Mon offre vous effraierait-elle ?

Retenant mon souffle, je hochai timidement la tête. À quoi bon mentir ? Il sourit, et je dus cligner des yeux pour cesser de le dévisager.

— Je suis ravi de votre honnêteté, avoua-t-il, et je ne vais pas vous mentir : ce sera probablement un choc pour vous. Vous y verrez des Maîtres et des soumises s'adonner à divers jeux, mais, comme cela reste un bar, le tout devrait être… acceptable.

— C'est-à-dire ?

— Disons que c'est assez rare que le fouet soit donné en public, mais il y a une section un peu à l'écart si cela vous intéresse…

Je détournai la tête.

— Non, jetai-je très vite. Sans façon.

— Et pourtant vous y verriez que la souffrance provoque du plaisir. Il y a des réactions chimiques lorsque votre corps est sollicité de cette façon : l'adrénaline, la sécrétion d'endorphines, un sentiment d'urgence, une tension très vive aussi. Quand tout cela cesse et que le Maître console sa soumise, il arrive qu'elle ait un orgasme sans qu'il y ait de rapports sexuels. Croyez-moi, c'est un spectacle auquel j'ai assisté plus d'une fois, et c'est toujours très émouvant. (Il se pencha plus avant vers moi.) Venez, répéta-t-il avec une voix qui se voulait rassurante. Vous ne courrez aucun danger avec moi.

— Mais… qu'est-ce qu'on y fera ?

— On y parlera de mes textes ? lâcha-t-il en haussant les épaules. Peut-être que vous aurez le temps de lire l'ébauche de mon troisième tome ?

Ébahie, je le fixai, la bouche ouverte, avant de me ressaisir.

— Vous voulez… faire une réunion de travail ? Là-bas ?

— Pourquoi pas ? Cependant, je vous mets au défi de vous concentrer dans un tel lieu, dit-il avec un rire. (Il posa un regard plus insistant sur moi.) Qu'en pensez-vous ?

Je haussai les épaules, incertaine. N'était-ce pas le moment de lui dire que je n'avais pas à faire ce genre de déplacements ? Que je préférais largement me contenter de ses guides sur la soumission ?

— Allons, c'est seulement pour deux malheureuses heures ! insista-t-il encore. Il vous suffira d'observer les gens autour de vous, sans essayer de juger ce que vous ne comprenez pas.

Il parlait de cette sortie avec un tel détachement ! Comment y parvenait-il, d'ailleurs ?

— Que voulez-vous qu'il arrive ? Nous parlerons de mon manuscrit en nous rinçant l'œil, ajouta-t-il en arborant un sourire moqueur. Disons que ce sera… une étrange réunion de travail, mais je ne doute pas qu'elle sera efficace.

J'inspirai profondément. Si je refusais, j'allais passer pour une trouillarde de premier ordre et, si j'y allais, je n'avais absolument aucune idée de ce dans quoi je mettais les pieds. *Bon sang !* Mais de quoi avais-je peur ? Ce n'était qu'un bar, après tout !

— D'accord, cédai-je très vite, mais si je demande à partir…

— Nous partirons sur-le-champ, me promit-il. J'ai une excellente réputation dans cet établissement, et je n'ai aucune envie que vous me fassiez une scène…

Sa remarque me détendit légèrement. Voilà qui me donnait un certain avantage…, et c'était loin de me déplaire !

— Une dernière chose, ajouta-t-il avec un air grave. Pour éviter l'attention, il vous faudra retirer tous vos bijoux et mettre une robe un peu plus… sexy…

Je me raidis sur mon siège.

— C'est une réunion de travail !

— Une réunion de travail, certes, mais un peu particulière. Il faut respecter les codes ! Croyez-moi, Annabelle : le meilleur moyen d'attirer l'attention sur vous, c'est de porter une tenue trop sage. Les femmes qui vont là-bas sont soit à la recherche d'une aventure, soit au bras d'un Maître. Ce n'est pas exactement un café, si vous voyez ce que je veux dire.

Comme je ne réagissais pas, il insista encore :

— Vous n'allez quand même pas me dire que vous n'avez rien de plus… léger ?

Retenant mes protestations, je passai rapidement ma garde-robe en revue dans ma tête, lorsqu'il ajouta :

— Si ça se trouve, votre fiancé me remerciera quand vous reviendrez, demain soir. Vous serez peut-être très excitée…

Je lui jetai un regard sombre.

— Voilà qui est très prétentieux de votre part !

— C'est vrai, je l'avoue, concéda-t-il en reprenant son verre. Cela dit, je ne peux pas croire que l'on puisse rester insensible à ce genre de spectacle, mais il ne tient qu'à vous de me démontrer l'inverse…

Il accompagna ses paroles d'un clin d'œil complice et porta son verre à ses lèvres. Le calme qu'il arborait me rendit d'autant plus nerveuse. Et s'il avait raison ? Après tout, je n'avais absolument aucune idée de ce que j'allais voir dans ce bar !

CHAPITRE 6

UN VERRE ENTRE AMIS

John avait insisté pour venir me récupérer à mon appartement, mais je refusai son offre et arrivai au point de rendez-vous en taxi. Je n'avais aucune envie de lui dire où j'habitais et encore moins que Steven le rencontre. Le pire, c'est que j'avais menti à mon fiancé pour pouvoir quitter l'appartement dans cet accoutrement, ayant pris soin de suivre les recommandations de John : petite robe noire, courte et avec de fines bretelles. Et comme c'était encore le printemps, j'avais ajouté un châle sur mes épaules. Steven m'avait questionnée pendant que je me maquillais :

— Un cocktail, hein ?

— Oui.

— Je ne t'ai jamais vue aussi jolie pour une soirée pro.

Je lui avais envoyé le plus charmeur de mes sourires.

— Quand je reviendrai, tu pourras profiter de tout ça.

Il m'avait attirée à lui, avait embrassé ma bouche que je venais de peindre en rouge.

— Oh, mais j'y compte bien, m'avait-il promis.

Que ma tenue plaise à Steven, c'était une chose, mais, lorsque je descendis du taxi et que mes yeux rencontrèrent ceux de John, son visage s'assombrit, et je crus que je n'avais pas bien compris ses consignes.

— Quoi ? demandai-je dès qu'il fut à mes côtés.

— Je vous avais demandé de ne pas attirer l'attention.

Je baissai la tête pour essayer de comprendre.

— Vous avez dit de mettre quelque chose de léger.

— Vous croyez que si on entre là-dedans personne ne vous remarquera ?

Je le fusillai du regard.

— Mais qu'est-ce qui ne va pas avec cette robe ?

— Vous êtes magnifique, me gronda-t-il avec un regard sombre.

Un frisson agréable me parcourut le bas du dos, mais je revérifiai quand même ma tenue. John releva mon visage en posant un doigt sous mon menton.

— Si vous étiez ma soumise, je vous aurais punie.

— Punie ? Mais… pourquoi ?

— Parce que votre robe va attirer tous les regards, ce soir.

— Mais… vous avez dit…

— Je sais ce que j'ai dit, m'interrompit-il, mais j'ai du mal à croire que votre fiancé vous ait laissée partir dans cette tenue…

— Je n'obéis à personne, le défiai-je d'une voix ferme.

Il rit doucement en hochant la tête.

— Quel dommage, d'ailleurs ! Allez, venez !

Il me laissa passer devant lui et posa une main dans le creux de mon dos pour me guider vers le bar. Je ne voyais aucune enseigne, même si nous étions dans une rue commerçante. Seul un « X » en néon rouge brillait au-dessus de la porte, et un homme contrôlait l'entrée. Il s'inclina devant mon accompagnateur.

— Maître John, quel plaisir de vous revoir !

— Bonsoir Lucas. Maître Denis m'attend.

L'homme nous ouvrit la porte, et John m'invita à entrer la première. Il me guida jusqu'à ce que nous arrivions à une sorte de vestiaire.

La préposée tendit une main vers moi.

— Donnez-lui votre châle et votre sac, ordonna John.

Je retirai mon châle, mais retins mon sac contre moi, alors il insista :

— Laissez tout. Ils ne veulent aucun appareil électronique à l'intérieur. Ni téléphone ni appareil photo…

J'ouvris mon sac et en retirai le dossier qui contenait son manuscrit.

— Oui, ça, vous pouvez le prendre, confirma-t-il.

Je serrai maladroitement l'objet contre moi et laissai tout le reste à la jeune femme au comptoir en retenant une moue. Lorsqu'elle nous remit une carte en échange, John la glissa dans la poche de son veston, puis me fit signe d'entrer à l'intérieur du bar.

La première chose à laquelle je songeai, en y pénétrant, c'était qu'il valait mieux que je ne regarde pas autour de moi, mais il faisait très sombre, et je devais constamment vérifier où je posais les pieds. Sans doute pour m'éviter de trébucher, la main de John revint dans le creux de mon dos, et il me dirigea vers le fond de la salle. Son contact m'intimidait autant qu'il me rassurait, mais au moins il savait où aller !

C'était vraiment un bar : il y avait des bouteilles au fond de la pièce, de la musique jouait, des gens dansaient, et l'endroit était assez bondé. Je croisai des femmes et des hommes, certains en tenue légère, presque nus, et je crois que mes pieds stoppèrent d'eux-mêmes lorsque j'aperçus une femme à genoux alors que les convives de la table étaient tous assis.

— Ne dévisagez pas, me conseilla John.

Je sursautai et détachai mon regard de la scène en poursuivant ma route, le cœur battant la chamade. Il pointa une table du doigt, un peu à l'écart des autres, et je m'installai sur une chaise. Il prit place, non devant moi mais à mes côtés, si près que nos genoux se frôlèrent, puis il se pencha vers moi :

— Ce n'est rien de terrible, n'est-ce pas ?

— Je... Non. Je suppose que non.

Je balayai rapidement l'endroit du regard, mais mes yeux ne s'étaient pas encore habitués au faible éclairage de la pièce. Apercevant de nouveau la femme sur le sol, je demandai, tout bas :

— Pourquoi est-ce que... ?

— C'est une soumise, elle doit garder la position si son Maître l'exige.

— Mais les gens pourraient... je ne sais pas... trébucher sur elle ?

— Ils ont l'habitude ! dit-il en riant. Ce bar est fait pour ça.

— Mais... c'est... très...

— Oui ?

— Humiliant. Je veux dire... tout le monde est assis sur une chaise !

— C'est justement ce qui les excite.

Je lui jetai un regard perplexe.

— Qui ?

— Les deux, bien sûr.

Je reposai les yeux sur le peu que j'entrevoyais de la jeune femme agenouillée sur le sol. Cela pouvait-il réellement être excitant ? Je n'arrivais pas à comprendre !

— Si vous glissiez un seul de vos doigts entre ses cuisses, je peux vous promettre que vous n'auriez pas autant de doutes. Cette jeune femme se languit qu'on la touche.

Je me tournai vers lui, mais son visage était si près du mien que je ne soutins pas son regard. Je retournai à mon observation de la pièce.

Plusieurs personnes avaient le torse nu. Des femmes surtout, mais des hommes aussi. Certains portaient ce drôle de collier que le *Guide de la soumise* illustrait. Signe incontestable de leur soumission. Je reposai aussitôt les yeux sur John :

— Est-ce qu'ils doivent toujours porter leur collier ?

— En public, oui.

— Donc… ceux qui n'en ont pas… ?

— En général, ce sont des Maîtres, mais pas exclusivement. Vous, par exemple.

— Et les autres ?

— Des libertins, des gens hésitants… Tout n'est pas blanc ou noir, vous savez.

Je continuai de parcourir la salle du regard. Je catégorisai rapidement chaque personne qui tombait sous mes yeux : soumise, Maître, encore un Maître, un soumis. Je restai figée sur l'homme qui portait son collier, debout, derrière une femme dont le visage témoignait d'une certaine froideur. Une Maîtresse, bien sûr. Le rire de John ramena mon regard vers lui.

— Ça vous plaît ?

— C'est très… étrange.

— Oui. Je suppose que ça l'est.

— Il y a… un homme… là-bas…

Je le pointai du menton, mais John ne me quitta pas des yeux.

— Alexandre, oui. C'est un soumis. Ne vous avais-je point dit qu'il n'y avait pas que des femmes qui étaient soumises ? Pour les hommes, c'est même plus fréquent qu'on ne le croit.

— Mais vous… ?

— Pas moi, non. Je croyais que vous aviez lu mes livres ?

— Non. Ce que je veux dire, c'est… comment… on sait ?

— Quoi ?

— Qu'on est… comme ça ?

Je bafouillais comme une imbécile, et cela l'amusait. Il scrutait mon visage, probablement rouge de honte, et je chassai mon malaise avant de reformuler ma question :

— Comment ça marche ? Vous vous déclarez Maître, juste comme ça ?

— Bien sûr que non. C'est un rôle qui exige beaucoup trop de responsabilités pour être improvisé. Quoique… je doute que certains aient été guidés correctement… (Il marqua un temps d'arrêt.) D'abord, il faut que quelque chose vous excite dans le rapport de force qui sous-tend ce genre de relation. Vous avez envie d'être soit un Maître, soit un soumis. Dans le dernier cas, c'est plus facile, évidemment. Ce qui est difficile, c'est de trouver un Maître qui saura vous guider dans cette voie.

— Et… pour les Maîtres ?

— Au début, on se documente, on rencontre des gens qui ont les mêmes… intérêts. On nous invite à des fêtes privées, on nous laisse expérimenter diverses choses. On apprend beaucoup au contact des autres. Souvent, nous avons un mentor qui nous guide jusqu'à ce que nous soyons prêts à être autonomes.

Il cessa de parler, puis son sourire s'accentua. Comme je buvais ses paroles, il appréciait certainement mon intérêt, tout autant que la façon dont je le dévisageais en attendant la suite.

— John !

— Denis !

Il se releva et échangea une poignée de main avec l'homme qui nous avait rejoints. Lorsqu'il fit un geste dans ma direction, je me levai à mon tour.

— Voici mon éditrice, Annabelle.

Je souris furtivement à l'homme avant de saisir la main qu'il me tendait.

— Tu as de la veine ! jeta Denis. Elle est belle comme le jour…

— C'est très aimable de m'avoir permis de l'amener ici…

— Tu as intérêt à faire attention. Tu n'es ici que depuis dix minutes, mais si tu savais le nombre de commentaires que j'ai déjà entendus sur la nouvelle protégée de Maître John…

Je tournai les yeux vers John. Quoi ? Les gens croyaient que j'étais sa soumise ? Je n'avais pourtant pas de collier. Comme s'il avait perçu mon inconfort, sa voix résonna, sèche :

— Denis, je t'ai expliqué ce qu'il en était, non ?

— Oui, oui, c'est juste pour lui faire voir, je sais, déclara le propriétaire des lieux. Quand tu m'as dit ça, j'ai cru que tu m'amènerais une bibliothécaire guindée, mais maintenant je comprends mieux. Ose me dire que tu ne vas pas essayer de la récupérer, hein ?

Les yeux de Maître Denis s'attardèrent désagréablement sur moi pendant qu'il prononçait ces paroles.

— On voit que tu ne la connais pas ! rigola John, mais rien ne nous empêche d'espérer.

— Très drôle, sifflai-je.

Maître Denis rigola à son tour.

— C'est qu'elle a du caractère !

— Et tu n'as encore rien vu.

Je baissai les yeux pendant que Maître Denis frottait sa lèvre inférieure du bout du doigt et fus soulagée lorsqu'il coupa court au silence malsain qui régnait entre nous :

— Je vous sers un petit quelque chose ? Elle boit, ta bibliothécaire ?

— Éditrice, rectifia John.

— Ouais, enfin… peu importe.

— Apporte-nous une bouteille de chardonnay, tu veux bien ?

— Tout de suite.

Denis se retira, et John me fit signe de reprendre ma place. Je me laissai retomber sur ma chaise, et il fit de même.

— « Bibliothécaire », râlai-je.

— C'est normal que Denis se moque de vous. N'oubliez pas que vous êtes sur son territoire. C'est une très grande faveur qu'il m'a faite en m'autorisant à vous amener ici…

— Si vous le dites.

Je regardai Denis, au bar, sortir une bouteille de vin blanc.

— Pourquoi est-ce qu'il croit que je suis votre soumise ? demandai-je enfin. Je ne porte aucun collier…

— Il arrive qu'un Maître ne tienne pas sa soumise en laisse.

Je lui jetai un regard perplexe. Tout cela était si étrange ! Et je ne comprenais toujours rien à rien. Devant mon expression, John rit doucement.

— Ne vous posez pas tant de questions ! Les gens sont ici pour le plaisir.

Le vin nous fut servi par un homme qui portait un collier de soumis. Il était torse nu et n'avait comme seul vêtement qu'un pantalon de cuir.

— Un deuxième soumis ! se moqua John. Mais quel est donc cet endroit où les hommes sont si faibles ?

Je ris à mon tour, gênée qu'il ait parlé aussi fort en présence du serveur.

— Comment vous appelez-vous, jeune homme ? l'apostropha-t-il.

— Cédric.

— Depuis combien de temps êtes-vous soumis, Cédric ?

— Cinq ans, Maître.

— Bien. (John tourna la tête vers moi.) Si vous le souhaitez, vous pouvez lui demander quelque chose d'humiliant.

— Euh… non.

J'étais rouge de honte quand John reprit :

— Cédric, je serais très heureux si vous faisiez une démonstration à cette jeune femme.

— Bien sûr. Tout ce que vous voulez, Maître.

Il se laissa tomber à mes côtés, à genoux, les mains dans le dos et la tête penchée vers le sol.

— Demandez-lui quelque chose, me commanda John.

Je fis un geste de recul, qui me rapprocha de lui, et je lui chuchotai :

— Mais quoi ?

— Qu'il se mette à quatre pattes, qu'il vous caresse, marchez-lui dessus avec vos talons, que m'importe !

Je me figeai, légèrement paniquée par cette énumération.

— Demandez-lui de vous masser les pieds, proposa-t-il encore.

— Ici ?

— Ce n'est rien de bien terrible que de masser de si jolis pieds. Je doute fort que cela ait le moindre impact sur votre vertu. (Sans attendre mon aval, il reporta son attention vers Cédric.) Elle est timide, mais faites donc !

Ma respiration s'emballa lorsque le serveur disparut sous la table, et je sentis ses doigts glisser sur ma jambe. On me déchaussa, et je pouffai, nerveuse. John se pencha vers moi.

— Calmez-vous…

Il me tendit un verre de vin alors que Cédric réapparaissait, l'un de mes pieds emprisonné entre ses doigts. Il le posa contre son torse et se mit à me masser, de la cheville jusqu'au bout des orteils. Je bus une gorgée de vin.

— C'est bon ? demanda John.

J'avais les joues en feu. Parlait-il du vin ou des doigts qui capturaient mon pied ? Dans les deux cas, la réponse était la même, et je confirmai d'un léger signe de tête.

— Bien. Maintenant, si on discutait de mon troisième tome ?

Même si j'avais préparé un certain nombre de remarques à lui déballer sur son manuscrit, la plupart des mots avaient disparu de mon esprit. J'étais partagée entre le désir d'agir normalement et celui de fermer les yeux pour savourer ces doigts autour de mon pied. Je baissai la tête sur le dossier, déposé devant moi, puis tentai de l'ouvrir lorsque John m'arrêta :

— Vous ne verrez rien sous cette lumière. Parlez simplement, voulez-vous ? À votre avis, est-il à la hauteur des deux autres ?

— Oui. Enfin… certains passages mériteraient un peu de travail…

— Bien sûr. Ce n'est qu'une ébauche, je vous l'ai dit. (Il s'adressa à Cédric.) Changez de pied, jeta-t-il sur un ton sec.

Le serveur obtempéra sans attendre, et j'eus du mal à ne pas rire.

— Quoi ? me demanda John.

— C'est très… gênant.

— Mais cela reste agréable, n'est-ce pas ?

— Oui, admis-je.

— Et pour vous, Cédric ? Cela vous est-il agréable ?

— Oh oui, Maître ! Désirez-vous que je lui suce les orteils ?

John tourna un regard amusé vers moi.

— Ça vous intéresse ?

— Euh… non.

— Ça ira comme ça, Cédric. Terminez et retournez vers Maître Denis.

Je baissai les yeux vers le serveur qui fit la moue. Était-il déçu ? Je n'arrivais pas à y croire ! Il se pencha, disparut sous la table, et je sentis qu'il me remettait mes chaussures. Je pinçai les lèvres, étouffai mon rire dans une main, affreusement gênée.

John me rappela à l'ordre :

— Nous parlions du manuscrit…

— Oh, euh… oui.

Je retrouvai difficilement contenance.

— J'ai l'impression que ce troisième tome est beaucoup plus… violent. Je veux dire… ce n'est pas comme les autres tomes, où l'on sent une progression dans les fantasmes que vous décrivez. Ici, c'est… fort, dès le début.

— Oui, c'est vrai. Je n'ai pas fait dans la dentelle, cette fois.

— Alors je me demandais si vous songiez à refaire le même type de progression ou… ? Enfin… peut-être que vous écrivez les fantasmes d'abord et que vous choisissez l'ordre après ?

— C'est une idée.

Il récupéra son verre, but longtemps, puis reposa les yeux sur moi.

— Mais mes textes, ils vous ont plu ?

— Je… Certains n'étaient pas mal, dis-je prudemment.

— Je suppose que la séance de fouet ne vous a pas particulièrement émue ?

— Euh. Non, admis-je.

Il balaya la salle du regard, puis jeta :

— Peut-être qu'assister à une véritable séance vous plairait ? Il y a des chambres, derrière, qui…

— Sans façon.

Il sembla surpris du ton que j'avais utilisé pour répondre à son invitation.

— C'est loin d'être aussi terrible, vous savez…

— Je ne peux pas… supporter de voir quelqu'un qui souffre.

— Et quelqu'un qui jouit, ça vous est plus supportable ?

Je le fusillai du regard, agacée par son insistance.

— J'ai dit non.

— D'accord ! céda-t-il avec un rire. Je n'insiste pas.

J'expirai avec force et, pendant quelques instants, j'eus la sensation de mieux respirer.

CHAPITRE 7

L'ŒIL DU SPECTATEUR

Pendant près de trente minutes, j'eus une conversation qui me parut relativement normale avec John Lenoir. Je buvais mon verre, je lui parlais de son écriture, il me racontait certains des fantasmes qu'il comptait écrire ces prochains jours. J'oubliai où nous étions, captivée par cette discussion de travail. Contre toute attente, il écoutait mes conseils avec beaucoup de sérieux. Alors qu'il remplissait mon verre pour la troisième fois, il arbora un petit sourire en coin.

— Quoi ? demandai-je.

— J'ai un peu de mal à croire que vous soyez venue. Vous êtes très étonnante.

— Tout compte fait, ce n'est pas si terrible.

— N'est-ce pas ce que je vous disais ? se moqua-t-il. (Il tourna la tête vers la salle, puis revint sur moi.) Vous ne profitez même pas du spectacle ?

Je jetai un regard alentour, et mon visage dut témoigner de mon trouble, car le rire de John reprit, plus fort cette fois, et me tira de mon état de choc.

— Ils font ça… devant tout le monde ? chuchotai-je.

— Cela reste discret. Vous n'auriez probablement rien remarqué si je ne vous l'avais pas dit.

Il avait raison, mais à présent que j'avais aperçu la jeune femme accroupie sous la table voisine de la nôtre, prodiguant une fellation à son Maître alors qu'il continuait de discuter avec les autres convives, je n'arrivais plus à les quitter des yeux.

— C'est… une punition ? demandai-je.

— Qui sait ?

Une chaleur s'installa dans mon ventre, et je dus faire un effort considérable pour cesser de contempler la scène.

— Pourquoi… elle fait ça ?

— Parce que c'est agréable, bien sûr, dit-il avec un rire. Vous ne le faites jamais à votre fiancé ?

C'est qu'il se moquait de moi !

— Pas en public ! rétorquai-je aussitôt.

— C'est pourtant très excitant, vous ne trouvez pas ?

Il reporta son regard sur le couple à proximité, et je l'imitai. Il avait raison. La scène était follement excitante. Mon ventre brûlait, et je sentais mon sexe s'humidifier. Cet homme se donnait délibérément en spectacle. Et moi, j'y assistais, impuissante.

Avait-il senti nos regards sur lui ? Quoi qu'il en soit, il tourna la tête vers moi et me sourit. Ses yeux se fermèrent un instant, probablement de plaisir, puis sa bouche s'ouvrit, et j'eus l'impression qu'il gémissait, mais je baissai les yeux, soudainement mal à l'aise.

— Ça vous plaît, on dirait, rigola John.

— Qu'est-ce que je fais ici ? râlai-je en gardant la tête baissée.

— Vous ne faites rien de mal, me rassura-t-il. Et maintenant, je connais votre petit vice…

Je relevai les yeux sur lui.

— Quoi ? Quel vice ?

— Vous êtes une voyeuse ! Osez me dire que ce genre de scène ne vous plaît pas ?

— Mais… non !

Je secouai la tête, mais plus je me défendais, pire c'était. Je mentais, bien sûr, mais qu'en savait-il ? Pourtant, son sourire ne faiblissait pas.

— Puisque je vous dis que non ! m'énervai-je.

— Si vous le dites.

L'homme à la table voisine se leva, et je me surpris à vérifier si son sexe était visible avant de détourner la tête. Mais à quoi pensais-je ? Contre toute attente, il s'avança dans notre direction.

— Bonsoir. Le spectacle vous a plu ? nous questionna-t-il.

— C'était très agréable, merci, répondit John sur un ton poli.

— Votre petite s'est bien rincé l'œil…

Je relevai la tête, mais les doigts de John s'écrasèrent sur mon genou pour m'empêcher de prendre la parole.

— Je me demandais si…

— Non, le coupa John.

— Vous n'avez rien à craindre, je serai…

— Non, n'insistez pas.

La voix ferme de John avait éveillé un sentiment d'urgence en moi, et sa prise sur mon genou se resserra. Je baissai les yeux, et le nouveau venu fut le premier à couper court au silence :

— Bien, une autre fois, peut-être…

Dès qu'il se fut éloigné de la table, John tourna la tête vers moi et tenta de me ramener à l'ordre :

— Cessez de trembler. Je vous ai dit que vous n'aviez rien à craindre !

— Je…

Il relâcha mon genou, et je posai machinalement la main au même endroit. Il avait raison : mon corps était en proie à un léger tremblement, et je ne le constatais que maintenant. John poussa mon verre de vin dans ma direction, et je bus sans attendre, soulagée de ce geste tout simple. Je fermais les yeux pour reprendre mes esprits.

— Personne ne vous touchera, vous avez compris ? chuchota-t-il.

— Oui.

— Je vous avais dit que vous feriez tourner les têtes ! plaisanta-t-il.

Je lui jetai un regard trouble, puis souris à mon tour, surtout pour essayer de le rassurer.

— Qu'aurais-je dû mettre ? finis-je par demander.

— Mais c'est très exactement cette robe qu'il fallait mettre ! C'est juste que… quand j'ai dit « sexy » je ne pensais pas que vous seriez aussi obéissante. Je m'imaginais que vous auriez choisi un vêtement plus… (Il laissa glisser son regard sur ma poitrine, et je reculai sur ma chaise, gênée.) Disons… que vous seriez moins aguichante ?

Je ne répondis pas, mais la façon avec laquelle il me scrutait m'intimidait. Je me jetai sur mon verre de vin et le terminai sans attendre, ce qui le fit sourire.

— Ça va mieux ? me demanda-t-il au bout d'un moment.

— Oui.

— Bien, parce que j'aimerais beaucoup vous faire visiter les pièces, là-bas…

Il pointa du menton le fond de la salle, et je secouai doucement la tête.

— Je ne veux pas voir ça.

— Il n'y a rien à craindre.

— John ! Non !

Ma voix et mon regard étaient suppliants, mais il se leva et me proposa sa main.

— Allons, un peu de courage ! On va juste jeter un coup d'œil… Si ça se trouve, il n'y aura rien d'intéressant, ce soir…

Il insista en faisant bouger ses doigts devant moi. J'étais anxieuse à l'idée de le suivre à l'arrière, mais, pour le moment, tout s'était relativement bien déroulé. Chassant mon trouble, je récupérai sa main, curieuse de découvrir ce qui se tramait dans cette section privée. Laissant tout sur la table, John m'entraîna vers le fond de la salle, et un homme écarta un lourd rideau pour nous laisser entrer sur le seuil d'un long couloir. À première vue, il n'y avait que des portes, la plupart étant closes. Et, même si nous percevions toujours la musique provenant du bar, ce furent les gémissements qui attirèrent mon attention. Dans mon esprit, il n'y avait aucun doute sur ce qui se passait de l'autre côté de ces cloisons.

D'un pas sûr, John me guida tout au fond du couloir, puis s'arrêta devant une pièce dont la porte était grande ouverte, comme pour nous permettre intentionnellement de voir à l'intérieur. Pendant le trajet, la nervosité m'avait rendue incapable d'observer quoi que ce soit, mais, à présent que nous étions à l'arrêt, mon cœur se mit à battre la chamade lorsque je relevai les yeux.

Une femme nue était attachée à d'énormes anneaux métalliques, et un homme la prenait violemment. Elle pendait à bout de bras, et ses pieds touchaient à peine le sol. Elle essayait de se retenir aux anneaux, mais les mouvements de va-et-vient de l'homme l'empêchaient d'y arriver. Terriblement mal à l'aise, je détournai la tête.

John me poussa doucement. Il essaya de me faire entrer dans la pièce, mais j'étais comme figée. Nous n'étions pourtant pas les seuls à assister au spectacle. Deux hommes et une femme avaient pris place sur des chaises et observaient la scène en silence. Augmentant la pression de sa main sur ma taille, il insista, et je finis par me laisser guider jusqu'à une chaise tandis qu'il en récupérait une autre qu'il glissa près de la mienne. Par crainte de reporter mon attention sur la scène, je lui jetai un regard troublé auquel il répondit par un sourire. Essayait-il de me rassurer ? Il tourna la tête en direction du spectacle qui s'offrait à nous, mais, cette fois, c'est lui que j'observai. Il semblait d'un calme à toute épreuve, comme si nous étions au cinéma et que rien de ce qui se produisait sous nos yeux n'était réel. Se pouvait-il que John soit aussi insensible ?

La jeune femme étouffa un cri plus violent que les autres, et un sourire déforma le visage de John. Cette fois, il tourna les yeux vers moi et m'invita du regard à observer la scène. J'obéis, mal à l'aise de l'avoir dévisagé de la sorte. L'homme tirait les cheveux de la femme, grognait tout en continuant à la pénétrer avec force, dans un rythme qui avait pourtant diminué. Le balancement du corps de sa partenaire l'agaçait visiblement : il n'arrivait plus à la garder immobile. Il la souleva, puis la plaqua contre le mur dans un bruit sourd. Les jambes de la femme l'enveloppèrent dès qu'il recommença à s'acharner sur elle.

Un couple, à ma gauche, se mit à s'embrasser et à se caresser. J'étais mortifiée. Ma tête répétait : *Qu'est-ce que tu fais ici ?* et je fus prise d'un vertige. John se pencha vers moi.

— Du calme, chuchota-t-il.

Les cris de la jeune femme accrochée aux anneaux se firent plus langoureux. Elle répétait des « Oui » et des « Encore », alors que ma tête suppliait que tout cela cesse. La main de John se posa sur mon genou, ce qui me fit sursauter.

— Mais regardez donc ! ordonna-t-il à voix basse.

Je relevai les yeux, m'aperçus que le couple avait quitté les chaises à côté de nous pour continuer leurs ébats sur le lit au centre de la pièce. L'homme léchait le sexe de la femme qui était étendue de tout son long, la robe relevée sans aucune gêne devant les spectateurs. Je détournai le regard vers la femme aux anneaux : le râle de l'homme m'avait confirmé qu'il en avait terminé, et il se tourna vers John.

— Vous en voulez un peu ?

Il sourit poliment avant de secouer la tête.

— Non, merci.

— Dommage, elle est très bien. Bien étroite comme je les aime…

La jeune femme sur le lit gémit davantage, et j'eus envie de fermer les yeux. Le vertige me reprenait. Un bruit sourd ramena mon attention vers les anneaux. L'homme avait détaché sa partenaire, et elle s'était laissée tomber sur le sol. Sur le lit, la femme lui tendit la main, et, en moins de dix secondes, elles s'embrassaient et se caressaient devant moi. J'en oubliai jusqu'à l'homme entre les cuisses de la première. John raffermit ses doigts sur ma peau, et je tournai les yeux vers lui.

— Venez, murmura-t-il.

Il prit ma main dans la sienne, et je me levai pour le suivre. Nous refîmes le chemin en sens inverse, en direction du rideau et de la foule. Je respirai mieux en songeant que nous allions bientôt sortir de cet endroit, mais une autre porte ouverte captura l'attention de John qui s'arrêta devant pour jeter un coup d'œil à l'intérieur : une femme à quatre pattes se faisait fouetter les fesses par un homme vêtu de cuir. Aussitôt, ma main se tordit dans la sienne.

— Partons, le suppliai-je, en baissant les yeux pour éviter de voir la scène.

Il se remit en marche, écarta le rideau pour me laisser revenir dans le bar et me ramena jusqu'à notre table. Il ne s'assit pas mais se contenta de me tendre mon verre.

— Buvez un peu, ordonna-t-il.

Je ne me fis pas prier. Je le récupérai et le vidai d'un trait. John se pencha pour prendre mon dossier, qui contenait son manuscrit, le glissa sous son bras, puis m'entraîna vers la sortie.

Dès que je fus à l'extérieur, j'inspirai profondément, puis serrai mon châle autour de mes épaules avant de me mettre à la recherche d'un taxi. John me montra une direction de la main.

— Je vous raccompagne.

— Ça va… Je peux…

— Venez, insista-t-il.

Nous marchâmes en silence sur quelques mètres, et je ne fus pas mécontente d'avoir quelques instants de calme. Lorsqu'il ouvrit la portière d'une voiture noire, je n'hésitai même pas, j'y pris place. Il s'installa du côté conducteur et se tourna vers moi, sans démarrer le moteur.

— Annabelle ? Est-ce que ça va ?

— Oui, dis-je trop vite pour en être certaine.

— Pendant un moment, j'ai cru que vous alliez vous évanouir.

Il avait raison. J'avais ressenti un tel vertige dans la pièce du fond que je n'arrivais plus à reprendre mes esprits.

— Avez-vous une meilleure idée de ce que j'écris, maintenant ?

— Je crois, oui.

J'évitai son regard. J'étais encore sous le choc. Un tas de sentiments m'envahissaient : du trouble, du désir, du dégoût. Il se pencha plus avant vers moi.

— À quoi est-ce que vous pensez ? Je peux savoir ?

— À… je ne sais pas, exactement.

Il me laissa un moment pour retrouver mon calme, puis recommença son interrogatoire :

— Dites-moi ce que vous avez aimé. La fellation dans le bar ?

Je rougis et détournai la tête vers la fenêtre.

— J'en étais sûr, se moqua-t-il. Remarquez, je n'ai pas beaucoup de mérite : vous m'aviez déjà dit que votre fantasme préféré parmi tous ceux que j'avais écrits était la fellation sur le canapé…

— Oui, c'est vrai.

— Et avez-vous aimé que cet homme vous désire ?

Je tournai un visage confus vers lui.

— Quel homme ?

— Celui de la fellation. Il est bien venu me demander un moment avec vous, non ?

— Oh. Euh… non.

— Et la femme qui était attachée ?

— John, arrêtez, suppliai-je.

— Quoi ? Je ne fais que dresser un inventaire des choses qui vous plaisent. Peut-être que cela m'aiderait à mieux choisir les fantasmes de mon troisième tome.

Se moquait-il de moi ? Je fronçai les sourcils et me bornai à garder le silence, mais il poursuivit son énumération :

— Les deux femmes ?

— Mais arrêtez ! le grondai-je.

— La femme que l'on fouettait dans la dernière pièce ?

Je lui jetai un regard noir.

— Non. Alors ça, non !

— Du calme ! tempéra-t-il en percevant la colère qui m'animait.

— Ça vous excite, ça ?

— Ça dépend. Ce qui est agréable avec le fouet, c'est de voir toute la gamme des émotions : une douleur très vive qui mène au plaisir extrême. Ça, c'est du spectacle.

Je le dévisageai avant de constater :

— Vous êtes toujours aussi calme ?

— J'ai l'habitude. Il n'y a plus grand-chose qui me surprenne, vous savez.

— Mais… vous faites ça depuis combien de temps ?

— Presque six ans.

Malgré moi, les questions affluaient à ma bouche :

— Et vous avez… des soumises ?

Il rit doucement, puis se redressa, comme pour s'installer plus confortablement sur son siège, même s'il conservait la tête tournée dans ma direction.

— Vous allez me parler de vous, aussi ?

— Quoi ?

— Vous me posez des questions personnelles, je considère que j'ai le droit d'en faire autant. C'est donnant, donnant.

— Oh ! Mais… que voulez-vous savoir ?

— Allez-vous avoir des relations sexuelles avec votre fiancé, ce soir ? demanda-t-il sans aucune hésitation.

Je me figeai un moment.

— Probablement, oui, lançai-je, plus confiante.

Son sourire s'agrandit dans le noir de l'habitacle, et je compris que ma franchise lui avait plu. Ou peut-être était-il ravi que quelque chose dans ce spectacle m'ait excitée ? Aurais-je dû lui mentir ? Sans attendre, il répondit à ma dernière question :

— J'ai effectivement une soumise. Elle s'appelle Laure. Je crois que vous lui plairiez beaucoup.

— Vous n'en avez qu'une ?

— J'en ai déjà eu quatre en même temps, mais c'était il y a longtemps. Un Maître a le devoir de guider correctement ses soumises. Avec quatre, c'était difficile. Une ou deux me suffisent amplement.

— Mais vous n'en avez qu'une…

— Seriez-vous en train de poser votre candidature ?

Je me braquai aussitôt.

— Non ! Certainement pas !

Il se mit à rire à pleines dents, et je me détendis aussitôt. Il se moquait de moi, évidemment !

— J'ai l'air idiote, constatai-je.

— Au contraire ! Je vous trouve très courageuse, Annabelle. Vous avez osé venir avec moi et vous êtes restée presque deux heures. Je pensais que vous craqueriez bien avant ! (Il se pencha de nouveau vers moi.) Puis-je vous demander une faveur, maintenant ? chuchota-t-il.

Je n'osai lui répondre, effrayée par ce qu'il pouvait avoir en tête.

— Relisez mes livres. Les deux tomes, voulez-vous ? Je voudrais que vous parveniez à y voir ce que je décris. Qu'est-ce que vous en pensez ?

— Je suppose que… je peux faire ça.

— Bien. En contrepartie, je vous promets deux nouveaux textes pour la semaine prochaine. Vous viendrez chez moi. Nous serons plus à l'aise pour travailler. (Il posa un regard chaud sur moi.) Vous serez une excellente éditrice, Annabelle, et je sens que nous allons bien nous entendre, vous et moi.

Troublée par ces paroles, je tournai la tête en direction de l'extérieur pour chasser le malaise qui m'animait. En quoi cette soirée ferait-elle de moi une meilleure éditrice ? De son côté, John se tourna vers le volant et mit la clé dans le contact.

— Où dois-je vous ramener ?

Je lui indiquai une intersection tout près de mon appartement, et il démarra sans un mot. Le trajet du retour fut très silencieux.

CHAPITRE 8

PLUS FORT

Jamais je n'aurais osé l'admettre devant John, mais cette soirée m'avait mise en appétit. Alors que je rentrais chez moi, je découvris mon fiancé endormi sur le canapé. Je me remémorai les derniers mots de John avant que je referme la portière de sa voiture : « J'aimerais bien être une petite souris, ce soir. » En temps normal, j'aurais été offusquée de son allusion, mais, après ce que je venais de vivre, je n'y arrivais pas. De toute façon, même s'il avait été une petite souris, je ne voyais aucune comparaison entre le spectacle auquel j'avais assisté dans ce bar et ce que je m'apprêtais à faire. N'avait-il pas déjà tout vu ? Même devant cette femme menottée, John avait semblé blasé et d'un calme à toute épreuve.

Je laissai tomber mon sac sur une table, près de la porte, et m'avançai vers mon fiancé, heureuse de le retrouver après cette soirée. Je restai là, au pied du canapé, à détailler son corps. Il ne portait que son caleçon, et l'un de ses bras était replié sur son torse. Il me fallait admettre que Steven n'avait rien à envier aux hommes qui traînaient dans ces bars sadomasos. Au contraire ! Il avait un corps parfaitement découpé et il m'aimait. N'était-ce pas le plus important ?

Je me laissai tomber sur le sol et marchai à quatre pattes vers lui, fis glisser doucement ma main le long de sa jambe, m'arrêtant lorsque mes doigts furent stoppés par son entrejambe. Je me faufilai sous son caleçon et approchai ma bouche de son torse pour y poser quelques baisers. Sa respiration changea lorsque je troublai son sommeil. J'adoucis mes gestes, mais continuai de caresser son sexe d'une main. Il durcissait doucement entre mes doigts. Dormait-il toujours ? J'amplifiai mes mouvements, et il se réveilla dans un gémissement. Sans qu'il ouvre les yeux, sa main me chercha, puis se posa sur ma nuque. Il exerça une légère pression pour me ramener vers lui.

— Suce-moi, souffla-t-il.

C'était une plainte, mais je me surpris à lui obéir sans la moindre hésitation. Était-ce ainsi que les soumises se sentaient lorsqu'elles obéissaient à leur Maître ? Je sortis le sexe de Steven de son caleçon et le glissai dans ma bouche, excitée par toutes les images de cette soirée intense en émotions. Sans surprise, le corps de Steven s'abandonna à mes caresses. Il joua avec mes cheveux, chercha à toucher mes seins, puis il s'accrocha à ma main qu'il écrasa dans la sienne. J'accélérai, portée par le bruit de sa respiration. Avant qu'il perde la tête, il m'attira vers lui, et sa bouche m'embrassa maladroitement pendant que ses doigts cherchaient mon sexe sous ma robe. Tout s'arrêta un moment, et Steven me jaugea, surpris de constater à quel point j'étais excitée. S'il savait ! D'une main rude, je le repoussai, fis glisser ma culotte sur le sol et relevai ma robe avant de grimper sur lui, en m'assurant de glisser son membre durci en moi. Il essaya de contrôler le rythme de mon va-et-vient, mais je ne le laissai pas faire : j'avais envie de le sentir plus fort, de hurler de plaisir comme cette femme l'avait fait, enchaînée à ces anneaux.

La bouche de Steven glissa sur ma peau, et il chercha encore à freiner mes ardeurs. Ses doigts me retenaient au niveau des hanches, et je posai mes mains sur les siennes.

— Oui ! Plus fort !

Au lieu de comprendre ma requête, Steven s'évertuait à retenir mes gestes.

— Annabelle, ralentis…

— Non. Laisse-moi faire !

Je chassai ses mains et l'obligeai à me laisser le contrôle. Lorsqu'il cessa de lutter, je m'accrochai à l'accoudoir, m'y tins fermement pour donner plus de force à mes mouvements dans cette chevauchée. Il se mit à gémir. Tant mieux, car j'étais aussi en train de perdre la tête. Ses bras se refermèrent autour de moi, et il me fit basculer à ses côtés. Il m'emprisonna contre le canapé et prit la relève. Ses mains remontèrent le long de mon dos, s'accrochèrent à mes épaules pendant qu'il me pénétrait comme un fou. J'étouffai un cri, puis un autre. Le plaisir grimpait, et je ne le retins pas : je gémis de plus en plus fort, jusqu'à ce que j'en oublie le bruit que nous faisions. Ma tête s'embrouilla, et mon corps fut secoué de violents spasmes. Steven retomba à mes côtés et respira bruyamment, puis son rire troubla ma douce béatitude.

— Quel réveil !

Je ne répondis pas. Je voulais retenir le souvenir de ma jouissance et savourer le relâchement de mes muscles.

— Pendant un moment, j'ai même cru que je rêvais, ajouta-t-il.

— Chut !

Je n'avais pas envie de discuter. J'aurais voulu recommencer. Tout de suite. Il caressa ma joue, mes cheveux, glissa un doigt le long de mon bras, se faufila sous ma robe et griffa doucement ma cuisse.

— Encore, soufflai-je en cherchant son regard.

— Donne-moi une minute.

— Non. Je veux dire : griffe-moi !

Il recommença, puis ses mains me caressèrent de façon plus appuyée, malmenant ma peau et me pinçant au passage. Mon souffle s'accéléra, et je l'invitai à poursuivre par un petit signe de tête. Il remonta ma jambe sur lui et me mordilla l'épaule. J'adorais ça ! Ma main se faufila jusqu'à son entrejambe, et je cherchai à ranimer son désir. Son sexe était encore humide de nous, mais cela ne m'empêchait pas de continuer à le toucher. En temps normal, j'aurais détesté cela, mais, ce soir, j'avais trop envie de lui. Je voulais que son corps efface celui des autres qui avaient fracassé mon esprit. Tous ces corps, ceux des hommes, et ceux des femmes aussi.

— Annabelle… on devrait… prendre une douche…

— Après, susurrai-je. Laisse-moi faire, je te dis.

Son sexe reprenait doucement vie, et je cherchais déjà à le réintroduire en moi. Il eut un drôle de regard, mais c'était le dernier de mes soucis : j'avais une autre mission. Notre position ne me donnait pas le loisir de bouger comme je l'entendais. Je le poussai donc jusqu'à ce qu'il tombe sur le sol et le rejoignis à mon tour.

Je retirai complètement ma robe, empressée, et écrasai mon corps nu sur le sien. Sa chaleur réchauffa ma peau.

Je fermai les yeux en reprenant son sexe entre mes doigts. Je le caressai jusqu'à ce que ses doutes s'évanouissent et que son membre retrouve tout son tonus. Je grimpai sur lui, encore, sans lui laisser le temps de réagir. Je repris mes coups de reins. Mon corps était à fleur de peau. Je me cambrai, et il empoigna mes seins avec douceur. Je déplaçai ses mains sur moi, les ramenai vers mes fesses, les écrasai avec force en espérant qu'il me plaque davantage contre lui. Lorsqu'il répondit à ma plainte muette, il serra ma taille et me dicta un rythme effréné. Le plaisir embrouillait mes gestes et ma tête. J'étais à bout de souffle et j'avais une folle envie de jouir.

Il me repoussa. Je ne compris pas ce qu'il faisait jusqu'au moment où je me retrouvai à quatre pattes sur le sol, son sexe en moi. Il m'amenait vers lui en me tirant par la taille, et je haletai : « Plus fort ! » jusqu'à ce que ma voix faiblisse. Sa respiration se faisait de plus en plus bruyante. Ses râles m'indiquaient qu'il ne tiendrait plus longtemps avant d'éjaculer, mais je ne voulais surtout pas que cela s'arrête avant d'avoir joui encore une fois.

— Encore ! suppliai-je.

— Annabelle…, tu me rends fou…

— Oui !

Je fermai les yeux, et mes pensées dérapèrent vers John. Je m'imaginai qu'il était derrière moi, que c'était lui qui me prenait ainsi.

— Plus fort !

Steven m'obéit, mais cette fois ses gestes devinrent brusques. Il me fit pivoter contre le canapé. Ses coups de reins reprirent, et ses mains s'attardèrent sur ma poitrine. Je les écrasai sur moi, fort, jusqu'à en avoir mal. Un cri franchit mes lèvres, et Steven utilisa ses dernières réserves pour me projeter contre le meuble. Mes ongles s'enfoncèrent dans le tissu pendant que le canapé reculait. Je perdis la tête, puis je sentis mon fiancé qui se laissait tomber sur le sol. Je m'écroulai comme une marionnette à ses côtés. J'étais épuisée, vidée, mais follement détendue. Je fermai les yeux et m'endormis rapidement, encore remplie des images de cette soirée et du désir de mon fiancé.

CHAPITRE 9

MISE AU POINT

Je m'éveillai tard. L'odeur du café me signala que Steven était déjà debout. Je me redressai dans mon lit : comment étais-je arrivée jusqu'ici ? Je me souvenais de m'être endormie sur le sol du salon. Mon fiancé entra dans la chambre, deux tasses dans les mains. Il m'en tendit une et s'installa près de moi, sur le lit :

— Bien dormi ?

— Oui, dis-je en portant le breuvage chaud à mes lèvres.

Il ne parla plus pendant un long moment, et je savourais le silence quand sa question résonna :

— Dis donc, tu avais bu hier soir ou quoi ?

— Euh… non. Pas tant que ça.

Je lui envoyai un regard charmeur.

— Pourquoi ? Ça ne t'a pas plu ?

— Ce n'est pas ça…

Il grimaça et détourna les yeux, visiblement gêné. Je compris que quelque chose le troublait.

— Tu as vu ton auteur, hier soir, c'est ça ? Le tordu ?

Anxieuse, je détournai les yeux et tentai de me remémorer notre baise de la veille. Avais-je parlé de John ? Non !

— Ce n'était pas vraiment un cocktail, expliquai-je, moins fermement que je ne l'aurais voulu, plutôt une rencontre de travail…

Il me jeta un regard noir.

— Pourquoi tu ne me l'as pas dit ?

— Qu'est-ce que ça change ?

— Tu es rentrée hyperexcitée !

Je fronçai les sourcils.

— Hé ! C'est toi qui en as profité !

Il grommela en secouant la tête, puis me jaugea d'un regard inquiet.

— Je peux savoir ce que vous avez fait, hier soir ?

J'hésitai avant de lui répondre, mais je me décidai à lui dire la vérité :

— On est allés dans un bar sadomaso.

Son visage se décomposa, et il eut un léger geste de recul.

— Quoi ?

— Steven, il écrit sur ça. Il voulait simplement me montrer ce que c'était.

— Et tu as dit oui ?

— Que voulais-tu que je fasse d'autre ? Steven, c'est mon travail de comprendre les textes de mes auteurs.

— En allant dans un bar sadomaso ? Et puis quoi encore ? Est-ce qu'il t'a touchée ?

— Quoi ? Non !

Consciente qu'il était sur le point de s'emporter, je déposai ma tasse sur la table de chevet et me redressai sur le lit pour mieux lui faire face.

— Pardon, Steven. J'aurais dû te dire que je sortais avec lui, hier soir, mais je t'assure que c'était uniquement pour me familiariser avec l'univers de ses romans.

Il me scruta d'un air suspicieux.

— Alors ? À quoi ça ressemblait ?

Malgré moi, je lâchai un petit rire nerveux.

— C'était… bizarre. Il y avait des filles à genoux, et des salles tout au fond où les gens pouvaient se donner en spectacle en baisant. Seuls ou avec d'autres.

J'observai la réaction de Steven : il arborait une moue triste.

— Tu es allée là-bas sans m'en parler ?

— C'était pour le travail, et je ne voulais pas que tu t'inquiètes.

Il secoua de nouveau la tête.

— Je ne veux plus que tu y ailles !

— Je n'en avais pas l'intention. C'était juste pour lui prouver que je pouvais le faire.

— Tu n'as rien à lui prouver, à ce tordu ! s'emporta-t-il. C'est lui qui travaille pour toi et non l'inverse !

— C'est un travail d'équipe, rectifiai-je. John voulait seulement que je comprenne ses romans.

Je fis un geste vers lui, mais il me repoussa et se releva du lit. Tout en marchant de long en large dans la chambre, il but une bonne rasade de café.

— Steven, dis-je doucement, ne sois pas jaloux. N'est-ce pas avec toi que j'ai baisé, hier soir ?

— Ça aussi, ça m'énerve ! gronda-t-il. On est fiancés, tous les deux. On ne « baise » pas, on fait l'amour !

— Qu'est-ce que ça change puisque c'est de toi que j'avais envie ?

Ma respiration s'emballa devant le mensonge que je venais de lui servir. Était-ce vraiment lui que j'avais désiré, hier soir ? Pas tout à fait, mais c'était quand même une partie de la vérité : j'avais eu envie d'un corps, d'un sexe...

— Le tordu, il t'a fait des avances ? demanda-t-il soudain.

— Pas une !

J'étais même un peu troublée de le constater, d'ailleurs. Ne m'avait-il pas dit à quel point j'étais magnifique dans ma robe ? Pourtant, il avait été d'un calme à toute épreuve.

Surpris par ma réponse, Steven me dévisagea encore.

— Pourquoi il t'a emmenée là-bas, alors ?

— Pour que je comprenne de quoi parlent ses livres ! J'avais des préjugés, tu le sais...

— Et pour cause ! C'est complètement malade ce qu'il écrit !

— Ne le juge pas, tu veux ? m'entendis-je dire. Ce qu'il écrit, ça existe. Il voulait que j'en prenne conscience, c'est tout.

Peut-être parce que je venais de défendre John, Steven me considéra avec une nouvelle méfiance.

— Il te plaît ?

— Je travaille avec lui, lui rappelai-je en sachant pertinemment que j'évitais la question. N'oublie pas le bonus que nous allons en retirer si je tiens jusqu'à la publication de son troisième tome...

Alors que j'imaginais déjà sa riposte, le fait de mentionner l'argent sembla le calmer légèrement.

— Tu le fais pour ça ? me questionna-t-il encore.

— Je le fais pour nous, parce que ce mariage va nous coûter la peau des fesses, dis-je en feignant un sourire. Mais je ne te mentirai pas : j'aimerais vraiment prouver à mes patrons que je peux le faire. C'est une occasion en or pour moi...

Je lui tendis une main qu'il accepta, puis il déposa sa tasse près de la mienne avant de me rejoindre sur le lit. Ravie de l'avoir rallié à ma cause, je grimpai sur lui et entrepris de le chatouiller.

— Tu ne vas quand même pas te plaindre si je reviens toute chaude, le soir ?

Il retint mes mains sur sa peau.

— Annabelle, gronda-t-il, je n'aime pas savoir que tu travailles avec ce gars. Et encore moins que les trucs qu'il fait… t'excitent.

— Ce n'est pas le cas, protestai-je. C'est toi qui m'excites, Steven.

Je glissai ma main dans son survêtement. Son sexe était déjà dur et dressé vers moi, ce qui me donna le prétexte idéal pour clore cette discussion.

— Tu veux que je te le prouve ? proposai-je avec un sourire gourmand.

Son air rigide se dissipa enfin.

— Tu es impossible ! s'exclama-t-il en riant.

CHAPITRE 10

RELECTURES

Dès que j'eus un moment de libre, je recommençai mes lectures des deux premiers tomes de « Fantasmes ». Je lus ses nouvelles plus doucement, comme John me l'avait demandé. J'oubliai d'en étudier l'écriture et je m'imaginai chacune de ces scènes troublantes derrière l'une des portes closes de ce bar qu'il m'avait fait découvrir. Contrairement à ma première lecture, certains de ses textes m'excitèrent. Je me voyais en train d'assister à la scène, comme je l'avais fait ce soir-là, avec lui. Il m'avait traitée de voyeuse. Pouvais-je réellement l'être ? En tout cas, certains récits me troublaient davantage lorsque je les imaginais se dérouler devant moi. Et, si le temps de ma lecture tripla, je dus également m'arrêter à plusieurs reprises pour reprendre mes esprits, le ventre chaud et le sexe humide.

Je passai le week-end hantée par ces histoires, essayant de les visualiser avec un regard neuf. Je me jetais fréquemment sur Steven pour me rassasier de son corps. J'avais une folle envie de jouir. Ma tête était pleine d'images, même si certaines d'entre elles me dégoûtaient encore quelques jours auparavant. Que s'était-il passé dans ce bar pour me rendre aussi accro ? Je n'arrêtais plus de songer à ces instants que nous avions vécus. Même lorsque j'étais épuisée, le soir, après l'amour, j'avais encore envie de sexe. Si Steven n'avait pas été là, je me serais caressée jusqu'à ce que le sommeil m'écrase de tout son poids.

Pendant ces trois jours, je reçus quelques SMS de John, tous en rapport avec le travail : « nouveau texte écrit », puis « vous avez oublié mon manuscrit dans la voiture : j'ai relu vos notes ». Chaque fois, j'avais envie de lui répondre, mais je me retenais. J'espérais que cette soudaine fébrilité qui avait infiltré mon corps depuis ce soir-là s'estomperait avant le début de la semaine suivante. Autrement dit : avant de revoir John.

Comme il me l'avait promis, il me téléphona au bureau dès le lundi matin :

— Vous avez passé un bon week-end ?

— Oui, merci. J'ai relu votre premier tome.

— Pas le deuxième ?

— C'est que… je ne l'ai pas… terminé, celui-là.

Avait-il perçu le trouble dans ma voix ? Je retins ma respiration quelques secondes, cherchant un moyen d'oublier la raison pour laquelle je ne l'avais pas terminé.

— Et alors ? Est-ce que mes textes vous plaisent davantage ?

— Un peu, admis-je timidement.

— Un peu ?

Je fermai les yeux et respirai longuement avant de lui répondre, d'une voix que je souhaitais calme :

— Disons que je comprends mieux ce qui plaît à vos lecteurs…

— À la bonne heure ! dit-il avec un plaisir évident. Je savais bien que cette soirée était une bonne idée. Il ne faut pas que j'oublie de remercier Denis pour ça.

Je souris, et, soudain, l'image de Maître Denis me revint en mémoire, mais sa voix chassa mes rêveries :

— Je me demandais si nous pourrions nous voir aujourd'hui ? Êtes-vous libre ?

— Vous comptez passer à mon bureau ?

— J'aimerais mieux que vous veniez chez moi.

Je restai silencieuse.

— Auriez-vous peur ?

— Non…

Je ris doucement avant de tourner la chose en plaisanterie :

— Vous allez me faire visiter votre donjon ?

— Je n'oserais pas vous y emmener ! rigola-t-il à son tour. Quoique… si vous me suppliiez !

Je ris sans répondre, sachant pertinemment que j'aurais dû m'emporter devant son sous-entendu, mais j'en étais bien incapable. J'inscrivis, sur mon carnet, en lettres immenses : « TRAVAIL » pour m'obliger à redevenir sérieuse.

— Je ne sais pas si c'est une bonne idée…, hésitai-je. J'aurais aimé relire les textes pour votre troisième tome après… tout ça.

— Vous les relirez ici. Il y a quoi… trente pages ? Ça ne devrait pas vous prendre plus d'une heure !

Ma tête s'enflamma à cette idée : il me proposait de lire ses textes directement chez lui ? Devant lui ? Je me souvenais du trouble qui m'avait saisie en relisant son premier tome. Je ne voulais surtout pas revivre ça devant John !

— Alors ? Vous êtes libre, cet après-midi ? insista-t-il.

— C'est que… j'aurais préféré me préparer pour cette rencontre…

— Inutile. Venez, nous en discuterons directement. Je vous laisserai le temps de lire, et vous aurez même droit aux nouveaux textes que j'ai écrits ces derniers jours. Croyez-moi, vous ne serez pas déçue. Je crois que la nouvelle que j'ai écrite hier vous plaira beaucoup.

Je fus étrangement flattée par ces propos. Avait-il écrit quelque chose pour moi ? Ou alors en songeant à ce que ses mots allaient me faire ?

— Allez, venez ! répéta-t-il avec un ton faussement suppliant. Je vous ferai un thé dont vous me direz des nouvelles. (Je jetai un coup d'œil à mes rendez-vous de la journée pendant qu'il s'évertuait à me convaincre.) Apportez donc votre agenda. Je crois que nous devrions nous donner un horaire de travail fixe et nous voir deux ou trois fois par semaine.

— Trois fois par semaine ? répétai-je. Est-ce vraiment nécessaire ? La plupart du travail peut se faire par mail.

— Je n'aime pas trop les mails et je vous rappelle qu'on doit boucler ce texte dans sept semaines.

Il avait raison, et pourtant… ces rencontres m'embêtaient quand même. Je ne m'attendais pas à voir John aussi régulièrement. Ou alors peut-être davantage durant les deux premières semaines, mais après ? J'inspirai longuement pour tenter de chasser ma nervosité. Quel était le problème ? Après tout, c'était seulement pour travailler !

— Je peux partir du bureau vers 15 heures. Est-ce que ça vous conviendrait ?

— C'est parfait. Vous avez toujours mon adresse ?

Je cherchai dans mon carnet jusqu'à retrouver son écriture fine que je caressai d'un doigt.

— Oui. J'ai tout ce qu'il faut.

— Bien. Alors je vous attendrai. À plus tard.

Il mit fin à notre entretien sans attendre mes salutations, et je raccrochai à mon tour, le souffle court.

CHAPITRE 11

CHEZ JOHN

Je passai le reste de la journée de travail à former Carla, ma nouvelle assistante. Sa tâche consistait à répondre aux questions de mes collaborateurs pendant mes absences. En contrepartie, je lui promis de rester joignable par téléphone lorsque je serais avec John. Chaque fois que j'avais eu quelques minutes de libres, je m'étais jetée sur le deuxième tome de « Fantasmes », en espérant le terminer avant de quitter le bureau. D'abord parce que je voulais que ses histoires soient fraîches dans mon esprit lorsque je relirais le troisième tome, mais aussi, et surtout, parce que j'aimais beaucoup la façon dont mon corps s'éveillait sous ses mots.

J'attendis 15 heures avec impatience, puis récupérai mon sac et filai dans ma voiture sur la route qui menait chez John. J'arrivai une petite demi-heure plus tard, dans une maison bordée par d'arbres, en banlieue. Je n'eus pas le temps de sortir de mon véhicule qu'il sortit m'accueillir.

— Bonjour, Annabelle.

— Bonjour, John. Vous avez bien travaillé ?

— Pas mal. Je crois que vous serez contente.

Il s'écarta pour que je puisse entrer chez lui. Je jetai rapidement un coup d'œil aux pièces, non sans une certaine curiosité. Qu'espérais-je y trouver ? Des chaînes ? Des fouets ? Même si cela me parut ridicule, je ne pus m'empêcher de scruter l'endroit en en détaillant les moindres recoins.

Il m'amena au salon, où un large bureau avait été aménagé. Je m'installai sur le canapé avant de fouiller dans mon sac.

— Je vous ai rapporté vos livres, annonçai-je.

Je les sortis et les déposai doucement sur le coin de sa table.

— Ah ! Très bien !

Il récupéra une pile de feuilles.

— Voici mon troisième tome. Ça, c'est la version que vous avez lue et ça, c'est la nouvelle version. Je crois qu'elle est mieux. Enfin… ce sera à vous de me le dire…

Je récupérai les documents et jaugeai de l'épaisseur du second avec un sourire franc.

— Waouh !

— Je vous ai dit que j'avais bien travaillé !

Je feuilletai le manuscrit avec un air curieux.

— Je vais faire du thé. Pendant ce temps, mettez-vous à votre aise.

Il quitta la pièce d'un pas furtif, et j'obéis sans attendre. Je retirai mes chaussures, me laissai tomber sur le sol pour m'installer confortablement. J'écrasai mon dos contre l'un des accoudoirs du canapé, remontai mes jambes vers moi pour y déposer son manuscrit. J'étalai l'ancienne version sur le sol, la comparai rapidement avec celle que je gardais avec moi. Au bout de trois minutes, j'oubliai l'ancienne version, j'oubliai même que j'étais éditrice : je plongeai dans son texte et le dévorai sans attendre. J'en étais déjà au deuxième fantasme lorsqu'il revint avec un plateau.

— Quelle étrange façon de lire ! lança-t-il avec un rire en détaillant ma position.

— Pardon, je suis mieux installée comme ça.

— C'est très joli.

Il me servit une tasse et la déposa sur la table, près de moi. Au passage, il glissa les yeux sur ma copie.

— Déjà au deuxième texte ?

— Je voulais… voir les différences.

— Et alors ?

— Ça a beaucoup changé. C'est plus… subtil.

— Plus proche des autres tomes, alors ?

Je réfléchis un moment avant de hocher la tête.

— Oui. Je crois que oui.

Il me regarda un instant, et je crus qu'il hésitait à poursuivre la conversation. Il récupéra une tasse de thé à son tour et retourna à son bureau.

— Bien. Je vous laisse travailler. Dites-moi quand vous aurez terminé.

Il s'installa dos à moi, sur une immense chaise de bureau devant un ordinateur portable. Je fouillai dans mon sac pour y récupérer un crayon et replongeai dans son texte. Je ne sais pas pourquoi, j'avais l'impression que cela faisait plus sérieux pour une éditrice de garder un crayon à la main pendant sa lecture.

J'appréciai qu'il ne se retourne pas pendant que je lisais ses textes. Il faut dire que mon corps passa par toute la gamme des émotions dans le désordre le plus total : je rougis fréquemment, fus en proie à des vagues de chaleur, serrai les cuisses aux moments les plus excitants et réprimai quelques sourires, surtout dans son dernier texte. Il y relatait subtilement la plupart des scènes auxquelles nous avions assisté, le vendredi d'avant.

J'avais terminé depuis un bon moment, mais je n'arrivais plus à relever les yeux de son manuscrit. Les souvenirs de cette étrange soirée me revenaient. Il avait particulièrement bien décrit la femme accrochée aux anneaux et la façon dont elle perdait si aisément pied.

Il tourna la tête vers moi.

— Ça y est ?

— Euh… oui.

— Vous pouviez me déranger. Je suis là pour ça.

Je me demandai, un bref instant, comment il avait su que j'avais fini ma lecture, puis j'en conclus qu'il avait simplement remarqué qu'il ne m'entendait plus tourner les pages. Dans un petit grincement, il fit pivoter sa chaise dans ma direction.

— Alors ? demanda-t-il enfin. Qu'en pensez-vous ?

Je relevai les yeux vers lui et je sentis mes joues chauffer.

— Si les autres textes sont aussi bons, ce sera le meilleur de vos tomes.

J'étais sincère. Il me semblait que son écriture s'était améliorée. Qu'elle était plus peaufinée, plus mature aussi. Son visage s'égaya devant ma réponse.

— Tant mieux ! s'exclama-t-il avec un rire. Je savais bien qu'on ferait une bonne équipe, vous et moi ! Et le dernier texte ? Il vous a plu ?

Il parlait, bien évidemment, de celui qui racontait notre soirée. Le rouge de mes joues s'amplifia, mais je luttai pour garder mon calme.

— Il est très réussi.

— Ça ne m'arrive pas souvent de jouer les voyeurs, vous vous en doutez…

— Je suis désolée d'avoir brimé vos envies, répliquai-je en riant.

— Oh, mais ce fut très instructif ! Pour moi autant que pour vous, je me trompe ?

Je le dévisageai un moment, sous le choc de sa question.

— Eh bien… oui, bredouillai-je. Je suppose que oui.

— Je suis content. On dirait que mes textes ne vous paraissent plus aussi terribles. Je n'ai pas raison ?

Encore une vague de chaleur qui inonda mon ventre et probablement mes joues aussi. Je me sentis ridicule sous son regard et je pouffai comme une imbécile.

— Arrêtez ça, dis-je.

— Quoi ?

— Vous essayez de me gêner.

— Mais je ne fais rien du tout ! se défendit-il. Je vous demande simplement si mes textes vous paraissent plus acceptables depuis que vous êtes venue à cette soirée. Je vous rappelle que c'était le but de l'opération.

Il avait raison. Était-ce moi qui interprétais mal ses questions ? Je chassai mon trouble et hochai discrètement la tête avant de lui répondre :

— Oui, c'est possible.

— Alors c'est une très bonne chose de vous avoir emmenée là-bas. Je m'en félicite.

Je rebaissai les yeux sur son manuscrit et je fis mine de le feuilleter devant lui. Je me remémorai le mot « TRAVAIL » que j'avais inscrit dans un coin de mon cahier. Je ne devais surtout pas l'oublier.

— Il y a encore quelques corrections à apporter dans certains de vos textes, vous voulez qu'on en discute ? demandai-je avec une voix plus détachée.

— Comment voulez-vous qu'on procède ?

— Comme vous voulez. Soit on regarde le texte ensemble, soit je vous redonne le document annoté. Vous pourrez vérifier les modifications par vous-même.

Il tira une chaise près de la sienne et la tapota doucement.

— Venez.

Je me levai et m'installai près de lui. Je déposai le texte sur le bureau, devant nous, et fis virevolter les pages jusqu'à certains passages encerclés. Je pointai les divers éléments que j'avais relevés dans son document, page par page : parfois des fautes, parfois des longueurs, parfois des passages moins subtils. Soudain, il m'empêcha de tourner une page.

— Et ça ? Vous ne me demandez pas de le rendre plus subtil ? C'est pourtant très cru, comme langage.

— Oui, mais le contexte s'y prête.

— Je vois…

Il semblait surpris de ma réponse. Avait-il cru que je n'avais pas repéré le passage en question ? Je relus rapidement le paragraphe avant d'insister :

— John, j'ai bien fait mes devoirs et j'ai lu le *Guide de la soumise*. Il y a dedans de longs passages sur le fait qu'il est important de traiter les soumises comme des animaux. Je suppose que je ne peux pas vraiment m'offusquer de ça.

— Les traiter comme des chiennes, oui. Ça fait partie de leur apprentissage.

— Bien, si ça leur plaît…

Je tournai la page sans m'y attarder davantage. Je n'avais pas particulièrement apprécié cette partie, mais je parvenais, étrangement, à comprendre. Je voyais tout comme une spectatrice : bien à l'écart, derrière une vitre ou installée au cinéma. Tout ça n'était qu'un jeu et rien d'autre. Si ces femmes se plaisaient à jouer les chiennes, tant pis. Je n'y pouvais rien.

— Et le passage du fouet ? me demanda-t-il soudain.

— Plus difficile, admis-je, mais c'est un nouveau texte. Il me faudra certainement le relire.

— Oui, c'est vrai.

— Il faut que j'essaie de voir si… c'est le propos qui me dérange ou si quelque chose accroche dans votre écriture.

Un sourire plus franc revint illuminer son visage.

— Voilà une très bonne éditrice. Je n'en attendais pas moins de vous…

Son compliment me gêna, mais je tentai de masquer mon trouble en reposant les yeux sur son texte.

— Merci. N'empêche, il y a encore de quoi faire…

Je continuai de lui indiquer certains passages. Le travail me permettait d'oublier la chaleur que ses écrits avaient installée dans mon ventre. Je me concentrai sur son écriture et sur ses mots. Je me détachai du contexte et parvins à en discuter plus facilement. Il notait mes commentaires directement en bordure de la page lorsqu'il s'agissait de reformulation, de réécriture ou de construction de sens, mais, dès que je lui pointais des erreurs, il les corrigeait directement dans son texte, sur son ordinateur portable.

Ce n'est qu'à la fin de notre séance de travail, près de deux heures plus tard, alors que je rangeais mes affaires dans mon sac, qu'il dit, d'une voix qui ne masquait rien de sa satisfaction :

— Je suis content. Nous avons vraiment bien travaillé. Merci, Annabelle.

— Quand vous m'enverrez la version finale de vos cinq premiers textes, je les ferai lire à Nadja pour qu'elle voie l'avancement du travail.

Il me jaugea avec inquiétude.

— Vous n'avez pas confiance en vous ?

— C'est la première fois que je m'occupe de ce genre de texte, vous le savez. Et c'est habituel pour les éditeurs de se référer au directeur de la collection.

— Vous êtes directrice de collection.

— D'une collection très différente ! répliquai-je avec un sourire rempli de sous-entendus. Et puis un avis extérieur ne peut être que bénéfique, vous ne pensez pas ? (Je posai un regard inquisiteur sur lui.) À moins que vous ne préfériez quelqu'un d'autre ? Jason peut-être ?

— Non ! Vous pouvez les faire lire au pape, si vous voulez… C'est juste que je vous croyais plus sûre de vous.

— Je fais tout cela dans votre intérêt, John. Je veux m'assurer que mes préjugés n'interfèrent en rien dans votre travail de création.

— Vous n'en avez plus beaucoup, je me trompe ?

Je haussai simplement les épaules pour éviter de répondre à la question. Je n'étais pas prête à admettre que mes préjugés s'étaient estompés, même si c'était le cas. Je glissai mon sac sur mon épaule, ce qui lui indiqua que j'étais prête à partir, mais, au lieu de se lever pour me raccompagner à la porte, il croisa les jambes et se réinstalla dans son fauteuil.

— Que diriez-vous si on fixait aujourd'hui nos prochains rendez-vous ? Je veux dire… les mêmes, chaque semaine.

— Euh… si vous voulez.

Je récupérai mon agenda et m'installai à genoux, sur le sol, pour le feuilleter sur sa table basse. Il me jeta un sourire narquois.

— Quoi ?

— Vous avez l'air d'une soumise, comme ça. Par terre.

Je rougis violemment et fis un geste pour me relever, mais il m'en dissuada d'un mouvement de la main :

— Je vous en prie, restez là. Ça me plaît bien.

— Non, sans façon.

Je m'installai sur le canapé et j'eus un mal fou à trouver la page de la semaine en cours.

— Annabelle, pardonnez-moi, je ne voulais pas vous contrarier…

— Ça va, répliquai-je très vite. Que suggérez-vous pour nos rencontres ?

— Je préférerais en milieu de journée, comme aujourd'hui. Cela me permettrait de peaufiner quelques détails avant votre arrivée.

— Les lundis et jeudis, ça vous va ? proposai-je sans relever les yeux vers lui.

— N'avions-nous pas convenu de nous voir trois fois ?

Ne pouvant l'éviter cette fois, je le regardai en secouant la tête.

— Je ne crois pas que vous ayez besoin de moi aussi souvent. Vous n'aurez pas suffisamment de temps pour écrire entre nos rencontres.

— Mon plan est déjà prêt, et j'ai déjà plusieurs textes en réserve. J'écris toujours entre vingt et vingt-cinq fantasmes parmi lesquels je choisis les meilleurs pour publication.

— Vingt-cinq textes ? Mais vous n'en publiez que quinze chaque fois !

— Je suis quelqu'un d'exigeant.

Je ne répondis pas. Moi qui croyais que nous avions déjà le tiers du travail de fait !

— Travailler avec vous est très agréable, insista-t-il, et je trouve que nous avançons bien, ainsi.

Je n'aimais pas la joie que me procuraient ses paroles et, sachant que je finirais par accepter sa requête, j'allai donc au plus court :

— Lundi, mercredi et vendredi ?

— Ce serait parfait pour moi, mais, si vous préférez qu'on se voie aussi à votre bureau, ça ne me gêne pas de faire une partie des déplacements.

— Si j'ai un empêchement, je vous le dirai. Autrement, je viendrai vous rejoindre. Aux mêmes heures ?

— Oui.

Je notai le tout et constatai déjà quelques conflits d'horaire qu'il me faudrait essayer de régler avec ma nouvelle assistante. John se releva, et je me dépêchai de ranger le cahier dans mon sac avant de me redresser à mon tour. Au même moment, il pointa du doigt le canapé derrière moi.

— Vous permettez qu'on discute un peu avant que vous partiez ?

Je ne compris pas tout de suite ce qu'il me demandait. Avait-il délibérément attendu que je sois sur le point de partir pour me demander de rester ?

— Aurait-on oublié quelque chose ? demandai-je.

— Pas vraiment, mais j'aurais aimé qu'on parle de vos relectures…

J'eus peur de rougir, mais c'était déjà trop tard. Il sourit et m'invita à reprendre place sur le fauteuil derrière moi. Mes genoux se plièrent aussitôt, comme s'il venait de l'ordonner.

— Bien, dit-il en venant s'installer à mes côtés. Expliquez-moi comment notre soirée a changé votre perception.

Troublée, autant par sa proximité que par sa question, je bredouillai :

— Je… je ne vois pas… de quoi vous voulez parler…

— Allons Annabelle, je ne suis pas aveugle. Votre attitude envers mes textes est différente.

Il se pencha vers moi et prit un moment pour mieux me regarder.

— Laissez-moi deviner… C'est d'avoir vu que des gens en tiraient du plaisir, c'est ça ? Cela a changé votre perception du BDSM ?

— Non ! me défendis-je mollement. Je n'approuve toujours pas… ça.

Comme il attendait une réponse plus consistante, je me décidai à ajouter :

— Mais il est vrai que cette sortie m'a permis de voir les choses différemment, finis-je par admettre.

Son sourire se confirma, et il parut fort satisfait de ma réponse.

— Ce n'est que de la curiosité, bien sûr, reprit-il, mais j'apprécierais beaucoup de savoir ce qui a changé.

— C'est difficile à dire, mais on dirait que j'arrive à mettre une barrière. Enfin, non… pas une barrière, une vitre plutôt.

— Ah ! Oui, je vois.

Je le dévisageai, intriguée par la façon dont il semblait comprendre mes paroles.

— Je vous l'ai déjà dit, mademoiselle : vous êtes une voyeuse.

Il posa un regard moqueur sur moi, et je clignai des yeux plusieurs fois avant de les baisser sur mes genoux. Avait-il raison ? Je n'avais jamais éprouvé le moindre plaisir à observer, sauf ces scènes qu'il avait retranscrites dans ses récits. Certes, cette soirée avait été excitante, mais je n'étais pas prête à me considérer comme une voyeuse. Le seul mot me dégoûtait, comme s'il désignait une maladie dont je pourrais être atteinte.

— Je ne crois pas, non, m'entendis-je dire. C'est juste qu'il m'est plus facile de lire de cette façon.

— Moins dangereux de voir que de participer, oui. Je peux comprendre…

Cette fois, il avait raison. La vitre m'empêchait d'entrer dans l'action.

J'étais là de façon passive. Cela me plaisait et m'excitait.

— Vous êtes fiancée, c'est normal, dit-il encore.

Mon sourire fut glacial.

— Que c'est aimable à vous d'essayer de me comprendre. Je n'en espérais pas tant.

— Allons donc, vous faites bien la même chose pour moi.

—Ce n'est pas vous que j'essaie de comprendre, mais vos œuvres.

— Mais je suis mes œuvres ! cingla-t-il.

Une certaine colère animait sa voix, et je tressaillis devant cet emportement que je ne compris pas. Je remontai mon sac sur l'épaule et me relevai, déterminée à clore cette discussion.

— Bien, il vaut mieux que je parte. À mercredi, alors ?

— Oui, à mercredi.

Sa voix était sèche, mais je ne doutai pas que la mienne l'avait été tout autant. Je n'avais que faire de sa colère. J'étais son éditrice, pas une patiente à psychanalyser !

Je quittai sa maison et je roulai pendant quelques minutes avant de m'arrêter sur le bord de la route. J'éclatai en sanglots. Comment cet homme arrivait-il à me faire perdre toute mon assurance ? J'avais eu envie de le frapper pour le faire taire. *Quel prétentieux !* J'imitai son ton avec moquerie : « Je suis mes œuvres ! » jusqu'à ce que mes larmes sèchent et que mon rire résonne dans la voiture.

Cette histoire allait trop loin. Il fallait que je prenne de nouvelles résolutions : conserver des rapports plus que professionnels avec John Lenoir, ne plus relire ses textes ailleurs que dans le cadre du travail, et surtout ne plus jamais lui parler de ma vie privée.

CHAPITRE 12

TROIS QUESTIONS

Pendant les séances de travail qui suivirent, je ne déviai pas de mes résolutions. John était on ne peut plus poli avec moi, et notre dernière discussion ne fut plus jamais abordée. Au bout d'une semaine, nous avions de nouvelles habitudes de travail : il me faisait parvenir ses textes par mail, et je les lisais avant d'arriver à notre rendez-vous. Nous les corrigions ensemble, et il me renvoyait la nouvelle version avant notre prochaine rencontre. Il écrivait beaucoup. Je recevais, en moyenne, un ou deux nouveaux textes par semaine. Je n'arrivais pas à comprendre comment il trouvait le temps d'écrire autant, ni d'où lui venaient toutes ces histoires. Avait-il vécu tout ça ? Je me défendis bien de le lui demander, même si, pour être honnête, je gardais ce doute dans mon esprit.

Nadja était très impressionnée par le travail que j'accomplissais avec John. Le premier jet que je lui avais transmis l'avait sidérée.

— Je savais que tu étais faite pour ça ! Je t'avais dit que ce n'était pas très compliqué.

Comment pouvait-elle dire ça ? Depuis que John Lenoir était entré dans ma vie, j'avais l'impression que tout avait changé : ma vie sexuelle avait considérablement gagné en intensité, et je relisais les textes qu'il me faisait parvenir au moins deux fois avant de pouvoir en juger le style d'écriture.

À la maison, Steven me regardait différemment. Il percevait certainement les changements qui s'opéraient en moi, mais il n'abordait jamais le sujet. Et je lui en savais gré. J'étais moi-même incapable de faire le point sur ce qui m'arrivait : mon corps avait besoin de sensations fortes. Fréquemment, je baisais mon fiancé comme un exutoire. Je m'agrippais à la tête de lit, m'imaginais attachée et sous le joug d'un homme rude. Malheureusement, Steven était toujours tendre, même dans ses élans les plus fougueux. Lorsque je me positionnais à genoux devant lui, je le suçais comme une furie, et, dans mon esprit, c'était à un autre que j'accordais mes faveurs… Mais peu importait ce fantasme inavouable vu que c'était bien avec Steven que je faisais tout cela, n'est-ce pas ?

Et pourtant, en présence de John, je m'obligeais à être ferme avec lui. Je me comportais en éditrice stricte et professionnelle. Il était hors de question qu'il perçoive la faille que je sentais grandir en moi.

Au bout de trois semaines de travail assidu, je réimprimai l'ensemble du document que formaient ses écrits, soit treize au total. Presque un tome complet. Je m'installai dans mon bureau pour les relire en bloc. Le but était de leur donner un ordre précis afin que ce troisième tome soit similaire aux autres : les fantasmes devaient progresser tant au niveau des situations que de l'excitation qu'ils suscitaient chez le lecteur.

Je connaissais ces histoires par cœur, désormais. Je m'étais déjà construit des lieux et des personnages pour me les imaginer. Et, pourtant, elles m'excitaient encore. Je notai, à côté de chaque titre, une note sur cinq pour indiquer l'excitation que cela provoquait en moi. Lorsque j'inscrivais le chiffre cinq, cela signifiait que l'histoire me titillait légèrement. C'étaient les histoires plus sensuelles que sexuelles. Lorsque j'indiquais trois, mon ventre était en proie à des vagues de chaleur intenses. Je rougissais, et il me semblait que mes seins gonflaient dans mes habits tellement ils devenaient sensibles. Lorsque j'indiquais un, je devais me faire violence pour ne pas me caresser au bureau. Depuis que John était mon auteur, j'avais pris l'habitude de mettre plus souvent des robes au travail et j'entrouvrais mes cuisses pour que l'air assèche mon sexe humide. En relisant ces textes-là, je ne songeais qu'à retrouver Steven pour combler un manque de plus en plus violent.

À lire toutes ces histoires d'un coup, les unes après les autres, je crus que mon siège en serait détrempé. J'étais follement excitée.

Je tournai ma chaise vers l'arrière, face à la baie vitrée, et je m'appuyai contre le dossier pour être plus à mon aise. Je laissai retomber le manuscrit de John sur mes cuisses et glissai une main entre mes jambes, bien masquée par la pile de feuilles. Je constatai à quel point ma jupe m'offrait une occasion facile d'accéder à mon sexe. Je contournai ma culotte, caressai mon clitoris doucement. J'étais si émoustillée par mes lectures que je crus que j'allais jouir en moins de dix secondes. J'enfonçai un doigt à l'intérieur de mon vagin, chaud et humide, puis redoublai d'ardeur dans mes caresses, prête à perdre la tête à la première occasion. Je me mordis la lèvre inférieure pour ne pas gémir, retins ma respiration. Ce fut rapide. Mes cuisses se refermèrent sur ma main, et cette pression supplémentaire m'arracha un faible râle que j'étouffai dans le tissu de mon fauteuil, puis je repris conscience et me redressai vivement sur ma chaise.

Dans mon déhanchement, le manuscrit de John était tombé sur le sol, et j'avais une main encore emplie de ma jouissance. J'eus un rire nerveux en récupérant un mouchoir pour m'essuyer. J'étais affreusement gênée. N'importe qui aurait pu entrer dans mon bureau, me voir dans une telle position, mais l'aventure m'avait d'autant plus excitée. Une fois mes doigts nettoyés, je me penchai pour récupérer les pages, par terre, quand la porte de mon bureau s'ouvrit :

— Bonjour, Annabelle.

Je me redressai dans un sursaut, sans avoir eu le temps de récupérer le document.

— John ? Qu'est-ce que… vous faites ici ?

— Je vous dérange, peut-être ?

J'eus un rire idiot, puis je repris mon mouvement pour récupérer son manuscrit par terre avant de le déposer sur mon bureau.

— Non, ça va. Que puis-je faire pour vous ?

— Je venais m'excuser d'avoir annulé notre rencontre d'hier. J'ai eu… un empêchement.

— Ce n'est pas grave, dis-je en jouant nerveusement avec mon crayon, comme si je craignais de croiser son regard.

— Je vois que vous avez relu mes textes…

Pendant un bref instant, je crus qu'il avait deviné ce que je venais de faire, mais je retrouvai ma voix et mon courage, puis me forçai à me concentrer sur le travail.

— J'étais justement en train d'essayer d'en faire un classement. Pour voir dans quel ordre vos histoires s'agenceraient le mieux.

— N'est-ce pas un peu prématuré tant que l'écriture du tome n'est pas terminée ?

— Je ne sais pas. Je me disais que la lecture serait peut-être différente si on les plaçait d'une certaine façon ?

— Hum. Possible.

Il me fixait avec un drôle de sourire, puis il tendit la main vers moi.

— Quel ordre avez-vous choisi ?

Je lui tendis son manuscrit sans attendre. Il regarda les chiffres que j'avais indiqués aux côtés des titres.

— De un à cinq ? questionna-t-il.

— De cinq à un, si vous préférez. Pour que vos textes soient du plus doux au plus fort.

— Intéressant…

Il regarda ma notation, s'arrêta au dernier où je n'avais pas encore mis de note.

— Et celui-ci ?

— Euh… disons… un ? proposai-je, en rougissant.

— Oui. Un. Je suis d'accord. Mais nous pourrons en reparler quand vous aurez lu les autres.

— Oui, bien sûr. C'était juste un essai…

— Fructueux, on dirait.

Je le dévisageai un moment. Que voulait-il dire par là ? Je n'osai pas le lui demander, mais son sourire me mit mal à l'aise.

— Allons, Annabelle, dit-il soudain, j'ai un sixième sens pour certaines choses.

Sa réplique me pétrifia, et mon premier réflexe fut de me braquer et de tout nier en bloc. Mais cela n'aurait-il pas été pire ? Il s'installa sur la chaise devant moi et déposa un nouveau bloc de feuilles sur mon bureau.

— Enfin, peu importe. Voici un petit quelque chose pour vous. Pour me faire pardonner d'avoir annulé notre rendez-vous d'hier.

Je récupérai le document, heureuse qu'il ait changé de sujet. Je le feuilletai rapidement avant de poser un regard incrédule sur lui.

— C'est une blague ?

— Non. Cinq nouveaux textes.

— En quoi ? Quatre jours ?

— J'ai été particulièrement inspiré ces derniers temps.

Je reposai les yeux sur ses écrits. Je les aurais dévorés sur-le-champ s'il n'avait pas été assis devant moi.

— J'ai même pensé à vous à propos de l'un d'eux…

Je le fixai, troublée par son aveu.

— À moi ? répétai-je.

— Je n'étais pas certain d'avoir envie d'écrire cette histoire, mais… je me suis placé du point de vue du spectateur. Je me suis dit que ça vous plairait davantage de cette façon. C'est légèrement dégradant pour la femme, en revanche…

— Avec vous, j'ai l'habitude, sifflai-je, avec un brin de moquerie.

Il se releva, avec cette grâce qui m'impressionnait toujours, et, alors que je l'imaginais sur le point de repartir, il demanda :

— Puis-je vous inviter à prendre un verre ?

Je le fixai, surprise, pendant qu'il ouvrait la porte de mon bureau. Comme il semblait m'attendre, je me décidai à récupérer mon agenda et ses textes que je glissai dans mon sac, puis je le rejoignis. Je ne retrouvai ma voix que lorsque nous fûmes devant les ascenseurs :

— Il y a une raison particulière à cette invitation ?

— Je n'ai pas le droit d'inviter mon éditrice à prendre un verre ? Est-ce qu'on ne mérite pas une petite pause ? Nous ne faisons que travailler, ces derniers temps.

C'était vrai. À ce rythme, nous allions terminer le travail en moins de cinq semaines, soit trois semaines en avance sur un emploi du temps déjà très serré. Je ne doutais pas que Nadja et que Jason en seraient très heureux.

— Moi qui croyais que vous seriez impressionnée par ce que je vous ai donné aujourd'hui !

— Mais je le suis ! me défendis-je.

— Alors profitons un peu de cette belle journée, voulez-vous ?

Je compris ce qu'il voulait dire par « belle journée » lorsque je sortis de l'immeuble. Le soleil était chaud, et les terrasses étaient déjà ouvertes. L'été était presque à nos portes. Il me semblait ne pas avoir vu le temps passer dernièrement.

Nous nous retrouvâmes au même bistrot que la première fois, mais nous nous installâmes sur une table en terrasse. Il commanda deux verres de vin blanc et, dès que le serveur s'éloigna, il entama la conversation :

— N'ai-je pas eu une bonne idée en vous sortant de votre bureau, par une si belle journée ?

— Si, confirmai-je avec une joie que je ne masquai pas.

Je fermai les yeux un bref instant pour mieux ressentir la chaleur du soleil sur ma peau, et John attendit que nos verres soient devant nous avant de reprendre, d'un ton plus sérieux :

— Annabelle, puis-je vous poser une question personnelle ?

J'avais porté le verre à mes lèvres, mais je le reposai sans boire pour le regarder, légèrement craintive.

— Vous n'êtes pas obligée de répondre, ajouta-t-il très vite.

Je ne réagis pas, troublée par cette mise en situation pour le moins intrigante. Mon cerveau formulait déjà des tas de théories sur la question que John pouvait bien avoir à me poser, et je m'entendis prononcer :

— Donnant, donnant ?

Il rit en hochant la tête.

— Voilà qui me plaît !

Il récupéra son verre, en but une petite gorgée avant de reposer les yeux sur moi.

— En fait, j'ai trois questions. Et les trois sont délicates.

— Vous passez d'une à trois ? le narguai-je.

— Disons qu'une de mes questions s'est elle-même imposée quand je suis entré dans votre bureau, tout à l'heure…

Il affichait un petit sourire moqueur qui me troubla. Comment aurait-il pu deviner ce que j'avais fait ? Malgré le doute qui persistait, je me risquai à garder un visage impassible.

— Que se serait-il passé si j'étais entré dans votre bureau… disons… cinq ou dix minutes plus tôt ?

— C'est ça, votre question ? rétorquai-je, malgré mon étonnement.

— Ce n'est que de la curiosité, bien sûr, et, tant qu'à vous interroger, autant commencer par le plus facile…

J'avais désormais la certitude qu'il connaissait déjà la réponse, et cela m'embêtait d'autant plus de mentir.

— Je suppose que je vous aurais demandé de frapper avant d'entrer, la prochaine fois, dis-je, moins fermement que je ne l'aurais souhaité.

Son rire reprit.

— C'est une bonne réponse, un peu évasive en revanche.

— John, que voulez-vous entendre ? grondai-je, agacée par ses allusions.

— La vérité. Est-ce si difficile à dire ?

Mes doigts se resserrèrent autour de mon verre, mais je restai silencieuse. Il se pencha vers moi, toujours aussi calme, alors qu'une soudaine tension me nouait le ventre.

— Dois-je la dire par moi-même ?

— Cela vous ferait-il plaisir de le faire ?

— Oui, admit-il. Vous permettez ?

Je ne répondis pas, mais il ne se priva pas de poursuivre :

— Vous vous êtes caressée.

Étrangement, entendre ces mots ne me dérangea pas outre mesure. J'étais seulement étonnée par sa perspicacité.

— Et sur un de mes textes en plus, ajouta-t-il. Voilà qui me flatte beaucoup…

— Qu'est-ce qui vous rend si sûr de vous ?

J'avais posé la question avec une pointe de défi, en soutenant son regard, à la fois effrayée et excitée par la facilité avec laquelle il m'avait percée à jour. Dans le meilleur des cas, il bluffait ; dans l'autre, j'espérais comprendre comment il avait pu deviner. Il s'adossa contre sa chaise, et son doigt glissa sur son visage, sous son menton, comme s'il réfléchissait sérieusement à la question.

— Votre bureau dégageait une agréable odeur de sexe à laquelle je suis particulièrement sensible, dit-il sans diminuer le volume de sa voix. Ça et… la lumière qu'il y avait dans vos yeux. Celle que les femmes ont toujours après l'orgasme. Sans compter que votre coiffure était un peu défaite aussi, ce qui n'est pas dans vos habitudes…

Je retins difficilement mes doigts : j'avais soudain très envie de replacer mes cheveux, comme si je pouvais effacer une preuve de ce qu'il avançait.

— Cela dit, toutes mes suppositions ont été confirmées lorsque vous avez posé les yeux sur moi.

— Comment ça ?

— Je ne sais pas… Je dirais que vous étiez… surprise et gênée. Soulagée aussi, probablement. Si j'avais su, je ne me serais pas arrêté au bureau de Nadja pour lui dire à quel point j'étais satisfait de votre travail…

À la seule pensée que John aurait pu me surprendre dans cette position, je me mis à rougir violemment. Ma réaction me trahit, et je détournai les yeux avant de rire timidement.

— Touché, avouai-je tout bas.

— Et elle ne nie pas ! s'exclama-t-il d'un air ravi. Bravo, Annabelle. Vous m'étonnez de plus en plus. (Il se pencha vers moi, un sourire charmeur accroché aux lèvres.) Maintenant je regrette vraiment de ne pas être arrivé plus tôt.

— Il n'y avait rien de bien exceptionnel pour un homme comme vous.

— Ne me surestimez pas ainsi, voyons ! me gronda-t-il avec un air faussement gêné.

Je bus une gorgée de vin et j'eus l'impression que la moitié du liquide y passa. Je comparai nos verres du regard : il n'avait pratiquement rien bu.

Le silence s'installa, et je m'entendis bredouiller :

— Vous n'êtes pas obligé de me croire, mais c'était la première fois que je faisais… ça.

— Que vous vous masturbiez au travail, énonça-t-il.

Les mots ravivèrent la couleur sur mes joues, et, visiblement, le spectacle lui plut.

— Alors j'en suis d'autant plus flatté. Serais-je en train de vous entraîner du côté obscur ?

Je secouai la tête, espérant faire dévier le sujet de la conversation. J'aurais voulu fondre au soleil pour éviter son regard aussi inquisiteur.

— Annabelle, reprit-il doucement, comme s'il percevait mon trouble, vous n'avez rien fait de mal, il me semble. Au contraire ! Vous venez de confirmer que ce texte devait absolument paraître dans le prochain tome.

— Changeons de sujet, voulez-vous ? le suppliai-je d'une petite voix.

— D'accord. Et si on passait à la question numéro deux ?

Il but pendant que je réfléchissais. Qu'allait-il me demander ? Mon cœur faisait un bruit infernal dans ma poitrine. J'aurais certainement du mal à soutenir une autre question du même ordre.

— Si vous voulez, je peux formuler la question de manière que vous n'ayez qu'à répondre par oui ou par non.

— Cela devrait-il me rassurer ?

— Évidemment !

Je fis un geste de la main, comme pour l'inviter à continuer. Ma voix était tout sauf posée, et je devais me concentrer pour respirer à un rythme normal.

— Nous n'avons jamais vraiment reparlé de cette soirée au bar, vous et moi, reprit-il. Vous savez que vous y avez fait forte impression ? J'y suis retourné plusieurs fois depuis, et on me parle constamment de la fameuse bibliothécaire.

Je ris en me souvenant de ce terme qu'avait employé Maître Denis pour me nommer.

— On m'a demandé de nombreuses fois si je vous y ramènerais. Bien évidemment, je leur répète que ça n'arrivera probablement plus, n'ai-je pas raison ?

— Euh… oui.

— Surtout que Denis n'aime pas beaucoup les voyeurs, continua-t-il, comme s'il n'avait pas entendu ma dernière réponse. En général, les gens qui viennent dans son bar doivent… consommer. Mais il dit qu'il est prêt à faire une exception. Pour vous revoir.

Troublée par sa remarque, je m'impatientai :

— Quelle est la question ?

— Je me demandais si vous aimeriez m'accompagner de nouveau au bar de Maître Denis. Comme la dernière fois. Sans participer.

Des images de cette soirée me revinrent en mémoire, et le même trouble se réinstalla dans mon ventre. C'est peut-être pour cela que je m'empressai de secouer la tête.

— Ce n'est pas une bonne idée.

— Pourquoi donc ? Puisque vous vous contenterez de regarder !

Je fis mine de le disputer du regard, mais j'étais quand même fière de la réponse que je venais de lui donner.

— John, je suis fiancée. Dois-je vous le rappeler ?

— Oh, c'est vrai ! Dites-moi : votre fiancé n'a-t-il pas apprécié votre retour à la maison, ce soir-là ? Vous deviez être très excitée…

Je fronçai les sourcils et le grondai encore :

— Cela ne vous regarde pas.

— Hum ! Je vois que vous essayez de protéger votre vie privée. C'est tout à votre honneur, je le concède. Peut-être que vous devriez lui en parler ? Je ne vois aucun problème à ce qu'il nous accompagne.

Je sursautai.

— Certainement pas ! Ce n'est pas son genre.

— Ce n'était pas le vôtre, non plus, il n'y a pas si longtemps…

— Et ça ne l'est toujours pas ! me défendis-je, étrangement piquée au vif par sa remarque.

Il hocha la tête sans insister, comme s'il comprenait mes réticences.

— Si vous le dites. Enfin… tant pis. Considérez que l'offre vous a été faite.

Il replongea dans le silence le plus total. Il balayait les passantes du regard avec un petit air taquin. Moi, je n'arrivais plus à détacher mes yeux de lui. J'attendais sa troisième question avec impatience et finis par m'impatienter :

— Et la dernière question ?

— Elle est devenue caduque. Quoique… je pourrais toujours la remplacer par une autre…

Il leva les yeux au ciel en pinçant les lèvres, comme s'il faisait mine de réfléchir, puis reporta son attention sur moi.

— Qu'est-ce qui vous dérange autant dans le fouet ?

Sa question me prit de court et je bredouillai :

— Mais… la souffrance, bien sûr !

— C'est aussi ce que j'ai cru, au début, mais je crois qu'il y a autre chose…

— J'ai le droit de ne pas approuver certaines pratiques !

Il hocha la tête.

— Bien sûr, seulement… je crois qu'il y a plus que ça. Les gens qui n'aiment pas le fouet n'ont, en général, pas vraiment de difficulté à regarder les autres le subir.

Je détournai la tête, agacée par son insistance, et plus encore par la façon dont il essayait de me percer à jour.

— Vous, il y a autre chose, persista-t-il.

Je le foudroyai du regard.

— Arrêtez.

— Pourquoi ? Cela vous dérange que je veuille en connaître davantage à votre sujet ?

— Oui.

Je reposai mon verre sur la table avec un bruit sourd, comme pour lui démontrer que nous en avions terminé avec cette discussion.

— Annabelle, insista-t-il, dites-moi ce qu'il y a.

— Vous êtes mon auteur, pas mon psy.

— Vous n'avez donc pas lu mon CV ? J'ai aussi une formation en psychologie, vous ne le saviez pas ? (Je me levai sans répondre, déterminée à clore le sujet sur-le-champ.) Annabelle, je veux seulement vous aider.

— Ça ne m'intéresse pas.

— Pourtant, je sais ce que vous avez.

Je le défiai du regard.

— Vraiment ?

— Oui. Mais il serait bien plus efficace que vous me le disiez vous-même. Et j'y verrais une marque de votre confiance à mon endroit.

— Je n'ai pas à vous faire confiance ! pestai-je.

Il serra les dents, visiblement troublé par la façon dont je venais de lui tenir tête, puis il eut un soupir conciliant.

— C'est juste. Pardon.

Il récupéra son verre et en but une longue gorgée, puis il sortit son portefeuille, laissa un billet sur la table avant de se lever.

— Venez, je vous raccompagne.

— Je ne retourne pas au travail, je rentre directement chez moi.

— Dans ce cas, marchons ensemble jusqu'à votre voiture.

Je consentis à le suivre, toujours bouleversée par la façon dont il m'avait parlé. Devant ma portière, je fouillai dans mon sac pour en sortir mes clés. Il restait là, devant moi, à m'observer. J'avais la sensation qu'il attendait quelque chose, mais quoi ? Lorsque j'ouvris ma portière, il reprit la parole :

— On se voit toujours demain ? Chez moi ?

— Oui.

— Parfait. À demain, Annabelle.

— À demain.

Il tourna les talons sans attendre, et je m'enfermai dans la voiture. Comment avait-il fait pour me déstabiliser ainsi ? Je dus faire un effort pour ne pas éclater en sanglots contre mon volant. Je me sentais terriblement fragile. Quelque part, j'avais l'impression que John Lenoir m'observait toujours, et je n'avais aucune envie de céder à son pouvoir.

CHAPITRE 13

LA TROISIÈME QUESTION

Pendant que Steven et moi étions chez mes futurs beaux-parents, en train de choisir la couleur des faire-part pour notre mariage, je repensai à ma discussion avec John. Devant tous ces échantillons, je n'arrivais plus à faire la différence entre le blanc marbré et le gris cendré. Je n'avais que les mots de John en tête. Avait-il vraiment compris ce qui m'animait, intérieurement, à propos du fouet ? Possible. Après tout, il avait bien deviné ce que j'avais fait avant son arrivée…

— Anna, lequel tu préfères ?

Je clignai des yeux et fis mine de m'intéresser à la conversation.

— Les deux me vont, admis-je.

— Mais le gris cendré est beaucoup plus chic, tu ne trouves pas ? me demanda ma future belle-mère.

— Oui.

— Parfait, alors je dirai à l'imprimeur de prendre celui-là…

Ils continuèrent à discuter pendant que j'essayais de deviner la troisième question de John. La curiosité me rongeait, et je détestais cela. Je n'arrivais plus à me concentrer sur autre chose. Cet homme semblait définitivement avoir un pouvoir sur moi.

Au travail, je dus redoubler d'effort pour terminer la lecture de ses cinq textes, tous plus excitants les uns que les autres. Je m'empêchai de succomber à la tentation de me caresser de nouveau. J'avais l'impression que John était partout autour de moi et qu'il pouvait surgir à chaque instant dans mon bureau. J'annotai les pages avec un professionnalisme hors pair et je comptais bien agir de la même façon lorsque je serais devant lui.

Lors de notre rencontre, il fut aussi poli que de coutume, comme si notre dernière conversation n'avait jamais eu lieu. Il était toujours si calme que cela en était déconcertant. Je le lui rendis bien : je conservai toute ma tête, et ma voix resta posée tout le long de notre entretien. Vers la fin de notre séance, il constata, en observant le document que je lui rendais :

— Vous n'avez pas noté mes nouveaux textes ? Voilà qui me déçoit un peu.

Je perçus une pointe de raillerie dans sa voix, mais je n'y prêtai pas attention.

— J'attendrai la deuxième version. Je n'ai pas vraiment eu le temps de les relire après y avoir porté mes corrections.

— Hum ! Je vois. C'est dommage. Je me demandais quelle note vous auriez accordé à celui-ci…

Il me tendit le dernier texte, celui qui relatait des ébats sexuels entre deux femmes et un homme. Je le commentai sans mal :

— Celui avec les deux femmes ? Oui, bien sûr. Le fantasme typique des hommes…

— Oh, mais pas seulement des hommes…

— Je ne sais pas… Cela reste un peu cliché, alors je dirais… trois ?

Il eut une moue agacée devant la note que je proposais, puis soupira :

— Il va me falloir le retravailler alors… Quoique… les scènes lesbiennes, ça ne vous inspire peut-être pas ?

— Pas vraiment, dis-je avec un sourire étincelant.

Étonnamment, je me sentis en confiance. Était-ce parce que je l'avais déstabilisé ? Il me semblait que c'était le cas. Avait-il cru que cette scène me plairait ? Pour une fois, il s'était bien trompé.

— Vous savez, reprit-il soudain, hier je vous ai posé trois questions. Il serait normal que je réponde aux vôtres.

J'écarquillai les yeux.

— Pardon ?

— Donnant, donnant, rappelez-vous…

— Oh, bien… je n'ai pas de questions ! dis-je simplement.

Avant que je puisse me relever, il me fit signe de rester.

— Prenez donc le temps d'y réfléchir un peu. Je nous fais du thé ?

Il s'était levé pour se diriger vers la cuisine, mais s'arrêta devant moi.

— Peut-être serait-il préférable de choisir quelque chose de plus frais ? suggéra-t-il. Un verre de rosé ? Du thé glacé peut-être ?

— Du thé glacé, oui.

Hors de question que je boive de l'alcool ici ! John Lenoir me faisait suffisamment tourner la tête, ces derniers temps.

Sans lui autour de moi, je respirai mieux. Il m'offrait de lui poser des questions ? Lesquelles ? Même si j'en avais des tas, je refusais de les évoquer à haute voix !

Lorsqu'il revint, il déposa nos verres sur la table basse et m'invita à venir le rejoindre sur le canapé. Je choisis le fauteuil, loin de lui.

— Alors ? Avez-vous des questions pour moi ?

— Pas vraiment.

— Forcez-vous donc un peu… Je suis certain qu'il y a bien un petit quelque chose qui vous titille…

C'était un euphémisme, mais je me gardai bien de le lui dire ! Devant mon silence, il éclata de rire.

— Oh, la vilaine ! Vous n'avez pas la moindre question pour moi alors que mon sac en est rempli pour vous ?

Sa phrase me surprit. Ainsi, il avait d'autres questions ? Lesquelles ? Et pourquoi parvenait-il si aisément à m'intriguer ?

— La curiosité est un vilain défaut, répliquai-je.

— Mais je suis vilain, je pensais que vous le saviez…

Cette fois, je ris en confirmant d'un signe de tête.

— Effectivement, il m'arrive de l'oublier.

— Vous ne devriez pas, me prévint-il gravement. Allez, posez une question ! reprit-il d'un ton enjoué. Vous pouvez en poser trois, mais je ne répondrai qu'à deux d'entre elles, tout comme vous.

Il me jeta un regard malicieux que je fis mine de ne pas remarquer. Je pris mon temps pour réfléchir, faisant délibérément durer le suspense tout en me rafraîchissant régulièrement de son thé glacé, mais John ne s'impatienta pas du tout.

— Croyez-vous… que vous êtes un bon Maître ? lui demandai-je enfin.

Cette question, je me l'étais souvent posée en lisant ses textes. Si tous ses récits étaient autobiographiques, ce qu'il faisait subir à ses soumises m'était difficile à concevoir. Et peut-être était-ce une faille que je cherchais ? Une façon de le discréditer à mes yeux ?

— Qu'en pensez-vous ? me demanda-t-il avec un air amusé.

— Je ne crois pas être en mesure d'en juger convenablement, et, si j'ai posé la question, c'est parce que je voulais que vous y répondiez et non l'inverse.

— C'est juste, opina-t-il. Eh bien, je crois que je le suis ! Suffisamment pour que des femmes m'offrent régulièrement de devenir mes soumises.

— Oh ! Et vous êtes trop bien pour elles, c'est ça ?

— Ça n'a rien à voir. J'aime choisir mes soumises. Je crois que cela fait partie de mon privilège de Maître. Cela dit, ajouta-t-il sur un ton taquin, pour certaines, je les auditionne d'abord.

— Évidemment, sifflai-je.

— Vous n'allez quand même pas me dire que cela vous choque ?

— Je ne sais plus trop ce qui pourrait me choquer avec vous, admis-je.

Son rire résonna bruyamment, et sa voix cingla, avec force :

— Oh, croyez-moi : beaucoup ! Je n'en doute même pas ! Quoi qu'il en soit, ce n'est pas vraiment à moi de répondre à une telle question, mais, si un avis extérieur vous intéresse, vous pouvez toujours le demander à Laure, ma soumise.

Il attendait que je réagisse, mais je n'y parvins plus. Je me surpris à me demander à quoi pouvait bien ressembler la soumise de John. Était-elle jolie ? Jeune ? Devant mes réflexions, son œil se teinta de malice lorsqu'il proposa :

— À moins que vous ne vouliez en faire l'expérience par vous-même ?

— Quoi ? Non !

J'avais répondu sur un ton offusqué, mais son rire me rassura. Il se moquait de moi, bien entendu ! Comment avais-je pu croire qu'il était sérieux ? Confuse, je masquai mes joues de mes mains et rigolai à mon tour.

— Là, vous m'avez eue ! concédai-je.

Pendant que je retrouvais mon calme, il poursuivit :

— Il y a différents types de Maîtres, Annabelle. Chacun a sa philosophie et sa façon de faire.

— Quelle est la vôtre ?

Il hésita avant de me répondre :

— J'aime la souffrance, je ne vous mentirai pas sur ça. Elle m'excite. Cependant, contrairement à d'autres, le sexe reste ma première motivation.

Mon visage se rembrunit.

— Quoi, vous… ? C'est ça qui… vous branche ?

La question qui me brûlait les lèvres était : « Vous ne bandez pas sans ça ? », mais je m'étais fait violence pour qu'elle ne sorte pas de cette façon.

Devant mon air contrarié, John s'esclaffa :

— Cela vous choque, mademoiselle !

— Je… non ! C'est que… je ne comprends pas !

— Quoi donc ?

— Mais… enfin… peu importe.

Il valait mieux ne rien savoir. Formuler ce qui me dérangeait était bien au-dessus de mes forces.

— Annabelle, ce que vous pensez m'intéresse. Parlez librement, voulez-vous ?

— Écoutez, John…, je préfère qu'on en reste là.

— Pourquoi ? Avez-vous peur de me blesser ? Mais je sais me défendre ! Que pourriez-vous me dire que je n'aie déjà entendu ? Que je suis malade ? Que ma sexualité est dérangeante ? Et alors ? Je ne suis pas le seul, vous l'avez bien vu, l'autre soir. Et la différence entre vous et moi, c'est que moi, je sais parfaitement qui je suis, ce qui m'excite et ce que je veux.

Je blêmis, de colère bien sûr. Comment pouvait-il prétendre que, moi, je ne le savais pas ? J'étouffai ma rage, et il jeta aussitôt, avec un geste signifiant qu'il voulait faire avancer la discussion :

— Puisque vous ne voulez rien savoir de plus, posez donc votre deuxième question…

Je tentai, tant bien que mal, de reprendre mes esprits.

— Je crois que ça suffit.

Il soupira.

— Moi qui pensais que vous auriez des tas de questions pour moi…, je suis déçu. Je ne peux pas croire que, en lisant tous mes textes, vous ne vous soyez rien demandé ?

Il semblait sincèrement étonné par mon manque d'intérêt. Et, si je m'étais posé des tas de questions, une seule était revenue fréquemment :

— Tout ce que vous écrivez, c'est vrai, alors ?

— Ah ! Voilà la question que j'attendais, dit-il, visiblement satisfait. Ça m'étonne que vous ne me l'ayez pas posée avant…

Je lui fis signe de répondre, en feignant d'être pressée de conclure, alors il hocha la tête.

— Tout est vrai, oui. Je ne dis pas que j'ai vécu tout ce qu'il y a dans ces textes, mais j'y ai au moins assisté.

Je restai là, légèrement pétrifiée en m'imaginant John dans chacune de ces scènes. N'y avais-je pas déjà songé, au fond ? Était-ce la raison pour laquelle ces textes m'excitaient autant ?

— Vous vous en doutiez, n'est-ce pas ?

— Oui, dus-je admettre.

— Bien. Maintenant, posez-moi une question à laquelle j'aurai le droit de ne pas répondre.

Je ris devant cette invitation absurde, et, étrangement, alors que j'avais dû réfléchir pour les deux autres, celle-ci surgit aussitôt :

— Quelle était l'autre troisième question, hier ?

— Ah ! Ça, c'est une bonne question, dit-il en me pointant d'un doigt. Quel dommage que je n'aie pas à y répondre !

Je grimaçai, déçue de ne pas y avoir pensé plus tôt.

— À moins que vous ne souhaitiez répondre à celle à laquelle vous vous êtes dérobée ?

Mon visage s'assombrit.

— Puisque vous connaissez déjà la réponse, rétorquai-je, à quoi bon ?

— Peut-être que c'est important pour moi ? Que je veux vous aider ?

J'eus envie de lui rire au visage. Il voulait m'aider ? Quelle drôle d'idée ! Se penchant vers moi, il me rappela la question à voix basse :

— Annabelle, quel est le problème avec le fouet ?

Au lieu de me braquer, je jetai tout, sur un ton acerbe :

— Mon père battait ma mère, voilà. C'est ça que vous vouliez savoir ?

Le dire me brûla la gorge, et je me relevai brusquement, le souffle court. Je serrai mon sac contre moi, prête à quitter les lieux, lorsqu'il ordonna sèchement :

— Rasseyez-vous.

Je me figeai devant le ton autoritaire qu'il venait de prendre.

— J'ai dit : « Assis », répéta-t-il plus fort.

— Je ne suis pas votre chien ! sifflai-je.

— Vous ne manquez jamais une occasion de me le rappeler, d'ailleurs. N'empêche, ce que vous faites est très impoli. Voulez-vous, s'il vous plaît, vous rasseoir ?

Son ton était sans douceur, et il insista en pointant d'un doigt autoritaire le fauteuil derrière moi. Mes jambes tremblaient, et j'avais envie de me mettre à pleurer, lorsqu'il reprit, plus doucement :

— Annabelle, restez encore un peu, voulez-vous ? Aimeriez-vous plus de thé ?

Il s'était penché pour me resservir, et le bruit des glaçons qui tombèrent dans mon verre me ramena à la réalité.

— Il vaudrait mieux que je parte...

— Vous n'avez rien à craindre de moi. Quand allez-vous le comprendre ? Le plus dangereux est en vous, mademoiselle. C'est vous qui refoulez toutes ces choses...

Il tendit le verre dans ma direction, et je le récupérai machinalement. Au même instant, mes genoux fléchirent, et je retombai assise sur le fauteuil.

— Bien, dit-il plus doucement. Je suis fier de vous.

Avec des gestes lents, John se resservit à son tour, prit une gorgée de son breuvage, puis reporta son attention sur moi.

— Puisque vous avez répondu à ma question, me voici donc contraint de répondre à la vôtre... (Il s'interrompit longuement.) Comme je vous l'ai dit hier, la question est caduque. Vous n'aurez donc pas à y répondre.

J'expirai, soulagée par ses propos. Je n'étais absolument pas en état de soutenir une autre discussion de cet ordre.

— Pouvez-vous me promettre de ne pas vous fâcher quand vous l'entendrez ?

Malgré moi, je lui jetai un regard agacé. Essayait-il de se défiler ?

— C'est que je vous ai déjà bien ébranlée aujourd'hui, expliqua-t-il. Peut-être que nous devrions reporter cette conversation à la prochaine fois ?

Je fronçai les sourcils : il se défilait ?

— Vous vous moquez de moi ! pestai-je.

Je reposai mon verre sur la table basse et me relevai une seconde fois. Sans aucune hésitation, je filai droit vers son bureau, récupérai mes affaires et les jetai dans mon sac. Quand je me retournai, John s'était redressé, mais, dès que je marchai en direction de la sortie, il se planta devant moi pour tenter de me barrer la route.

— Annabelle, je ne me moque pas de vous.

Je détournai les yeux. Je ne voulais pas le voir et encore moins lui céder. Comment était-il parvenu à m'entraîner dans cette discussion ? Je m'étais pourtant promis de ne plus le laisser me chavirer de la sorte ! Je repris mon chemin vers la sortie en le saluant poliment. Il marcha à ma suite, jusqu'à l'extérieur et attendit que je sois dans ma voiture pour se pencher à la fenêtre alors que je démarrais le moteur. Il cogna doucement à la vitre.

Malgré ma colère de le voir se jouer ainsi de moi, je descendis la fenêtre en gardant les yeux rivés sur mon volant.

— Annabelle, aimeriez-vous devenir ma soumise ?

Je sursautai, à la fois surprise et choquée, puis le fusillai du regard en m'écriant :

— Quoi ?

— Vous avez très bien entendu.

— John, êtes-vous complètement fou ?

— Pas le moins du monde.

Le pire, c'est qu'il paraissait tout à fait sérieux. J'eus envie de le traiter de tous les noms, mais, alors que j'étais à la recherche d'une réplique cinglante, il me fit signe de me taire.

— Ne répondez surtout pas, chuchota-t-il. Je vous ai dit que cette question était caduque.

Parce qu'il se moquait de moi, en plus !

— Allez au diable, John Lenoir ! sifflai-je, en desserrant le frein à main.

Je filai sans attendre mon reste, et ma colère redoubla lorsque je perçus son air amusé dans le rétroviseur.

CHAPITRE 14

LA DÉRIVE

Deux jours plus tard, lorsque je retournai de nouveau chez John, tout semblait être revenu à la normale entre nous. La veille, il m'avait fait parvenir un nouveau texte par mail, et je l'avais corrigé avec tout le professionnalisme qu'on attendait de moi. Pendant notre rencontre, il ne fit jamais allusion à notre dernière conversation ni à notre dispute et il resta d'une politesse sans égale. Le contraire m'aurait probablement plongée dans une colère noire. Quand je le quittai pour rentrer chez moi, pour un week-end bien mérité, j'eus l'impression que ce silence avait rendu la situation plus tendue. Pour moi, du moins, car lui, il agissait comme s'il ne s'était rien passé !

Une autre semaine passa, et le travail finit par me faire oublier cette proposition absurde. Nous avions presque vingt textes en réserve. Il écrivait vite, et ses histoires me semblaient plus excitantes que jamais, plus troublantes aussi. Il relatait pourtant des scènes violentes : des femmes attachées, insultées, fouettées, pratiquement violées par plusieurs hommes. Il savait que cela me choquerait, mais je n'en faisais jamais mention. Je restais son éditrice, et lui était mon auteur. Je corrigeais son style, son rythme et la façon dont il formulait ses propos, mais j'évitais toute allusion au contenu de ses textes, sauf d'un point de vue littéraire. Et, pourtant, je me gavais de ses histoires comme une junkie en manque. Dans ma vie privée, plus rien ne sonnait juste. Je supportais de moins en moins l'idée du mariage, et je commençais sérieusement à avoir hâte de boucler ce tome. Il fallait que je reprenne le contrôle de ma vie avant que tout parte à la dérive.

Environ deux semaines après notre discussion houleuse, j'arrivai avec une sélection de textes en prévision de la publication.

— Il me semble que nous avons suffisamment de contenu pour faire un excellent tome…

— J'avais dans l'idée d'écrire deux ou trois textes supplémentaires. Après tout, il nous reste encore deux semaines avant la date imposée par Nadja.

— Vous pourriez les garder pour un quatrième tome.

Il me scruta avant de me demander, l'air soucieux :

— Serez-vous toujours mon éditrice ?

— Euh… je ne sais pas. Je suppose que Jade voudra vous récupérer.

— Je ne veux plus de Jade, grogna-t-il. C'est vous que je veux.

Mon cœur sauta quelques battements pendant qu'il insistait, en arborant une expression plus douce que d'habitude :

— Vous ne voulez plus vous occuper de moi ?

— C'est que… ce n'est pas tout à fait mon domaine. J'ai une collection dont je dois m'occuper…

— Rose Bonbon ? C'est ça que vous voulez faire après avoir publié mon troisième tome ?

Il s'approcha de moi et me dévisagea avec plus d'intensité.

— Vous êtes une excellente éditrice, Annabelle. Je ne veux pas vous perdre. Et j'ai déjà des tas d'idées pour la suite !

Je le dévisageai, perplexe. Pourquoi paraissait-il aussi paniqué ?

— Restez avec moi, me supplia-t-il. Gardez à côté votre collection pour enfants si ça vous chante, mais poursuivez ce voyage avec moi. Jamais vous n'avez été aussi près de découvrir celle que vous êtes vraiment…

Je le fusillai du regard, avec un geste de recul.

— Je sais très bien qui je suis !

Tremblante, je me relevai et récupérai une feuille que je lui tendis.

— Voici les textes qui, à mon avis, devraient figurer dans votre tome.

— Je n'ai pas terminé l'écriture de ce tome, siffla-t-il.

— Ce que vous avez écrit me suffit.

— C'est à moi d'en décider !

Il n'avait pas crié, mais son ton avait claqué dans l'air. Sa mâchoire était rigide, et je ne doutais pas que mes propos l'avaient choqué. Je soutins son regard, surprise de l'avoir déstabilisé aussi aisément. J'en éprouvai une certaine fierté, d'ailleurs.

— Je veux écrire ces trois textes, insista-t-il en essayant de reprendre son calme.

— Alors remettez-les-moi avant lundi.

— Mais qu'est-ce qui presse ?

Je le poussais à bout, je le sentais. Ses yeux me transperçaient de rage, et je les soutenais. Avoir autant de pouvoir sur lui, pour une fois, me rendait triomphante. Si seulement il savait l'urgence que je ressentais à mettre de la distance entre nous ! Il fallait qu'il cesse d'écrire de nouveaux textes. Ils étaient sur le point de faire voler ma vie en éclats.

— J'ai encore deux semaines ! rugit-il.

— John, vos textes actuels sont excellents. Tout ça ne rime à rien.

Mon téléphone sonna, et je fouillai dans mon sac pour y répondre, sous l'œil agacé de mon hôte. La voix de Steven fusa au bout du fil :

— Tu es où ?

— Je suis… chez un auteur.

— Ce n'est pas vrai ! Tu as oublié ?

Je cherchai mon agenda tout en jetant un rapide coup d'œil sur ma montre.

— Ma mère t'attend pour l'essayage de ta robe ! s'énerva-t-il. Ça fait vingt minutes qu'elle est à la boutique.

Je me frappai la tête en me remémorant notre rendez-vous.

— Merde, Steven, je lui avais dit que je confirmerais !

— Ce n'est pas vrai, tu as vraiment oublié ! Tu n'es quand même pas avec le taré ?

— Steven, s'il te plaît…

— On se marie dans deux mois et tu n'as toujours pas ta robe de mariée ! Comment tu as pu oublier ça ?

— Notre réunion de travail s'est prolongée et…

Je jetai tout dans mon sac et me levai pour me diriger vers la sortie.

— Je serai là dans une demi-heure, c'est tout ce que je peux faire…

— Annabelle, je ne peux pas croire que…

— C'est ça ou rien, jetai-je, en colère. Je pars, maintenant.

Je lui raccrochai au nez et me tournai vers John.

— Trois textes avant lundi. Et j'annule notre rendez-vous de vendredi.

— Non !

Je ne l'écoutai pas. Je marchai d'un pas rapide vers la porte d'entrée. Il m'attrapa le bras, et je me retrouvai face à lui.

— Je ne veux pas annuler notre rendez-vous.

— John, tout ça ne rime à rien. On tourne en rond depuis presque deux semaines…

— Mes prochains textes seront meilleurs ! Je sais que je peux faire mieux !

Je répétai très lentement, dès que j'eus dégagé mon bras :

— Trois textes pour lundi.

— D'accord, mais n'annulez pas vendredi.

— Prenez donc ce temps pour écrire.

Il y avait de l'angoisse dans son regard à l'idée que j'annule notre rendez-vous, et, pour être honnête, j'avais une folle envie de céder à sa requête. Après tout, mon assistante avait l'habitude d'occuper mon bureau pour rencontrer mes auteurs lorsque je m'absentais. Mais il fallait que cela cesse. Nous étions déjà allés trop loin.

— Annabelle, il ne nous reste que sept rencontres, et je les veux toutes.

— Alors ne me faites pas perdre mon temps, voulez-vous ? Je viens de rater mon essayage pour ma robe de mariée.

Son sourire devint éclatant.

— C'est un acte manqué, rien de moins.

— Très drôle. Au diable, notre rendez-vous de vendredi. J'ai autre chose à faire !

Je quittai sa maison sans attendre sa réponse, mais il me suivit à l'extérieur.

— Vous aurez trois textes pour vendredi ! Vous ne pourrez pas annuler notre rendez-vous !

Pourquoi insistait-il autant ? Tout ça ne rimait à rien ! Ce tome était pratiquement bouclé ! Et, pourtant, je refrénai un rire en tournant le coin de sa rue. Je venais de déstabiliser John Lenoir. Voilà qui était une petite victoire bien méritée…

Quand mon téléphone sonna de nouveau, je soupirai en voyant le nom de Steven apparaître sur l'écran. Je ne répondis pas. Il allait certainement me faire la tête, ce soir.

CHAPITRE 15

L'ULTIMATUM

Steven bouda toute la soirée. J'avais bel et bien raté l'essayage de ma robe, et ma future belle-mère ne m'avait pas attendue. Alors que je tentais de faire amende honorable en préparant le repas, mon fiancé me rappela, en boucle, que notre mariage était prévu pour dans un peu plus de deux mois et que je ne faisais aucun effort pour l'aider dans cette organisation. Sans oublier sa rogne supplémentaire due au fait que je travaillais avec un auteur érotique !

— Depuis qu'il a fait irruption dans nos vies, je ne te reconnais plus !

— Steven, tu sais pourtant ce que ça représente pour moi !

— Annabelle, ce gars est en train de tuer notre couple !

— Sois patient, lançai-je, agacée par son ton tragique. Son livre est presque prêt !

— Je m'en fous ! s'énerva-t-il. (Il se jeta sur moi et écrasa mon visage entre ses mains.) Est-ce que tu m'aimes encore, au moins ?

— Steven, maugréai-je, confuse, quand j'ai accepté cet auteur, tu étais de mon côté ! Tu m'as dit que c'était une super occasion ! Tu ne peux pas me demander de tout arrêter maintenant ! Je suis à deux doigts de boucler ce fichu tome !

Il me relâcha, visiblement troublé, puis il secoua la tête comme si je venais de lui annoncer une mauvaise nouvelle. De toute évidence, mes arguments ne suffisaient pas.

— J'ai l'impression que je suis tout seul à vouloir ce mariage !

Ses mots me troublèrent, mais je fis mine de ne pas les entendre et reportai mon attention sur le repas en cours de cuisson. Je n'avais plus rien à faire, mais cela m'évitait de soutenir le regard de mon fiancé. Il avait raison. Ce mariage ne me tentait plus du tout, mais j'espérais encore que tout pourrait revenir à la normale dès que j'en aurais fini avec John.

— Écoute, c'est vrai que je n'ai pas été très présente, ces derniers temps, admis-je, mais je te promets de mettre les bouchées doubles dès que j'aurai terminé ce bouquin. Je te demande juste quelques jours…

Il soupira bruyamment, marcha de long en large à mes côtés en réfléchissant à voix haute :

— Ce n'est pas une question de temps, Annabelle. Je ne sais même plus avec qui je vais me marier…

Je lâchai la poêle pour lui jeter un regard sombre.

— Tu exagères !

— Même pas ! Depuis que tu t'occupes de ce gars-là, tu n'es plus la même ! s'emporta-t-il. J'ai l'impression d'être un jouet pour toi. Tu veux toujours baiser, tu me demandes de te faire mal, de te tirer les cheveux, de… Merde ! Tu vas me dire ce qui se passe ?

Malgré le froid que venaient de jeter ses paroles, je tentai encore de dédramatiser la situation :

— Je croyais que ça te plaisait quand je te surprenais au lit ?

— Ce n'est pas ça, Annabelle ! Tu agis comme…

Il retint ses derniers mots, mais ils me giflèrent tout autant. Je reculai et lui jetai un regard noir.

— Vas-y, dis-le.

Il baissa les yeux, cherchant d'autres mots pour recouvrir ceux qu'il avait laissés en suspens.

— Je ne veux pas de ça pour nous…

— Tu veux me traiter de salope, c'est ça ? Parce que j'ai envie de baiser avec toi ? Avec mon fiancé ? Tu n'as pas les mêmes remords quand je te suce, en revanche, hein ?

— Mais c'est toi qui…

— Laisse tomber ! sifflai-je.

J'arrêtai la cuisson et filai au salon, énervée par cette discussion. Il me suivit.

— Annabelle, tu n'étais pas comme ça, avant !

— Avant, je ne lisais pas de la littérature érotique, c'est ça que tu essaies de me dire ? Eh bien, maintenant, j'en publie !

— Alors arrête !

J'aurais pu lui dire que j'étais déjà sur le point de tout arrêter avec John, que j'avais même pris soin de le remettre à sa place pas plus tard qu'aujourd'hui, mais j'étais choquée par son ultimatum. Comment voulait-il que je cesse tout alors que j'étais si près du but ?

— Il ne reste que deux semaines, répétai-je.

— Annabelle, tu ne vois donc pas qu'il est sur le point de nous séparer ? Je me braquai.

— Qu'est-ce que tu racontes ? Ce n'est pas lui qui nous sépare, c'est toi !

Son visage passa du rouge au blanc, et il attendit un bref moment avant de jeter, sur un ton qu'il durcit volontairement :

— Tu as couché avec lui ?

— Quoi ? Non !

Je dus me faire violence pour ne pas me mettre à hurler de rage. Comment osait-il me poser cette question ? John ne m'avait jamais touchée ! Il n'avait même jamais essayé ! D'accord, j'avais imaginé son corps très souvent, ces dernières semaines. Était-ce la raison pour laquelle Steven me trouvait différente ? Et avais-je seulement envie de redevenir l'ancienne moi ? *Bon sang !* Mais qu'est-ce qui m'arrivait ? Possible que mon fiancé ne soit pas le seul à ne plus me reconnaître…

Lorsque des larmes perlèrent au bout de mes cils, je me raccrochai à ma colère et pointai du doigt la porte de l'appartement.

— Je crois que tu devrais t'en aller. Peut-être qu'on a besoin d'une pause, tout compte fait.

Sa mâchoire se raidit, et il croisa les bras sur sa poitrine.

— C'est tout ? Je te dis que ce gars va nous séparer, et toi, tu ne trouves rien de mieux que de me mettre à la porte ?

Une larme tomba sur ma joue, et je l'essuyai prestement du bout des doigts.

— De toute évidence, nous avons tous les deux besoin de réfléchir.

— C'est toi qui as besoin de réfléchir ! s'énerva-t-il. Moi, je veux simplement retrouver ma fiancée !

Je le scrutai sans comprendre. Que voulait-il, exactement ? Que j'abandonne John alors que j'étais tout près de le mener à la publication de son nouveau tome ? Que je reste éternellement scotchée à la collection Rose Bonbon ? Ne voyait-il pas que je travaillais d'arrache-pied pour démontrer à mes supérieurs que je pouvais faire autre chose ? Espérait-il que je cesse de le surprendre au lit, également ?

— Je vois, marmonna-t-il au bout d'un interminable silence.

Il me tourna le dos et fila en direction de notre chambre. Qu'avait-il vu, exactement ? Je clignais des yeux, mais de l'endroit où j'étais, je le vis récupérer sa valise. Une fois ouverte, il y jeta des vêtements au hasard avant de me refaire face, même s'il se trouvait de l'autre côté de l'appartement.

— Ce qu'on est ne te convient plus, c'est ça ? me questionna-t-il d'un ton rude.

La gorge nouée, je répliquai :

— C'est moi qui ne te conviens plus, Steven. Et peut-être que tu as raison : je change, mais… la vie est comme ça. Elle fait toujours en sorte qu'on se transforme.

— Non ! Pas comme ça ! Pas de cette façon-là ! Cette fille que tu es en train de devenir, ce n'est pas toi, Annabelle !

Tout en gesticulant dans le vide, il me pointa du doigt, espérant probablement que je remarque ce qu'il tentait de me montrer, mais je n'eus aucune réaction. Qui étais-je, au fond ? Moi-même, je commençais à ne plus le savoir.

Devant mon manque de réaction, Steven retourna terminer sa valise en pestant tandis que je restais dans mon coin. Peut-être que j'aurais dû chercher une raison de le retenir, mais la seule chose qui me parut évidente, c'est que ce départ me soulageait d'un poids considérable.

CHAPITRE 16

L'INVITATION

Jeudi soir, Steven me téléphona pour essayer de planifier une rencontre. C'était trop rapide, et je n'étais pas prête à le revoir tout de suite. Tout était si confus dans ma tête. Je lui demandai jusqu'à la fin du week-end pour réfléchir. Ce que je n'osai lui dire, c'est qu'au lieu de me peser, son absence me soulageait. Je commençais sérieusement à croire qu'il avait raison sur une chose : j'avais changé. En quoi et comment, je n'en étais pas certaine, mais ma petite vie bien rangée et ce mariage que nous venions de passer des mois à organiser ne faisaient définitivement plus partie de mes priorités.

Alors qu'il n'avait plus donné signe de vie depuis notre dernière altercation, John surgit subitement dans mon bureau, ce vendredi, un peu avant 15 heures, comme si nous avions rendez-vous. Il tenait une chemise plutôt chargée sous le bras et la déposa devant moi.

— Voilà, dit-il, sans aucune salutation préalable.

— Qu'est-ce que c'est ?

— Ma sélection de textes pour le tome. Il y en a deux nouveaux, mais je ne sais pas s'ils vont vous plaire. Je crains de les avoir écrits trop rapidement.

Je jaugeai le document en question, non sans afficher une certaine surprise.

— Pourrait-on se revoir lundi ? demanda-t-il soudain. Car il faudrait peaufiner certains détails…

Je relevai les yeux vers lui. Depuis quand John était-il aussi conciliant avec moi ?

— Quel revirement de situation ! lançai-je, étonnée.

Toujours planté devant mon bureau, il soupira.

— Je vous demande pardon, Annabelle. J'ai eu tort de faire traîner les choses. Je vois bien que nos rencontres vous embêtent...

— John, non. Ce n'est pas vrai...

— C'est bon, m'interrompit-il. Terminons tout ça lundi, et... si vous le souhaitez... vous pourrez dire à Nadja que vous ne voulez plus être mon éditrice. Ça vous va, comme ça ?

Sous le choc de ses paroles, je sursautai.

— John ! Mais qu'est-ce qui vous prend ?

— Rien. J'ai seulement cru que ces rencontres vous plaisaient, à vous aussi.

— Elles me plaisent quand j'ai l'impression qu'elles servent à quelque chose, mais vous n'avez visiblement plus besoin de moi.

— Mais c'est faux ! s'emporta-t-il.

Il referma la porte de mon bureau pour nous offrir plus d'intimité et prit place devant moi.

— Vous ne comprenez pas que vous êtes ma muse ? Tout ça, je ne l'écris que pour vous !

Je reculai dans mon siège, aussi surprise que charmée par son aveu, puis je revins à la raison. Il se moquait de moi, forcément ! Je me forçai pour arborer un sourire ironique.

— Vous écrivez des histoires érotiques pour moi ?

— Oseriez-vous me dire que vous n'éprouvez pas de plaisir à lire ces textes ? Annabelle, si je le pouvais, j'en écrirais vingt par semaine. Juste pour obtenir une petite note de votre part.

Qu'il insiste autant ne fit qu'augmenter la gêne qui me gagnait. De plus, sa voix ne cessait de s'adoucir :

— Ce que je voulais, pour ce tome, c'est un recueil de textes qui auraient tous mérité la note un de votre main.

— John, bredouillai-je, je n'ai pas... Vos lecteurs ne sont pas tous comme moi, vous savez. Il en faut pour tous les goûts.

— Oui. J'ai compris. Terminons donc ce tome, alors.

La froideur était revenue dans sa voix. Dans un soupir, il croisa les jambes pour être plus à l'aise.

— Quoi ? Maintenant ? questionnai-je, nerveuse.

— Oui. Vous n'avez qu'à lire ces deux textes, et nous pourrons fixer un ordre. Qu'en pensez-vous ? À moins que... (Il détailla les manuscrits empilés sur mon bureau.) vous n'ayez d'autres rendez-vous ?

— Non. Je suis... Ça va.

Je récupérai ses deux nouveaux textes et m'écrasai dans mon fauteuil pendant qu'il m'observait.

— Vous pouvez aller faire un tour si vous voulez, proposai-je. J'en ai pour… environ quarante-cinq minutes ?

— Je voudrais rester ici. Je peux ?

Il s'installa plus confortablement dans sa chaise et garda les yeux rivés sur moi pendant que je commençais à lire son premier texte. Au bout de trois phrases, je me sentis intimidée, d'autant que je connaissais le trouble que pouvaient susciter ses écrits.

— Vous devriez… lire quelque chose, bredouillai-je.

— Je vous gêne, c'est ça ?

— Oui.

Il récupéra un manuscrit au hasard. Du Rose Bonbon pour adolescentes, puisque je n'avais que ça. Il plongea le nez à l'intérieur, et je continuai ma lecture, rapidement. J'avalais les mots en essayant d'oublier les propos qu'ils révélaient, en étouffant le trouble qu'ils provoquaient en moi, mais ce fut insuffisant. Vers le milieu de son premier texte, une vague de chaleur s'infiltra sournoisement dans mon ventre, et je fermai les yeux pendant une petite seconde pour reprendre mon souffle.

— Ça vous plaît.

C'était une constatation. Je relevai les yeux vers lui.

— Lisez, s'il vous plaît.

— Je préfère vous regarder. Ces romans pour ados en rut, ça m'énerve.

Il souriait, et il me semblait beaucoup plus calme qu'à son arrivée. Je replongeai dans son texte, le terminai vite, sans m'attarder sur les scènes explicites, avant de le reposer sur mon bureau.

— Vous avez souri deux fois et fermé les yeux trois fois, annonça-t-il. Quelle note cela mérite-t-il ?

— Je dirais… deux. Mais il faudrait retravailler certains passages…

— Bien sûr !

Il pointa son autre texte du menton, comme s'il était impatient d'obtenir mon avis pour celui-là également. Probablement pour me rassurer, il récupéra un autre manuscrit sur lequel j'avais inscrit quelques commentaires, et il y jeta un coup d'œil en silence.

Quinze minutes plus tard, je lui tendis son dernier texte.

— Vous ne l'avez pas aimé, celui-là, constata-t-il avant que j'aie le temps d'ouvrir la bouche.

— Il est moins fort, c'est vrai.

— Qu'est-ce qui vous déplaît ?

Malgré moi, ma voix se fit sèche :

— J'ai l'impression de lire le récit d'un viol, voilà ce qui me dérange.

— Mais n'est-ce pas un fantasme que plusieurs femmes ont ?

Je haussai les épaules.

— Visiblement, je ne l'ai pas, celui-là.

Devant son air contrit, je tentai de justifier mon opinion :

— Le principal problème, c'est le contexte. Vous auriez dû préciser s'il s'agissait d'un jeu ou de la punition d'une soumise, par exemple.

— Mais c'était la punition d'une soumise ! s'emporta-t-il.

Je fronçai les sourcils, troublée par sa réponse. Certes, je savais que John avait ce type de pulsions, mais… un viol ? Qu'avait donc bien pu faire cette soumise pour mériter un tel châtiment ?

— En fait, j'espérais mettre l'accent sur l'acte en lui-même et non sur le contexte, juste pour que le lecteur ressente un certain malaise.

— C'est réussi, répliquai-je rudement, mais je ne publierai pas ça.

Il se rembrunit, et je l'entendis taper le sol du pied pendant qu'il cherchait à défendre son texte.

— Et si j'ajoutais quelques mots à la fin, juste pour expliquer de quoi il retourne ? Cela serait-il plus acceptable pour vous ?

Devant mon air perplexe, qui ne masquait en rien mon scepticisme, John s'empressa de poursuivre :

— Le Maître peut entrer en scène et échanger quelques mots avec sa soumise.

— Et que pourrait-il dire pour justifier un tel acte ?

Il me jeta un regard sombre.

— Je n'ai pas à justifier mes actes.

Choquée par ses propos, je tentai de garder un air impassible.

— Alors je suis dans l'obligation de refuser ce texte. Tant pis. De toute façon, les autres me paraissent bien plus intéressants.

Sans me quitter des yeux, il sembla baisser sa garde.

— Je vous ai blessée. Pardon, Annabelle.

Je fis un geste pour l'empêcher de se confondre en excuses, mais j'étais dégoûtée en m'imaginant la scène en question.

— Maintenant, vous croyez que je ne suis pas un bon Maître, c'est ça ?

— Je n'ai rien dit, me défendis-je.

— Laure était consentante, vous savez. Elle a beaucoup appris à travers cette épreuve.

J'avais du mal à le croire. Mais à quoi bon en discuter avec lui ? Ma gorge était sèche, et je regrettais d'avoir fini mon café. Même froid, je l'aurais volontiers avalé d'un trait. Je fis comme si la discussion était close.

— Bien, voyons dans quel ordre vous avez décidé de mettre vos textes…

Je comparais nos listes respectives quand il posa sa main sur la mienne, l'écrasant sur la pile de feuilles. Je fixai ses doigts, troublée par ce contact charnel, puis retirai ma main.

— Annabelle, je ne veux pas de froid entre nous.

— Ça va, dis-je en espérant le rassurer.

Je pris un temps considérable avant de retrouver le courage de plonger mes yeux dans les siens.

— Je dois dire que… j'ai du mal à croire que vous pouvez être si…

— Méchant ? suggéra-t-il.

Je hochai la tête sans répondre, gênée de l'admettre.

— Je vous l'ai dit : la souffrance des autres m'excite.

Son regard soutenait le mien avec fermeté, et je n'eus d'autre choix que de baisser les yeux la première.

— Mais je peux aussi être très doux, vous savez.

Je le jaugeai en silence, doutant de comprendre cet homme, assis en face de moi.

— Vous plairait-il de me voir en action ? proposa-t-il encore.

Je le dévisageai pour vérifier que ce n'était pas une blague, mais, comme il paraissait réellement attendre une réponse, je me sentis forcée de l'énoncer à voix haute :

— Non. Sans façon.

Malgré mon refus, ses mots résonnaient encore dans mon esprit. Que signifiait de voir John « en action » ? Parlait-il de me faire rencontrer sa soumise ? De l'observer pendant qu'il la fouettait ? Ou… songeait-il à me laisser assister à une scène d'ordre sexuel ? Je détournai la tête, troublée par mes propres pensées.

— Je donne une petite fête, demain soir, ajouta-t-il. Pourquoi ne venez-vous pas y jeter un coup d'œil ?

Je reportai mon attention sur lui et secouai rapidement la tête, avant même de réfléchir à sa proposition.

— Annabelle, vous savez que vous ne risquez rien avec moi.

Rien, dans cette voix, ne m'effrayait, et pourtant j'étais terrifiée. Mon cœur battait avec une telle violence dans ma poitrine que j'avais l'impression que John pouvait l'entendre.

— Vous porterez un bracelet qui vous protégera. Personne ne pourra vous faire quoi que ce soit sans que vous lui en donniez la permission. Je serai toujours à côté de vous. Vous pourrez assister à toutes les scènes que vous désirez.

Je détournai prestement la tête, consciente que j'étais happée par son regard.

— John…, non.

— Pourquoi pas ? Ce serait une excellente façon de terminer notre collaboration.

Mon regard bifurqua vers le sol. J'étais bouleversée par son invitation. Sur ma chaise, je serrai maladroitement les cuisses.

— Annabelle, je veux juste quelques heures avec vous…

Devant son ton suppliant, ma bouche devint un véritable désert. Pourquoi me demandait-il d'aller à cette fête ? Et pourquoi avais-je envie d'y aller ?

— Il ne se passera rien du tout, insista-t-il encore. Vous ne serez qu'observatrice, exactement comme au bar.

Mes oreilles bourdonnaient, et je n'arrivai qu'à secouer la tête. Il sentait ma peur, j'en étais persuadée, mais je n'arrivais plus à retrouver contenance.

— Annabelle, ne voyez-vous pas tout le chemin que vous avez parcouru depuis que nous nous connaissons ? Je sais ce que vous pensez. Je sais que vous avez peur. Vous aimeriez que je sois… quelque chose que je ne suis pas. Ce que vous ne comprenez pas, c'est que vous n'êtes pas celle que vous pensez être, vous non plus. Je sais que vous le savez ! Vous avez appris quelque chose en devenant mon éditrice. J'en suis sûr.

— J'apprends avec tous mes auteurs, me défendis-je.

— Pas de ça avec moi !

Sa voix se teintait de colère, et il soupira pour essayer de la chasser. Je profitai de sa déconfiture pour demander à mon tour :

— Pourquoi tenez-vous tellement à ce que j'aille à cette fête ?

— Parce que je suis en train de vous perdre. Je le sens, s'énerva-t-il. Annabelle, je veux que vous restiez mon éditrice ! J'ai besoin de vous !

— Arrêtez ça, le stoppai-je, troublée par tous ces aveux. Vous n'avez pas besoin d'une éditrice et vous le savez. Vous avez seulement besoin qu'on vous dise que vos textes sont excellents.

— Mais ils le sont !

— Exact, renchéris-je, et ils le seraient tout autant sans moi.

Avant qu'il puisse répondre, je me calai sur ma chaise et changeai de sujet de conversation, en espérant que son invitation tombe aux oubliettes.

— D'ailleurs, je ne comprends toujours pas pourquoi vous avez refusé les autres éditrices…

— Parce qu'elles auraient dit oui à n'importe quoi. Tout ce qu'elles voulaient, c'était leurs fichus bonus ! Vous, c'est différent : vous avez dû apprendre sur le sujet. Vous êtes passée du dégoût que vous éprouviez pour ce que j'écrivais au désir. Grâce à mes textes, vous avez dépassé vos propres limites.

Je restai silencieuse, étonnée par son constat, vrai de surcroît.

— N'est-ce pas la vérité ? me questionna-t-il encore.

— Eh bien… peut-être un peu.

Il sourit, et répéta encore :

— Venez demain soir.

— John, arrêtez avec ça !

— De quoi avez-vous peur ?

Je ne le savais pas, mais tout me semblait tellement fragile en moi que je savais que « non » était la seule réponse possible. Il fouilla dans sa poche, posa un carton d'invitation devant moi, puis un bout de ficelle rouge, à croire qu'il n'était venu que pour cela.

— Voici une invitation et le bracelet qui vous offrira le droit d'être présente sans avoir à participer. Vous n'aurez jamais une offre comme celle-là.

— John…

— Non, attendez. Il y a des règles à suivre, et elles sont strictes. Vous devez arriver entre 21 h 30 et 22 heures. Pas de bijoux. Pas de parfum. Et il faudra porter une robe ou un peignoir, sans aucun sous-vêtement.

— Mais… ?

Il leva la main pour m'intimer le silence.

— Vous ne risquez rien, m'assura-t-il. Ce bracelet vous permettra de refuser toutes les offres que l'on vous fera. (Il marqua une légère hésitation.) Peu importe ce qui se passera là-bas, vous pouvez être sûre que personne n'en saura jamais rien.

Légèrement choquée par sa proposition, je me remis à secouer la tête, incapable de réagir autrement.

— Annabelle, tous les textes que vous avez aimés, je peux faire en sorte qu'ils se déroulent pour vous, devant vous ! Si vous saviez à quel point j'ai envie de réaliser vos fantasmes ! Avec ce bracelet à votre poignet, vous serez la reine de la soirée : vous pourrez exiger et faire tout ce qui vous plaira. Venez ! Croyez-moi : vous ne le regretterez pas.

Il tendit une main vers moi, m'invitant à glisser mes doigts entre les siens, et je dus retenir mon geste. Pourquoi avais-je tant envie de lui céder ?

— Dites-moi au moins que vous allez y songer, insista-t-il, dépité.

— Je ne sais pas… Peut-être.

La réponse quitta mes lèvres, incertaine, mais il n'insista pas davantage. Il hocha simplement la tête.

— Alors je vous laisse réfléchir. Au revoir, Annabelle. À demain, j'espère.

Il m'offrit un dernier regard, puis quitta mon bureau. Une fois seule, je restai un moment à fixer le vide, la tête emplie des mots de John et visiblement incapable de me remettre au travail. Même si elle m'effrayait, son offre m'excitait. J'aurais voulu avoir le courage de la refuser en bloc, mais il fallait que je cesse de me voiler la face : je voulais cet homme. Je le voulais au point de reconsidérer ma relation avec Steven. Oui, je songeais à me rendre à cette soirée, même si j'avais peur de ce que j'allais y découvrir. Peut-être que voir John en action m'aiderait à y voir plus clair ?

CHAPITRE 17

LA SOIRÉE

Je restai dans ma voiture pendant plus de vingt minutes avant de me décider à en descendre pour marcher en direction de la maison de John. Devant la porte, un homme vérifiait les cartons d'invitation. Il remarqua mon bracelet dès mon arrivée. Aussitôt, il posa un genou sur le sol.

— Reine Annabelle, bienvenue.

— Euh… quoi ?

Il releva un visage trouble vers moi.

— Vous êtes la reine de cette soirée. Maître John ne vous a pas prévenue ?

J'étais tellement nerveuse que j'eus l'impression de ne rien comprendre à ce qu'il me disait. Je secouai la tête pendant qu'il se redressait, puis je le laissai m'escorter à l'intérieur. Il me retira mon sac et me proposa de me changer. Je refusai. J'avais opté pour une robe d'été toute simple qui retenait ma poitrine sans nécessiter de soutien-gorge. Il m'emmena alors au sous-sol. Des lumières tamisées et des chandelles éclairaient notre passage, et il me fallut un moment pour m'habituer à la pénombre. Une fois en bas, l'homme annonça ma venue :

— Notre reine de la soirée, Mlle Annabelle.

Tous les regards se tournèrent vers moi, et John qui, assis sur un fauteuil, me tournait le dos se leva pour venir m'accueillir. Sans chercher à masquer sa joie, il me tendit une main que je saisis nerveusement. Je l'observai pendant qu'il la portait à ses lèvres.

— Annabelle…, bienvenue.

Il caressa d'un doigt le bracelet que j'avais attaché autour de mon poignet, puis en vérifia le nœud avant de chuchoter :

— Il ne doit jamais être retiré. Pour aucune raison, vous entendez ? Si ce bracelet tombe, n'importe qui pourra faire ce qu'il voudra de vous.

Je crois que ma main se mit à trembler, car il la serra plus fermement avant de reposer les yeux sur moi.

— Tout ira bien. Vous êtes magnifique. Cependant… (Il me détailla longuement.) Pourriez-vous… détacher vos cheveux ?

Sans la moindre hésitation, ma main remonta et tira sur la pince qui retenait plusieurs mèches derrière ma tête. Tout retomba sur mes épaules pendant que l'homme de l'entrée récupérait discrètement l'objet. John replaça ma coiffure, visiblement ravi par ma docilité.

— Maintenant, vous êtes parfaite, me complimenta-t-il.

Il fit un petit signe de la main.

— Laure, approche.

Une jeune femme s'avança, à quatre pattes, entièrement nue, un collier de cuir autour du cou. Elle se positionna en soumise, à genoux, derrière lui.

— Annabelle, voici Laure, ma soumise.

Je détaillai la brunette du regard. Elle devait avoir vingt-deux ou vingt-trois ans. C'était pratiquement une enfant ! Elle leva les yeux sur moi, me sourit, puis les rebaissa aussitôt vers le sol. Je scrutai l'assemblée présente pour faire un premier constat troublant : j'étais la femme la plus âgée dans ce lieu, hormis une autre. Déjà, j'en ressentais une vive inquiétude.

Nous étions huit. Combien manquaient encore à l'appel ? Il y avait Laure et deux autres jeunes femmes qui étaient entièrement dénudées, et un homme, grand et blond, vêtu d'un peignoir, debout, au fond de la pièce. Je comptais trois Maîtres : John et un autre homme, ainsi qu'une femme. Je le savais uniquement par la façon dont elle était assise – sur un fauteuil plutôt que sur le sol –, avec la tête fièrement relevée et le regard dur. Les soumises étaient toutes prostrées ou à quatre pattes dans un coin de la pièce.

John me tendit une flûte de champagne que j'acceptai sans attendre, puis il leva son verre vers les autres convives :

— Puisque nous sommes tous là et que notre reine est parmi nous, que la soirée commence !

— Enfin ! gronda la dominatrice.

Je bus rapidement, par nervosité. Qu'est-ce que cela signifiait ? Qu'ils n'attendaient que moi ? Que John était certain de ma venue ? Ses doigts cherchèrent les miens avec insistance, puis il me fit lever le bras, en direction de l'assemblée.

— Je tiens à vous rappeler les règles de cette soirée. N'oubliez pas qu'Annabelle est notre invitée.

— Mais nous avons le droit de lui proposer nos services, pas vrai ? demanda l'autre Maître.

— Oui, Maître Paul, mais en tant que reine elle aura tout le loisir de refuser votre offre.

— Oh, mais ne vous inquiétez pas tant pour elle, Maître ! À la fin de cette soirée, elle sera si excitée qu'elle arrachera elle-même son petit bracelet, rigola la femme.

— Ça, je l'espère bien ! renchérit Maître Paul.

Il se leva et s'approcha de moi, me détaillant comme si j'étais une pièce de bétail à vendre.

— Tu peux me dire où tu les trouves ? Elle est drôlement bandante.

Se frottant l'entrejambe sous son peignoir, il ajouta :

— Dis-moi, ma jolie, qu'est-ce qui t'exciterait ? Tu sais que Maître John nous a beaucoup parlé de toi. Et Maître Denis aussi !

— Alors là, oui, elle lui a fait forte impression ! confirma la femme.

J'eus un geste de recul devant tous ces propos me concernant, mais John posa une main sur ma taille pour me retenir.

— Tout va bien, m'assura-t-il en me guidant en direction d'un fauteuil sur lequel je me laissai tomber.

À ma gauche, John se pencha, puis me désigna les convives en commençant par la dominatrice :

— Dame Sylvie et sa soubrette, Émilie. Tu connais Laure. Voici Maître Paul et Janice, sa soumise. Et là c'est Simon.

Je fixai le grand blond, puis reportai un regard inquisiteur en direction de John, troublée par la présence d'un homme qui ne semblait être ni un Maître ni un soumis.

— Je l'ai invité à se joindre à nous, m'expliqua John. Il est un peu comme toi, sauf qu'il participe aux festivités.

Simon se contenta de sourire. Je ne comprenais toujours pas ce qu'il était, il semblait revêtir un statut particulier.

— Crois-moi, jeune fille, si tu veux connaître des mains expertes, tu devrais t'abandonner à celles de Simon, lança Sylvie. Tiens, si tu nous montrais ce que tu sais faire, histoire de nous exciter un peu ?

Elle posa son pied vêtu d'un soulier à haut talon sur les fesses de sa soumise et la poussa vers Simon sans aucune douceur.

— Elle te plaît, mon Émilie ?

La jeune soubrette blonde releva les yeux vers Simon qui se pencha vers elle pour lui offrir un très joli sourire.

— Tu es très belle, dit-il doucement.

— Mettez-vous par là pour qu'on vous voie mieux ! maugréa Maître Paul.

Simon se releva et marcha jusqu'au centre de la pièce alors qu'Émilie le suivait à quatre pattes. Le grand blond me jeta un regard, puis posa un genou sur le sol, avant de se positionner en face de la jeune femme. Lentement, il fit glisser ses doigts sur sa joue, puis descendit jusqu'à un sein qu'il massa quelques instants. La jeune femme ferma les yeux, s'abandonna sans attendre, la bouche ouverte. Il continua sa course, bifurqua sur ses reins, puis sa croupe. Son parcours dériva, et il vint brusquement la pénétrer d'un doigt. Mon souffle se coupa lorsque Émilie émit une légère plainte. Je fermai les yeux pendant quelques secondes, surprise d'assister à ce genre de scène, surtout d'aussi près. Lorsque j'eus le courage de leur accorder de nouveau toute mon attention, Simon étendait Émilie dos au sol. La tête de la soumise frôlait mes pieds alors que ses genoux étaient toujours pliés et bien écartés. L'une des mains de Simon glissait sur sa peau nue, sur son ventre et sur ses seins, pendant que l'autre la pénétrait toujours, dans des coups de plus en plus rudes. La jeune femme haletait, avec des plaintes discrètes.

— Elle jouit bien, cette petite, constata Maître Paul.

— Cela vous excite, Maître ? demanda Sylvie.

— Me proposeriez-vous quelque chose, madame ?

Elle se redressa, enjamba le couple en action sur le sol et vint s'agenouiller devant l'homme qui ouvrit son peignoir sans la moindre pudeur. Elle enfonça son sexe dur dans sa bouche sans aucune hésitation. L'homme se laissa retomber plus confortablement sur le canapé.

— Voilà qui est parfait…

Il gémit, puis tourna la tête vers moi et plongea ses yeux dans les miens. Sa main s'écrasa dans les cheveux de Sylvie et l'obligea à se balancer selon le rythme qu'il souhaitait. Dans un souffle, il jeta à mon attention :

— Il en restera encore pour toi, tu sais.

Pétrifiée, je ramenai les yeux au sol, sur Simon qui continuait de caresser Émilie. Le corps de la jeune femme se cambrait et était agité de soubresauts. Je ne savais pas quel spectacle m'incommodait le moins.

— Laure, si tu aidais Dame Sylvie ? suggéra John. Ce n'est pas poli de laisser une femme de son rang faire tout le travail.

La brunette se redressa à ma droite, et Sylvie releva la tête pour l'accueillir. Les deux femmes s'embrassèrent un long moment, puis Laure poursuivit la fellation entamée par la dominatrice. Elles s'échangèrent le sexe de l'homme comme on échange une sucette. Un coup pour une, deux coups pour l'autre. Maître Paul gémissait bruyamment, tenant chacune d'elle par les cheveux. Sa jouissance couvrait largement les petits cris d'Émilie.

— Bordel, qu'est-ce qu'elle suce, cette petite, gronda-t-il soudain.

— Oui, confirma John. J'en suis très fier.

Je crois qu'il venait de tourner la tête vers moi, mais je n'osai pas le vérifier. J'étais relativement soulagée qu'il fasse aussi sombre dans cette pièce. Mes joues devaient être plus rouges que le sang qui y montait.

— Du calme, petite… sinon je… Oh !

Maître Paul retint les mouvements de Laure d'une main. Sylvie observait la scène avec un sourire, puis elle décida de retourner auprès de sa soubrette, au centre du salon. Elle embrassa la jeune femme sur la bouche, puis sur tout le reste du corps. Simon retira sa main du sexe d'Émilie, et sa Maîtresse vint lui lécher les doigts.

— Laisse-moi faire, dit-elle.

Elle se plaça entre la jeune femme et Simon, puis glissa son visage entre ses cuisses. À mes pieds, Émilie poussa un cri de jouissance qui me fit trembler :

— Maîtresse, oui !

D'un seul coup de langue, elle paraissait se tordre de plaisir. Plus loin, Maître Paul gronda d'autres insanités lorsqu'il éjacula dans la bouche de Laure, mais je conservai mon attention sur le spectacle que donnaient Simon, Émilie et Sylvie. Laissant la jeune femme comblée, la Dame releva son visage détrempé vers moi :

— Tu viens nous rejoindre, ma jolie ?

Je secouai la tête, et ma peur évidente la fit rire.

— Tu ne sais pas ce que tu rates… (Elle tourna la tête vers Simon.) Toi, encule-moi ! ordonna-t-elle, d'une voix beaucoup plus ferme.

John réprima un léger rire qui attira mon regard, puis il s'accroupit à mes côtés.

— Le spectacle vous plaît, mademoiselle ?

Je n'arrivais pas à parler tellement le trouble me ravageait, alors je hochai la tête en guise de réponse. À quoi bon mentir ? J'étais déjà en feu, sous cette robe. Son sourire s'accentua.

— Vous n'êtes qu'une petite vilaine, chuchota-t-il. Moi, je le sais.

Le cri de Sylvie me fit sursauter, et je reportai mon attention sur la scène : Simon la prenait par-derrière dans un rythme rapide. Elle lâcha un râle, puis replongea sa bouche entre les cuisses d'Émilie qui reprit ses gémissements à son tour. Tous ces bruits de plaisir m'excitaient, et je serrai nerveusement les cuisses. J'avais l'impression que le fauteuil serait bientôt inondé.

Laure s'avança vers nous et se positionna, à quatre pattes, entre son Maître et moi. Elle glissa une main sous le peignoir de John. Je tentai de ne rien voir, mais le spectacle – si près – accaparait toute mon attention.

— Pas encore, Laure, gronda-t-il. Janice n'a toujours rien eu.

— Ni notre invitée, ajouta Maître Paul.

— Il est encore trop tôt pour ça, rigola John. Et elle n'a aucune obligation de cet ordre…

— Ce serait dommage qu'elle n'en profite pas un peu, dit Sylvie avant de se remettre à jouir.

— Oui. Dommage, en effet, confirma Paul.

Laure retrouva Janice, puis jeta un regard furtif en direction de Maître Paul, comme si elle attendait sa permission pour toucher sa soumise. Il hocha la tête. Lentement, les jeunes femmes s'embrassèrent, puis commencèrent à se caresser. Simon délaissa Sylvie pour se glisser entre les deux soubrettes. Janice se jeta sur le sexe dressé de l'homme et le fit disparaître dans sa bouche. Une nouvelle danse à trois commença.

Au bout de quelques minutes, John traversa la pièce d'un pas lent. Il passa aux côtés de Laure et glissa une main dans ses cheveux. Elle releva la tête vers lui, comme si elle avait reçu un appel. D'un simple regard, elle délaissa Simon et Janice pour suivre son Maître, à quatre pattes. John s'installa dans un autre fauteuil, complètement à l'opposé du mien, en face de moi. Son sourire me troubla. À croire qu'il se positionnait de façon que je puisse bien le voir.

Sans attendre d'ordre, Laure ouvrit le peignoir de John, et je détournai la tête, étrangement gênée de voir son sexe. Pourtant, il disparut très vite sous les cheveux épars de la brunette. Lorsque je reportai mon attention sur eux, j'eus la sensation qu'il conservait son calme habituel, même après plusieurs minutes de fellation. Son torse se gonflait sous sa respiration, mais celle-ci était lente. Il semblait avoir une parfaite maîtrise de son corps. Ses yeux cherchèrent les miens, et je soutins son regard. Sa main posée dans les cheveux de Laure suivait sa trajectoire de haut en bas, mais son regard restait braqué sur moi. Mon ventre se tordait d'envie. Que faisait-il ? J'avais l'impression qu'il m'invitait à les rejoindre ou qu'il se plaisait à imaginer ma bouche sur son sexe. Et moi, j'étais torturée de désir. J'avais envie de me jeter à ses pieds et que ses mains me touchent.

Quelque chose frôla ma jambe, et je sursautai. Pendant un bref instant, je venais d'oublier tous les autres gens dans cette salle. Je baissai la tête, tombai sur Émilie qui me scrutait avec des yeux énormes.

— Puis-je vous offrir quelque chose, madame ?

Je tournai machinalement la tête vers mon verre de champagne, encore plein, avant de refuser son offre, ce qui la fit sourire.

— Je ne parlais pas d'alcool…

— Oh !

Que m'offrait-elle ? Du sexe ? Nerveusement, je secouai la tête.

— Je… Non. Merci.

— Allons, vous prendrez bien un petit orgasme, quand même ! rouspéta Maître Paul.

— Ça doit être terriblement mouillé entre ces petites cuisses, ricana Sylvie. Je peux goûter ?

Elle marchait à quatre pattes dans ma direction, et j'avais l'impression que tout le monde m'observait. Je serrai les doigts sur l'accoudoir de mon fauteuil, le griffant de mes ongles.

— Je peux lécher ta petite chatte, si tu veux, insista la dominatrice avec une voix mielleuse. Tu peux me croire, tu ne vas pas le regretter…

— Ça suffit, coupa John.

— Oh, mais on a le droit de proposer ! jeta-t-elle avec une pointe d'énervement. On ne va pas la violer, cette petite ! Remarquez, avec ses yeux de biche et son petit cul serré, elle ne demande que ça, je suis sûre !

Elle continuait à rire et à se moquer. Pourquoi ne pouvaient-ils pas oublier ma présence ? J'aurais préféré assister à tous leurs ébats comme on lit un texte : derrière une vitre et loin de toutes leurs attentions.

À son tour, Simon s'approcha avec son visage d'ange. Qu'est-ce qu'un homme comme lui faisait dans un endroit pareil ? Il me paraissait tellement différent ! Lentement, il s'agenouilla près de moi, et je me tournai vers lui, heureuse de m'évader du regard des autres que je sentais rivés sur nous. De l'autre côté de la pièce, Laure était toujours devant John, et le bruit de sa bouche sur son sexe me parvenait avec une telle clarté que je n'arrivais plus à songer à autre chose. Qu'est-ce que je fichais là ? L'homme que je voulais était de l'autre côté de la pièce, avec une autre, et j'étais ici, le sexe gonflé, vêtue et incroyablement seule. J'avais l'impression qu'une seule caresse aurait pu me faire hurler tellement ma peau me paraissait sensible. Si je n'avais pas eu autant de préjugés à me donner en spectacle, je me serais bien touchée moi-même, mais je m'en sentais incapable devant tous ces gens.

— C'est la première fois que vous venez dans ce genre d'endroits ?

La voix de Simon captura mon attention et étouffa le bruit que faisait la respiration irrégulière de John. Il était de l'autre côté, mais son souffle emplissait toute la pièce. Il prenait du plaisir, sans moi.

— Vous êtes tendue. Vous devriez… vous détendre.

Je hochai la tête d'une façon mécanique. Sa main, chaude, se posa sur ma cheville, puis remonta le long de ma jambe. Je le scrutai sans bouger. Il cessa sa course juste en haut de mon genou gauche, là où tout semblait hermétiquement fermé.

— Aimeriez-vous que je vous détende, ma reine ?

Ma voix s'étouffa, mais mes cuisses s'entrouvrirent doucement. Sa main continua à glisser vers mon sexe détrempé, et je fermai les yeux pour m'abandonner à cette délivrance lorsqu'il chuchota :

— Vous devez me l'ordonner.

Je reposai les yeux sur lui, prise d'un vertige à le sentir si près de cette zone sinueuse et tourmentée. Il insista du regard, attendant mes mots, mes ordres. Je murmurai, avec une voix plus suppliante que ferme :

— Touche-moi.

Le sourire de Simon devint lumineux, et il hocha prestement la tête.

— À vos ordres, ô ma reine !

CHAPITRE 18

L'ABANDON

Alors que toute mon attention était fixée sur la main qui remontait entre mes cuisses, Simon se releva, et son autre bras m'enveloppa dans une étreinte afin de pouvoir prendre place à mes côtés, sur ce fauteuil, où nous nous retrouvâmes à l'étroit. Je le laissai faire. Dans cette position, il put embrasser la base de mon cou, lécher ma peau, puis ses doigts se faufilèrent en moi. Enfin ! Je serrai les dents pour retenir le râle de soulagement qui cherchait à quitter mes lèvres, et mes jambes s'ouvrirent d'elles-mêmes. Pendant qu'il me faisait vibrer, l'autre main de Simon plongea dans ma robe pour venir caresser mon sein. J'eus un léger moment de surprise, mais ses pénétrations se faisaient plus fermes et commençaient dangereusement à faire fondre mes réserves. Au premier gémissement qui franchit mes lèvres, Simon amplifia ses caresses, partout. Je m'abandonnai. Que de sensations il faisait naître en moi ! Mon corps, tendu, n'était plus qu'un jouet entre ses mains expertes, et je me sentais glisser vers un orgasme délicieux.

Des propos échangés dans la pièce brouillèrent le plaisir qui m'animait :

— Dis donc, qu'est-ce qu'elle mouille, cette petite !

— C'est une sacrée petite garce que vous nous avez trouvée là…

Consciente de me donner en spectacle, j'ouvris les yeux, difficilement, persuadée que tout le monde assistait à ma déroute. Je tremblais de honte à cette idée. Simon sembla percevoir mon trouble, car son regard accrocha le mien, puis il intensifia ses caresses sur mon sexe, m'obligeant à ravaler un autre râle. Ma main s'accrocha à son épaule, et il sourit devant ma façon de vouloir retenir l'inévitable. Je lui étais reconnaissante de ne pas se presser, et encore plus de ses efforts pour me faire oublier tout ce qui aurait pu troubler mon plaisir dans cette pièce.

Ses doigts me pénétrèrent avec plus de force, et mon corps tomba entre ses bras. Tout disparut. Tout, sauf lui : sa main qui me prenait avec la violence d'un sexe, ses doigts qui jouaient avec le mamelon de mon sein, sa bouche qui revenait mordiller la peau de mon cou. J'avais l'impression d'être nue contre lui. Ma tête bourdonnait, mon ventre hurlait, et je retrouvai brutalement ma voix pour gémir, puis un cri accompagna le soubresaut de mon corps. J'écrasai sa main entre mes cuisses, et un liquide chaud coula de mon ventre. Je fermai les yeux, étrangement bien. Tout avait disparu. Tout, sauf ce plaisir délicieux qui subsistait en moi.

Les railleries de Sylvie me tirèrent de ma torpeur :

— Elle éjacule, votre protégée, on dirait.

— Ou alors elle était tellement excitée qu'il y a eu une inondation !

La voix de Simon couvrit celle des autres. Lui ne parlait qu'à moi :

— Vous êtes magnifique. Vous jouissez comme une reine.

Il prolongeait mon état de béatitude, et je lui répondis d'un sourire. J'aurais aimé lui dire à quel point ses mains étaient magnifiques, elles aussi. J'aurais voulu qu'elles restent en moi encore un peu, mais il se détacha doucement, puis se laissa retomber sur le sol, à mes pieds.

Sans son corps contre le mien, la fraîcheur de la pièce revint sur ma peau. J'étais à moitié dénudée. Je remontai ma robe sur mes seins pour les cacher aux autres, ce qui fit ricaner Maître Paul :

— Allons, tu ne vas pas faire ta prude, maintenant !

Je serrai les cuisses, puis redescendis ma jupe pour masquer mon sexe, prenant soudain conscience de ce que je venais de faire devant tous ces gens. Je cherchai le regard de John, et son sourire me troubla autant qu'il m'apaisa. Avait-il observé la scène, lui aussi ? Sans me quitter des yeux, il chuchota quelque chose à l'oreille de Laure, et elle hocha la tête avant de s'approcher de moi, toujours à quatre pattes. À genoux devant moi, elle leva son beau visage.

— Ma reine, puis-je vous embrasser ?

Surprise par sa requête, je jetai un coup d'œil vers John pour vérifier qu'il était d'accord. De qui venait cette question ? De Laure ou de John ? De l'autre côté de la pièce, le sourire de son Maître s'accentua. Était-ce ce qu'il souhaitait voir ? Je déglutis nerveusement, puis, après une hésitation, j'acceptai timidement. Laure grimpa sur le fauteuil avec moi, s'installa sur mes cuisses, et sa bouche aguicha la mienne avec douceur. Je répondis à son baiser, troublée par mon propre geste, puis je fermai les yeux en essayant d'oublier que ces lèvres étaient celles d'une femme. Sa langue s'infiltra en moi, taquina la mienne, et je goûtai cette bouche dans laquelle je tentai de percevoir le goût du sexe de John. Cette seule idée me chavira, et je serrai plus fermement la jeune femme contre moi. Notre baiser s'intensifia aussitôt.

Les mains de Laure touchaient ma peau, caressaient ma poitrine au travers de ma robe. Elle se détacha de moi.

— Est-ce que… je peux… ? demanda-t-elle avec un regard presque suppliant.

Elle jouait nerveusement avec la bretelle de ma robe. Je la baissai sans attendre, et ma poitrine redevint visible aux yeux de tous. Pas longtemps, car la bouche de Laure en masquait la majeure partie. Mon sexe continuait de se mouiller. Comment pouvait-il l'être davantage ? Était-ce sa bouche ? Tous ces regards sur ma personne ou simplement celui de John ?

Des mots décousus me parvenaient, des gémissements aussi. Cela me rassurait. Je n'étais plus le seul point d'attraction dans cette pièce. Les doigts de Laure touchèrent mon sexe, et je sursautai légèrement devant son effronterie. Elle releva les yeux vers moi :

— Laissez-moi vous faire jouir.

Soudain, les remarques des autres convives capturèrent mon attention :

— Je veux bien voir ça ! jeta Sylvie.

— Laissez-la donc faire ! ajouta Maître Paul.

Mes yeux se promenèrent sur chacun de convives, puis arrêtèrent leur course dans ceux de John. Son sexe était dressé, bien visible, comme s'il n'attendait que moi. J'eus envie de repousser Laure et de me jeter sur lui. N'était-ce pas ce que j'étais venue chercher ? J'eus la sensation qu'il espérait que je cède à cette demande, que je me donne à Laure pour son propre plaisir. Mon ventre trembla à cette idée, et je me sentis étrangement coincée. Je n'avais pas à lui céder ! N'étais-je pas la reine, après tout ? Détournant la tête, je repoussai légèrement la jeune femme sur moi.

— Non, je… Ça suffit.

Elle hésita et me scruta d'un air dépité, mais je me rhabillai pour lui prouver que j'étais sérieuse. J'étais étonnamment gênée de percevoir tous ces regards rivés sur nous. N'avaient-ils pas autre chose à faire ?

De l'autre côté de la pièce, John se leva, et je fis signe à Laure de descendre du fauteuil afin de retrouver ma liberté, mais l'ordre qui fusa la stoppa dans son geste.

— Non. Reste.

À qui s'adressait-il ? À elle ou à moi ? À elle, forcément ! Alors pourquoi est-ce que mon corps se raidissait de la sorte ? Une fois devant nous, John empoigna la gorge de Laure qui se laissa docilement tirer vers l'arrière. Sa tête fut bloquée contre le torse de son Maître tandis qu'il continuait de me scruter avec un regard de feu. Sans un mot, il la repoussa vers moi et se pencha pour positionner la croupe de sa soumise vers l'arrière. Il soutint mon regard avant de la prendre d'un geste brutal. Elle s'écrasa sur moi avec un cri. Il recommença, plus fort, et mon ventre se contracta dans un spasme. Encore un coup, si rude que le corps de Laure me comprima complètement. Son souffle haletant se mêlait au mien. On aurait dit… que John me prenait à travers elle.

Alors qu'elle jouissait, il posa une main sur la tête de la jeune femme et accéléra le rythme. Son cri résonna près de mon oreille. De douleur ou de plaisir ? À la voir ainsi, bouche ouverte et coincée sous les serres de son Maître, la question ne se posait déjà plus. Et moi, je pinçais les lèvres, étonnamment envieuse de sa position. J'aurais voulu être celle que John comblait ainsi. Le sentir en moi, fou de désir, et me laisser entraîner dans cette zone d'ombre qu'il semblait tellement affectionner. Contre ma bouche, Laure étouffa un autre cri, puis chercha à m'embrasser. Je répondis à son geste, le corps en feu et le sexe de plus en plus sensible. John nous observa, visiblement satisfait par le spectacle que nous lui offrions, et ses coups de reins s'adoucirent, comme s'il voulait éviter de nuire à notre baiser. La bouche de Laure se fit plus vorace contre la mienne, et je fermai les yeux, profitant de sa fougue pour tenter d'oublier ce vide qui persistait entre mes cuisses.

Les secousses cessèrent, mais pas les baisers de Laure. Pourtant, je sursautai lorsque l'on remonta mes jambes pour me faire basculer de côté. Je me retrouvai étalée de biais, entre les deux accoudoirs du fauteuil. Je tentai de me redresser, mais John guida sa soumise, et elle s'empressa de revenir se positionner au-dessus de moi. Ses genoux se frayèrent un chemin pour tomber de chaque côté de mes hanches, même si son Maître semblait vouloir contrôler l'angle de sa posture. Mon sang se glaça pendant qu'il forçait la croupe de la jeune femme à se tendre vers lui, et il revint en elle avec une telle force que tout son corps fut projeté contre le mien. Cette fois, le cri qui quitta ses lèvres ne fut que douleur. Je n'en doutai à aucun moment. D'une main ferme, John replaça le corps de Laure pour être plus à son aise et la prit une seconde fois, plus violemment encore. Sa tête se cogna contre la mienne, et un autre cri déchira l'air entre nous. La jeune femme ouvrit des yeux larmoyants vers moi et me tendit sa bouche. Je l'embrassai sans attendre, espérant diminuer sa souffrance, même si le tremblement qui me secouait n'avait rien de rassurant.

Chaque fois que John la pénétrait, de nouvelles larmes tombaient. Et moi, j'assistais à la scène, impuissante. D'une main, il saisit les cheveux de la jeune femme et la tira vers l'arrière, la forçant à se cambrer vers lui. Elle hurla.

— Dis-lui ce que je te fais, ordonna-t-il d'une voix calme.

— Vous me… vous me…

— Oui ? insista-t-il.

— Vous me… sodo… sodomisez…, monsieur.

Le regard de John se posa sur moi. Essayait-il de me troubler davantage ? Cela fonctionnait ! Il redonna un coup de reins en tirant plus fort vers lui les cheveux de Laure. Mon sexe se liquéfiait. Comment était-ce possible de songer au plaisir devant une telle scène ?

— Veux-tu que j'arrête, Laure ? demanda-t-il d'une voix étrangement douce par rapport à la violence de ses gestes.

— Oh non, monsieur ! Non !

John se pencha, et, suivant son mouvement, Laure se courba vers moi, elle aussi. Il attendit que nos regards se croisent :

— Et vous, ma reine ? Aimeriez-vous que tout cela cesse ?

Je déglutis nerveusement. Essayait-il de me piéger ? De voir si cela me plaisait ? Je n'avais plus de voix pour lui répondre, alors je secouai simplement la tête. Satisfait, il reprit ses coups. Dans un rugissement comblé, Laure, le visage inondé par les larmes, le suppliait :

— Oui ! Encore, monsieur, s'il vous plaît.

Il répondit par une suite de coups rapides, secouant mon corps coincé sous celui de Laure. J'eus la sensation que c'était moi qu'il prenait sur ce fauteuil. Mes cuisses s'ouvrirent dans l'espoir qu'on me touche. Avec une plainte, elle écrasa ses lèvres sur les miennes, mais son baiser me fut arraché lorsque John la tira de nouveau vers l'arrière. Un sourire apparut sur les lèvres de Laure, puis ses gémissements s'intensifièrent. Ils n'étaient plus que pur plaisir. Quand l'orgasme la submergea, son cri déchira la pièce et mes oreilles.

Lorsqu'il la relâcha, Laure se serra contre moi et m'enlaça comme une enfant, en s'accrochant à mon cou.

— Vous êtes belle, chuchota-t-elle.

— Puis-je me joindre à vous ? demanda John en glissant un genou entre moi et l'assise du fauteuil.

Sans attendre la réponse, il se laissa glisser contre nous, et ma tête retomba contre son cou.

— Je ne pensais pas que ce fauteuil pouvait contenir trois personnes, dit-il avec un rire.

Laure rit avec lui, mais je n'écoutais déjà plus rien. Mon corps était si bien dans cette chaleur et ces étreintes. Tout était calme.

John attendit de croiser mon regard, puis caressa la nuque de sa soumise avant de pousser sa tête vers la mienne. La jeune femme m'embrassa sans attendre, et je répondis à son baiser en fermant les yeux. Nous n'étions que ses marionnettes, et il jouait avec nous si facilement !

— Est-ce qu'Annabelle vous plaît, mademoiselle ?

Laure releva de grands yeux joyeux vers moi.

— Oh oui, monsieur !

Elle prouva ses dires en écrasant de nouveau sa bouche sur la mienne, mais le bruit d'un coup résonna avec tant de force que cela me fit sursauter. Laure se redressa sur moi, et John tapota doucement sa fesse.

— Va jouer, maintenant, lui dit-il.

La jeune femme descendit du fauteuil, et je vis plus clairement l'origine du bruit qui venait de m'effrayer. Janice avait été posée par-dessus l'accoudoir du canapé, cul en l'air, et on se préparait à la fouetter, en faisant cingler l'objet de cuir dans l'air. Je tournai un visage paniqué vers John, auquel il ne répondit pas. Il se redressa sur le fauteuil en m'entraînant avec lui. Je restai immobile et écrasai mon visage contre son torse, mais il remonta ma tête vers la sienne :

— Il faut observer, Annabelle.

— John…

— Je sais. Mais vous devez apprendre à surmonter cette peur.

Il pointa la jeune femme du menton, et je tournai la tête vers la scène, à contrecœur. Je compris que l'on attendait notre attention pour débuter la séance, et un premier coup tomba dans un bruit sourd. J'eus un petit geste de sursaut et je portai mon regard sur le visage de Janice. Elle réprimait la douleur sans un cri, mais son expression trahissait une certaine souffrance. Le bras s'éleva dans l'air, et un autre coup cingla ses fesses. Un gémissement franchit les lèvres de la jeune soumise. Je restai là, sous le choc, pendant que les mouvements s'amplifiaient. Et les cris aussi. Je fermai les yeux, sentant des larmes m'obstruer la vue, mais la voix de John résonna à mon oreille :

— Il faut regarder, mademoiselle.

Je lui jetai un regard noir. Ne lui avais-je pas confié pourquoi je supportais si mal d'assister à ce genre de séances ? La gorge nouée, je me résolus à reporter les yeux sur la scène. La main de John remonta entre mes cuisses, et je sursautai. Il voulait me toucher ? Maintenant ? Devant un tel spectacle ?

— Observez bien, répéta-t-il.

Même si je tentai de voir quelque chose, toute mon attention se porta sur ces doigts qui écartèrent mes cuisses et plongèrent en moi. Je chancelai, et ma main s'accrocha à son épaule lorsque je crus défaillir. J'étais détrempée, excitée, et je ne voulais déjà plus qu'il s'arrête. Sa bouche contre ma tête répéta : « Regardez bien », et je posai les yeux sur Janice, sur le point de s'écrouler sur le sol. Elle se mordait la main, le visage inondé de larmes. Les coups cessèrent lorsqu'elle chuchota : « Maître, pitié. » En moi, les mêmes mots résonnaient. *Pitié ! Faites que John ne s'arrête pas !* Maître Paul sourit, le sexe dressé fièrement, excité devant la douleur qu'il venait de provoquer. J'eus du mal à ne pas détourner les yeux lorsqu'il tourna la tête dans ma direction, et les petites secousses contre mon clitoris m'arrachèrent un premier râle.

Maître Paul se positionna derrière sa soumise. Il cracha dans sa main et enduisit son sexe de salive avant de la prendre par-derrière d'un coup sec. Je sursautai devant la violence de son geste et détournai prestement la tête. Les cris de Janice reprirent, et les doigts dans mon sexe s'enfoncèrent plus loin en moi.

— Regardez, répéta John.

J'obéis, en proie à une violente excitation. Était-ce cette souffrance qui me troublait autant ou ce geste irrévérencieux ? Je concentrai mon attention sur la main de John, sur ses doigts qui allaient et venaient de plus en plus vite en moi, provoquant une agréable chaleur dans mon ventre. Pourtant, mes yeux restaient rivés sur le corps de Janice qui se tordait dans tous les sens, et son cri passa soudain de la douleur au pur plaisir. Quelque chose d'animal, de fort, d'assourdissant. Mon ventre se tordit de honte et de jalousie. Jamais je n'avais vu pareille jouissance. Elle hurlait devant nous, mais nous n'étions pas là, elle ne voyait plus rien, seul existait le plaisir qui la ravageait.

John me fit basculer contre le fauteuil, intensifia ses caresses, et je crois que je perdis la tête bien avant la fin du spectacle. Je retombai contre lui, si molle que j'aurais pu m'effondrer là, à la vue de tous, les jambes entrouvertes et le sexe dégoulinant.

— Je suis très fier de vous, mademoiselle.

Ces paroles, toutes bêtes, me rassurèrent. Je me blottis plus fermement entre ses bras et fermai les yeux pour retenir ce petit instant de bonheur.

CHAPITRE 19

LE DÉPART

Ce fut la voix de Maître Paul qui me sortit de ma torpeur :

— Alors, ma reine, le spectacle vous plaît-il ?

Je relevai avec peine la tête vers lui quand je compris qu'il s'avançait vers moi.

— Que diriez-vous de vous rendre utile ?

Il pointa son sexe dur et détrempé vers mon visage. Le dégoût me saisit devant son offre si vulgaire, et je me braquai aussitôt :

— Non !

— Allons, ne fais pas ta mijaurée, montre-nous donc ce que tu sais faire !

— Vouvoyez-la, gronda John, n'oubliez pas qui elle est, ce soir.

— Oh, c'est vrai ! se moqua Maître Paul. Sucez-moi, ô ma reine !

— Non, répétai-je.

Il ne fut pas offusqué par ma réponse, au contraire ! Alors que j'étais blottie contre John, Maître Paul inséra deux doigts en moi sans même me demander mon autorisation. Je grimpai plus haut sur le fauteuil et chassai sa main pendant qu'il se léchait les doigts.

— Ah oui, dit-il en riant, vous avez l'œil ! C'est une sacrée salope, celle-là.

— Ça suffit ! le gronda John.

Je tremblais comme une feuille et j'essayais de me revêtir maladroitement. Je remontai ma robe sur mes seins et cachai ma nudité avec le peu de tissu que j'avais.

John soupira :

— Bravo, Maître, vous venez d'anéantir tout ce que nous avons fait ces dernières heures.

— Allons, allons ! Elle n'est pas si prude, quand même !

Je me détachai de John, me relevai de ce fauteuil dans lequel j'avais perdu mon âme. John essaya de me retenir en posant une main sur mon avant-bras.

— Annabelle, attendez.

— Je… Il vaut mieux…

— Non. Restez.

Sa voix était suppliante, mais je continuai à reculer. J'enjambai le corps de Laure sur le sol et parvins jusqu'aux escaliers. L'homme au premier sembla surpris de me voir remonter si tôt, mais me redonna mon sac et mes clés de voiture sans faire d'histoire. John arriva avant que je puisse sortir de là. Il avait pris le temps de remettre son peignoir et, dès que je fus sur le seuil, il posa une main sur ma taille.

— Annabelle, ne soyez pas si impulsive. Maître Paul est un peu brusque, c'est vrai, mais il a beaucoup de talents…

— Je ne veux pas le savoir, l'interrompis-je.

Il soupira, puis croisa les bras sur sa poitrine.

— Bien. Si c'est ce que vous souhaitez…

— Oui, confirmai-je, en proie à un léger tremblement.

Il fallait que je sorte d'ici. J'étais à la fois terrifiée et excitée. Déçue, aussi. John avait-il compris mon désarroi ? Un petit sourire s'inscrivit sur ses lèvres.

— J'étais déjà bien surpris de vous voir, vous savez.

— Oui. Moi aussi.

C'était vrai. J'avais passé la journée à me convaincre de ne pas venir à cette fête. Et, pourtant, j'avais choisi ma robe avec soin, je m'étais rasée correctement, j'avais tout fait comme si je savais que j'allais finir par céder à la demande de John.

— Puis-je vous raccompagner à votre voiture ? demanda-t-il soudain.

Les gémissements en provenance du sous-sol nous enveloppaient, et mon ventre continuait à trembler d'excitation. Je me sentais faible. Je savais qu'il n'aurait eu qu'à insister pour me convaincre de retourner en bas, avec lui. Pourtant, il n'en fit rien. Il se contenta de m'ouvrir la porte et m'accompagna à l'extérieur en gardant une main sur ma taille. À mi-chemin entre sa maison et ma voiture, il m'arrêta et me tourna face à lui :

— Annabelle, vous avez été très bien.

Je baissai la tête, triste de ce départ précipité. J'avais paniqué et j'aurais voulu que les choses se passent différemment. Levant mon poignet, John arracha prestement le bout de ficelle rouge.

— Vous avez été très bien, répéta-t-il. Maître Paul a été trop rapide, je l'ai bien compris. Soyez indulgente. Il n'est pas courant de recevoir des invités dans ce genre de soirées.

— Oui. Je… je sais.

Malgré moi, mon corps était pris de petits tremblements nerveux.

— Annabelle, je ne suis pas déçu, sachez-le.

Je fis mine de hocher la tête, mais j'avais une folle envie de pleurer. Ma poitrine se soulevait par à-coups tandis que j'essayais de masquer les sanglots qui montaient dans ma gorge.

— Annabelle, pourquoi ce chagrin ?

— Je ne sais pas, soufflai-je.

— Regrettez-vous votre soirée ?

Je secouai la tête, incapable de réagir autrement. Non, je ne regrettais rien, mais je ne savais plus vraiment ce que je ressentais. Tout était en bataille dans ma tête : le plaisir, les images, la souffrance, la peur aussi.

— Je crois que, pour la jeune fiancée que vous êtes, il vaudrait mieux rentrer sagement chez vous maintenant.

Je hochai la tête docilement. Il avait probablement raison, mais que m'importait Steven, ce soir ? Nous étions brouillés, il était parti de la maison. J'avais la sensation que nous étions à des années-lumière l'un de l'autre, désormais.

— C'est une bonne chose que vous ayez décidé de partir, avoua-t-il encore. Je ne sais pas si j'aurais pu me retenir davantage…

Il souriait en prononçant ces mots, et sa phrase m'étreignit le cœur. Était-il en train de me dire que j'aurais pu avoir plus que ces quelques caresses avec lui ? Sans réfléchir, je m'avançai vers John et, timidement, caressai son torse par-dessus son épais vêtement. Il répondit à mon geste en glissant une main sous ma robe, m'empoignant rudement une fesse. Son sexe était toujours dressé et facile d'accès. Je ne résistai pas à refermer mes doigts sur lui, étrangement ravie de l'avoir enfin à ma portée. Il émit un petit souffle de plaisir sous mes mouvements. Je songeai à me jeter à ses genoux pour le prendre dans ma bouche, là, dans cette allée. Ici, John n'appartenait qu'à moi. Avant que je m'exécute, il me poussa vers l'arrière jusqu'à ce qu'une voiture m'empêche de reculer plus loin. Dans un geste empressé, il me souleva et me jeta sur le capot.

— John !

— Chut.

Il écrasa sa tête sous ma robe, sur mon sexe, et je m'étalai de tout mon long sur le véhicule en gémissant de plaisir. Il était rapide, précis, attisant mon souffle et mes râles avec facilité. J'étais si excitée qu'il me touche que je perdis la tête à la vitesse de l'éclair, étouffant mon cri sous mes doigts. Alors qu'il faisait un geste pour s'éloigner, mes cuisses le retinrent contre moi.

— Encore, le suppliai-je.

Il grimpa sur la voiture, et s'allongea sur moi. Son sexe dur était tout près du mien, et il aurait pu me prendre ainsi que je n'aurais pas émis la moindre résistance. Qu'attendait-il pour me combler tout entière ?

— Cela suffit pour ce soir, articula-t-il d'une voix rauque.

Il m'embrassa pour la première fois, et sa bouche puait le sexe – mon sexe. Je me jetai à son cou pendant que ses doigts me caressaient la joue, et le temps disparut pendant quelques secondes supplémentaires. Quand il se détacha de moi, il chuchota, en me regardant droit dans les yeux :

— Si vous en voulez plus, il faudra devenir ma soumise. Rentrez chez vous, maintenant. Je dois y retourner. On m'attend.

Me laissant pantelante d'envie, il descendit de la voiture et m'offrit sa main pour m'accompagner jusqu'à mon véhicule. Je m'empressai de rabaisser ma robe, encore sous le choc de ce qu'il venait de me faire vivre sur un capot de voiture, alors que tout le monde aurait pu nous voir ! *Bon sang !* Mais où était ma raison quand j'étais en présence de John ?

Avant de refermer la portière de ma voiture sur moi, il chuchota :

— Bonne nuit, Annabelle. Rêvez bien de moi.

Le cœur lourd, je démarrai mon véhicule et quittai sa résidence. Il souhaitait que je rêve de lui ? Après une telle soirée, comment pouvait-il en être autrement ?

CHAPITRE 20

RETOUR À LA RÉALITÉ

Je rentrai chez moi, encore engourdie par les dernières caresses que j'avais reçues. En apparence, je semblais parfaitement calme, mais les mots de John résonnaient dans ma tête en boucle. Si j'en voulais davantage, je devais être sa soumise. Moi ? Avait-il perdu la tête ? Même après cette soirée, je ne pouvais m'imaginer dans la peau de Laure.

Dès que je rentrai dans mon appartement, Steven apparut.

— Où étais-tu ? me demanda-t-il.

Dans un sursaut, je le fixai, ébahie. N'avions-nous pas convenu de nous revoir uniquement à la fin du week-end ? Après ces dernières heures, je n'étais pas sûre de pouvoir soutenir une conversation correctement.

— Je… j'avais… une soirée…

— Tu ne perds pas de temps ! s'écria-t-il.

Il s'approcha de moi, et je baissai les yeux au sol, sachant pertinemment que ma robe ne se prêtait pas à une soirée classique, mais il y avait pire, et il ne tarda pas à percevoir l'odeur qui se dégageait de moi.

— Tu as… Merde, Annabelle !

— Non, dis-je très vite. Je n'ai pas couché avec lui.

— Tu sens… le sexe !

— Oui. Je sais.

J'éclatai en sanglots, le visage masqué entre mes mains. J'avais la sensation que nous étions à la croisée des chemins, mais j'aurais préféré avoir plus de temps pour me préparer à cette scène… et qu'elle n'ait pas lieu dans de telles conditions.

— Qu'est-ce que tu as fait ? s'emporta-t-il.

— Je ne sais plus…

Il me saisit par les épaules et me força à le regarder.

— Qu'est-ce qu'il t'a fait ?

133

— Il m'a… touchée.

— Le salaud !

Je m'accrochai à son bras pendant qu'il marchait en direction de la porte, essayant de le freiner dans sa course.

— Attends ! C'est ma faute ! Je le lui ai permis.

Il fit volte-face avec un visage défait.

— Quoi ?

— Je le voulais, admis-je avec une petite voix. Je ne pensais pas que les choses iraient jusque-là, je voulais juste… savoir ce que ça faisait…

Je me remis à pleurer et je haussai les épaules en silence. Qu'étais-je allée faire à cette soirée, exactement ? Je n'en étais pas certaine. John m'avait offert l'occasion de le voir en action, et, inconsciemment, j'aurais voulu que le spectacle de sa violence me dégoûte suffisamment pour mettre fin au désir qu'il m'inspirait. Mais c'était tout le contraire qui s'était produit.

Dépité par mon aveu, Steven pesta, la voix brisée :

— Merde, Annabelle, tu as pourtant vu ce qu'il fait à ces filles dans son livre, non ?

— Oui, mais… j'avais besoin…

— De quoi ? Qu'il te frappe ? Tu as besoin de ça pour jouir, maintenant ?

— Non ! Il ne m'a pas frappée ! me défendis-je vivement.

Steven me scruta, et je sentis mes joues se mettre à brûler. Comment lui dire qu'alors que ma vie jusqu'ici me semblait toute tracée, John m'avait offert un monde de liberté et de fantasmes ?

Le silence s'étira jusqu'à ce que Steven croise les bras devant lui et souffle bruyamment :

— Alors tu es avec lui, maintenant ?

Une larme tomba sur ma joue, et je secouai doucement la tête.

— Non. Je voulais juste… voir.

— Et nous, dans tout ça ? Comment se fait-il que tu ne t'en soucies plus ?

Je déglutis nerveusement. Voilà exactement la question que je redoutais. Une question à laquelle j'aurais dû songer depuis bien longtemps, mais que je remettais constamment à plus tard. J'essuyai mes joues humides et inspirai un bon coup avant d'annoncer :

— Ça ne peut plus fonctionner. Je crois que… qu'il vaut mieux qu'on se sépare.

Il écarquilla les yeux.

— À cause de ce tordu ?

Je secouai la tête et répondis, avec plus de détermination :

— Ça n'a rien à voir avec lui. Je pense que… c'était déjà voué à l'échec.

— « Voué à l'échec » ? répéta-t-il. Mais qu'est-ce que tu racontes ? On devait se marier dans deux mois !

Comme je ne répondais pas, il recula d'un pas et pesta, visiblement dépité par les mots qui sortaient de ma bouche :

— Je comprends mieux pourquoi tu te fichais des préparatifs, maintenant ! Pendant que je me tapais le sale boulot, tu baisais avec ce tordu !

— Je ne couche pas avec John ! répétai-je.

Mon ton ne fit que l'énerver davantage.

— Bien sûr que non ! Il doit plutôt être le genre de type à te faire lécher le plancher !

— Steven !

— Je ne veux pas le savoir ! s'écria-t-il. Et c'est fini, compris ? Je n'ai pas la moindre envie de me marier avec… (Il balaya l'air de sa main avec une moue dégoûtée.) Je ne sais même plus qui tu es.

Je gardai le silence pendant qu'il tournait les talons. J'aurais pu le retenir, lui dire que ce n'était qu'une étape et que nous pouvions encore nous retrouver, mais je le regardai sortir de ma vie avec un nœud au fond du ventre. Steven ne me reconnaissait plus. Je ne pouvais pas l'en blâmer. Moi-même, en ce moment précis, je n'étais pas certaine d'y arriver non plus.

CHAPITRE 21

REVOIR JOHN

La nuit avait été courte. J'avais pleuré pendant un long moment, submergée par des tas de sentiments contradictoires. Je regrettais que Steven soit passé à la maison. J'aurais préféré avoir du temps pour réfléchir. Les choses auraient été bien plus simples si nous avions pu discuter de cette séparation dans un contexte moins humiliant, pour lui comme pour moi. Pourtant, mon constat était clair : je me sentais soulagée d'avoir retrouvé ma liberté.

Mon réveil n'avait pas été des plus agréables, non plus. Mon ex-belle-mère s'était fait une joie de me téléphoner pour me traiter de tous les noms. Autant débrancher ma ligne, prendre une interminable douche et me mettre au travail. J'avais deux jours pour relire les textes de John, les classer et trouver quelque chose à en dire pour notre prochaine rencontre. Après cette soirée, je craignais de perdre mon professionnalisme devant lui. Pourquoi m'avait-il demandé de devenir sa soumise ? Ne pouvait-il pas se contenter de me baiser et de me jeter comme un vulgaire mouchoir ?

Tel que convenu, j'arrivai chez lui, le lundi après-midi, une chemise sous le bras et mon sac à l'épaule. Il m'ouvrit la porte et me laissa entrer.

— Bonjour, Annabelle. Vous avez passé un bon dimanche ?

Je m'installai au salon en conservant un visage impassible. Pourtant, sa politesse et sa froideur me troublaient. Il ne faisait aucun doute que nous étions redevenus éditrice et auteur. Je soutins donc la conversation sur le même ton :

— Oui, merci.

— Désirez-vous un peu de thé glacé ?

— Oui, s'il vous plaît.

Je sortis divers documents pendant qu'il nous apportait deux verres. Il resta debout, tout près du canapé où je m'étais assise, ce qui me rendit nerveuse. C'est pourquoi je me dépêchai d'amorcer la conversation, m'en tenant à l'essentiel :

— Voici une proposition pour l'ordre de vos textes. Nadja les a approuvés ce matin.

— Bien.

Il y jeta un coup d'œil distrait, et je fouillai dans mon sac pour en ressortir un dossier.

— Devinez ce que le graphiste m'a apporté avant que je quitte le bureau ? demandai-je plus joyeusement.

Je lui montrai diverses ébauches de couvertures pour son troisième tome. Il détailla les papiers à tour de rôle pendant un moment, puis posa un regard inquisiteur sur moi.

— Laquelle préférez-vous ?

— Celle avec les cheveux, elle est bien.

— Ah.

Son ton laissait planer un doute.

— Vous aviez autre chose en tête, peut-être ? demandai-je aussitôt.

— Non. Je vais y réfléchir. Je ne pensais pas que nous en étions déjà là.

Il avait raison, mais j'avais fait accélérer la cadence au bureau lorsqu'il m'avait donné ses derniers textes. Avec l'empressement de mes supérieurs à publier son livre, tout s'était fait très vite. Je récupérai une autre pile de feuilles que je lui tendis :

— Et ça, ce sont les dernières corrections. D'après Nadja, si nous pouvions remettre la version finale avant vendredi, elle…

— Annabelle, ça suffit.

Le ton ferme qu'il avait utilisé pour m'interrompre me fit sursauter. Ou peut-être était-ce le fait qu'il ait pris place à côté de moi pour me retirer tous les documents que je tenais entre les mains et les déposer sur la table.

— Dites-moi plutôt comment vous allez, ajouta-t-il en se tournant vers moi.

— Ça va.

Il insista du regard, et, en un seul instant, j'eus l'impression d'être nue devant lui.

— Ça va, répétai-je, en forçant la note.

Il me coinça le menton entre ses doigts, me fit lever le visage vers lui, le détailla pendant un long moment, comme si mon regard ou ma peau pouvait trahir l'enfer que j'avais vécu, ces dernières heures.

— Comment s'est passé le retour à la réalité ?

— Ça a été, mentis-je.

— Je vois.

Il relâcha mon visage et récupéra les documents sur la table pour s'y attarder davantage. Et, si j'eus la sensation d'avoir surmonté une épreuve, il me prouva l'inverse d'une simple phrase :

— Puisque vous ne voulez pas en discuter, travaillons.

Je serrai les mâchoires, mais je n'avais pas envie de lui raconter l'épisode que j'avais vécu avec Steven, et encore moins la nuit qui avait suivi. Je me sentais beaucoup trop fragile pour soutenir une conversation de cet ordre avec lui.

Il passa en revue les commentaires que j'avais inscrits en marge de certains paragraphes, vérifiant à quelques reprises ce que cela signifiait en me posant des questions banales. Chaque fois que le silence persistait, je cochais la liste des questions innombrables que j'avais préparée pour cette rencontre.

— Qu'est-ce qu'on fait pour le seizième texte ? demandai-je soudain.

En bas de la liste, j'avais inscrit un point d'interrogation devant le titre de son dernier texte, celui sur la punition qui ressemblait à un viol. Lors de ma dernière relecture, je m'étais plu à mettre le visage d'une personne que j'avais rencontrée sur chacun de ses personnages. Cela ne faisait qu'augmenter l'excitation que provoquaient ses textes en moi.

Tout devenait réel. Concret.

Possible.

Comme il ne répondait pas et que le regard qu'il portait sur moi m'angoissait, j'ajoutai :

— Nous en avons discuté ce matin au bureau, Nadja nous laisse carte blanche. Soit nous remplaçons un autre de vos textes par celui-ci, soit nous décidons de ne pas le publier ou… alors… on publie seize textes au lieu de quinze.

— Seize ? répéta-t-il. Mais tous mes tomes ont quinze textes.

— Ce n'est qu'une possibilité…

Il se pencha vers moi.

— Qu'est-ce que vous suggérez ?

Retenant mon souffle, je reportai mon attention sur ma liste de questions pour éviter de croiser son regard.

— Eh bien…, la décision vous revient, mais je ne doute pas que vos lecteurs seraient très heureux d'avoir un texte supplémentaire.

Sans répondre, il dévia la conversation :

— Vous savez…, je me disais que vous devriez peut-être tout relire, maintenant. Les choses vous apparaîtraient différemment. Après tout, vous n'êtes plus seulement spectatrice.

Mes joues devinrent chaudes. Était-ce la raison pour laquelle il tenait à ce que j'assiste à cette soirée ? Pour que ses textes prennent une autre connotation pour moi ?

— J'ai justement tout relu ce matin, répondis-je sur un ton faussement détaché, et… ça n'a rien changé.

Le silence se réinstalla entre nous. John attendait probablement que je dise quelque chose, mais je n'en fis rien. Cette soirée était encore confuse dans ma tête. Je ne voulais pas en parler. Pas encore. J'insistai donc, en essayant de chasser mon trouble :

— Qu'est-ce que je dis à Nadja ? Allons-nous publier quinze ou seize textes ?

— Annabelle, parlez-moi, s'énerva-t-il.

Il posa une main sur mon genou, et son geste me fit sursauter. Je détournai la tête, troublée de retrouver ses doigts sur ma peau.

— Dites-moi que vous songez à ma proposition, exigea-t-il encore.

Je tournai un visage catégorique vers lui.

— Bien sûr que non !

— Mais… pourquoi ?

— C'est évident ! m'emportai-je. John, regardez-moi un peu ! Je n'ai rien d'une soumise !

— Vous avez tort.

Il raffermit la pression de ses doigts sur mon genou jusqu'à me faire mal.

— Annabelle, je vous veux.

Ces mots me bouleversèrent. Il me voulait ? Et moi donc ! Pourquoi ne me prenait-il pas sur-le-champ ? Ici ? Sur ce canapé ? Même en retournant sa proposition dans tous les sens, je n'arrivais pas à m'imaginer en soumise, comme Laure : dévouée, offerte, frappée, susceptible d'être prise par d'autres personnes que je n'aurais pas choisies.

Je chassai sa main de mon genou et tentai de garder mon sang-froid.

— Tout ça est ridicule, grondai-je. Je ne vais pas faire ça uniquement parce que j'ai envie de baiser avec vous !

Son visage s'illumina, et je ne compris qu'à cet instant la teneur de mes paroles. Je détournai la tête, morte de honte, pendant qu'il jetait, avec un visage empreint de fierté :

— Vous l'admettez !

— Cela ne change rien. Je ne vais pas devenir votre soumise, me butai-je avec une petite voix.

Il reprit mon genou en otage, le tira vers lui, et mes cuisses s'entrouvrirent sous son geste.

— Annabelle, je vous veux, répéta-t-il d'une voix suave. Vous pouvez me croire, je serai un bon Maître pour vous.

— Quel prétentieux vous faites ! sifflai-je.

— Je ne dis jamais que la vérité. Et la vérité, Annabelle, c'est que vous feriez une excellente soumise.

Je lui jetai un regard troublé.

— Je ne suis pas comme ça, insistai-je.

— Et je suis sûr du contraire.

Il souriait de plus en plus, comme s'il percevait que je n'étais plus aussi certaine de mes réponses. Ses doigts sur ma peau étaient brûlants, et ses paroles ne faisaient qu'augmenter mon excitation. Pour la seconde fois, je récupérai mon genou et me dégageai de sa main.

— C'est à cause de votre fiancé ? Nous pourrions tenter de trouver un terrain d'entente avec lui, si…

— Non.

Je me levai, agacée par la façon dont il cherchait à connaître les raisons de mon refus. Pourquoi ne pouvait-il pas croire que c'était ma décision ? Pourquoi fallait-il qu'il me veuille de cette façon ? Avant que je parvienne à m'éloigner de lui, il me saisit par le bras.

— Qu'est-ce que ça veut dire ?

Sur le moment, je ne compris pas le sens de sa question, mais il se mit à fixer ma main, puis mes doigts. J'avais remis tous mes bijoux. Tous, sauf un.

— Vous n'êtes plus fiancée ! constata-t-il avec force.

Je retirai brusquement mon bras.

— Vous songez donc à ma proposition !

— Ça n'a aucun rapport, me défendis-je.

Il se redressa et posa ses mains sur mes épaules, m'obligeant à soutenir son regard. J'aurais voulu qu'il me touche, qu'il m'embrasse et que toute cette discussion cesse, mais je restai là, à attendre. Comment parvenait-il à rester aussi calme alors qu'il ébranlait tout mon univers ?

— Pourquoi ne pas m'avoir dit que vous n'étiez plus fiancée ?

— Parce que… ça ne vous regarde pas !

Malgré le regard curieux qu'il posait sur moi, je me bornai au silence, puis je détournai la conversation sur un sujet moins épineux :

— Est-ce qu'on pourrait… se concentrer sur le travail ?

— On ne met pas le texte sur la punition, et donnez-moi deux jours pour réfléchir à la couverture. Autre chose ?

Sa rapidité à clore l'ensemble de nos dossiers m'étonna.

— Et pour les corrections ? demandai-je d'une petite voix.

— Vous les aurez avant vendredi, je vous le promets.

Il récupéra ma main, se laissa retomber sur le canapé et me tira jusqu'à ce que je me retrouve coincée à ses côtés.

— Que s'est-il passé avec votre fiancé ? insista-t-il.

— C'est fini, c'est tout.

— C'est mieux ainsi.

Je grimaçai. Comment pouvait-il dire cela ?

— Il n'était pas à la hauteur de vos désirs. Croyez-moi, Annabelle, j'en connais un rayon sur le sujet.

Je haussai les épaules, incertaine. Était-ce vraiment ce qui me séparait de Steven ?

— C'est une bonne chose, persista-t-il. Et, désormais, plus rien ne vous empêche d'accepter mon offre.

Je lui jetai un regard sombre.

— John, non !

— Vous pourriez au moins essayer !

— Ça ne marchera pas.

— Oseriez-vous dire que cela ne vous était pas agréable, l'autre soir ?

À la seule évocation de cette soirée, mon sexe s'humidifiait, comme s'il me trahissait à mon insu. John me caressa la joue du revers de la main. Pourquoi ne m'embrassait-il pas ? S'il me prenait sur-le-champ, peut-être que mon obsession pour cet homme cesserait enfin ?

— Annabelle, vous avez… quelque chose.

Je secouai la tête pour l'empêcher de poursuivre.

— Arrêtez. Tout ça…, ça va trop loin pour moi.

— Je serai votre Maître. Ce sera donc à moi de vous guider à travers vos épreuves. Vous avez ce qu'il faut, mademoiselle. J'en suis sûr.

J'avais fermé les yeux pour mieux ressentir sa caresse sur ma peau, mais celle-ci ne dura pas.

— Vous êtes venue l'autre soir. Cela signifie que vous me faites confiance. (Ses doigts revinrent sur mon genou, glissèrent entre mes cuisses.) Et cela vous a plu, n'est-ce pas ?

J'avais le souffle court. Pourtant, il était loin de mon sexe, mais j'étais persuadée qu'il savait déjà à quoi je pensais en cet instant.

— Cela vous a plu ? répéta-t-il.

— Oui, soufflai-je.

Je me délivrai brusquement de son contact et me relevai, le cœur battant la chamade.

— Je crois que… je vais partir.

— Revenez ici, ordonna-t-il doucement.

— Si vous pouviez… m'envoyer vos textes…

— Annabelle, ne me faites pas répéter.

Sa voix était aussi douce que menaçante. Mon ventre se mit à trembler, et je luttai pour ne pas lui obéir.

— Pourquoi ne me dites-vous pas ce qu'il y a ?

— C'est que… il n'y a… rien, bafouillai-je.

— Rien ? Vous venez de me dire que la soirée vous a plu et vous essayez de vous sauver comme une enfant.

Je détournai la tête et fixai la porte. Dire que la sortie était juste là et que j'étais incapable de m'y rendre. Même si John ne parvenait pas à faire ce qu'il voulait de moi, mon corps, lui, avait follement envie de lui obéir.

— Annabelle, quel est cet air coupable sur votre visage ? Vous n'avez rien fait de mal, l'autre soir.

Choquée par ses paroles, je lui jetai un regard noir.

— Allez dire ça à Steven !

Je regrettai mes paroles à la seconde où elles franchirent mes lèvres. Allait-il comprendre que j'étais devenue célibataire après cette soirée ? Lorsqu'il se leva pour venir se planter devant moi, je reculai d'un pas.

— Si cet homme vous aimait réellement, il voudrait que tous vos désirs soient comblés. Moi, c'est ce que je veux pour vous, Annabelle. La relation entre un Maître et une soumise va bien au-delà de tous ces jeux, vous savez. C'est une relation de confiance absolue.

Je ne répondis pas, mais ses mots me touchèrent, et j'eus du mal à ravaler mes larmes.

— N'ai-je pas été respectueux à votre endroit, l'autre soir ? (Il se pencha vers moi et riva les yeux sur mes lèvres.) Je dois vous avouer que je m'étais défendu de vous toucher, mais je ne m'attendais pas à ce que vous participiez…, et vous étiez si belle et si docile que je n'ai pas pu résister à vous goûter…

Sa main remonta le long de ma joue, et je refrénai l'envie de fermer les yeux lorsque ses doigts vinrent effleurer ma bouche.

— Laure aimerait beaucoup vous revoir…

Surprise qu'il évoque sa soumise dans un moment qui n'appartenait qu'à nous, je détournai la tête, confuse.

— Pourquoi ce malaise ? Je croyais qu'elle vous plaisait bien, à vous aussi…

— Je voulais… C'était… pour vous faire plaisir, bafouillai-je en chassant les images de la jeune femme brune de mon esprit.

Il me releva le menton d'un doigt et me força à le regarder.

— J'ai hâte de vous entendre m'appeler « Maître »…

Déroutée, je reculai prestement pour qu'il me lâche le visage.

— Ça n'arrivera pas, grondai-je.

Alors que j'essayais de soutenir son regard, j'eus la sensation que mes joues redevenaient chaudes et possiblement rouges. *D'accord !* Peut-être que je m'étais imaginée dans certaines des situations qu'il évoquait dans ses histoires, mais j'étais loin d'avoir envie de les vivre réellement !

— Promettez au moins d'y réfléchir, voulez-vous ? Que risquez-vous à essayer ? Vous n'êtes plus fiancée et vous serez libre d'arrêter notre séance à n'importe quel moment.

Je l'observai, étonnée. J'étais toujours effrayée. Et, pourtant, son offre commençait sérieusement à me plaire. Et s'il était gentil, les premières fois ?

Au lieu d'insister, John tourna les talons et marcha en direction de son bureau.

— Il se fait tard. Vous devriez rentrer.

Surprise par sa façon peu cavalière de clore notre session de travail, je récupérai mon sac pendant qu'il prenait place devant son ordinateur. À croire qu'il venait d'oublier ma présence dans cette pièce.

— Alors… au revoir, John.

Il me salua sans m'accorder la moindre attention.

— Au revoir, Annabelle.

CHAPITRE 22

UN TEXTE EN CADEAU

La semaine fut difficile. Pas seulement à cause de la conversation troublante que j'avais eue avec John, mais parce que tout dans ma vie prenait un tournant inattendu. Ma rupture avec Steven laissait un vide, pas seulement en moi mais dans mon appartement aussi. Ses effets personnels avaient disparu, et quelques meubles par la même occasion. Si je ne regrettais pas mon choix, la façon dont les choses s'étaient passées me laissait amère. À trop vouloir essayer de décoder John, j'avais mis le reste de mon existence de côté. Tout ça pour quoi ? Absolument rien. Je me sentais toujours aussi perdue.

Le plus étrange avec ma nouvelle liberté acquise, c'est que j'avais énormément de temps libre. Mon travail avec John étant pratiquement terminé, je n'avais plus rien à faire, le soir. Il m'avait transmis ses dernières corrections par mail, sans petit mot, sans même me passer un coup de téléphone. C'était à n'y rien comprendre ! Maintenant que j'étais célibataire, il semblait d'autant plus avare en nouvelles. N'aurait-il pas dû sauter sur l'occasion pour venir me voir ? Pour tenter de me convaincre ? Peut-être avait-il changé d'avis ? Et moi, alors ? Pourquoi est-ce que je ne pouvais pas m'empêcher d'y penser ? J'avais refusé son offre, après tout !

Je terminais mon repas du soir, bien installée sur mon canapé, devant la télévision, lorsque je reçus enfin un SMS de sa part : « Surprise. Relevez donc vos mails. » Mon cœur battit la chamade pendant de longues minutes avant que je puisse réagir. Je déposai mon plat sur la table basse, bondis sur mes pieds et m'installai devant l'ordinateur. Il m'avait envoyé un mail avec un document joint : « Pour Annabelle. » Je l'ouvris sans attendre et je sursautai en m'apercevant qu'il s'agissait d'un nouveau texte. Celui-ci décrivait notre dernière soirée. Contrairement à ses autres textes, il avait mis tous les détails : ma robe, ma coiffure, mes souliers, ma peur, le spectacle auquel nous avions assisté, mon abandon, mes orgasmes, et surtout leur puissance. Il insistait sur cette partie avec une telle force que je ne résistai pas à glisser mes doigts sur mon sexe en feu. Je me caressai, excitée à l'idée de revivre un tel moment, même si ce n'était que par le biais de la lecture. Son texte était un cadeau inouï. J'étais touchée que John ait songé à retranscrire ces instants pour me les offrir…

Environ vingt minutes plus tard, mon téléphone résonna. Devant le numéro annoncé sur mon écran, je répondis avec une voix douce :

— Bonsoir, John.

— Bonsoir, Annabelle. Je vous dérange ?

— Non.

— Avez-vous lu mon texte ?

Je ris doucement.

— Oui. Merci de me l'avoir envoyé.

— Mériterait-il une bonne note, vous croyez ?

— Un, sans hésiter ! lançai-je avec enthousiasme.

— Puis-je demander si vous vous êtes caressée ?

Je n'hésitai qu'un instant.

— Oui.

— Hum ! J'en suis heureux. Et j'envie ce texte d'y avoir assisté. Je n'osais pas téléphoner trop vite. J'avais peur de vous déranger. (Il marqua une hésitation.) Remarquez, j'aurais bien aimé… vous entendre.

Troublée par ce que sous-entendaient ses paroles, je me redressai nerveusement sur ma chaise.

— Et si vous recommenciez ? proposa-t-il.

Je ne répondis pas. Mon ventre était tiraillé à la pensée de reposer mes doigts sur mon sexe alors qu'il était juste là, au bout du fil.

— N'ai-je pas suffisamment décrit combien vous étiez magnifique lorsque vous jouissiez ? Combien ce spectacle m'avait touché ? insista-t-il encore.

— Si, soufflai-je, émue.

— Et par téléphone je ne verrai rien. Je ne ferai… qu'entendre.

Je me doutais qu'il était sérieux, mais l'idée de me masturber dans ces conditions me troubla. Je serrai les cuisses, excitée par sa requête autant que par sa voix.

— Vous voulez bien m'offrir votre jouissance, mademoiselle ?

Je déglutis.

— Oui, chuchotai-je.

Un silence passa, et je tendis l'oreille, par crainte que la communication ne soit rompue.

— Où êtes-vous ? demanda-t-il soudain.

— Chez moi. Devant… mon ordinateur.

— Allez jusqu'à votre lit, mais restez debout, tout près.

Je me levai et lui obéis sans attendre.

— Retirez vos vêtements, exigea-t-il encore.

Je retirai ma robe et mes sous-vêtements. Le tout frottait sur le téléphone que je maintins dans ma main.

— Voilà, dis-je avec une petite voix.

— Étendez-vous maintenant.

Je m'installai sur mon lit, téléphone en main, bien collé contre mon oreille. Je ravalai un rire en me sentant ridicule.

— Pour ma part, annonça John, je viens de m'asseoir sur votre fauteuil, celui où je vous ai vue jouir pour la première fois. Dans mon sous-sol.

Des images de cette soirée me revinrent en mémoire. Le texte de John m'avait prouvé qu'il n'avait rien raté de ce spectacle durant lequel j'avais perdu une première fois la tête, sous les doigts habiles de Simon.

— Maintenant, Annabelle, promettez que vous ferez tout ce que je vous dirai.

Ma fébrilité augmenta. Mon corps s'était même tendu en anticipant la suite de ses ordres.

— D'accord.

— Peut-être devriez-vous mettre le haut-parleur pour avoir plus de liberté dans vos mouvements ?

— Oh ! Euh… oui.

J'activai le mode sur mon téléphone et le déposai sur l'oreiller, à mes côtés. Dans l'attente, mon corps se languissait. Pourquoi ne m'ordonnait-il pas quelque chose, tout de suite ?

— Je voudrais d'abord que vos mains caressent votre peau, mais pas votre sexe, commença-t-il. Je voudrais que vous vous attardiez sur vos seins, sur leur pointe durcie. Vos mamelons sont-ils bien durs ?

La paume de mes mains s'écrasa sur mes seins, et je laissai mes mamelons se tendre davantage avant de répondre :

— Oui.

— Pincez-les.

Je tournai un regard perplexe en direction du téléphone.

— Quoi ?

— J'ai dit : pincez-les. Imaginez que ma bouche les mordille. Léchez vos doigts pour que cette impression vous semble plus vraie.

Je fermai les yeux et imaginai la scène avant de m'exécuter avec des gestes lents. Je léchai mes doigts, puis torturai mes mamelons en les pinçant maladroitement.

— Plus fort, Annabelle. Je ne vous entends pas.

J'obéis, et une légère douleur me saisit. Je gémis en retenant mon souffle, mais le bruit parvint aux oreilles de John.

— C'est bien. Maintenant, Annabelle, je veux qu'une main reste sur vos seins, mais que l'autre se dirige vers votre sexe.

J'obtempérai sur-le-champ. Mon geste fut rapide, empressé. J'avais tellement envie de me caresser que cette attente me semblait interminable. Dès que je touchai mon clitoris, un spasme trahit mon corps.

— Doucement, ordonna-t-il. Glissez un doigt en vous. Dites-moi à quel point vous êtes mouillée.

J'étais plus que mouillée, j'étais détrempée.

— Je suis… très excitée, dis-je simplement.

— À quel point ?

— Beaucoup.

Le dire ne fit que provoquer un autre petit déluge entre mes doigts.

— J'ai très envie de vous, chuchota-t-il.

— Oh, John, moi aussi !

— Je voudrais que vous goûtiez à tout ce désir que vous avez pour moi, Annabelle. Léchez vos doigts, vous voulez bien ?

Je retirai, à contrecœur, ma main d'entre mes cuisses pour sucer la moiteur de mes doigts. Je le fis bruyamment, pour qu'il entende que je lui obéissais docilement.

— Bien, caressez-vous maintenant. J'aimerais vous entendre jouir.

— Oh oui !

J'en crevais d'envie. Ma main se jeta sur mon sexe, se mit à le toucher avec empressement.

— Lentement, chuchota-t-il. N'oubliez pas que ce sont mes mains, après tout.

Je fermai les yeux, recréai son corps, son visage et ses mains sur mon sexe. Je me remémorai la façon dont il m'avait dévorée, sur cette voiture, et je l'imaginai de nouveau là, entre mes cuisses, à la place de mes doigts. Mon souffle s'emballa.

— Cela vous plaît-il ?

— Oui…

— Continuez. Plus fort, maintenant.

Mes caresses s'intensifièrent, et j'étouffai un gémissement dans le creux de l'oreiller.

— Ne masquez pas votre plaisir, gronda-t-il.

J'ouvris les yeux, tirée de ma torpeur, puis je poursuivis mes caresses, avide de retrouver le plaisir. Très vite, un petit cri franchit mes lèvres.

— Oui, comme ça, m'encouragea-t-il. Que d'excellents souvenirs cela me rappelle, mademoiselle.

Et moi donc ! Ces images ne cessaient de venir me hanter.

— Votre corps offert sur ce fauteuil. Rappelez-vous, Annabelle.

Ma respiration faisait un tel vacarme que je détournai la tête en m'imaginant le bruit horrible qui devait résonner à son oreille. J'avais une folle envie d'écraser mon sexe entre mes doigts jusqu'à ce qu'un cri me saisisse, mais je me retins. Je ne voulais pas que tout s'arrête si vite. Pas maintenant.

— Souvenez-vous de mes doigts en vous. De ma langue aussi.

Une tempête se préparait en moi, je le sentais. Je n'arrivais plus à freiner mes gestes. Tant pis pour la douceur. Je me caressai plus fort et me fis jouir en quelques secondes. Tout mon corps se recroquevilla près du téléphone dans un cri que je ne cherchai même pas à retenir. Qu'il était bon de succomber ainsi !

Je crus que je m'étais assoupie lorsque la voix de John résonna de nouveau :

— Merci, Annabelle.

J'émergeai de ma torpeur et récupérai le téléphone. Pourquoi me remerciait-il ? N'était-ce pas moi qui avais eu droit à tout le plaisir ?

— Dites-moi que cela vous était agréable.

— Oh oui ! soupirai-je.

— Votre jouissance est très excitante, mademoiselle. Savez-vous que votre sexe éjacule comme celui d'un homme lors de l'orgasme ?

Je m'étalai sur le matelas.

— Oui, répondis-je, encore engourdie par le plaisir.

— Ce n'est pas très fréquent, vous le savez ?

— Non.

J'avais du mal à soutenir la conversation. J'étais trop bien pour réfléchir. Que m'importait le détail de mes orgasmes, tant que j'en avais ? J'aurais simplement souhaité sentir son corps à mes côtés. Malgré le plaisir toujours croissant que John me donnait, mon corps était affamé de lui. Qu'attendait-il pour calmer ce feu qu'il avait allumé dans mon ventre ?

— J'ai très envie de vous, Annabelle.

— Alors venez, le suppliai-je. Tout de suite.

Son rire résonna au bout du fil. Comment pouvait-il être aussi détendu alors que j'étais là, en manque de lui ?

— Vous savez que je ne vous veux pas comme ça, dit-il plus tristement.

Je soupirai, puis fixai le plafond.

— Pourquoi ?

— Parce que cela serait décevant. J'ai envie que ce soit parfait entre nous. Pas vous ?

Ma gorge se noua, et je me refusai à répondre. Bien sûr que je voulais que tout soit parfait, mais je savais pertinemment que nous n'avions pas la même idée de la chose, lui et moi.

— Annabelle, devenez ma soumise. Je vous promets des sensations dont vous n'imaginez même pas la teneur…

J'eus envie de pleurer. Je me doutais qu'il me reposerait cette question, mais, ce soir, elle ressemblait à un chantage. Était-ce là le seul moyen pour que je puisse avoir John comme j'en avais envie ?

— Essayez au moins, insista-t-il.

Prise d'un vertige, je fermai les yeux.

— John, j'ai peur.

— Le contraire m'aurait étonné. Vous avez lu mes livres, vous savez donc de quoi je suis capable.

Sa remarque m'effraya d'autant plus que je connaissais ses textes par cœur, à présent.

— Annabelle, je vous guiderai dans chacune de ces épreuves. La douleur n'est qu'une étape, vous le savez. Ce que vous y gagnerez en revanche est indescriptible.

— Je ne serai pas… à la hauteur…

— Cela, c'est à moi d'en décider.

Pourquoi insistait-il encore ? Mon corps était las de mon dernier orgasme, et j'avais simplement envie de rester là, dans ce lit, et de m'endormir en m'imaginant des scènes où je pourrais, enfin, sentir le sexe de John en moi.

— Faites cet essai avec moi, Annabelle. Ce week-end. Prenez au moins les bases du dressage pour commencer. Après quoi, nous serons tous les deux en mesure de prendre une décision pour la suite.

La torpeur me quitta d'un coup. John m'offrait un week-end en sa compagnie ? Deux jours entiers ? Je me redressai dans mon lit, posai le téléphone contre mon oreille, comme si cela changeait quelque chose à l'intimité de notre conversation.

— Ce week-end ? répétai-je.

— Oui. De samedi matin à dimanche après-midi. Cela vous conviendrait-il ?

— Je vais… dormir chez vous ?

— Avec moi, même, si vous le souhaitez.

Mon visage s'éclaira. Si je le souhaitais ? Je ne rêvais plus que de cela depuis le dernier samedi !

— Que les choses soient claires, reprit-il plus sérieusement. Si vous acceptez, vous le ferez en tant que soumise et pas autrement. Et, en tant que telle, vous devrez être au service de tous mes désirs.

Je fermai les yeux, troublée. Si je ne redoutais pas tant ce qu'il comptait me faire, j'aurais accepté sur-le-champ.

— Est-ce que… je vais devoir… vous appeler « Maître » ? lui demandai-je.

Au bout du fil, il émit un petit rire.

— Pour le moment, je me contenterai de « monsieur ». Mais si, après ces deux jours, vous décidiez de poursuivre votre dressage avec moi, alors oui, il me plairait que vous m'appeliez « Maître ». Rassurez-vous cependant, je ne vais pas vous demander cela au travail. Seulement lorsque nous serons ensemble. Durant nos séances… ou pendant les soirées privées auxquelles vous assisterez.

J'étais pétrifiée par ses paroles. Parlait-il de soirées similaires à celle où il m'avait invitée ? Et pourquoi cela ne suffisait-il plus pour me ramener à la raison ? Parce que je voulais ce week-end. Tout mon corps hurlait à l'idée d'être enfin comblée par John.

— Alors, mademoiselle, dois-je vous attendre samedi matin, vers 10 heures ?

Ma respiration s'accéléra, et je fermai les yeux.

— Oui, répondis-je d'une petite voix. Je… C'est d'accord.

Il soupira au bout du fil.

— Enfin la réponse que j'attendais !

Je me laissai retomber sur le lit, portée par ses mots et le cœur battant la chamade.

— Je vous enverrai une liste de règles à suivre pour que nous commencions notre entraînement sur de meilleures bases. Vous la recevrez par mail demain matin. Cela vous convient-il ?

— Oui, dis-je, incertaine de comprendre ce dont il me parlait.

— Il vous faudra rencontrer un gynécologue, aussi. C'est un ami à moi. Je le contacterai à la première heure, demain, et je vous transmettrai le lieu où vous pourrez avoir votre consultation.

Mes yeux revinrent fixer le plafond. Je devais voir un médecin ? Moi ? N'était-ce pas lui qui avait des tas de partenaires ?

Sonnée par toutes ces informations, je restai là, à réfléchir, lorsqu'il insista encore :

— Alors… on se dit « à samedi ? »

— Je… Oui.

— Parfait. Il me tarde d'y être. Bonne nuit, Annabelle.

— Je… Bonne nuit…, monsieur.

CHAPITRE 23

LE DRESSAGE

Comme prévu je reçus un mail, à la première heure le lendemain matin. Il s'agissait de l'endroit et de l'heure de mon rendez-vous chez le gynécologue. Comme il avait lieu le jour même, j'avais dû réorganiser mon emploi du temps au bureau pour pouvoir m'y rendre. En pièce jointe, John avait pris soin d'inclure une liste de règles qu'il me suggérait d'apprendre par cœur en vue de notre rencontre. Les lire m'avait angoissée, mais j'avais tâché de mettre tout ça de côté et de ne voir que le positif : un week-end entier avec John !

Le samedi matin, je m'étais levée tôt pour peaufiner mon rasage et pour me coiffer. J'avais l'impression que c'était notre premier rendez-vous. Comme il me l'avait demandé, mon bagage était léger : pas de sous-vêtements, pas de bijou, pas de parfum, mais en contrepartie une confiance sans limites à son endroit, mon humilité et mes fantasmes. Je n'avais besoin de rien d'autre, m'avait-il écrit. Je m'y fiai et me postai devant sa porte à 10 heures précises. Avec un sourire poli, il m'invita à entrer en détaillant ma tenue du regard. Il récupéra mon sac et le posa sur la première marche de l'escalier.

— Bien, dit-il en verrouillant la porte derrière moi. Allez à la salle de bains à l'étage, retirez vos vêtements et venez me rejoindre au sous-sol. Ah ! Et enlevez ce qu'il y a dans vos cheveux aussi.

Il descendit sans attendre et me laissa là, sur le palier de sa maison, le cœur battant à tout rompre. Je montai à l'étage, me dénudai et détachai mes cheveux. Je pris cinq longues minutes avant de trouver suffisamment de courage pour sortir de sa salle de bains et le rejoindre au sous-sol.

Installé dans le fauteuil sur lequel je m'étais assise la semaine précédente, John lisait, les jambes croisées. Lorsqu'il remarqua ma présence, il leva les yeux vers moi.

— En position, mademoiselle, exigea-t-il.

Je sursautai. Comment avais-je pu oublier cette règle élémentaire ? Je me laissai tomber à genoux, jambes écartées, mains derrière le dos, et baissai la tête vers le sol.

Le silence nous enveloppa. Me regardait-il ? Je rentrai le ventre, dressai la poitrine plus avant, essayant de conserver la position la plus esthétique possible pour lui. Ce fut long avant qu'il m'adresse la parole.

— Bien. Maintenant, Annabelle, je vais vous poser quelques questions et je voudrais que vous y répondiez le plus sincèrement possible. D'accord ?

— Oui, monsieur.

— Vous êtes-vous caressée de nouveau lorsque nous avons raccroché, l'autre soir ?

Je retins mon souffle avant de répondre.

— Oui, monsieur.

— À partir de maintenant, tout ce qui concerne votre plaisir devra passer par moi. Si vous souhaitez vous caresser, vous devrez d'abord me demander la permission. Compris ?

— Euh… oui.

— Oui, qui ?

— Oui, monsieur, dis-je très vite.

— Bien. Parlons maintenant de votre passé. Combien de partenaires sexuels avez-vous eus ?

J'essayai de faire un calcul rapide dans ma tête.

— Six.

— Tous des hommes ?

— Je… oui ! répondis-je, étonnée par sa question.

— Laure était-elle la première femme que vous embrassiez ?

— Je… euh… en fait… j'ai embrassé une fille quand j'étais au collège, mais… c'était juste un jeu.

— Un jeu ? répéta-t-il en me lorgnant d'un air intrigué.

— Oui. On avait bu. Ça a duré trois secondes.

— Hum ! Je vois. Et votre cul ?

Je sursautai.

— Quoi, mon cul ?

— Quelqu'un l'a-t-il déjà pris ?

— Euh. Je… Non.

J'étais mortifiée de parler de cela avec lui, à genoux, dans son sous-sol. Mes joues se teintaient de rouge, et l'ouverture entre mes cuisses commençait à se faire sensible.

— Parlez-moi de votre bouche. Aimez-vous la fellation ?

— Eh bien… oui.

— Avez-vous un quelconque dégoût pour le sperme ?

J'osai porter mon attention sur lui.

— Vous me demandez si j'avale ? répétai-je, sidérée par sa question.

— Oui. C'est ce que je vous demande.

Je fronçai les sourcils.

— Eh bien… ça m'arrive.

— Vous comprenez que vous n'avez plus vraiment ce choix, maintenant, pas vrai ?

Soudain, tous les textes que j'avais lus me revenaient en mémoire. Je me souvenais du récit dans lequel une jeune femme se faisait fouetter pour ne pas avoir avalé le sperme de son Maître. Une chose était sûre : il était hors de question que l'on me batte pour ça !

— Oui, je… je comprends, dis-je enfin.

— Bien. Je suis surpris, Annabelle. Je croyais que vous auriez un peu plus d'expérience. Après tout, vous êtes une si belle femme.

Je baissai la tête de nouveau, gênée par le regard qu'il posait sur moi.

— J'ai reçu les résultats de vos examens médicaux. Je vois que vous prenez la pilule.

— Oui, monsieur.

— Tant mieux, car je n'ai pas la moindre envie de prendre mes précautions de ce côté-là. Et je compte bien vous baiser sans capote.

Mes cuisses se raidirent devant ses paroles. Mon sexe brûlait à cette idée. Quand allait-il enfin passer à l'action ?

— Pour le reste, tout me semble en ordre, mais je n'en espérais pas moins de votre part, poursuivit-il.

Je le jaugeai avec étonnement. Est-ce qu'il me complimentait sur mon état de santé ? Lentement, il referma mon dossier et le remit sur la petite table à sa gauche avant de récupérer un autre document qu'il jeta devant moi, sur le sol.

— Voici mes propres analyses. Jetez-y donc un œil.

Je fis un geste pour récupérer le document.

155

— Sans les mains, bien sûr, ajouta-t-il.

Je le toisai du regard pour m'assurer qu'il ne s'agissait pas d'une blague, mais son petit air empreint de défi me troubla. Était-ce un piège ? Lentement, je repris ma position de soumise et me courbai tant bien que mal vers l'avant pour tenter de déchiffrer le contenu de la feuille devant moi. Au bout d'une vingtaine de secondes, John se pencha et pointa divers endroits.

— Mon nom, ici. La date, juste là. Et, plus bas, l'ensemble des résultats. Vous voyez ? Tout est parfait.

Je suivis le tracé qu'il indiquait, mais j'avais du mal à rester concentrée sur les résultats, surtout avec son corps si près du mien.

Comme je restai là, à poursuivre ma lecture, John s'impatienta :

— Annabelle ! Je suis en parfaite santé, vous le voyez bien, non ?

Je me redressai pour mieux le voir, perplexe de le sentir énervé.

— N'est-ce pas normal de vouloir m'assurer que tout est en règle ?

Il pinça les lèvres et j'eus la sensation d'avoir commis un impair en posant la question, puis un air malicieux apparut sur son visage.

— Si je vous avais prise sur cette voiture, samedi dernier, vous n'auriez même pas songé à m'arrêter. Et bien qu'il soit tout à fait honorable d'être prudente, Annabelle, n'oubliez pas qu'en devenant ma soumise vous ne devez pas seulement m'obéir, mais m'offrir votre confiance absolue.

Ma gorge se noua devant ces mots. Pas seulement parce qu'il venait de faire grimper mon excitation en flèche, mais parce qu'il m'avait peut-être tendu un piège, en fin de compte. Étais-je tenue de lui accorder ma confiance aussi rapidement ?

Se penchant de nouveau devant moi, John me questionna du regard avant de récupérer le document. Je hochai timidement la tête, lui donnant mon accord pour le reprendre, puis me repositionnai.

— Bien. Voyons maintenant si vous avez bien lu le mail que je vous ai envoyé. Récitez-moi donc la première règle de la soumise, s'il vous plaît.

Plus confiante, je relevai légèrement la tête.

— « Une soumise doit obéir aux moindres désirs de son Maître. »

Il sourit et arbora un air satisfait.

— Très bien.

D'une main lourde, il frotta son pantalon, comme pour en effacer des plis avant de réfléchir à voix haute :

— Je ne vous mentirai pas, Annabelle. J'ai beaucoup songé à votre dressage. Vous avez lu mes livres et vous avez assisté à ma petite soirée, aussi. Vous avez donc une très bonne idée de ce qui vous attend, n'est-ce pas ?

Je baissai les yeux avant de confirmer :

— Oui, monsieur.

— Et ceci est bien un essai, pour vous ?

— Oui, répétai-je, nerveuse devant sa question.

— C'est bien ce qu'il me semblait. J'aurais pu vous dresser progressivement, mais je me suis dit qu'il valait mieux que ces deux jours vous offrent une vision plus précise de ce que j'exige de la part de mes soumises. Vous n'êtes pas d'accord ? (Ses paroles m'angoissèrent, et le reste ne fut guère mieux.) Je ne serai pas tendre avec vous, mademoiselle. Je tenais simplement à vous le dire.

Il attendit un instant avant de reposer la question, d'une voix étonnamment douce :

— Voulez-vous toujours que nous commencions votre dressage ?

J'hésitai, la gorge sèche. Mon ventre tremblait, et une partie de moi aurait bien aimé que je fiche le camp de cette maison, mais je n'avais pas fait tout ce chemin pour repartir alors que j'étais si près du but. Surtout pas avant d'avoir essayé !

— Oui, monsieur, répondis-je en redressant le menton.

Son sourire s'accentua, mais il me nargua quand même :

— Oui, quoi ?

— Je... Dressez-moi. S'il vous plaît.

Prononcer ces quelques mots à voix haute m'avait étrangement secouée, mais je n'étais pas moins fière de lui offrir mon obéissance. Et cela sembla faire son effet, car John posa les doigts sous mon menton et remonta mon visage vers le sien. Il effleura ma joue dans un geste tendre, puis força ma bouche de ses doigts. Contre ma langue, il effectua un mouvement de va-et-vient.

— Sucez, ordonna-t-il.

Surprise par sa requête, je m'appliquai à accompagner ses mouvements, puis je fermai les yeux et oubliai qu'il s'agissait de ses doigts. Très vite, il se retira.

— Me voilà bien excité, mademoiselle, et j'aimerais beaucoup essayer cette bouche avec mon sexe. Le voulez-vous ?

Je clignai des yeux sans comprendre. Est-ce qu'il me demandait la permission ? Confuse, je jetai un coup d'œil en direction de son pantalon, où j'avais déjà un bel aperçu de son érection.

— Voulez-vous me faire cette fellation, mademoiselle ? répéta-t-il, avec une voix qui ne masquait rien de son impatience.

Ravalant un petit sourire de fierté, je hochai la tête.

— Oui, monsieur.

— Alors… allez-y.

Les bras encore derrière le dos, je changeai de position et m'empressai de défaire sa ceinture. Dès que son sexe fut visible, je me jetai sur lui, follement excitée à l'idée de le goûter, enfin ! Je l'avalai goulûment.

— Mains derrière le dos, ordonna-t-il soudain.

J'obéis sans cesser mes mouvements. Cela m'était cependant plus difficile vu ma position. La main de John se posa sur ma tête, poussa son sexe plus avant dans ma bouche, jusqu'à me donner un haut-le-cœur. Pendant un instant, j'eus du mal à respirer, mais je pris une rapide inspiration par le nez, avant que ses doigts me ramènent contre lui.

Il recommença, encore et encore, jusqu'à ce que je comprenne le rythme et la profondeur qu'il attendait de moi. Je m'appliquai comme une écolière en tentant d'anticiper ses désirs. Ma langue et mes lèvres se moulaient autour de son sexe, le caressaient à chacun de ses passages. Je perçus son souffle trouble et une contraction dans son ventre. Je redoublai d'ardeur, encouragée par sa réaction.

— Oh, Annabelle ! gémit-il.

Cette façon qu'il avait de prononcer mon nom m'excitait. Je voulais le rendre fou de plaisir. J'amplifiai mes mouvements, cognai son sexe dans le fond de ma gorge sans que cela m'arrête ou que je diminue mon rythme. Je savais que des tas de femmes avaient pris cette queue entre leurs lèvres et je voulais que les miennes lui soient agréables. Je ne songeais qu'à cela. Ses doigts se tendirent dans mes cheveux, et un autre tremblement le saisit.

— Oui, comme ça.

Je poursuivis sans relâche. Ma bouche connaissait désormais la forme de son sexe, et, à la façon dont son corps se redressa, je sus que sa jouissance allait bientôt arriver. J'augmentai la cadence, redoublai d'ardeur. Certains de mes propres mouvements me dérangeaient, m'incommodaient, me donnaient même envie de vomir, mais le bruit saccadé de sa respiration était hautement gratifiant.

Ses doigts s'écrasèrent dans mes cheveux, et il enfonça son sexe si loin dans ma bouche que son éjaculation m'étouffa. J'avalai avec difficulté tout en essayant de reculer pour mieux respirer, mais sa main m'en empêcha. Je relevai la tête pour dégager mon nez, respirai avec bruit, et il me libéra enfin, avec un gémissement de bonheur. Soulagée, je remontai légèrement la bouche sur son sexe, avant de m'affairer à le nettoyer de ma langue.

Lorsqu'il fut complètement propre et que son érection eut disparu, je m'essuyai discrètement les lèvres et retournai à ma position.

— Quelle bouche vous avez, mademoiselle ! dit-il soudain.

— Merci, monsieur.

Malgré les raideurs dans le haut de mes joues, son compliment me ravit. Il me tapota le dessus de la tête comme on le ferait à un chien qui vient de rapporter une balle, et je fermai les yeux, troublée de songer à cette comparaison. N'étais-je pas destinée à devenir sa chienne, après tout ?

— Bien, il faudra peut-être apprendre à garder un rythme plus constant, mais vous n'êtes pas loin du niveau de Laure. Je suis plutôt impressionné.

Sa réplique me fouetta. Ce qui m'avait semblé être un compliment me ramenait donc en deuxième place, après Laure ? Je m'étais pourtant dévouée comme je ne l'avais jamais fait pour personne. Cela n'avait donc pas suffi ? J'eus du mal à masquer mon trouble, mais je gardai les yeux rivés au sol pour éviter de le contrarier.

— Laure vous fera une démonstration plus tard, si vous le souhaitez.

Je relevai les yeux vers lui, inquiète. Laure allait venir ? Ici ? Une vive déception me gagna. Moi qui espérais que nous serions seuls, ce week-end !

— Cela vous a-t-il plu, mademoiselle ? demanda-t-il soudain.

Chassant mes réflexions, je tentai de donner du tonus à ma réponse :

— Oui, monsieur.

— Et cela vous a-t-il excitée ?

Je me concentrai sur mon sexe, bien évidemment trempé par ce que je venais de faire.

— Oui, monsieur.

— Montrez-moi donc cela.

Je ne compris pas sa question. Me demandait-il de me coucher sur le sol et d'ouvrir les cuisses devant lui ? Je levai un regard perdu vers lui.

— Glissez un doigt en vous et tendez-le-moi, m'expliqua-t-il, légèrement agacé.

Je rougis violemment, mais je m'exécutai, mortifiée. Il saisit mon poignet, porta mes doigts humides sous son nez avant de les repousser vers moi.

— Léchez-les.

Je portai machinalement la main à ma bouche. À la lecture répétée de ses textes, je savais à quel point ce genre de requête était fréquent et je m'étais amusée à goûter le jus de mon plaisir à maintes reprises depuis notre dernière soirée.

— Regardez-moi, dit-il.

Je relevai la tête vers lui tout en continuant de sucer mes doigts, et son regard sembla s'adoucir.

— Bien. À quatre pattes, mademoiselle. Je voudrais juger de ce sexe par moi-même.

Sous le choc de ces mots, je me figeai quelques secondes. Allait-il enfin me prendre ? Je me jetai sur le sol, en proie à une vive excitation lorsque j'entendis John retirer ses vêtements. Sa chemise tomba à ma droite, et il s'agenouilla derrière moi. Sa main caressa mes fesses, redescendit entre mes cuisses, et je fermai les yeux lorsqu'il enfonça deux doigts en moi.

— J'attends ce moment depuis très longtemps, vous savez, Annabelle.

— Oh, monsieur, moi aussi !

Il poursuivit ses mouvements de va-et-vient. Longtemps. Faisant frissonner mon corps et m'obligeant à soupirer d'impatience. Qu'il était long d'attendre l'instant où il se déciderait enfin à me prendre ! Je fermai les yeux, essayai de contenir mon excitation, mais j'étais si fébrile que je crus perdre la tête ! John retira enfin ses doigts, et je retins un râle lorsque je sentis son membre dur à l'entrée de mon sexe. Je reculai pour qu'il s'y enfonce sans tarder, mais il claqua ma fesse avec un bruit sourd.

— Pas d'impatience, mademoiselle.

J'eus l'impression d'être une enfant que l'on grondait et j'eus peur de me mettre à pleurer.

— Pardon, monsieur.

Je baissai la tête, confuse, attendant impatiemment qu'il me pénètre, ce qu'il fit d'un coup sec. Malgré moi, je lâchai un petit cri, puis gémis de soulagement. Il s'agrippa à ma croupe, me ramena contre lui une autre fois, toujours brutalement, puis resta tout en moi, sans bouger, pendant d'interminables secondes. Je sentais les battements de son cœur au bout de son sexe, dans le fond de mon ventre, et je savourai ce premier contact doux.

Il recommença son mouvement de va-et-vient, dans un rythme plus régulier. Ses mains me tenaient à m'en faire mal, me ramenaient vers lui avec force, jusqu'à ce que cette secousse constante me torde de plaisir. Enfin ! Nous ne faisions qu'un ! Je jouissais avec bruit et je ne doutai pas que mon sexe lui témoignait tout le plaisir que je ressentais.

Mon corps se cambra lorsque John s'immobilisa soudain. J'ouvris les yeux, ne sachant pas s'il avait éjaculé en moi. Était-ce déjà terminé ? Non ! Pas maintenant ! Pas à quelques secondes de l'orgasme que je sentais se former dans mon ventre !

— Désirez-vous que je poursuive, mademoiselle ?

J'étais à bout de souffle, follement offerte à ses désirs.

— Oh oui, monsieur, continuez, s'il vous plaît !

Pour un peu, je l'aurais supplié et j'attendis la suite avec impatience. Contrairement à mes attentes, il retira son sexe du mien, et je tournai la tête pour voir ce qu'il faisait.

— N'êtes-vous point dévouée à mes désirs, Annabelle ?

— Si, monsieur.

— À tous mes désirs ?

Sa question m'effraya, et je m'entendis répondre, d'une voix un peu moins ferme :

— Oui, monsieur.

Ses doigts retournèrent à l'intérieur de mon sexe, et il continua son mouvement de va-et-vient jusqu'à ce que le plaisir revienne m'embrouiller la tête, même s'il n'était plus aussi intense qu'avec son sexe.

— Je voudrais vous sodomiser, annonça-t-il calmement.

Tout mon corps se crispa. Mon esprit, qui dérapait au rythme de ses caresses, revint prestement à l'instant présent. Ses doigts, toujours en moi, cessèrent leur course.

— Le voulez-vous, mademoiselle ?

— Oh, monsieur !

Les larmes me montèrent aux yeux, mais je refusai d'ouvrir la bouche. Je ne pouvais pas lui dire « oui » aussi facilement, cette fois. Tout en moi le refusait.

— Annabelle, j'attends votre réponse.

Je serrai les dents, mais j'eus peur d'éclater en sanglots. Avait-il la moindre idée de ce qu'il me demandait ?

— Oh, monsieur ! répétai-je d'une voix tremblante.

— Ce n'est pas une réponse, dit-il en retirant ses doigts.

Alertée par son geste de recul, je bafouillai, un peu vite :

— Je… d'accord, monsieur. Faites… comme il vous plaira.

Une larme avait coulé sur ma joue et, même s'il ne pouvait la voir, je ne doutai pas qu'il percevait la peur qui déformait ma voix.

— Tout ira bien, Annabelle. N'avez-vous pas confiance en moi ?

Je ne répondis pas, tout occupée que j'étais à réprimer mon sentiment de dégoût lorsqu'il se mit à pétrir mon anus. Il y glissa un doigt, ce qui provoqua un violent sursaut dans mon corps. Un mouvement de répulsion plus qu'un spasme de plaisir.

— Du calme, dit-il tout bas.

Son doigt continuait à me fouiller désagréablement. J'étais honteuse de le sentir là. Pourquoi ne m'avait-il pas fait jouir, avant ? Un autre doigt rejoignit le premier et m'arracha un petit cri, plus de surprise que de douleur, mais son geste m'était de plus en plus désagréable.

Au simple mouvement de son bassin, je compris que son sexe serait mon prochain visiteur, et mon corps se mit aussitôt à trembler. Ses doigts se retirèrent, et son gland se positionna à l'entrée de mon anus, se frottant de bas en haut. Je fermai les yeux, surtout par peur de m'évanouir. Je l'entendis cracher, puis il me badigeonna rapidement de sa salive. Je me raidis lorsque je perçus son sexe forcer l'entrée de mes fesses, mais il me prit sans hésiter, se glissant jusqu'au fond et me déchirant avec force. Je ne retins pas mon cri, j'en aurais été bien incapable d'ailleurs. La douleur m'aveuglait, et j'avais du mal à retrouver une respiration fluide. John resta tout en moi, immobile, pendant une bonne minute.

Lentement, il recula, puis revint dans un geste doux. Mécaniquement, mes doigts cherchèrent quelque chose auquel s'accrocher. Je tentai de me retenir au fauteuil, mais John me ramena brusquement vers lui, m'empalant de nouveau sur son sexe. Je hoquetai de douleur et sentis les larmes me brouiller la vue. J'étais coincée, et John semblait ravi de me le rappeler, recommençant avec des mouvements plus amples. Cette fois, je n'essayai pas de contrer son geste, mais plutôt de rester détendue, en espérant éviter la souffrance. Au bout de quelques passages, il sortit complètement son sexe pour le réintroduire aussitôt, comme une vague qui se retirerait pour mieux me submerger de nouveau. Si j'avais cru que ce serait plus facile, ce ne fut pas le cas : je ne parvins pas à étouffer mon cri, et mes larmes redoublèrent.

— Monsieur, pitié, soufflai-je.

Il répondit à ma plainte en me donnant un coup de bassin brusque qui m'arracha un autre cri. Dans un geste de panique, mes doigts griffèrent le sol, et je cherchai à me dégager de son étreinte, mais j'étais complètement coincée. Un gémissement résonna dans l'air. Le sien. Ma souffrance l'excitait-elle à ce point ? Il redoubla d'ardeur. Mon dos était complètement en sueur, et j'eus peur de m'écrouler sous la force de ses coups. J'aurais voulu le supplier, mais je n'y arrivais plus. Les sanglots m'étouffaient, m'obstruaient la gorge.

Je crus que mon supplice était terminé lorsqu'il se retira une nouvelle fois. J'expirai de soulagement en tentant de contenir difficilement le tremblement de mon corps. Des doigts vinrent taquiner mon clitoris, et je sursautai, puis ma raison dérapa sous ces caresses subites. Sans hésiter, je me cambrai pour offrir mon sexe. Alors que j'étais concentrée sur le plaisir qu'il ramenait dans mon ventre, John replongea son gland entre mes fesses et m'arracha un autre cri. Trois coups de boutoir plus tard, il recommença son manège, se retira de mon anus et vint me pénétrer de ses doigts. Je lâchai un grognement, mais mon corps, lui, céda sans le moindre scrupule. Lorsqu'il frotta de nouveau son gland entre mes fesses, j'étais si près de jouir que je n'opposai aucune résistance et que je le laissai faire tout ce qu'il voulait avec moi. Il me pénétra sans la moindre difficulté et gronda de satisfaction. Alors qu'il me sodomisait toujours, deux doigts revinrent dans mon sexe et, avec eux, un plaisir sournois aussi. Tout mon corps se raidit. Je fermai les yeux et m'accrochai à cette parcelle de bonheur qu'il m'offrait, avec une folle envie de m'abandonner.

Une folle envie de jouir.

Quelque chose gronda en moi. Quelque chose d'affreusement bouleversant. J'allais jouir pendant qu'il me prenait ainsi. Et pas qu'un peu ! Je retins mes gémissements, mais je n'y arrivai qu'un faible instant. La main de John se posa sur mon épaule et me tira vers lui. Mon corps se cambra, trembla, et le plaisir me submergea. Le cri qui jaillit de mes lèvres était une véritable libération. John me retint maladroitement contre lui et continua de me chevaucher jusqu'à ce qu'il éjacule en moi, dans un faible râle. Il me relâcha d'un trait, et je m'effondrai sur le sol, à bout de souffle.

Il caressa mes fesses douloureuses avec une main poisseuse qui se colla à ma peau.

— C'était très bien. Merci, Annabelle.

Je n'eus aucune réaction. Je restai là, étalée par terre, la croupe relevée vers lui, à savourer ce moment de répit. J'étais en état de choc. Je venais de vivre un orgasme fabuleux dans la souffrance. Et, même si mon corps était complètement endolori, jamais je ne m'étais sentie aussi bien.

CHAPITRE 24

ENCORE

Dès que John bougea, je poussai sur mes mains pour me remettre en position de soumise. Mes genoux étaient douloureux, et les muscles de mes cuisses tiraient sur le côté. M'avait-il agrippée trop fort ? Contrairement à moi, John resta assis, quelque part, derrière moi. Durant cette attente j'eus tout le loisir de retrouver mon calme. Pour une fois, je ne fus pas impatiente. Même si je ne le voyais pas, je percevais sa présence et j'entendais clairement sa respiration, lente et régulière. Cette pause me plaisait, et je constatai que mon corps, pourtant endolori, était dans un état de béatitude agréable.

Lorsqu'il se releva, je me raidis dans l'attente d'un ordre, mais John me contourna et vint se réinstaller sur le fauteuil, laissant ses jambes bien ouvertes devant moi.

— Viens par ici. Nettoie ça.

Sa requête me troubla mais ne me surprit pas. Je me remis à quatre pattes et m'approchai de lui. Je fermai les yeux avant de jeter ma bouche contre son sexe, encore chaud et humide. Je le glissai entre mes lèvres et le nettoyai doucement en réprimant une moue dégoûtée. John posa une main sur ma tête.

— C'est bien, continue comme ça.

J'appréciais les petites caresses qu'il laissait sur ma nuque. Même quand il fut propre, la pression de ses doigts me dicta de poursuivre, alors je lapai son gland et repoussai ses cuisses pour venir caresser ses testicules. Petit à petit, son sexe retrouva sa vigueur et se dressa vers moi. Je l'engloutis entre mes lèvres plus facilement, le suçai avec plus d'entrain, puis relevai les yeux vers John.

— Encore, Maître ?

Sa tête s'était laissée choir vers l'arrière, et il dut se redresser pour m'accorder son attention. S'était-il rendu compte que c'était la première fois que je l'appelais ainsi ? Un sourire s'inscrivit sur son visage, et il hocha la tête en guise de réponse. Je retournai à mon travail, m'appliquai docilement, sachant que Laure avait toujours une longueur d'avance sur moi en ce domaine.

— C'est bien, gémit-il.

Sa main se fit plus ferme sur ma nuque, et j'accélérai le rythme pour le rendre fou, mais il retint mon geste.

— Non. Attends.

Il releva mon menton vers lui et me fixa un long moment. Je devais avoir une tête abominable. Je sentais mes cheveux se coller contre mon visage, et nos corps sentaient le sexe et la sueur.

— Tu as été très bien, Annabelle. Je suis fier de toi.

— Merci, monsieur.

J'étais émue par ses paroles. Il me tutoyait. Était-ce bon signe ? Dans tous les cas, sa voix me réchauffait le cœur. Il dégagea les cheveux qui parsemaient mon visage, puis ordonna encore :

— Viens sur moi.

Sur le moment, je ne compris pas sa demande. Il ne voulait pas terminer dans ma bouche ? Devant son geste impatient, je me redressai, et il m'attira prestement sur lui. Mes genoux s'enfoncèrent dans le fauteuil, de chaque côté de ses cuisses, et nos sexes se retrouvèrent tout naturellement. Je fermai les yeux et soufflai avec bruit en laissant mon corps retomber vers l'arrière pour mieux le prendre en moi. J'entrepris de le chevaucher, doucement, ravie d'être face à lui. Dans cette position, je pouvais voir son visage et je m'efforçais de garder les yeux ouverts pour l'observer. Il était beau et d'un calme terrifiant. Alors que je tremblais sur lui, il me scrutait sans réaction aucune, comme s'il ne ressentait rien, puis il força mes jambes à s'ouvrir davantage, posa une main sur ma taille et me fit basculer plus avant vers le fauteuil, dans un angle qui enfonça son sexe tout en moi. Je gémis et repris mes gestes, mais John les amplifia en retenant mes fesses entre ses mains, les tirant contre lui et les écrasant avec force. Il m'arracha un cri de douleur, mais celui-ci se perdit très vite dans la joie que me procuraient nos ébats. Sa bouche chercha ma poitrine, mordilla mes mamelons. Encore une douleur vive que j'étouffai. Je tentai d'augmenter le rythme, espérant atteindre l'orgasme avant que la douleur me dévie du plaisir. Un doigt se faufila dans mon anus, me crispant tout entière et m'arrachant un nouveau cri, de surprise cette fois.

— Annabelle…

J'ouvris les yeux sur lui, attendant ses ordres, sans cesser de me déhancher, à bout de souffle.

— Oui…, monsieur ?

Il me serra contre lui, m'empêchant de poursuivre ma quête vers l'extase. Contre toute attente, sa bouche s'écrasa sur la mienne. Il chercha ma langue et m'embrassa pendant un long moment, avec même une certaine tendresse. J'eus peur de pleurer tellement son geste me surprit, puis il recula et m'observa.

— Tu es magnifique.

Il remonta ma croupe pour que nos sexes se séparent et me redescendit en s'assurant que ce soit mon anus qui accueille son gland. Je me raidis contre lui, et les larmes accompagnèrent le cri que j'étouffai, mais sa bouche reprit la mienne.

— Tout va bien…, chuchota-t-il, entre ses baisers.

Malgré la douleur que son geste réveilla, je m'abandonnai sans réserve à son désir. Il commença doucement, me remontant vers lui, puis me ramenant sur son sexe. Je le sentais partout en moi. Je réprimai mes cris contre sa bouche, et mes larmes ne cessaient plus de couler. De douleur ou d'humiliation ? Je n'en étais déjà plus certaine.

Il essuya ma joue, sans cesser son va-et-vient en moi, puis tout s'arrêta, et il retint ma tête entre ses mains.

— À toi, maintenant.

Je me figeai devant sa requête. J'esquissai un léger mouvement de bassin qui lui fit froncer les sourcils.

— Allons, plus fort que ça !

Je me redressai un peu plus haut, laissant cependant son gland à l'intérieur de moi, puis redescendis lentement. Il hocha la tête, comme s'il approuvait ce mouvement. Je recommençai, deux, trois, quatre fois, au même rythme.

— Plus fort, maintenant, dicta-t-il.

Je m'accrochai à ses épaules pour mieux me redresser, mais il s'impatienta. Ses mains me ramenèrent contre son sexe et m'arrachèrent un cri. Je me dépêchai de remonter, essuyant la larme qui perlait sur mes cils. Cette fois, il retint ma croupe, sortit son gland et le ramena aussitôt en moi. J'écrasai ma tête contre son cou, terrassée par la douleur qu'il semblait vouloir ranimer.

— Encore, chuchota-t-il.

Il se cambra, rapprocha mon visage vers lui et m'embrassa de nouveau. Son geste me redonna du courage, et je repris mes mouvements de va-et-vient. Ses bras autour de moi m'indiquèrent un rythme, que je suivis. La douleur s'estompait doucement, et peut-être le remarqua-t-il, car il augmenta la pression autour de ma taille. Il m'écarta les fesses pour que son sexe plonge plus profondément. Je tressaillis. De plaisir ? Je relevai des yeux ébahis vers lui.

— Encore, demandai-je.

Avec un sourire satisfait, il recommença son geste, et un frisson parcourut le bas de mon dos. Je gémis, et cette fois je n'eus aucun doute : oui, il s'agissait de plaisir. Il augmenta le rythme, accompagnant agréablement mes descentes par des coups de bassin. Mon corps recula, chercha à se cambrer vers l'arrière.

— Encore ! suppliai-je.

Je n'étais plus que sa chose, mais combien cela m'était agréable ! Il me fit basculer contre l'accoudoir du fauteuil. Sans que je comprenne ce qui se passait, il se retrouva au-dessus de moi, son sexe entre mes fesses, à m'empaler avec force.

La douleur n'avait pas complètement disparu, mais le plaisir l'écrasait avec une telle violence que je n'arrivais plus à retenir mes cris. Je posai mon avant-bras contre ma bouche, j'allais hurler. Tout mon corps tremblait contre le sien. Le sentait-il ? Sans prévenir, l'orgasme me terrassa, et je m'accrochai à ses cheveux. Un cri traversa mes lèvres, long ; une plainte qui se transforma en hurlement. Les sensations ne s'arrêtaient plus. John eut une réaction similaire, mais beaucoup moins forte que la mienne. Tout s'arrêta, puis son corps retomba contre le mien, pratiquement inerte.

Je crois que nous somnolions. J'aurais pu rester là pendant des heures tellement j'étais bien. Nous étions collés par toutes sortes de fluides : de sueurs, de sperme, de cyprine. Que m'importait ? Jamais je n'avais vécu un bonheur aussi intense et j'étais heureuse de l'avoir vécu avec lui. Avec John. Mon Maître.

Mon ventre gronda, ce qui le fit rire.

— On dirait que votre corps a d'autres besoins, mademoiselle !

Je ris aussi, mais c'était un peu plus nerveux. Il leva un visage souriant vers moi.

— Je vais me doucher au premier. Nettoyez ici et prenez la salle de bains du sous-sol. Ensuite, montez, je vous nourrirai.

J'eus du mal à comprendre ce qu'il me disait. J'étais si bien, dans ce petit fauteuil, serrée contre lui.

— Avez-vous compris, mademoiselle ?

— Oui.

Il se releva et disparut pendant que je restais là, affalée sur ce meuble qui avait bercé tant de mes bonheurs. Dès que je perçus le bruit de la douche au premier, je me relevai. Mes jambes tremblaient, et je me sentais en déséquilibre, mais je ne m'attardai pas sur cette sensation. J'inspectai les lieux et filai à la salle de bains, où je récupérai de quoi nettoyer le sol et le fauteuil que nous avions salis. Je pliai les vêtements de John et je terminai de ranger avant de filer sous la douche.

Sous le jet d'eau chaude, je pleurai en silence. Mon corps portait les marques de nos premiers ébats. Mes genoux étaient couverts de bleus et griffés, mes hanches révélaient des traces de doigts. J'étais courbaturée, et mon cul m'élançait douloureusement. Pourtant, je venais de vivre l'orgasme le plus incroyable de toute mon existence. Mes pleurs se transformèrent en rire nerveux. Je me sentais idiote. Je ne savais plus si je devais être bouleversée de joie ou écrasée par le chagrin. Que m'arrivait-il ? Mon ventre gronda et me rappela à l'ordre. Pour cause : j'étais affamée ! Je coupai l'eau, m'enveloppai dans une serviette et remontai à l'étage.

CHAPITRE 25

LA SIESTE

À la fin du repas, John m'ordonna de retirer ma serviette et de débarrasser la table, nue. Je m'exécutai, effrayée à l'idée qu'un voisin me voie par l'énorme fenêtre de sa cuisine.

— Comment se passe votre dressage, mademoiselle ? demanda-t-il, alors que je rinçais les couverts.

— Bien. Je crois. N'est-ce pas à vous de me le dire ?

Je lui jetai un petit regard curieux, et son sourire me rassura avant même qu'il ouvre la bouche.

— Je suis très fier. Ne vous l'ai-je pas déjà dit ?

Je rebaissai la tête vers l'assiette que je tenais toujours entre les mains et je me sentis rougir.

— Oui, admis-je, ravie de l'entendre de nouveau.

— Dois-je comprendre que vous êtes prête pour la suite ?

Je tournai un visage souriant vers lui, et il parut heureux de ma réaction.

— J'ai invité Laure à se joindre à nous, cet après-midi.

J'eus du mal à masquer ma déception. N'aurait-il pas pu attendre un peu ? Nous étions si bien tous les deux !

— Cela vous pose-t-il un problème, mademoiselle ? demanda-t-il, devant mon air légèrement contrit.

— Je… Non, mentis-je en fermant l'eau.

— Bien. Maintenant, suivez-moi, je vais vous montrer votre chambre.

Je le suivis à l'étage en ravalant ma déception. Il me guida dans une pièce à la décoration aussi sobre qu'une chambre d'hôtel. Mon petit bagage avait été déposé sur le coin du lit.

— Je vais aller écrire, annonça-t-il. Profitez-en pour vous reposer un peu. Vous pourrez redescendre vers 17 heures.

Sans attendre ma réponse, il sortit en refermant la porte derrière lui. Je m'assis sur le lit en soupirant. J'avais trois heures à tuer. Si j'avais su, j'aurais pris un livre avec moi ! Avec un soupir, je me glissai sous les draps et fermai les yeux, persuadée que je ne pourrais pas m'endormir en plein cœur de l'après-midi. J'avais tort. Je sombrai sans attendre.

Mes rêves furent des plus érotiques. Après tout ce que je venais de vivre, quoi de plus normal ? Je m'éveillai, le sexe chaud et humide, en proie à un désir intense. Je soupirai en me rappelant que je n'avais plus le droit de me caresser sans l'autorisation de John. Je me redressai sur le lit et jetai un coup d'œil à l'heure : 16 h 30. Trop tôt.

Je me relevai et sortis de ma chambre sur la pointe des pieds. Je descendis l'escalier d'un pas discret. John était là, à son bureau, à pianoter sur son ordinateur portable.

— Mo… monsieur ?

— Oui, Annabelle ?

— Puis-je me joindre à vous ?

— Tu tombes bien, j'avais justement envie de ta bouche.

La joie me ranima, et je descendis les dernières marches avec plus de vigueur. Il n'avait pas détaché les yeux de son ordinateur et ne le fit pas davantage lorsque je me jetai à ses pieds pour prendre la position obligatoire de soumise.

— As-tu dormi un peu ? demanda-t-il.

— Oui, monsieur. Je… j'ai fait… un rêve.

Il tourna un regard réprobateur vers moi.

— Tu ne t'es pas caressée, au moins ?

Il me tendit la main.

— Donne tes doigts, que je les sente.

Je m'exécutai, un peu perplexe de sa demande, mais il sourit en les reniflant.

— Bonne fille. Viens, suce-moi, maintenant.

Je considérai le peu d'espace qu'il y avait entre son sexe et le bureau, ignorant comment j'allais pouvoir procéder.

— Passe sous le meuble. Je veux continuer à écrire. Notre séance de ce matin m'a beaucoup inspiré.

Pendant que je me faufilais entre ses jambes, coincée de tous côtés, j'ouvris son peignoir et dévoilai son membre à peine dressé, quand il lança :

— Je songe déjà à écrire un quatrième tome. Je me demande si mon éditrice apprécierait.

Me posait-il la question ? Je ne répondis pas. J'avalai son sexe, difficilement. Son manque d'érection et ma position firent que je me cognai la tête contre le rebord du bureau. Je tentai de me baisser, mais il gronda :

— Mieux que ça ! Je travaille.

Je m'appliquai. Trouvai finalement une pose acceptable qui sembla lui convenir. Assez pour que sa queue durcisse sous mes coups de langue. C'était drôlement inconfortable, mais je me concentrai sur mes gestes, sur mon rythme et sur son plaisir. Il me le rendrait au centuple, je n'en doutais pas. J'écoutais le cliquetis du clavier, me réjouissant chaque fois qu'il restait silencieux. Lorsqu'un faible « hum ! » franchit ses lèvres et que sa respiration s'emballa, je maintins le rythme, déterminée à le faire céder à ma bouche.

Son corps se relâcha, et le bruit des touches cessa totalement. *Enfin !*

— Oh, Annabelle ! gémit-il.

Je fis mine de ne rien entendre, mais mon sexe criait famine. J'aurais voulu le jeter sur le sol et m'empaler sur lui.

— Plus vite, souffla-t-il. Je veux jouir dans ta bouche.

Il chercha à toucher ma joue de sa main, essayant d'amplifier mon mouvement, et je renchéris en suivant le rythme qu'il m'imposait. J'enfonçai son sexe jusqu'au fond de ma gorge, le suçai jusqu'à ce qu'il écrase un peu plus ma nuque sous ses doigts. Son ventre se contracta, une fois, deux fois, puis le bruit de sa respiration s'amplifia lorsque son sperme emplit ma bouche. J'avalai, continuai à le sucer, jusqu'à ce que son sexe s'endorme doucement. De ma langue, je le nettoyai, puis le relâchai, écrasai ma bouche sur son ventre, l'embrassai en remontant de petits yeux gourmands vers lui. Il sourit et glissa un doigt entre mes lèvres. Je recommençai à sucer cette petite chose, en rien comparable à son membre, mais la scène sembla lui plaire.

— Quelle bouche, mademoiselle ! Laure aura bientôt de la compétition.

Je fronçai les sourcils. Mais que faisait-elle de si extraordinaire ? Je me souvenais des compliments de Maître Paul à son endroit. Aurait-il eu les mêmes pour moi ? Je ressentis une légère jalousie envers cette fille, puis John libéra ma bouche et pointa le sol, à sa gauche.

— Maintenant, sortez de là. Je voudrais terminer d'écrire cette scène.

Déçue qu'il me laisse sur ma faim, je me faufilai hors du meuble et me positionnai en soumise en espérant qu'il boucle sa scène sans attendre. Je fixai le sol en écoutant le bruit de son clavier, me raidissant à chaque silence, mais le découragement revenait chaque fois que le cliquetis des touches recommençait. Pour un peu, je me serais mise à pleurer. J'avais le corps en feu et des images de nos ébats plein la tête. Qu'attendait-il pour s'occuper de moi ? Ne voyait-il pas que je me languissais ?

Au bout de vingt-trois minutes qui me parurent interminables, la sonnerie de la porte se fit entendre, et John se leva. Il resserra son peignoir autour de sa taille et me jeta un coup d'œil, comme s'il venait de se rappeler ma présence. Sans me dire le moindre mot, il descendit les marches pour aller ouvrir. Je paniquai. J'étais entièrement nue, au salon. La personne qui entrerait ne manquerait pas de me voir. Je détournai la tête, comme pour masquer mon identité, lorsque la voix de Laure résonna :

— Bonjour, Annabelle ! Je suis contente de te voir.

Je relevai les yeux vers elle.

— Bon… bonjour.

— Je file à la douche, je reviens après. Attendez-moi !

Elle disparut à l'étage, et John se rapprocha de moi.

— Annabelle, dit-il avec un air triste, nettoyez ça, voulez-vous ?

Il pointa le plancher de son index, et je sursautai en voyant mon propre désir sur le sol, entre mes jambes. Je rougis de honte.

— Monsieur…, je ne savais pas.

— Ce n'est rien. Nettoyez avec votre langue, s'il vous plaît.

Je réprimai une moue de dégoût. J'avais lu ce genre d'histoire dans ses récits, mais cela m'avait écœurée au plus haut point. Je lui jetai un regard anxieux.

— Ne me forcez pas à vous le faire boire, gronda-t-il.

Ravalant ma fierté, je me dépêchai de céder à sa requête. J'écrasai ma bouche contre le plancher et essuyai le liquide visqueux, pendant qu'il observait la scène.

— Brave petite chienne, s'exclama-t-il, d'un ton ravi. Va au sous-sol, maintenant. Laure et moi viendrons te rejoindre quand nous en aurons terminé.

Surprise par ses paroles, je m'exécutai en ravalant ma consternation. Je descendis, un sanglot au fond de la gorge. Je repris ma position de soumise dans cette pièce vide, et je fermai les yeux, en proie à un trouble que je n'eus pas à masquer en les entendant gémir du premier. John l'avait rejointe sous la douche. Laure criait, et moi, j'aurais tellement voulu être à sa place.

Mon corps se languissait, mon sexe hurlait, et je n'avais même pas le loisir de me caresser. Je me mordis la lèvre pour étouffer un cri rageur, mais je ne fis rien pour retenir la larme qui roula sur ma joue. Dans quelle folie m'étais-je embarquée ?

CHAPITRE 26

LAURIE

John fut le premier à redescendre, cheveux mouillés, emmitouflé dans son habituel peignoir blanc. Je me redressai, ma position s'étant affaiblie dans l'attente. Il se pencha vers moi pour récupérer ma main, la glissa sous son nez pour en vérifier l'odeur.

— Je vois que tu as été bien sage.

Je ne répondis pas. J'avais toujours des sanglots dans la gorge et une moue boudeuse, mais il ne sembla rien remarquer. Il s'installa dans son fauteuil, récupéra un livre et se mit à lire en oubliant ma présence. Quoi ? Était-ce ainsi que j'allais passer le reste de ma journée ?

Laure arriva au bout d'une dizaine de minutes. John continua sa lecture, sans relever les yeux vers elle. La jeune femme s'installa à côté de moi, dans une position similaire à la mienne. Nous étions là, toutes les deux à ses pieds, et il ne daignait même pas nous regarder. Je me sentais misérable et pathétique. Pour un peu, je me serais remise à pleurer.

— Je sais que l'heure n'est plus aux présentations, lança-t-il en refermant enfin son livre, mais faites donc connaissance…

Laure tourna la tête vers moi, et j'eus l'impression qu'elle attendait que je réagisse aux paroles de John, mais j'ignorais ce que j'étais censée faire. Elle se rapprocha, un petit sourire aux lèvres, et chuchota :

— On s'embrasse ?

— Tu n'as pas à lui demander la permission, gronda John.

Je sursautai devant son ton énervé. Laure avait-elle préséance sur ma personne, elle aussi ? Doucement, elle passa les bras autour de mon cou et posa la bouche sur la mienne. Il me fallut quelques secondes avant de répondre correctement à son baiser. J'étais engourdie, tant pour avoir gardé ma position aussi longtemps que par la différence qu'il y avait entre ses lèvres et celles de John. Son baiser était doux et langoureux alors que ceux de mon Maître étaient plus brutaux et sauvages.

Elle se lova contre moi et taquina la pointe de mes seins avec les siennes, puis sa main en empoigna un.

— Annabelle, tu dois participer, ordonna John.

J'imitai les gestes de Laure, touchai ses seins de façon plus maladroite. Elle me montra comment faire, dans un geste doux, en posant les doigts sur les miens. Elle m'encourageait avec de petits soupirs ravis. Sa peau était douce, et il me plaisait de la caresser. Ses lèvres ne quittaient plus les miennes, et nos baisers semblaient parfaitement ajustés, désormais. Trop. Il m'arrivait même d'oublier que j'étais dans les bras d'une femme.

— Poursuivez, mesdemoiselles.

Les paroles de John firent s'enhardir ma partenaire. Laure glissa un doigt dans mon sexe et poussa un soupir de satisfaction contre mes lèvres. J'étais excitée, bien sûr. Je l'étais depuis une éternité ! Depuis ma sieste, depuis que j'avais goulûment avalé le sexe de mon Maître, depuis que je les avais entendus baiser sous la douche. Un de ses doigts, puis deux s'insérèrent en moi. Je retins ma respiration, étrangement gênée que les gestes de cette femme me plaisent tant. Elle dirigea ma main vers son sexe, et j'y trempai les doigts à mon tour, mal à l'aise. J'avais l'impression de ne pas savoir quoi faire. Je la caressai donc, gauche dans mes gestes et perturbée par l'angle que notre position m'offrait. Elle me guida patiemment, et je suivis son rythme, touchai un sexe si identique et pourtant si différent du mien. Son premier soupir résonna, et je m'immobilisai, légèrement perturbée par le liquide qui se collait à mes doigts.

— Un problème, Annabelle ? demanda John.

— Je… Non…, monsieur.

— Laure, couche-toi. J'aimerais qu'Annabelle te goûte, maintenant.

Ma respiration s'emballa. Laure me sourit, comme si elle essayait de me rassurer, puis elle se laissa tomber sur le sol et ouvrit les cuisses devant moi, laissant entrevoir un sexe offert, complètement nu, sans aucune pilosité. Je restai un moment à le contempler, figée par ce qu'on attendait de moi.

— Lèche-la, ordonna John.

Je relevai les yeux vers lui et pris un moment avant de lui obéir. Devant son air sombre, je glissai enfin ma bouche entre les cuisses de Laure, léchai son clitoris, en essayant de rester à l'écart de ses lèvres. La main de la jeune femme se posa sur ma tête, m'attira plus près de son vagin et m'y plongea.

Mon visage fut inondé de son humidité. Je la léchai maladroitement, augmentant la pression lorsqu'elle émettait des soupirs, écrasant ma langue sur sa chatte. Son parfum était très différent du mien, mais, au bout de quelques minutes, je l'oubliai. Je songeai plutôt au spectacle que j'offrais à John. Cela lui était-il agréable ?

Les doigts de Laure, sur ma tête, me dirigeaient, appuyaient lorsque j'étais sur des zones sensibles, me guidaient en silence. C'était long, je le savais. Je n'arrivais pas à comprendre comment son corps fonctionnait. Comment pouvait-il être si différent du mien ? J'emprisonnai son clitoris entre mes lèvres, le taquinai de ma langue. Elle se cambra, et son soupir emplit la pièce. Je réitérai mon geste, augmentai la pression, écrasai ma bouche plus fermement contre son sexe. Son corps se débattait doucement, et des vagues de plaisir tapissaient ma bouche. Je ne cédai pas, je poursuivis ma quête pendant d'interminables minutes, puis son souffle s'accéléra. Elle chuchota un faible : « Oui », et tout s'amplifia. Je gardai le rythme. Rien ne me déplaisait plus qu'un changement de cadence lorsque j'étais sur le point de jouir. Ses mains cherchèrent les miennes, et nos doigts s'entrelacèrent pendant qu'elle perdait la tête. Son cri retentit, et ses cuisses m'emprisonnèrent contre son sexe, pendant qu'un liquide chaud coulait sur ma bouche. Je me détachai difficilement, remontai à la surface, à la recherche d'air frais.

Je n'eus pas de répit, Laure me tira à elle, m'embrassa à pleine bouche, dans un long et langoureux baiser.

— Je sens qu'on va bien s'amuser toutes les deux, chuchota-t-elle alors que ses lèvres glissaient sur ma poitrine et que ses doigts cherchaient à rejoindre mon sexe.

Elle m'allongea au sol, et je la vis demander la permission de poursuivre à John. Il hocha la tête, et Laure disparut entre mes cuisses à son tour. Sa bouche était plus experte que la mienne, mais je n'y songeai qu'un bref instant. J'étais déjà en train de perdre la tête. Tout ce temps à espérer que l'on me touche n'avait fait qu'augmenter la sensibilité de mon sexe.

Elle remonta mes jambes sur ses épaules, et mon bassin se souleva vers elle. J'en oubliai l'étrange position dans laquelle nous nous trouvions. J'oubliai John et son regard posé sur nous. Je fermai les yeux et plongeai dans le plaisir avec un bonheur intense. Après que j'eus atteint l'orgasme, je ne bougeai plus pendant de longues minutes, et le corps de Laure remonta près du mien, se serra contre moi, tandis qu'elle jouait avec l'un de mes seins.

— Qu'est-ce que tu es belle ! souffla-t-elle.

— Je suis très heureux qu'elle te plaise, répliqua John. Il faudra la former au sexe féminin, en revanche.

— Elle s'en sort déjà très bien, répliqua Laure. Pas vrai ?

Je fis un geste vague, incapable de prononcer le moindre mot. Comment pouvais-je savoir comment je m'en sortais ? Tout cela était tellement nouveau pour moi. Il me semblait qu'elle m'avait transportée jusqu'au plaisir en moins de cinq minutes alors que cela m'avait pris une éternité pour elle.

— Il faudra recommencer souvent, ajouta-t-elle avec un large sourire. Si notre Maître nous le permet, bien sûr.

— Nous verrons cela, rétorqua-t-il. Bon, les filles, vous allez me laisser seul encore longtemps ?

La question de John provoqua un sursaut chez Laure qui se releva la première. Je la suivis, plus lentement, courbaturée et engourdie par mon dernier orgasme.

— Quels sont vos désirs, Maître ? demanda Laure, en position de soumise.

— Montre à Annabelle comment tu suces.

Laure bondit sur lui, entrouvrit le peignoir et dévoila un sexe bien dressé. Elle me fit signe de m'approcher, et j'obéis docilement. Elle fit disparaître la verge de John dans le fond de sa bouche du premier coup, puis ses lèvres vinrent frotter la peau délicate avec de longs mouvements de va-et-vient. Je restai là, à observer le spectacle, troublée de la voir procurer autant de plaisir à John alors que j'étais, encore une fois, mise à l'écart.

— Laisse-en pour Annabelle, dit-il soudain.

Laure relâcha son sexe et me le tendit. Je me jetai sur lui à mon tour, répétant ce que j'avais vu et essayant de parfaire mes mouvements.

— Pince les lèvres ici, dit-elle en appuyant sur ma joue.

J'obéis, et John me caressa les cheveux.

— Oui. Comme ça, c'est parfait.

Je m'appliquai davantage, serrai la bouche, encore.

— À Laure, souffla-t-il.

Elle reprit la fellation, et ce jeu dura un long moment. Jusqu'à ce que John éjacule dans la bouche de Laure en poussant un soupir heureux. Lorsqu'il recouvra ses esprits, il répéta :

— Donne sa part à Annabelle…

La jeune femme se jeta sur moi, m'embrassa, la bouche encore remplie du sperme de notre Maître. J'eus du mal à ne pas reculer pour l'éviter, mais je fermai les yeux, oubliai tout et avalai, consternée par cet échange de fluide.

— C'est bien. J'ai beaucoup de chance, dit-il en nous tapotant la tête.

Il resserra son peignoir autour de sa taille et se releva.

— Bien, je vais nous préparer à dîner. Vous pouvez continuer à vous amuser, les filles.

Avant qu'il sorte de la pièce, Laure se lova contre moi et s'empressa de venir glisser deux doigts contre mon clitoris. Je me raidis agréablement contre elle. Elle releva ses grands yeux noirs vers moi :

— Ça te plaît ?

— Je… Oui.

Elle amplifia ses caresses, et je lâchai un petit râle. Mes genoux faiblissaient.

— Oh… Laure ! soufflai-je.

— Tu es belle, comme ça.

J'étais surtout complètement concentrée sur le plaisir qui jaillissait dans mon ventre.

— Couche-toi, je vais te lécher, petite garce.

Ses paroles me ramenèrent à la réalité. Elle me poussa jusqu'à ce que je tombe sur le dos, puis plongea les doigts dans mon sexe avant que sa langue se joigne à la danse. J'étais en transe, au bord d'un spasme. Mon ventre se nouait, et je ne doutais déjà plus qu'elle aurait pu me donner un orgasme à la seconde où elle l'aurait souhaité, mais elle se plaisait à me faire languir.

— Laure, oui !

À force de la supplier, elle finit par céder. J'étouffai mes cris, mais mon plaisir n'en fut pas moins fort. Elle attendit que mon corps se relâche complètement avant de remonter à mes côtés. Elle se glissa entre mes bras, et je la serrai très fort contre moi, heureuse et comblée.

— Je suis contente que tu sois là, dit-elle dans un murmure.

— Moi aussi.

J'eus un petit fou rire en nous voyant, complètement nues, sur le sol. Lovées l'une contre l'autre.

— J'ai l'air d'une lesbienne !

— Et alors ? (Elle se releva sur un coude, l'air surpris.) C'était la première fois que tu faisais ça avec une fille ?

— Eh bien… oui ! C'était évident, non ? J'étais… tellement mauvaise.

Elle rigola.

— Je te rassure, j'ai vu pire. Mais je te montre, si tu veux ?

J'hésitai avant d'accepter son offre. Laure s'étendit par terre et guida ma bouche sur son sexe, m'expliquant patiemment comment lui procurer un orgasme. Je retournai entre ses cuisses, la léchai jusqu'à ce qu'elle tremble sous mes lèvres. Sa jouissance était chaude, son sexe semblait gourmand, et, à force de le découvrir, il ne me répugnait plus du tout. Je me plaisais même à entendre ses petits gémissements étouffés.

— Oh oui, comme ça !

Elle réprima un cri en m'écrasant la tête contre elle, comme si elle voulait que je l'avale tout entière. Je restai prisonnière pendant de longues minutes, puis elle me relâcha, et je me retrouvai dans ses bras à mon tour.

— On sera bien tous les trois, dit-elle d'une petite voix.

— Oui.

Elle soupira avant d'ajouter :

— C'est un bon Maître, tu sais. Tu peux lui faire confiance.

— OK, promis-je.

Je fermai les yeux et profitai de ce moment de détente. Quelque chose me disait que la soirée n'allait pas être de tout repos.

CHAPITRE 27

ENSEMBLE

John nous fit manger à même le sol pendant qu'il était à table. Si j'avais été seule, je l'aurais peut-être mal pris, mais, comme Laure était avec moi, nous nous regardions souvent avec un petit sourire complice. Déjà, je sentais qu'une amitié naissait entre nous. Comme pour moi au repas de midi, il nous fit desservir, et nous lavâmes la vaisselle ensemble, elle et moi. Laure s'amusait à m'asperger d'eau. Elle riait beaucoup, tandis que, toute à mon désir d'être une parfaite soumise, je restais très sérieuse.

— Tout le monde sous la douche, annonça John.

Laure m'attira sous le jet d'eau chaude. Elle semblait prendre plaisir à me savonner et essaya de glisser des doigts en moi, mais la voix de John résonna :

— Pas sans ma permission, Laure.

Elle me relâcha aussitôt et se doucha de son côté. John nous rejoignit alors que nous avions pratiquement terminé. Nous étions à l'étroit, et je me poussai pour lui faire de la place.

— Voulez-vous que je vous nettoie, Maître ? proposa Laure.

— Je veux bien.

Elle se jeta à ses genoux, se mit à sucer son sexe sans attendre. J'étais pétrifiée par sa façon de faire. Je me sentais idiote, à rester là, assistant à la scène, figée comme une statue.

— Annabelle, savonne-moi.

Je relevai les yeux vers John et m'exécutai sans attendre. Je savonnai son torse, son cou, son ventre, en essayant d'oublier cette femme entre nous. Alors que je me serrais contre lui pour atteindre son dos, il captura mes lèvres sous un baiser rapide, et nous échangeâmes un sourire qui me rassura. Il réprima un gémissement sous les caresses de Laure, puis reposa les yeux sur moi. Je le rinçai timidement, en essayant de me dérober à son regard insistant.

— Laure, laisse donc Annabelle terminer.

La jeune femme recula, et je m'agenouillai à mon tour pour récupérer le sexe de mon Maître. Il posa une main sur ma tête, l'écrasa contre lui pour s'enfoncer au fond de ma bouche, recommença plusieurs fois et éjacula rapidement entre mes lèvres. Lorsque je me détachai de lui, il baissa des yeux sombres vers moi.

— Petite vilaine, tu n'as rien laissé à Laure.

Je posai la main sur mes lèvres comme si je venais de commettre un impair, et c'était visiblement le cas !

— Je… je ne savais pas.

— Tu devras être punie pour ça.

Me punir ? Pour avoir avalé son sperme ? La peur s'installa dans mon ventre.

— Debout, m'ordonna-t-il.

Je me relevai, un peu chancelante. Il me fit signe d'approcher, intima le même ordre à Laure. Lorsque nous fûmes à ses côtés, il assena :

— J'aimerais beaucoup passer une bonne soirée, alors nous verrons demain pour ta punition. Pour ce soir, vous seriez gentilles de ne plus faire de bêtise.

— Oui, monsieur, soufflai-je.

Il termina de se nettoyer, nous demanda d'aller l'attendre dans sa chambre, mais j'étais encore bouleversée de m'être fait gronder pour une raison aussi ridicule.

— Allons, ce n'est pas grave, me dit Laure en grimpant sur l'énorme lit de John.

— Qu'est-ce que… qu'est-ce que tu crois qu'il va me faire ?

— Je ne sais pas. Ça dépend de ce qui l'excite. (Elle me tira contre elle et m'embrassa.) N'y pense plus. Ce soir, c'est fête !

Elle me caressait pour chasser mes idées noires, et cela fonctionna à merveille. Je me laissai étendre sur le lit, dont la couverture était d'un noir d'encre. La bouche de Laure était déjà entre mes cuisses. Je fermai les yeux et me laissai envahir par sa chaleur.

— Décidément ! pesta John en entrant.

Je sursautai. Laure s'était redressée et se confondait déjà en excuses :

— Je voulais juste la calmer…

— Ce n'est pas à vous de décider de son plaisir, mademoiselle.

Il la gifla sans attendre, et le bruit me fit sursauter. Je serrai les mains sur ma poitrine, paniquée par la scène à laquelle j'étais forcée d'assister. Entre mes cuisses, Laure se mit à pleurer, et John tourna la tête vers moi.

— Ne vous ai-je pas dit que votre plaisir m'appartenait, désormais ?

— Je… Oui.

— La prochaine fois, il faudra refuser l'offre de Laure, me suis-je bien fait comprendre, Annabelle ?

—Oui, monsieur.

Il semblait vraiment en colère. Laure se jeta à ses pieds, implora son pardon, alors que moi, je n'arrivais plus à bouger. Avait-elle vraiment mérité cette gifle ?

— Qu'ai-je demandé sous la douche ? demanda-t-il avec énervement.

— Une bonne soirée, Maître.

— Et c'est comme ça que tu me l'offres ? Que va penser Annabelle de tout ça ? Dire que je comptais sur toi pour m'aider à la dresser !

— Pardon, monsieur. Ça n'arrivera plus.

— J'y compte bien ! Pour ta peine, tu resteras hors du lit pendant que je prendrai Annabelle. Observe bien son plaisir.

Laure hocha la tête en essuyant ses larmes tandis que j'étais là, pétrifiée par ce que John venait de faire. Pourtant, sa voix se fit douce pendant qu'il laissait tomber son peignoir sur le sol :

— Recouche-toi, je vais terminer ce que Laure a commencé.

Je jetai un coup d'œil à la jeune femme, toujours à terre, les yeux à la hauteur de nos corps. Elle nous regardait avec envie alors que je m'allongeais timidement sur le matelas. La bouche de John trouva mon sexe, le fouilla avec une telle force que j'en oubliai mes craintes. Il s'imposa et m'arracha de petits cris. Ses caresses n'étaient en rien comparables à celles de Laure. John était fort, et ses mains écartaient mes cuisses, m'obligeant à lui offrir ce que j'avais de plus intime. Je perdis très vite la tête, incapable de refermer les jambes, et pourtant il continua à me lécher jusqu'à ce que je le supplie :

— Maître ! Je vais… hurler !

Il poursuivit sans relâche, et mon sexe lui céda de nouveau. Mon cri fut si assourdissant que je crus m'être évanouie pendant un bref instant.

John remonta vers moi, sa langue traçant son parcours sur mon corps, s'attardant sur mes seins, puis sur ma bouche. Son sexe me pénétra sans attendre et sans aucune difficulté. Et, même s'il était doux dans ses gestes, ma peau était si sensible que mon souffle s'emballa aussitôt.

— Ça te plaît, vilaine ?

— Oui.

Trois coups de reins brusques plus tard, il me relâcha, me retourna sur le ventre, et ses mains forcèrent ma croupe à se redresser. Il me reprit ainsi, plus fort encore.

— Dis que ça te plaît !

— Oui. Oh oui, Maître ! Ça me plaît !

J'étais au bord de l'extase. Ses mains me retenaient contre lui, me serraient, ravivaient les plaies qu'elles y avaient déjà laissées, puis son doigt glissa dans mon anus. Je criai, de surprise mais aussi à cause du frisson délicieux qui parcourut tout mon dos. Il recommença plusieurs fois, puis sa main m'empoigna l'épaule et me tira vers l'arrière. Il me cambra au point que ma respiration devint difficile, me maintenant dans un équilibre délicat pendant que ses coups de reins cherchaient à me projeter vers l'avant. Dans un souffle épuisé, il éjacula, puis sa main me relâcha. Lorsque je m'étendis sur le lit, il se glissa à mes côtés. Je fermai les yeux, mais je laissai un petit râle agréable s'échapper de ma bouche.

— Laure, venez donc nettoyer tout ça.

Je ne bougeai pas, mais je perçus le mouvement du lit lorsque Laure grimpa à nos côtés. Je n'ouvris même pas les yeux, mais, juste au bruit, je compris qu'elle nettoyait le sexe de John.

— Bonne fille, chuchota-t-il. Nettoie Annabelle, maintenant.

Cette fois, mes yeux s'ouvrirent, et je dévisageai mon Maître, incrédule.

— Obéissez, mademoiselle !

C'était à moi qu'il s'adressait. Avait-il remarqué que j'avais refermé les cuisses ? Laure les rouvrit, et j'eus un haut-le-cœur en sentant sa bouche se refermer sur mon sexe, inondé par le sperme de John.

Probablement agacée que je ne réagisse pas à ses caresses, Laure redoubla d'ardeur, glissa un doigt en moi et chercha à capturer mon attention. Une vague de chaleur me gagna, et mon corps sursauta agréablement. Pressentant ma déroute, je tournai le visage vers John :

— Monsieur, puis-je… ?

— Oui.

Il se tourna pour mieux me voir, et je me laissai bercer par les caresses de Laure. Il assista à ma jouissance et sourit devant mes cris étouffés. Je fermai les yeux.

— Reste avec moi, Annabelle, chuchota-t-il.

J'obéis et fis un effort pour les rouvrir. Son regard sur moi augmenta mon excitation. Je jouis en écrasant mes doigts contre ma bouche, et mon Maître les chassa pour poser ses lèvres sur les miennes. C'était d'une douceur parfaite, et mon corps n'était plus que plaisir entre toutes ces mains.

Alors que je reprenais mon souffle, Laure s'était faufilée entre lui et moi, et John s'était mis à la caresser. Il nous souriait à l'une et à l'autre. La jeune femme gémissait contre moi, cherchait mes lèvres. Je les lui offris et commençai à la caresser à mon tour. Je m'occupai de ses seins, puis John me fit signe de joindre ma main à la sienne, dans le sexe de Laure.

— Continue, m'encouragea-t-il.

Il retira ses doigts, les porta à mes lèvres, et je le laissai violer ma bouche avec sa main recouverte du plaisir de Laure. Son visage affichait un air satisfait devant ma docilité. Sous mes caresses, Laure vibrait, et elle emprisonna mes lèvres sous une pluie de baisers. Je me concentrai sur les soubresauts que je provoquais, sur son souffle saccadé et sur ses petits coups de bassin dans ma direction. Elle était fébrile et avide de jouir.

John nous contourna et vint s'installer derrière moi. Il me repoussa vers Laure, et je le sentis qui frottait sa queue contre ma croupe, suivant le rythme lent de mes caresses entre les cuisses de la jeune femme.

— Vous êtes magnifiques, toutes les deux.

Nous étions, tous les trois, en parfaite harmonie. L'érection de mon Maître se fortifia, et il ne tarda plus à me déplacer à sa guise, relevant mes fesses afin de pouvoir me pénétrer. Mes caresses sur le sexe de Laure cessèrent, et je fermai les yeux pour savourer sa présence en moi.

— Lèche-la, dit-il contre mon oreille. Je veux te prendre avec elle.

Je descendis entre les cuisses de Laure, joignis ma langue à mes doigts. John nous observa quelques minutes avant de revenir en moi. Ses coups de boutoir me poussaient contre le sexe de Laure, lui provoquant un plaisir indéniable. Et moi donc ! J'eus du mal à garder le rythme tellement mon corps se tordait de volupté sous les gestes de mon Maître.

Laure fut la première à jouir, et son sexe emplit ma bouche d'une liqueur que j'avalai dans un bruit terrible. John cessa ses coups, mais ses doigts plongèrent dans mes cheveux et tirèrent violemment ma tête en arrière, ce qui m'arracha un cri. Je sentis son gland contre mon anus et je tressaillis. Je n'eus pas le temps de réagir qu'il était déjà en moi. Dans un moment de révulsion, je tentai de me dérober à son geste, mais j'étais coincée entre les jambes de Laure. Je tombai sur elle, mais John me ramena vers l'arrière en tenant mes cheveux à pleines mains. Mon cri s'amplifia sous la douleur, mais il passa outre. Il violait mon corps sans aucun scrupule, en jouissant avec d'autant plus de force. Quand il me relâcha, je chutai de nouveau contre Laure. Au lieu de m'aider, elle me coinça entre ses cuisses et bloqua ma tentative de fuite en entremêlant ses doigts aux miens pour m'empêcher de me débattre. La peur grimpa en moi. J'étais prise de tous les côtés et je ne pouvais plus bouger.

John augmenta la force de ses coups en soupirant de plaisir. Incapable de bouger, je me mis à sangloter en détournant la tête pour éviter les baisers que tentait de m'offrir Laure. Cessant de lutter, mon corps devint mou comme un chiffon, mais ma croupe restait surélevée pour le plaisir de John.

Quelques secousses plus tard, la douleur s'estompa, et les doigts de John contournèrent ma cuisse pour venir s'infiltrer dans mon sexe. Un spasme violent secoua mon corps, puis un deuxième. Que m'arrivait-il ? Je tentai de retenir mes gestes, quand Laure chuchota :

— Oui, vas-y, jouis, petite chienne !

Je secouai la tête. J'essayais de retenir cette vague de plaisir qui grimpait dans mon ventre et qui s'accrochait à chacun de mes muscles. Je ne voulais pas céder ! Pas comme ça ! J'en étais à souhaiter que John éjacule avant que mon corps me trahisse et je m'accrochais aux râles qui sortaient de sa gorge dans l'attente de sa délivrance.

— Viens, Annabelle, viens avec moi.

Je secouai la tête, refusant le plaisir qu'il m'obligeait à prendre. Dans un rugissement, ses mains se firent plus dures sur mon flanc, m'écartant les cuisses et les fesses. Obligeant mon cul à tout avaler. Je sentais ses couilles se balancer de plus en plus vite derrière moi. Et cette pression sur mon clitoris était décidément en train d'avoir raison de moi ! Je ravalai mes gémissements, écrasai les doigts de Laure sous les miens en étouffant le cri qui montait en moi. Trop tard. Une tornade s'empara de mon corps, et j'en oubliai chacun de mes scrupules. Je criai comme une folle, à l'agonie, le corps entièrement possédé par mon Maître. Je cambrai le dos vers lui, et il me coinça contre son torse. C'est ainsi qu'il éjacula, dans un râle libérateur.

Je crus que j'allais m'effondrer, mais ses bras me maintenaient fermement contre lui. Je me sentais tellement faible. Dès que je recouvrai mes esprits, je fondis en larmes et m'arrachai à ses mains pour me jeter sur le lit. Je m'y recroquevillai et fermai les yeux. J'espérais que tout ça ne soit qu'un mauvais souvenir quand j'allais les rouvrir.

Ce fut Laure qui me consola. Elle caressa ma peau, embrassa mes épaules meurtries et chuchota des : « Ça va aller », et je me retins de la chasser. Comment osait-elle me toucher après ce qu'elle venait de me faire ?

— Laure, laisse-nous deux minutes. (Elle quitta la pièce.) Annabelle, relève-toi, gronda-t-il.

Je m'exécutai, les yeux pleins de larmes, et il attendit que je remonte mon visage vers lui avant de demander, d'une voix sèche :

— Qu'est-ce qu'il y a ?

— Je ne voulais pas… jouir.

— Ce n'est pas à toi d'en décider. Un jour, tu le voudras et je ne te l'accorderai pas.

Je sanglotais en silence, et il comprit que je n'arrivais plus à reprendre le contrôle de mon corps. Il m'ouvrit les bras, et je m'y laissai tomber, heureuse qu'il m'accorde un peu de douceur après ce qu'il venait de me faire subir.

— Tu t'y habitueras, promit-il.

— John, je… je ne suis pas… comme ça.

— Cesse de résister, Annabelle.

Je me ressaisis, séchai mes larmes et respirai par à-coups. Je portai machinalement la main à ma nuque endolorie.

— Ça a été une grosse journée pour toi, dit-il encore, mais tu t'en sors très bien. Tu dois juste apprendre à lâcher prise.

De nouveaux sanglots me remontèrent dans la gorge, et je fus incapable de les retenir.

— Je ne suis pas… comme ça, répétai-je.

— Comme quoi ?

— Comme… comme…

J'écrasai ma tête entre mes mains. Les mots ne voulaient pas sortir.

— Dis-le.

— Une chienne…

Il sourit et retourna au vouvoiement :

— Ce sont les mots qui vous blessent ?

— Oui. Je crois.

Il me pinça le menton entre ses doigts, m'obligea à relever le visage vers le sien.

— N'avez-vous pas joui, mademoiselle ? J'ai pourtant le souvenir d'un très bel orgasme…

Gênée, je hochai simplement la tête.

— Qu'importe si c'était comme une chienne ? railla-t-il.

Je grimaçai, et il me caressa doucement la joue.

— Il faudra vous y faire, Annabelle. À partir d'aujourd'hui, vous serez tout ce que je veux : ma chienne, ma garce, ma putain. Vous jouirez comme je l'entends et sans rechigner, compris ?

Je hochai la tête avec difficulté, et il posa sa bouche sur la mienne. Cette simple marque d'affection me transporta de joie. Ses doigts emprisonnèrent mon menton et me forcèrent à relever les yeux vers lui.

— Je veux que vous soyez une chienne, Annabelle : ma chienne ! Celle dont tout le monde aura envie parce que son dressage sera parfait. Vous devez me servir comme je l'entends, peu importe ce que cela implique. Ne me décevez pas, mademoiselle.

Mon visage se durcit, et je n'osai pas répondre. Je savais pourtant que ce genre de discours me serait déballé. Ne l'avais-je pas lu dans divers livres, déjà ? Je n'y pouvais rien. J'étais venue dans son monde pour être avec lui et je devais en accepter les conséquences, mais cela n'en était pas moins difficile.

— Je ferai de mon mieux, finis-je par dire.

— Je sais que je ne vous ai pas ménagée, aujourd'hui, mais vous vouliez un essai, et je me voyais mal vous faire croire que les choses allaient être simples.

— J'avais compris.

— Tout ça fait partie de votre dressage, vous le savez, n'est-ce pas ?

— Oui.

— Et est-ce que vous n'en retirez pas beaucoup de plaisir ?

Je hochai la tête, incapable de dire le contraire. Combien de fois mon corps avait-il cédé au sien ? Je n'avais jamais joui autant ni aussi intensément en si peu de temps. Ses doigts retournèrent dans mon sexe, sans crier gare, et je sursautai contre lui.

— Montre que tu es une bonne chienne, tu veux ?

Il retira ses doigts et m'obligea à les lécher. Je m'exécutai sans attendre.

— Tu vois que tu peux être une bonne chienne ?

— Oui.

— Et tu es ma chienne à moi. Une magnifique petite chienne.

Je continuai à hocher la tête, le cœur lourd.

— Répète-le.

— Je suis… votre chienne, monsieur.

— Bien. Peut-on ramener Laure, maintenant ?

— Oui, soufflai-je.

Il se tourna en direction de la porte et appela :

— Laure, tu peux revenir. En chienne !

Il m'envoya un clin d'œil complice pendant qu'elle arrivait, à quatre pattes, dans la chambre. Elle attendit que John lui donne l'autorisation, avant de nous rejoindre sur l'énorme lit. Quand nous fûmes réunis, il nous regarda à tour de rôle.

— Je ne veux plus de larmes, ce soir. Pourrait-on vivre une belle nuit, tous les trois ?

— Oui, Maître, dit-elle joyeusement.

— Oui, confirmai-je à mon tour.

La gorge nouée, je restai là, à tenter de retrouver mon calme.

— Laure, jeta John, fais-la jouir.

Elle me repoussa contre le lit et enfouit la bouche entre mes cuisses. Je restai raide jusqu'à ce que John s'étende à mes côtés et chuchote, sa main empoignant l'un de mes seins :

— Lâchez prise, mademoiselle. Ce corps est à moi, désormais.

Les coups de langue de Laure m'obligèrent à fermer les yeux. J'oubliai tout et j'obéis à mon Maître.

CHAPITRE 28

LA PUNITION

Lorsque je sortis de la douche, ce matin-là, je restai un moment devant mon reflet, ébahie par les marques bleutées bien visibles sur mon corps. Une serviette enroulée autour de moi, je marchai sur la pointe des pieds, à la recherche de Laure. Avec un peu de chance, elle saurait quoi faire pour les masquer.

— Un problème, mademoiselle ?

Je sursautai en tombant sur John et je secouai la tête.

— Je... je cherchais...

— Retirez cela, ordonna-t-il en pointant ma serviette du menton.

— C'est que...

— C'est un ordre, mademoiselle.

Je laissai tomber la serviette en baissant les yeux au sol, confuse qu'il me voie dans cet état.

— Pardon, ce n'est pas... très joli.

— C'est ça qui vous inquiète ?

— Oui.

Il s'approcha de moi, fit le tour de ma personne et constata les traces qu'il avait laissées sur ma peau durant nos ébats d'hier.

— Ces marques témoignent de l'agréable journée que nous avons vécue. Vous ne devriez pas en avoir honte.

— Mais je n'en ai pas honte ! me défendis-je. C'est juste que... je ne voudrais pas... vous déplaire...

Il sourit, me prit le menton entre ses doigts comme il le faisait souvent et releva mon visage vers le sien.

— Vous pouvez vérifier l'effet que vous me faites si vous le souhaitez.

Aussitôt, je posai ma main sur son sexe déjà dur et le questionnai d'un regard gourmand.

— Nous verrons cela plus tard, me dit-il simplement. Mangez un petit quelque chose et venez nous rejoindre en bas. Il est temps d'affronter votre punition, mademoiselle.

Mon cœur bondit dans ma poitrine. Ma punition ? Celle que j'avais reçue pour avoir avalé le sperme de mon Maître sans en laisser pour Laure ? Les genoux tremblants à cette idée, je filai à la cuisine. J'eus du mal à avaler quoi que ce soit. Je restai là, un bout de croissant à la main, nue devant la baie vitrée, à contempler le monde extérieur. J'en oubliai même que l'on pouvait me voir tellement je craignais l'épreuve qui m'attendait.

Dix minutes plus tard, je rejoignis Laure et mon Maître au sous-sol. Comme personne ne m'accordait la moindre attention, je m'installai en position de soumise, près de ma consœur.

John, fidèle à lui-même, était assis sur le fauteuil, un livre en main. Il nous laissa là pendant un petit moment, puis je sentis son regard se poser sur moi.

— Avez-vous confiance en moi, Annabelle ?

Je me raidis.

— Oui, monsieur.

— Je ne vous donnerais jamais une punition que vous ne sauriez endurer. Vous en êtes consciente, n'est-ce pas ?

Mes jambes se remirent à trembler, tant j'étais anxieuse devant sa mise en garde.

— Je... Oui, monsieur.

— Bien. Mettez-vous au centre, à quatre pattes, s'il vous plaît.

Je m'exécutai, effrayée à l'idée qu'il me sodomise sur-le-champ, mais il resta immobile, bien installé dans son fauteuil. Ce qui suivit me terrifia.

— Laure, va chercher ma cravache.

Tout mon corps se tendit pendant que Laure obéissait à son ordre. Ma respiration s'emballa, ce qui fit se soulever mon dos dans un rythme empressé. Il allait me fouetter ? Pour quelle raison, déjà ? Je fermai les yeux en essayant de chasser l'idée des coups qui allaient suivre, mais le grincement du cuir m'indiqua que John se levait. Je ravalai un cri lorsque sa main, chaude, se posa sur ma tête.

— Du calme, Annabelle. Je n'inflige jamais de souffrance qui n'offre son lot de plaisir.

Du plaisir ? Par le fouet ? Se moquait-il de moi ? J'étais certaine de m'évanouir à la simple vue de l'objet. Des gouttes de sueur perlaient déjà sur mon front. Dès que les pas de Laure se firent entendre, mon corps se mit à trembler, et John caressa doucement ma croupe.

— Tout ira bien.

Laure se positionna devant moi, les mains vides. Elle me regardait avec un sourire apaisant. Voilà qui était pire que tout : je n'avais aucune envie que l'on assiste au spectacle !

John fit glisser la cravache sur mon dos, et je sursautai. L'objet était froid et son contact étrangement agréable sur ma peau. J'inspirai en essayant de contenir le tremblement qui m'animait et je fermai les yeux. Mon corps me dictait de tout arrêter, de jeter un simple «non» pour signifier mon désaccord face à ce que John projetait de faire, mais je me forçai à attendre. Je voulais… quoi ? Lui prouver que je pouvais le faire ? Que j'étais forte ? Une chose était sûre : je ne voulais pas le décevoir.

Un premier coup retentit sur mes fesses, et je retins un cri de surprise. *Aïe !* Il n'y allait pas de main morte ! N'aurait-il pas dû me fouetter en dosant sa force petit à petit ? Au deuxième coup, une plainte traversa mes lèvres. Avant que je puisse reprendre mon souffle, un troisième coup tomba, vif et brûlant, et il m'arracha un premier gémissement de douleur. Des larmes perlaient au bout de mes cils, et peut-être que mon Maître le remarqua, car tout s'arrêta. Assez longtemps pour que je perçoive la fraîcheur de la pièce sur ma peau meurtrie pendant que je respirais à m'en fendre les poumons.

Une autre série de trois coups tomba, d'un trait et plus fort cette fois. Le bruit résonna dans la pièce et dans ma tête. C'était assourdissant ! Sous le feu qu'il provoquait sur mes fesses, je me raidis dans un cri. S'il continuait ainsi, il allait me fendre en deux ! Je ne tiendrais pas ! Je tentai d'avancer, d'esquiver la suite, mais le corps de Laure me bloqua la route et me força à rester en position. Mes jambes faiblissaient et mes genoux me faisaient horriblement mal. J'avais envie de m'écrouler sur le sol. Cela suffirait-il seulement pour qu'il cesse de me fouetter ?

L'attente reprit. Rien ne bougeait autour de moi, mais à l'intérieur tout tremblait. Des larmes coulaient de mes yeux sans que je puisse les arrêter, et ma peau m'élançait douloureusement. Allais-je seulement pouvoir encore m'asseoir après cette séance ? À bout de souffle, je profitai de cette accalmie pour me gaver d'air frais, puis je relevai la tête, anxieuse de ce calme inhabituel. Je n'osai tourner la tête pour voir ce que faisait John, mais je ne l'entendais plus bouger. Attendait-il que je sois prête ? D'une main rapide, j'essuyai mon visage et je repris ma position, espérant paraître courageuse à ses yeux.

Je sursautai lorsque la main de John se posa sur ma peau meurtrie. Il caressa mes brûlures, étira désagréablement mes fesses, puis poursuivit sa route pour venir plonger deux doigts dans mon sexe. Tout mon corps se contracta autour d'eux, et je fermai les yeux, en proie à un drôle de vertige. La voix de mon Maître retentit :

— Qu'en penses-tu, Laure ?

Je relevai la tête, observai ma consœur lécher les doigts qu'il venait de porter à ses lèvres.

— Pas mal, dit-elle simplement.

— N'oublie pas que c'est sa première fois.

— Oui.

John reprit ses caresses sur mon flanc.

— As-tu compris la leçon, Annabelle ?

— Ou… oui…, Maître.

Je reniflai, consciente que des sanglots m'obstruaient toujours la gorge.

— Bien. Tu peux jouir, maintenant.

J'écarquillai les yeux, inquiète. Que signifiaient ces paroles ? Allait-il reprendre ses coups ? Je l'entendis cracher et je fermai les yeux. Non ! Il n'allait pas oser ! Son gland humide se frotta contre mon anus. Aussitôt, je me braquai et je m'obstinai à le garder serré après ce qu'il venait de me faire subir, mais ses mains retinrent ma croupe, et, d'un coup de bassin rude, il força l'entrée en m'arrachant un cri. Je m'étais affalée vers l'avant, et Laure me redressa pendant que John me reprenait dans des gestes plus lents. Il semblait se plaire dans ces allers et retours lascifs. Pour ma part, je ressentais chacun de ses mouvements avec une intensité démesurée. Mon corps se tordait chaque fois qu'il entrait en moi. J'avais la sensation qu'il me possédait totalement. Alors que j'avais cherché à me dérober à son joug, mon corps s'abandonna, se laissant porter par ses secousses, et mes cris de douleur se transformèrent subitement en râles de plaisir.

Il changea de rythme, et ses coups se firent plus prononcés. Je dus me retenir au corps de Laure pour ne pas basculer vers l'avant. D'un geste, il chassa la jeune femme et me repoussa jusqu'à ce que je me retrouve coincée contre le canapé. J'y étalai les bras et remontai ma croupe, l'offrant sans hésiter à mon Maître, qui revint en moi d'un coup violent. J'étais en train de jouir comme une folle lorsqu'il fouilla mon sexe de sa main. Un liquide chaud s'écoula de moi et inonda mes cuisses.

John continua de me secouer avec force, mais je ne ressentais plus rien. J'étais dans une sorte de transe. Mon corps, pourtant, tressautait à chacun de ses mouvements, mais je n'arrivais plus à revenir à la réalité. C'est à peine si je le sentis s'épancher en moi, et je soupirai, soulagée que tout s'arrête enfin. Il me tira contre lui, et nos corps tombèrent sur le sol, enlacés.

Contre moi, je l'entendais reprendre son souffle. Ce fut long. Combien de temps avaient duré nos ébats ? Où était Laure ? Je ne savais plus rien et je n'avais pas encore le courage d'ouvrir les yeux. Près de mon oreille, la voix de mon Maître chuchota :

— Regarde-moi, Annabelle.

Je tournai lentement mon visage vers lui et soulevai les paupières, qui me paraissaient si lourdes. Il me scruta, et je crus percevoir de l'inquiétude dans ses yeux. J'aurais voulu lui expliquer comment je me sentais, mais moi-même, je n'en étais pas certaine. J'étais troublée, par la violence avec laquelle il m'avait frappée autant que par celle de l'orgasme qui m'avait prise ensuite. Il me fallait l'admettre : John arrivait à faire tout ce qu'il voulait de moi. Et cela me terrifiait. Incapable de trouver le moindre mot, je me blottis contre lui.

— Annabelle, dis quelque chose.

Mon corps revenait doucement à lui. La douleur qu'il ressentait, aussi. John m'obligea à remonter mon visage vers lui, et je réprimai un sanglot, ce qui ne le rassura pas.

— Annabelle ?

— Ça va, soufflai-je.

Il attendit que je retrouve mon calme et que je rive mes yeux dans les siens avant de se décider à me croire.

— Laure va t'aider à te doucher. Je crois qu'on va en rester là pour cette semaine.

Je le fixai, incrédule. Il me chassait ? Déjà ? Sans attendre ma réponse, il se leva, et ce fut ma consœur qui m'aida à en faire autant. Je la suivis sous la douche, la laissai me toucher sans aucune pudeur. Elle faufilait ses doigts fins dans tous mes orifices, sans gêne, nettoyant tout ce qu'il y avait en moi. Étrangement, je ne ressentais plus le moindre plaisir. Je ne ressentais plus rien. J'étais vide.

Je remontai dans ma chambre. Laure m'aida à enfiler une jupe et une chemise légère. Elle me parla du soleil et de la chaleur, d'une réalité qui me paraissait abstraite.

— Ça va, Anna ?

Mes yeux quittèrent le néant pour se poser sur elle.

— Oui.

— Il y est allé fort, hein ?

Je haussai les épaules, incertaine.

— Tu es en état de conduire, au moins ? m'interrogea-t-elle.

— Oui. Je crois que oui.

J'étais courbaturée et fatiguée, mais ça allait encore. John entra dans la chambre, douché, toujours vêtu de son habituel peignoir. D'un simple coup d'œil de sa part, Laure nous laissa seuls. Il s'assit à côté de moi, sur le lit.

— Ça va mieux ?

— Oui.

— Vous devriez faire une sieste avant de partir.

— Non, je… Ça va.

Je fis un geste pour me mettre debout pour lui prouver que j'allais bien, et mes genoux tremblèrent légèrement.

— Dois-je l'ordonner ? gronda-t-il. (Il déplia les couvertures du lit et tapota le matelas.) Dormez quelques heures. Je viendrai prendre de vos nouvelles après ma séance avec Laure.

Je secouai la tête ; pourtant, je le laissai me retirer mes vêtements et me ramener sous les couvertures. Il me caressa la tête et posa un baiser rapide sur mon front.

— Dormez un peu. Il faut que je m'occupe de Laure, maintenant. Vous comprenez ?

— Oui, soufflai-je.

— Je ne voudrais pas qu'elle s'imagine que mon nouveau jouet me plaît plus que l'ancien…

— Oui, répétai-je sans comprendre ce qu'il essayait de me dire.

Il me sourit, et je fermai les yeux, sombrant presque aussitôt dans un sommeil profond.

CHAPITRE 29

L'AFFAMÉE

Lorsque je m'éveillai, mon ventre criait famine. Je me redressai, courbaturée, mais cette sieste m'avait fait le plus grand bien. Il me semblait que j'étais revenue à la réalité. Je tendis l'oreille. Je ne percevais aucun bruit dans la maison. Étaient-ils sortis ? Je me jetai hors du lit avec l'envie urgente de me vêtir, ne serait-ce que pour masquer ces vilaines marques sur mes cuisses. N'était-il pas temps de partir, après tout ? Une fois habillée, j'entrouvris la porte de ma chambre, gênée à l'idée d'interrompre la séance de mon Maître avec Laure. Je fis un détour par la salle de bains, me recoiffai, laissai couler l'eau quelques minutes, comme pour leur signaler mon réveil. Dès que j'en sortis, la voix de John résonna :

— Annabelle ?

— Oui, monsieur ?

— Vous venez ?

— Je… Oui, monsieur.

Je retournai dans ma chambre pour prendre mon bagage et le retrouvai au premier. John était là, assis devant son ordinateur portable et complètement vêtu. À mon approche, il tourna sa chaise dans ma direction.

— Vous avez bien dormi ?

— Oui. Merci.

— Approchez, m'invita-t-il avec un geste de la main.

— Je… j'allais partir.

— Vous devriez manger. Je vous ai gardé un peu du repas de ce midi. (Il se leva et marcha vers la cuisine.) Venez. Je vous réchauffe tout ça.

Je tournai la tête et tendis l'oreille, à la recherche de Laure.

— Elle est déjà partie, dit-il comme s'il avait perçu ma question muette. Elle dîne avec ses parents tous les dimanches.

— Oh !

Immobile, sur le seuil de la cuisine, je l'observai mettre un plat au four à micro-ondes.

— Installez-vous ! insista-t-il.

Je finis par déposer mon bagage sur le sol et par prendre place sur une chaise. Une fois le plat devant moi, John me servit un verre d'eau fraîche avant de s'installer sur la chaise à mes côtés. Mon ventre gronda au même instant, et cela le fit rire.

— Allez ! Faites honneur au repas !

Cette fois, je ne me fis pas prier. Je me jetai sur la nourriture sous son regard satisfait. En plus, c'était délicieux. Je levai un visage étonné vers lui et lui posai la question que j'avais en tête depuis hier soir :

— C'est vous qui cuisinez ?

— La plupart du temps, confirma-t-il. Je ne peux quand même pas inviter des jeunes femmes chez moi et ne pas les nourrir convenablement. (Devant son air taquin, j'affichai un petit sourire.) Cela dit, quand j'irai à votre appartement, ce sera à vous de me nourrir, mademoiselle.

Je retrouvai un visage sérieux.

— Bien sûr, monsieur.

Il attendit que je sois à la moitié de mon repas pour entrer dans le vif du sujet :

— Alors… comment vous sentez-vous ?

Je me tortillai sur ma chaise pour vérifier l'état de mes cuisses et de mes fesses.

— Assez bien, dus-je admettre.

— Et qu'en est-il de votre tête ?

Sa question m'étonna, et mon bras retomba sur la table. J'aurais dû me douter que l'inquiétude de John se situait à un tout autre niveau que celui de mes fesses.

— Ça va aussi, dis-je. Enfin… je crois.

Un sourire apparut sur ses lèvres, et une autre question tomba :

— Suffisamment bien pour avoir envie de poursuivre votre dressage avec moi ?

Je le fixai, le souffle court. Me faisait-il une offre ?

— Pour ma part, poursuivit-il, je serais ravi de vous avoir comme soumise.

Ces paroles me frappèrent en plein cœur, et j'eus étrangement envie d'éclater en sanglots. Alors, je ne l'avais pas déçu ? Il voulait toujours me revoir ?

— Avez-vous envie de poursuivre cette aventure avec moi, Annabelle ?

Mon visage s'illumina, mais, avant que je puisse laisser échapper le « oui » qui me brûlait les lèvres, John leva une main pour me contraindre au silence.

— Prenez le temps d'y réfléchir. Ce n'est pas le genre de décision que l'on prend à la légère, vous vous en doutez.

Je baissai de nouveau la tête et fixai mon plat, confuse qu'il m'ait refusé mon droit de parole. Avait-il compris que j'étais prête à accepter son offre sans la moindre hésitation ? Pourtant, il avait raison. J'étais encore éblouie par ces dernières heures. J'avais vécu des instants troublants, difficiles et d'une intensité folle. Étais-je réellement prête à recommencer ?

— Vous avez eu un aperçu de mes exigences, mais je suis resté relativement sage. Si vous acceptez de m'être soumise, nous devrons signer un contrat pour officialiser les choses. N'acceptez que si vous vous sentez prête à me vouer une totale obéissance.

— N'est-ce pas… ce que j'ai fait ? demandai-je, troublée par sa mise en garde.

Son sourire devint tendre, et il se pencha pour caresser mon visage du revers de la main.

— Vous n'êtes qu'à l'aube de votre formation, Annabelle. Beaucoup d'épreuves restent à venir.

Je déglutis nerveusement et baissai les yeux.

— Vous allez me donner à d'autres hommes…, soufflai-je.

— Je vais vous offrir, oui, mais c'est vous qui devrez vous donner, Annabelle. (Je fermai les yeux, prise d'un léger vertige devant cette perspective.) Vous ne vouliez pas du fouet, non plus, dois-je vous le rappeler ? (Je levai vers lui un regard que j'essayai de ne pas rendre réprobateur.) N'en avez-vous pas ressenti du plaisir, mademoiselle ? Votre sexe était pourtant inondé après notre séance de ce matin.

— Oui, chuchotai-je, honteuse de l'admettre.

— Et puis nous n'en sommes pas encore là, dit-il d'une voix rassurante. Plus vous me ferez confiance, plus je serai en mesure de vous guider. Ne vous ai-je pas prouvé à quel point je sais ce qui est bon pour vous ?

Troublée, je hochai piteusement la tête.

— Oui, monsieur.

— Ce ne sera pas toujours aussi agréable, vous devez en être consciente. C'est qu'il y avait longtemps que je vous désirais.

Je souris timidement. Et moi donc ! J'avais encore du mal à croire tout ce qu'il m'avait fait vivre depuis hier.

— Vous devez comprendre que je ne vous donnerai pas toujours du plaisir, Annabelle. Je ne vous dois ni la jouissance ni l'orgasme, mais je tenais à vous démontrer que je pouvais aisément vous l'offrir.

— Oui, acquiesçai-je avec un sourire que je ne parvenais pas à masquer. Je l'ai bien compris.

Le silence s'installa dans la pièce, et je me risquai à continuer mon repas.

— Dois-je comprendre que je peux faire rédiger ce contrat ? me demanda-t-il encore.

Je terminai ma bouchée et relevai un visage lumineux vers lui.

— Oui, Maître.

— Vous n'êtes pas obligée de répondre tout de suite.

— Non. Je… Dressez-moi, s'il vous plaît.

Ma réponse lui plut. Je le remarquai à son regard, fier. J'étais moi-même ravie des mots que je venais de lui offrir.

— Je suis content de votre choix, dit-il enfin. Cependant, si vous souhaitez rencontrer d'autres Maîtres pour bien vous assurer que je suis celui qui convient…, n'hésitez pas à m'en faire part.

Mon souffle se bloqua dans ma gorge.

— Vous ne… voulez pas de moi ?

— Annabelle ! lança-t-il avec un rire. Qu'allez-vous croire, là ? Bien sûr que je vous veux ! Mais il est de mon devoir de vous dire toutes ces choses, de même que vous serez libre de me quitter quand bon vous semblera, contrat ou non.

Il se remit à rire alors que je restais là, au bord des larmes. Quand il comprit que j'avais du mal à retrouver ma respiration régulière, il se pencha pour poser la main sur la mienne.

— Annabelle, qu'est-ce qui vous inquiète ?

— Rien, enfin… je comprendrais si… vous ne vouliez plus de moi…

— Après tout ce que j'ai fait pour vous avoir ? se moqua-t-il. Vous croyez que ce week-end m'a suffi ?

Ses mots me firent un bien fou, et je pris un moment pour me ressaisir, consciente de ne pas lui avoir tout dit.

— C'est que… Laure est tellement plus belle… et plus jeune aussi.

— Et plus soumise, évidemment.

Je rentrai la tête dans les épaules et rougis, mal à l'aise devant cette comparaison qu'il faisait entre elle et moi. Comment pouvais-je me mesurer à Laure ? Nous étions si différentes ! Pour attirer mon attention, John exerça une pression supplémentaire de ses doigts sur les miens.

— Malgré la beauté et le jeune âge de Laure, votre corps m'est tout aussi désirable. Ne vous l'ai-je donc pas suffisamment prouvé ?

Je ris timidement :

— C'est vrai.

— Aimeriez-vous que je vous le prouve encore ?

Sa question me fit me raidir sur ma chaise, et mon sourire lui répondit bien mieux qu'aucun de mes mots. Il pointa mon repas du menton avec un air amusé.

— Terminez d'abord votre plat. Je vous attendrai au sous-sol. Nue, bien sûr.

Je me dépêchai d'engloutir les dernières bouchées alors qu'il sortait de la pièce. Je lavai mes couverts, me brossai les dents tout en retirant mes vêtements d'un geste précipité. J'eus du mal à ne pas courir pour le rejoindre. J'étais toujours aussi affamée. De lui.

.

CHAPITRE 30

PLUS RIEN À SE DIRE

Lorsque je rentrai chez moi, il faisait déjà noir, et mon ventre gargouillait encore. Je me jetai sur le frigo, à la recherche de quelque chose à manger. Je me rabattis sur un plat congelé que je plaçi dans le four à micro-ondes. Alors que je plongeais la main dans un sac de gâteaux à apéritif en attendant que mon repas soit prêt, une voix me parvint :

— Anna ?

Je délaissai mon encas pour me diriger vers l'entrée, où se trouvait Steven, sur le seuil de mon appartement.

— Depuis quand tu es là ?

— Une dizaine de minutes. Pourquoi ? répondis-je, surprise par sa question.

— C'est que… j'ai téléphoné et… je pensais que…

— Ah !

Possible qu'il aurait préféré que je sois absente. Avec raison, d'ailleurs, car j'étais également gênée de me retrouver face à lui, surtout après ce que je venais de vivre avec John.

— Ne t'occupe pas de moi, lançai-je en retournant à la cuisine.

Il me suivit, me regarda me verser des gâteaux apéro dans un plat et sortir mon repas du four à micro-ondes.

— C'est ça, ton dîner ?

— J'ai faim, et ça ne me disait rien de cuisiner.

— Tu aurais pu te commander quelque chose !

Je relevai la tête vers lui, légèrement agacée par sa remarque.

— Steven, qu'est-ce que tu fais ici ?

— Je venais… récupérer le reste de mes affaires.

D'un signe de la main, je lui pointai la chambre où j'avais regroupé l'ensemble de ce qui lui restait à prendre.

— Ne te gêne pas pour moi.

Je filai au salon, mes plats posés sur un petit plateau. J'allumai la télévision et fis comme si Steven n'était pas là. J'espérais qu'il parte rapidement. Après ce que je venais de vivre avec John, un mélange de culpabilité et de certitude m'envahissait. Même si j'étais persuadée d'avoir fait le bon choix, c'était d'autant plus déstabilisant de me retrouver en face d'un avenir qui n'existait plus.

— Est-ce que… tu es avec lui, maintenant ? demanda-t-il soudain, toujours planté dans un coin de la pièce.

Je fermai les yeux, un sanglot dans la gorge.

— Prends ce que tu veux et va-t'en, chuchotai-je. S'il te plaît.

Il soupira tristement, puis je l'entendis disparaître dans ce qui avait été notre chambre. Il ouvrit des tiroirs, l'armoire, faisant un bruit considérable pour me faire comprendre que ma froideur le contrariait. Un sac poubelle à la main, il revint vers moi d'un pas rapide.

— Dis-moi au moins qu'il n'a pas couché dans notre lit !

— Il n'a pas couché dans notre lit. Il n'est même jamais venu ici. Ça te va ? grondai-je.

Il laissa tomber le sac par terre et vint s'asseoir sur la table de salon, en face de moi.

— Tu l'aimes ?

— Il ne s'agit pas de ça, répondis-je très vite.

— Quoi ? C'est juste pour le sexe ? Annabelle, tu te rends compte ? On allait se marier !

Je pris un moment avant de répondre. Était-ce pour le sexe ? Peut-être au départ, mais ce n'était plus seulement cela, aujourd'hui. Pendant des années, je m'étais investie dans mon travail et mon couple, résolue à réussir ma vie sur tous les plans. Progressivement, je m'étais mise de côté dans cette équation. Et, si je me souvenais très bien de l'amour que j'avais eu pour Steven, tout cela paraissait n'être qu'un lointain souvenir après un tel week-end… Ou peut-être mes sentiments pour lui s'étaient-ils émoussés avec le temps ?

— Je m'excuse, dis-je enfin. Je ne sais pas comment t'expliquer ce qui se passe, mais… j'ai besoin de vivre ça avec lui.

Son visage se rembrunit, et il souffla d'énervement.

— Qu'est-ce que ça veut dire ? Que tu veux baiser avec lui avant de prendre ta décision ? Tu crois peut-être que je vais te reprendre après ça ?

Je secouai la tête, embêtée. J'étais incapable de lui expliquer ce que je ressentais. Même si je n'avais pas encore signé ce contrat, j'avais déjà la sensation d'appartenir à John.

— Alors quoi ? On annule tout ? s'emporta-t-il. Même le mariage ? Est-ce que tu te rends compte que tu fiches notre vie en l'air pour ce gars tordu ?

J'arborai un air coupable.

— Écoute, je sais que c'est ma faute, et je paierai ma part.

Il me foudroya du regard.

— C'est ça, ta réponse ?

Il frappa le sol d'un pied, et tout vibra dans l'appartement. Je me sentais coupable de le faire souffrir, mais mieux valait en finir d'un coup sec. Ma décision était prise. Après ce week-end, je n'avais qu'une envie : devenir la soumise de John. Même si cela m'effrayait. Même si je n'étais pas certaine d'être à la hauteur de ses attentes. Il fallait que j'essaie. J'avais fait le choix de lui appartenir et je compris que cela n'impliquait pas seulement mon corps, mais tout ce que j'étais.

Steven restait là, attendant probablement que je m'explique, mais je n'en fis rien. Je n'allais que le décevoir, de toute façon. Est-ce qu'il ne valait pas mieux en rester là ?

— Je vois. Tu as couché avec lui. C'est ça, hein ? en déduisit-il.

— Oui.

Il ferma les yeux et détourna la tête, puis il grommela et se releva vivement. Je l'entendis boucler ses valises en pestant :

— Alors on n'a plus rien à se dire.

Je relevai les yeux et le regardai sortir de mon appartement. Et de ma vie.

CHAPITRE 31

LE PROCHAIN TOME

Au travail, la routine reprit rapidement le dessus. J'avançai mes lectures pour Rose Bonbon, rencontrai mes collaborateurs, terminai plusieurs dossiers. Il me semblait avoir été déconnectée de *Quatre Vents* depuis que John était entré dans ma vie. Après le déjeuner, Nadja entra dans mon bureau.

— Félicitations !

— Pourquoi ?

— Le tome 3 de « Fantasmes » est bouclé. Avec de la chance, on pourra le sortir le mois prochain ! (Je ris de la voir aussi enthousiaste.) Tu as vraiment assuré, Annabelle. Tu sais que Jason est très fier de toi ? En plus, John lui a téléphoné ce matin, il paraît qu'il songe déjà au quatrième tome !

J'eus du mal à ne pas sourire en me remémorant ce qu'il m'avait dit alors que j'étais sous son bureau en train de lui faire une fellation.

— Tu sais, si John publiait tous les textes qu'il met de côté, il y aurait déjà de quoi faire un autre tome.

— Je sais ça, mais il tient à ses règles. Et puis, de toi à moi, il est un peu prétentieux, tu ne trouves pas ?

— Il peut l'être, vu tout le succès qu'il a…

Elle pinça les lèvres et fit la moue.

— Tu crois que c'est vrai ce qu'il écrit ? Toutes ces histoires de sadomaso ?

Gênée par sa question, je fis un geste de la main pour la faire taire.

— Euh… Nadja… si tu veux lui demander quelque chose… appelle-le. Et tu m'excuseras, mais je dois m'occuper de ma collection.

— Ah, euh… OK. (Elle se racla la gorge.) En fait, reprit-elle sur un ton plus ferme, je venais te demander si tu pouvais convenir d'une date de lancement avec John et d'un titre avant que ça parte à l'impression.

Techniquement, on devrait pouvoir sortir son livre autour du 20, mais Jason aimerait qu'on fasse une soirée pour marquer le coup. Je pensais à un truc sadomaso : des serveurs habillés en cuir, une salle un peu sombre…

— Nadja ! grondai-je.

— Quoi ? Ça pourrait être drôle ! Et ça lui plairait peut-être ? Vois ça avec lui, tu veux ?

Elle m'offrait l'occasion de téléphoner à John, et je la rabrouais : c'était le monde à l'envers ! Dès que Nadja sortit de mon bureau, je me jetai sur le combiné.

— Bonjour, Annabelle.

— Bonjour John. Comment allez-vous ?

— Vous m'appelez John, dois-je comprendre que je parle à mon éditrice ?

— On ne peut rien vous cacher, dis-je avec une joie non feinte. Nadja sort tout juste de mon bureau. Elle est très contente de ce que nous allons publier. Elle a déjà des tas d'idées pour le lancement.

— Je lui ai justement parlé ce matin.

— Vous a-t-elle parlé de la soirée à thème ?

— « Soirée à thème » ? répéta-t-il, confus.

— BDSM, serveurs en cuir et ce genre de choses…

Le rire de John reprit, plus fort cette fois.

— Elle a de la suite dans les idées ! Bah ! Si ça lui plaît, laissez-la donc s'amuser.

— Bien. Et… avez-vous réfléchi à un titre ?

— Je me disais… : *Petits Jeux pervers*. Qu'en pensez-vous ?

— Ça devrait aller. J'en parlerai avec Nadja. Elle est déjà en train de vérifier les délais avec l'imprimeur et les distributeurs. Elle aimerait que la sortie se fasse en août.

— Voilà qui avance à grands pas !

Il continuait à rire, et cette musique était fort agréable à entendre.

— Elle espérait qu'on fixe une date pour l'événement, ajoutai-je.

— Bien sûr…

Je l'entendis feuilleter son agenda, puis il suggéra la mi-août, un vendredi soir. Je le notai sur un bout de carton.

— Bien, dis-je avec une petite voix, alors c'est tout pour moi.

— Vous a-t-elle fait part de tout le bien que j'ai dit sur vous ?

— Sur mes talents d'éditrice, j'espère !

— Bien évidemment. Quoique j'aurais eu les mêmes éloges à votre endroit à propos de vos autres talents.

Mes joues s'empourprèrent, et je fermai les yeux un moment, pour me ressaisir.

— Vous a-t-elle parlé du quatrième tome que j'envisage d'écrire très vite ?

— Attendons la publication du troisième, vous voulez bien ?

— Pourquoi ?

Devant la pointe de déception que je perçus dans sa voix, je m'expliquai, très vite :

— C'est que… je dois aussi m'occuper de ma collection…

— Moi qui croyais que vous aimiez nos rencontres, trois fois par semaine ?

— Oui, admis-je, mais j'ai d'autres auteurs, aussi. Et puis commencez donc par écrire des textes…

— Oh, mais j'ai des textes, mademoiselle ! On m'a beaucoup inspiré ces derniers jours. Et quelque chose me dit qu'on m'inspirera encore, très bientôt…

Malgré tout le sérieux que je tentais de conserver, je n'arrêtais plus de rire comme une jeune fille bêtement amoureuse. Je me laissai retomber dans ma chaise, la fit pivoter pour faire face à la fenêtre, et ce geste tout simple me donna l'impression d'avoir plus d'intimité avec lui.

— Vous comptez écrire… ça ?

— C'est déjà tout écrit. Enfin… presque. Je n'ai qu'un brouillon pour le moment.

— Mais… vous comptez publier ces textes ? questionnai-je, légèrement anxieuse à cette idée.

— Si je ne mentionne pas votre nom, qui s'en soucie ? (Mon cœur battait la chamade, et je déglutis nerveusement.) Vous devriez en être flattée, mademoiselle.

— C'est que… John ! Je suis… gênée.

— Il ne faut pas. Vous m'inspirez, n'est-ce pas une bonne chose ? En tant qu'éditrice, vous ne pouvez pas être contre l'avancement de mon travail, pas vrai ?

Sa façon de tourner cette information à la légère me troubla, et je gardai le silence, confuse de la position dans laquelle il me plaçait.

— En tant qu'éditrice, vous aurez toujours le dernier mot sur mes textes, ajouta-t-il. Si quelque chose vous déplaît, il vous suffira de le retirer. N'est-ce pas un juste retour des choses ?

— Je suppose que oui.

Malgré ma nervosité, je tentai de retrouver mon calme. Après tout, il avait raison : si quelque chose m'embêtait dans l'un de ses textes, il me suffisait de le refuser ou de lui demander d'effectuer certaines modifications.

— Quel est le problème, Annabelle ?

— C'est juste que… je n'ai pas vraiment envie que tout le monde sache…

— Quoi ? Que vous êtes ma soumise ? En auriez-vous honte ?

Troublée par sa question, je pinçai les lèvres. Oui, j'avais honte. Je ne pouvais pas imaginer que mes collègues de bureau sachent le pouvoir que John Lenoir avait sur ma personne. Et encore moins mes patrons.

— Techniquement, finit-il par ajouter alors que le silence s'éternisait, vous n'êtes pas encore ma soumise. Nous n'avons toujours pas signé de contrat…

— C'est que… il se trouve que je viens à peine de rompre avec Steven. Et je n'ai pas du tout envie qu'on sache que… Enfin… tout ça est de l'ordre du privé. Et vous êtes mon auteur, ce n'est pas très professionnel, vous savez.

— Hum…

Il réfléchit longuement. J'entendais sa respiration au bout du fil.

— Comme vous l'avez sûrement remarqué, hormis pour moi-même, je n'utilise jamais les véritables noms dans mes histoires. J'éviterai donc de parler de vous comme d'une éditrice. Bibliothécaire, cela vous plairait-il ?

Je souris en me remémorant la remarque de Maître Denis à ce sujet.

— Je suppose que ça ira.

— Alors voilà, dit-il simplement. Pour le reste… disons que ce sera notre petit secret ?

Je soupirai de soulagement.

— Merci.

— Bien. Il faut que je me sauve, mais je suis content que vous ayez téléphoné, Annabelle. Je vous donnerai des nouvelles dans le courant de la semaine.

— Euh… bien. Merci, John. Au revoir.

Lorsqu'il raccrocha, je me laissai retomber dans ma chaise, déçue qu'il ne m'ait pas donné de nouveau rendez-vous. Combien de temps allait-il me faire languir ?

CHAPITRE 32

LE CONTRAT

John ne téléphona que le jeudi suivant, en soirée. Il me demanda mon adresse et m'avisa qu'il serait là dans moins de vingt minutes. Je sautai sous la douche, me rasai à toute vitesse, mis de l'ordre dans l'appartement – vide depuis que Steven avait récupéré une partie de ses meubles. J'étais dans tous mes états. Je l'attendis, vêtue d'une petite nuisette, mais lorsqu'il arriva il me jeta un regard noir.

— Nue, mademoiselle !

Devant son ton sec, je sursautai, puis retirai mon seul vêtement que je laissai tomber sur le sol.

— Quand je viens à vous, vous devez être prête, me suis-je bien fait comprendre ?

Espérant faire amende honorable, je m'agenouillai devant lui, en position de soumise. Il fit le tour de l'appartement, jeta un coup d'œil aux différentes pièces, puis s'installa dans le canapé.

— C'est joli.

Il sortit divers documents de son sac et les déposa sur la table du salon.

— Approchez, Annabelle. En chienne.

À quatre pattes, j'avançai vers lui, jusqu'à ce que je sois à ses pieds. Il pointa les papiers du doigt.

— Voici le contrat. C'est exactement le même que celui que je vous ai envoyé par mail. Cela stipule que je pourrai manipuler votre corps à ma guise : le torturer, l'offrir…, tout ce que je veux. En contrepartie, je vous guiderai à travers vos épreuves.

Je jetai un coup d'œil au document avec un serrement dans la poitrine. Nous y étions enfin. J'étais à la fois effrayée et excitée. J'attendais ce moment depuis le dimanche précédent. N'était-ce pas la preuve qu'il me voulait encore ?

— Vous l'avez déjà lu, je présume ? me demanda-t-il.

— Oui, monsieur.

— Avez-vous des questions ?

Je déglutis nerveusement.

— Y a-t-il quelque chose de légal, dans tout ça ?

Il me lança un regard noir.

— Ne soyez pas idiote ! Aucune loi ne permettrait que vous vous donniez à moi corps et âme, vous seule le pouvez !

Il détourna la tête, et je compris que je l'avais de nouveau énervé. Une longue inspiration plus tard, il reporta son attention sur moi.

— Voulez-vous toujours être ma soumise, Annabelle ? reprit-il sur un ton plus doux.

Ma gorge se noua, et je baissai la tête.

— Ce serait un honneur, monsieur.

— Alors signez. Il se trouve que j'attends ce moment depuis très longtemps et je commence à m'impatienter de vous avoir enfin à mon service.

D'une main tremblante, je récupérai le stylo et signai le document sans relire les clauses. John se pencha, détacha l'une des feuilles, la laissa sur la table, puis rangea le reste du document dans son sac.

Au lieu de me faire languir, il caressa mon cou et empoigna l'un de mes seins.

— Vous êtes très belle, mademoiselle. Me permettrez-vous de passer la nuit ici ?

Sa question fit naître une chaleur intense dans mon ventre, et je hochai la tête.

— Bien sûr, monsieur, bredouillai-je. Vous êtes… le bienvenu.

Ses mains emprisonnèrent mon visage et le remontèrent vers le sien.

— J'avais très hâte de vous revoir.

— Moi aussi, soufflai-je.

— Levez-vous.

Je m'exécutai. John sembla inspecter mon corps, me faisant tourner devant lui.

— Avez-vous encore des douleurs de notre dernière séance ?

— Non, monsieur.

— Bien. Il faudra m'annoncer quand vous aurez vos règles, aussi.

— Oui, monsieur.

Sa main glissa entre mes cuisses, et je laissai échappai un soupir lorsqu'il enfouit deux doigts dans mon sexe.

— Je vois que ma petite visite-surprise vous excite.

— Oui.

Il se leva à son tour et me fixa longuement pendant qu'il me faisait nettoyer ses doigts, en les frottant sur ma langue avec rudesse.

— Si vous retiriez mes vêtements ? demanda-t-il avec une expression plus douce.

Je me dépêchai de déboutonner sa chemise en essayant d'être la plus adroite possible, mais mes gestes démontraient mon empressement. Je m'agenouillai pour défaire sa ceinture, descendis son pantalon et son caleçon pour dévoiler un sexe déjà bien dur.

Lorsqu'il fut entièrement dénudé, je relevai les yeux vers lui, la bouche à la hauteur de son pénis, presque au bord de mes lèvres.

— Me permettez-vous, monsieur ?

— J'espérais bien que vous me feriez cette offre, dit-il avec un large sourire.

Je me jetai sur son sexe, affamée. Sa main se posa sur ma tête, me guida pendant les premiers coups, instituant un rythme plus lent que la dernière fois. C'était parfait pour moi. Tant pis pour mes genoux et pour mon équilibre. Je laissai mes bras noués derrière mon dos et me concentrai sur les signes de son plaisir. Sa respiration me paraissait régulière, et il n'eut aucun gémissement, même si certains spasmes légers agitaient son ventre. Je m'appliquai davantage, pinçai les lèvres, comme me l'avait appris Laure, le laissai s'enfoncer plus loin, résistant aux réflexes de révulsion qui me prenaient. Un premier soupir franchit ses lèvres, puis un second. Il murmura mon nom, puis sa main m'obligea à accélérer le rythme, me poussant plus avant contre son sexe. Je détestais cela, mais je m'appliquai du mieux que je le pouvais du fait de ma position contraignante. Son sperme m'inonda la bouche alors que je ne m'y attendais pas, et il me maintint en place d'une main en laissant échapper un râle bruyant. J'étouffais et je dus retenir ma respiration quelques secondes, espérant qu'il me libérerait bientôt. Dès que sa main me relâcha, je reculai dans un bruit sourd, emplissant mes poumons d'air frais, ce qui le fit rire.

— Allons dans votre chambre, intima-t-il tout en s'éloignant de moi.

Je le suivis jusqu'à mon lit, y grimpai à sa demande. John m'ordonna de m'y placer à quatre pattes et profita de ma position pour caresser mon flanc.

— Je vois qu'il reste encore quelques traces de notre dernière séance, constata-t-il. C'est douloureux ?

— Non.

Il claqua bruyamment l'une de mes fesses, et cela me fit sursauter.

— Tu sais que j'y ai beaucoup pensé, ces derniers jours ?

Encore le même geste, plus fort cette fois. Je serrai les dents.

— Ton cul m'excite beaucoup, Annabelle.

J'avais déjà le ventre retourné devant cette annonce. Il n'était pas difficile de deviner ce qu'il prévoyait.

— As-tu envie que je t'encule, dis-moi ?

— Si vous le souhaitez, monsieur, répondis-je, la gorge nouée.

Une autre claque me poussa vers l'avant.

— Est-ce que cela t'effraie toujours ?

— Un peu.

— C'est bien. Cela n'en sera que plus agréable.

Il glissa un doigt dans mon sexe pour l'humidifier puis l'inséra dans mon anus, sans aucune difficulté. Je me braquai légèrement alors qu'il effectuait un mouvement de va-et-vient.

— Quel magnifique petit cul ! Juste à moi, chuchota-t-il, visiblement heureux.

Il écarta les parois pour infiltrer un deuxième doigt. Je me raidis. C'était désagréable et horriblement gênant.

— Je ne te l'ai pas dit, Annabelle, mais je suis très honoré d'être le premier à te prendre de cette façon. À te faire jouir de cette façon, aussi.

— Moi aussi, monsieur.

— Parce que tu as joui, n'est-ce pas ? insista-t-il en amplifiant son mouvement.

— Oui, monsieur, répondis-je, d'une voix trouble.

— Toutes les fois ?

— Oui, soufflai-je en sentant mon corps lui céder.

Je fermai les yeux, aux prises avec des sensations exquises. Ses frottements déclenchaient de petites tornades agréables dans mon ventre, et, même s'il n'y touchait plus, mon sexe palpitait d'envie.

— Cela te plaît-il ?

J'avais du mal à trouver la voix et les mots pour lui répondre.

— Annabelle ?

— Oh, monsieur… continuez ! le suppliai-je.

Il faufila d'autres doigts dans mon sexe, les fit aller à la même cadence. Ma peau s'étirait sous ses gestes. Mais que m'importait ? Ma tête oubliait tout ce qui n'était pas cette délicieuse friction qu'il m'offrait. Un spasme secoua mon corps, et un grondement franchit mes lèvres. J'eus peur de jouir, aussi chuchotai-je, à bout de souffle :

— Prenez-moi, monsieur.

— Soyez plus précise, mademoiselle.

Je me perdais dans la jouissance. Je ne comprenais pas ce qu'il voulait.

— Dites-moi ce que vous voulez que je vous fasse, Annabelle. Précisément.

— Enculez-moi. Oui !

J'avais l'impression d'avoir donné la bonne réponse, celle qui me permettrait de ne plus réfléchir. Ses doigts quittèrent mes orifices, et son sexe me prit sans douceur. Les parois de mon anus s'écartèrent davantage, mais cette douleur, je la connaissais désormais. Elle n'avait jamais annoncé que du plaisir. Un plaisir auquel je n'avais jamais aspiré auparavant. Dès qu'il fut au plus profond de moi, je gémis :

— Merci, monsieur.

La main de mon Maître caressa mon dos, puis ma croupe. Il écarta mes fesses jusqu'à m'en faire mal, puis une main se posa sur ma hanche et me tira contre lui. Le plaisir s'infiltrait dans tous les pores de ma peau. Je hoquetais de joie à chacun de ses coups de reins brusques.

Ses doigts m'empoignèrent, écartèrent mes cuisses alors que son sexe me ravageait de plus en plus vite. J'allais perdre la tête.

— Monsieur… je vais… Oh !

— Attends encore. J'y suis presque.

Ses mains empoignèrent ma gorge et me remontèrent vers l'arrière. Pendant un instant, je me débattis, consciente d'être sur le point de manquer d'air. Je me redressai davantage pour retrouver mon souffle, mais il me repoussa vers l'avant pour me pénétrer plus vite, ses doigts toujours autour de mon cou.

— Annabelle, viens ! Viens avec moi !

J'étouffais ! Et, pourtant, mon corps continuait à réagir à ses pénétrations. Je fermai les yeux, oubliai le manque d'air et bloquai ma respiration, les sens étonnamment en alerte. Lorsqu'il relâcha ma gorge et que l'air revint dans mes poumons, un spasme violent secoua mon corps.

Mon dos se redressa, comme un nageur qui sort de l'eau, à la recherche d'oxygène, puis un cri surgit, et je ne le retins pas. Mon Maître me serra contre lui pendant que je me débattais, portée par un orgasme si intense qu'à la seconde où le calme revint dans mon corps j'éclatai en sanglots contre lui.

Ses bras m'enveloppèrent doucement, et son rire résonna tout près de mon oreille.

— Décidément, se moqua-t-il, j'adore ce cul.

Encore dans un état second, je restai là, contre lui, à savourer l'air qui entrait dans mes narines.

Lorsque John s'étendit sur le matelas, il me ramena contre lui. Je profitai de ce moment d'accalmie et caressai son torse. C'était si agréable de sentir sa peau sous mes doigts !

— Dis-moi, Annabelle, as-tu bien respecté ta promesse ? Tu ne t'es pas caressée, cette semaine ? me demanda-t-il soudain.

Je relevai des yeux taquins vers lui.

— Bien sûr que non. Mon auteur ne me fournit pas beaucoup ces temps-ci. Je n'ai que de vieux textes à me mettre sous la dent.

Son sourire me fit chaud au cœur, mais il feignit un ton réprobateur :

— Attention, jeune fille ! Vous en recevrez probablement la semaine prochaine. Cela ne veut pas dire que vous aurez le droit de vous toucher. Vous comprenez ?

— Oui, monsieur.

Je plaquai un baiser sur son torse.

— Peut-être que vous devriez changer d'éditrice, tout compte fait.

— Pas question ! Vous n'avez qu'à être une bonne fille !

D'humeur badine, je rigolai.

— Si vous m'envoyez de nouveaux textes, je serai obligée de vous téléphoner toutes les cinq minutes pour vous demander la permission de me caresser.

Il me répondit d'un baiser sur la tempe.

— Toutes les cinq minutes ? Je ne vous savais pas si gourmande, mademoiselle.

— Moi non plus, pouffai-je. Et si vous m'empêchez de me toucher, je ne pourrai pas les lire. Cette collaboration ne sera plus très productive…

Je ne cessais plus de rire, et il me le rendait bien.

— Il faudra revenir me voir trois fois par semaine, alors. Vous pourrez lire devant moi. (Sa bouche glissa dans le creux de mon cou, me faisant instantanément perdre le fil de la conversation.) Vous caresser devant moi…

Ses lèvres embrasaient ma peau, et je m'accrochai à sa nuque pendant qu'il grimpait sur moi. Il lécha mon ventre, mordilla mes seins jusqu'à ce que je gémisse de douleur. Ces cris l'excitaient. Contre ma cuisse, je percevais son sexe qui reprenait de la vigueur chaque fois qu'il me soutirait une plainte.

— Annabelle, souffla-t-il en remontant vers moi, votre corps est une telle source d'inspiration.

Il m'écarta les cuisses, me prit sans attendre, et je m'abandonnai au plaisir que ce premier coup de reins annonçait.

— Votre jouissance est un spectacle grandiose, mademoiselle. Je ne m'en lasse pas.

De ses mains, il souleva mon bassin et me pénétra de façon langoureuse, en poussant sur ses jambes pour me prendre tout entière.

— Caressez-vous pour moi, mademoiselle.

Sous son ordre, je glissai mes doigts sur mon clitoris. J'étais excitée et à fleur de peau après mon précédent orgasme. John fixait nos sexes qu'il imbriquait doucement, à cadence régulière. Au premier râle de plaisir que je laissai échapper, il se pencha sur moi pour venir l'étouffer d'un baiser. Cette lenteur était exquise. Si différente de nos ébats habituels. Je fermai les yeux et retins mes gestes ; autrement, j'allais perdre la tête trop vite.

— Annabelle, ne vous retenez pas.

Il remonta l'une de mes jambes sur son épaule et augmenta le rythme de ses pénétrations. Le plaisir devint incontrôlable. Et plus je gémissais, plus John accélérait. Dès que l'orgasme me submergea, je serrai les cuisses, bloquée par son corps. Un liquide se déversa sur son sexe, mais il poursuivit son mouvement, en retrouvant sa précédente lenteur.

— Pardon, chuchotai-je.

— Chut ! Voyons voir combien d'orgasmes vous pouvez avoir en une nuit. (Il jeta un coup d'œil au réveil, et son sourire s'élargit.) Déjà deux, et il n'est que 23 heures. Quel est votre record, mademoiselle ?

— Combien en ai-je eu la dernière fois ? lançai-je, en lui jetant un regard de feu.

Il rigola contre ma bouche.

— Trop pour les compter, je crois.

Je le serrai contre moi, émue devant les images de notre dernier week-end.

— Trop. Ça me va, dis-je.

— C'est justement mon chiffre préféré.

Je ris, puis je le poussai sur le dos pour venir le chevaucher, mais, dès que je fus juchée sur lui, il me lança un regard sombre, et sa main bloqua mes gestes.

— Vous ai-je donné la permission, jeune fille ?

Je me figeai.

— Je voulais seulement… vous donner du plaisir…, bredouillai-je.

Il écrasa mes fesses avec force, jusqu'à me faire grimacer de douleur.

— La prochaine fois, il faudra demander, gronda-t-il.

— Je… Oui, Maître.

D'un léger coup de tête, il me permit de reprendre mes va-et-vient, ce que je fis avec un air troublé. Dès qu'il s'abandonna à mes mouvements, j'en oubliai cet intermède. Sa jouissance était agréable à regarder, et je n'avais que peu souvent l'occasion d'y assister. J'accélérai le rythme, caressai son torse de mes doigts. Ses mains se posèrent sur mes seins, les malmenèrent jusqu'à ce que je réagisse à la douleur. Son sexe gonflait chaque fois qu'il percevait la souffrance sur mon visage. Dès que je laissai échapper un cri, il força mon corps à se mouvoir plus rapidement sur le sien. Dans ce balancement frénétique, le lit se mit à frapper contre le mur de ma chambre, et il se mit à jouir, fort. Avec un grognement, il m'immobilisa pendant que son sexe m'inondait, puis resta soudé à moi pendant de longues minutes avant de m'accorder de nouveau son attention. Sans un mot, il passa une main entre nous et vint coller deux doigts contre mon clitoris. Mon bassin se redressa pour lui permettre de me toucher à sa guise, puis se mit à onduler sur lui pendant qu'il générait de petites décharges dans tout mon corps. Usant de sa main libre pour caresser mon visage, John plongea son pouce entre mes lèvres. Je le suçai, en proie à un délicieux vertige. Je dus me faire violence pour ne pas me déhancher davantage contre ses secousses agréables, et bien davantage pour éviter de le mordre pendant que je perdais la tête.

— Magnifique, dit-il alors que je revenais doucement à moi.

Combien d'orgasmes m'offrit-il cette nuit-là ? Je ne les comptais plus. John inspectait chaque partie de mon corps avec minutie, comme pour tenter d'en découvrir les zones les plus sensibles. Et moi, je succombai sans réserve aux mains de mon Maître, récoltant avec joie le fruit de ses recherches.

CHAPITRE 33

CE QUI M'APPARTIENT

Depuis que j'étais la soumise de John, je passais un week-end sur deux à sa résidence. Je me doutais que Laure avait l'autre week-end, même s'il arrivait que nous soyons présentes toutes les deux. Durant nos réunions de travail chez lui, il se plaisait à me faire languir, en position de soumise, pendant qu'il écrivait. Il me demandait de lui faire une fellation, de lire ses textes à voix haute ou de me caresser devant lui.

Entre nos rencontres, il aimait me téléphoner au bureau ou à l'appartement. Il me demandait de me caresser, de lui parler de mes fantasmes. Au travail, j'avais toujours peur d'être surprise, mais j'avais pris l'habitude de faire pivoter ma chaise face à la fenêtre. Au bout du fil, John attendait que je jouisse, puis raccrochait alors que je reprenais mes esprits.

Une fois, alors que je discutais avec mon assistante, il entra dans mon bureau, le visage livide.

— Annabelle, il faut que l'on discute !

Quelque chose m'effraya dans son ton, mais je priai mon assistante de nous laisser seuls.

— Je ne suis pas du tout d'accord avec votre proposition ! jeta-t-il avant même qu'elle soit sortie.

— Mais… quelle proposition ?

La porte se referma derrière nous, et il haussa un sourcil.

— Retirez votre culotte.

— Je… Quoi ?

— C'est un ordre, mademoiselle.

Soudain, je compris. Et j'eus peur de ce qu'il me demandait. Ici ? Au bureau ? Je me penchai pour faire tomber mon sous-vêtement sous le meuble et me redressai face à lui.

— John, si quelqu'un entrait…, ne pus-je m'empêcher de bredouiller.

Il me foudroya du regard pour me faire taire, puis se retrouva prestement à mes côtés. D'une main ferme sur ma taille, il me poussa en direction de la baie vitrée et me pencha vers l'avant. Mes mains s'écrasèrent sur la paroi de verre pendant qu'il remontait ma jupe et m'écartait les cuisses. Je n'eus qu'un bref moment de panique avant que son sexe me pénètre d'un mouvement brusque. Je fixai le néant, incapable de savourer ses gestes. J'avais la sensation que les gens de l'immeuble d'en face avaient tout le loisir de nous observer dans cette étrange position. J'étais terrifiée à l'idée que l'on nous surprenne.

Sans prévenir, il inséra un doigt dans mon anus, me ramenant prestement dans le moment présent et provoquant un soubresaut agréable dans mon corps. Je fermai les yeux, anxieuse devant ce qui s'annonçait. John voulait que je jouisse, ici, et la seule pensée que quelqu'un découvre ce qui se passait dans ce bureau me terrifiait.

— Monsieur…, non…

Il amplifia ses gestes, refusant de me libérer. Sous son coup de reins brusque, j'eus un faible râle que j'étouffai de ma main.

— Soyez discrète, mademoiselle, chuchota-t-il.

Ses doigts malmenèrent ma chemise et libérèrent ma poitrine, qu'il plaqua contre la vitre. Malgré mes craintes, je restai là, offerte à son bon vouloir. Je fermai les yeux, en proie au vertige.

— Oh… monsieur…

C'était inaudible, presque une prière. J'étais partagée entre le désir de m'abandonner à ses gestes et la volonté de lutter contre son assaut. Il augmenta la force de ses mouvements, me secouant contre la vitre, et mon corps trembla. J'étouffai le bruit de mon orgasme contre mon avant-bras, et ma gorge me brûla tant j'avais retenu mon souffle. Dès qu'il considéra que c'était suffisant, il se détacha de moi et recula d'un pas.

— Annabelle, reprenez-vous ! me gronda-t-il.

Confuse, je me retournai, en proie à un léger sentiment de panique. Je revins sur ma chaise, replaçai ma jupe, mon soutien-gorge, et tentai d'arranger ma coiffure sous son air ravi. Lorsque je fus à peu près acceptable, il hocha simplement la tête.

— Qu'avez-vous appris, mademoiselle ?

— Je… Quoi ? Comment ça ? bredouillai-je, les joues rouges et le souffle court.

— Que signifie cette intrusion de ma part ?

J'étais encore sous le choc de ce que nous venions de vivre et j'eus peur de hausser les épaules comme j'en avais envie. J'aurais aimé comprendre sa question et lui fournir la réponse sans la moindre hésitation. Et, pourtant, je restai muette.

— Vous m'appartenez, mademoiselle, dit-il enfin.

Mon sourire s'accentua, et je ne masquai pas l'émotion que ses paroles me procuraient.

— N'oubliez jamais que je peux surgir ici quand bon me semble, reprit-il.

Cela n'était pas fait pour me rassurer, mais je répliquai :

— Oui, monsieur.

— À ce titre, je vous demanderai d'être toujours prête pour ce genre de visite. Vous savez que je déteste le parfum, n'est-ce pas ?

Je me remémorai mon geste, ce matin-là. Je m'étais permis de glisser deux gouttes de mon parfum préféré derrière ma nuque. Je baissai la tête, honteuse.

— Pardon, monsieur. Je ne le ferai plus.

— Bien. Il faudra également que vous appreniez à jouir plus discrètement… à moins que vous ne souhaitiez attirer l'attention de vos collègues de travail ?

Je rougis et posai machinalement la main sur ma bouche.

— Quoique… Votre jouissance m'est tellement agréable à entendre… Je crains que cela ne m'excite plus autant si vous parveniez à vous refréner… Quel dilemme, n'est-ce pas ?

Il était là, très calme, comme s'il réfléchissait à voix haute sur un sujet qui n'était pas de mon ressort. D'un geste de la main, il caressa sa chemise, cherchant probablement à en effacer le moindre pli qu'aurait pu lui causer notre séance, puis il se releva prestement.

— Je ne vais pas vous déranger plus longtemps dans votre travail. Je venais simplement m'assurer que vous compreniez bien tout ce qu'impliquait notre contrat.

Par politesse, je me levai en même temps que lui, mais j'étais toujours dans un état second, comme si cette visite n'avait rien de réel.

— Je vous laisse le soin d'expliquer la petite colère qu'il m'a fallu improviser pour me retrouver seul avec vous.

Aussitôt, je cherchai à retrouver les mots qu'il avait prononcés en entrant dans mon bureau. Alors qu'il marchait en direction de la sortie, il ouvrit la porte, puis pivota de nouveau dans ma direction.

— Vous savez, Annabelle, j'ai le vague souvenir d'une jeune femme qui me certifiait qu'elle ne serait jamais à la hauteur de mes attentes. Cela vous rappelle-t-il quelque chose ?

Mes joues s'enflammèrent. Si je me rappelais ? Oh que oui ! Comment avais-je pu croire que je ne pouvais pas être sa soumise alors qu'aujourd'hui je n'étais plus que ça ?

— Elle avait tort, ajouta-t-il d'un air satisfait.

Touchée en plein cœur par ses paroles, je songeai à contourner ce bureau pour aller me jeter à son cou quand la voix de Nadja attira mon attention.

— Il y a un problème ?

Je dévisageai John avec anxiété, mais il tourna simplement la tête vers l'extérieur, ouvrant davantage la porte pour que ma supérieure puisse me voir.

— Tout va bien, lui assura-t-il. Ce n'était qu'un affreux malentendu. (Nadja m'envoya un regard inquisiteur.) Je disais justement à Annabelle à quel point j'étais ravi de travailler avec elle. Il me tarde déjà de reprendre l'écriture ! (Il posa une main sur l'avant-bras de ma responsable.) D'ailleurs, tout ça, c'est grâce à vous.

— Oh… eh bien… si vous êtes satisfait…

— Je suis on ne peut plus satisfait, confirma-t-il avec un regard ferme mais ironique dans ma direction.

Mes joues me brûlaient. Pourquoi faisait-il cela devant Nadja ? Visiblement ravi de l'effet qu'il provoquait en moi, il m'accorda un dernier sourire.

— Au revoir, Annabelle. Encore pardon de m'être imposé de cette façon alors que vous étiez occupée…

— Je… Il n'y a aucun problème, dis-je avec une petite voix.

Il répéta ses excuses à Nadja, puis s'éloigna. J'espérais qu'on me laisse seule. J'aurais aimé reprendre mes esprits, me cacher dans la salle de bains, me nettoyer. Je sursautai en voyant ma culotte sur le sol et je la poussai maladroitement derrière mon classeur avec un pied, mortifiée à l'idée que l'on ait pu l'apercevoir.

Nadja entra et referma la porte derrière elle.

— Annabelle, que signifie tout cela ?

— John m'a… il m'a demandé… que je lui envoie le fichier que nous avons transmis à l'imprimeur. Et je me suis trompée de version. Il a cru que son livre paraîtrait sans les dernières modifications.

— C'est tout ? Merde ! Clara a failli faire une crise cardiaque quand il est entré dans ton bureau !

— Désolée, chuchotai-je.

Elle soupira.

— L'important, c'est que ce soit réglé. Ah, ces auteurs ! Ils m'en feront voir de toutes les couleurs !

Elle quitta mon bureau, rassurée, et mon téléphone sonna. Fixant le vide avec un sourire béat, je répondis sans même regarder l'afficheur.

— Annabelle Pasquier, bonjour ?

— Bonjour Annabelle Pasquier, se moqua John.

— Je… Bonjour, monsieur.

— Je voulais seulement vous dire… que je suis très fier de vous.

Il raccrocha sans attendre ma réponse, et je restai là, au bout du fil, émue par ces paroles et par les instants que nous venions de partager, lui et moi. Je serrai le combiné du téléphone entre mes doigts avant de le déposer sur son socle. J'avais envie de pleurer. Envie de le rappeler pour lui dire que j'étais bien avec lui et combien sa visite m'avait comblée. Jamais mon corps ne m'avait semblé aussi épanoui.

CHAPITRE 34

À SA MERCI

Le week-end suivant, John s'assura de parfaire ma formation. Il m'obligea à marcher à quatre pattes, à me conduire comme une chienne docile, puis, lorsque notre séance tira à sa fin, il m'ordonna de me doucher et de le rejoindre dans sa chambre. Il m'y attendait, un long ruban rouge entre les mains.

— Je vais vous ficeler dans ce magnifique ruban, mademoiselle. Vous serez complètement dépendante de mon bon vouloir.

Je n'en ressentis pas la moindre peur. Être sa prisonnière, n'était-ce pas mon souhait le plus inavouable ? Je m'installai docilement sur son lit, le laissai nouer ma chevelure. Je le sentais torsader ma tignasse avec le ruban. Il récupéra un autre ruban, l'enroula tout le long de mon bras, de l'épaule jusqu'au poignet, où il le noua. Il recommença sur mon autre bras, puis les rassembla derrière mon dos. Je tombai à plat ventre, la croupe offerte, non sans espérer sa venue. En vain, bien sûr. Mon Maître était si concentré sur sa tâche que j'avais l'impression qu'il ne me regardait même pas. Il noua mes jambes, glissa un ruban entre les lèvres de mon sexe, entre mes fesses, le fit remonter le long de mon dos, l'attacha avec le ruban qui retenait mes cheveux, m'obligeant à me cambrer vers l'arrière. Il défit et refit plusieurs nœuds, me positionna différemment, plus écartée, les jambes tendues vers l'arrière, jusqu'à ce que je sois complètement immobilisée sur son lit. Il me caressa la joue avec un sourire.

— Bonne fille !

Il récupéra un autre ruban, le fit passer entre mes lèvres plusieurs fois. Il me bâillonnait ! Devant la crainte qu'il perçut dans mon regard, il me caressa la tête en chuchotant :

— Tout va bien. Si vous ressentez le moindre inconfort, clignez rapidement des yeux. D'accord ?

Je ne répondis pas. Comment l'aurais-je pu ? J'étais complètement offerte à sa volonté, ligotée, enrubannée.

— Vous êtes bien jolie comme ça.

Il récupéra un appareil photo numérique, prit plusieurs clichés de ma personne avant de les faire défiler devant moi. J'avais du mal à voir ce qu'il me montrait : j'étais pétrifiée par l'usage qu'il comptait faire de ces images, puis je me rendis compte qu'on ne m'y reconnaissait pas du tout. Mon corps n'était plus qu'une œuvre, jolie en plus. Le ruban rouge sur ma peau blanche était très esthétique. Je me surpris même à songer que cela aurait pu être la couverture de son prochain tome. Il posa l'appareil sur la table de chevet et, alors que j'espérais qu'il me libère, il disparut de la chambre, me laissant dans cette drôle de posture pendant de longues minutes.

Je fermai les yeux, essayant de ne pas céder à la panique. Seule, je n'étais plus aussi rassurée qu'en sa présence. Pourquoi m'abandonnait-il ainsi ? Je le compris dès son retour : il avait envie de me fouetter. Il brandit sous mon nez la cravache qu'il tenait en main.

— Il serait dommage de ne pas profiter de votre docilité, n'est-ce pas ?

Malgré la peur qu'il venait de provoquer en moi et à laquelle il n'accorda aucune importance, il se plaça derrière moi et enfouit deux doigts dans mon sexe, ce qui me tira un gémissement.

— Vous êtes bien excitée, mademoiselle. Je ne savais pas que le fouet commençait à vous plaire !

À dire vrai, il ne me plaisait pas du tout ! Mais je savais ce qu'il annonçait : la souffrance, puis une baise qui me mènerait à l'extase. Pourquoi mon corps cédait-il à tous ses caprices alors que ma raison essayait de refuser la suite du programme ?

Avec des gestes lents, John caressa ma croupe, écarta mes fesses, et je l'entendis soupirer à l'idée de ce qui se préparait. Il me faisait languir. Pourquoi n'en finissait-il pas avec ce supplice ? Sa cravache se promenait sur ma peau, puis il faisait mine de me frapper, sans jamais me toucher. Mes petits cris de peur furent étouffés par le bâillon, et, juste pour cette raison, j'étais heureuse d'être ainsi muselée.

Le premier coup me surprit, vif, sur les fesses. Il recommença vite, deux, trois, quatre fois, puis il s'arrêta. Mon cul brûlait, mais sa main caressa ma peau meurtrie et me sembla fraîche. Je fermai les yeux devant cette brève accalmie. Il recommença, fouetta mes fesses, encore, puis descendit derrière mes cuisses. Cette fois, mon gémissement fut plus fort. La peau me semblait plus sensible à cet endroit, mais ce ne fut rien en comparaison de la suite : ses coups reprirent sur mes fesses, puis la cravache s'abattit sur mon dos. Mes hurlements étaient estompés par mon bâillon, mais je ne doutais pas qu'il s'en régalait.

Il ne cessait de répéter des « hum », dont l'intonation ne masquait pas son excitation. Sous ses coups, mon corps se tordait, dans mon esprit plutôt qu'en réalité d'ailleurs, car je ne parvenais pas à bouger. Mes muscles se contractaient et mes larmes me brouillaient la vue. Sa main revint sur mes plaies, les caressa doucement, puis il contourna le ruban et réintroduisit ses doigts dans mon sexe, entamant un léger mouvement de va-et-vient. Était-ce la fin de mon calvaire ? Peu importe. Je crus que j'allais défaillir tellement les sensations étaient vives.

— Quelle excitation, mademoiselle !

Il avait raison ! Mon sexe coulait abondamment sur ses doigts, et je ne pouvais même pas fermer les cuisses pour l'en empêcher. J'étais complètement prisonnière de ma position.

— Annabelle, tu m'excites terriblement…

Il s'évertuait à me soutirer des gémissements de plaisir avec ses doigts, puis la cravache tomba sur le sol, signe que toute cette souffrance venait de prendre fin. Ma jouissance s'amplifia aussitôt. Malmenant le ruban pour accéder à mes fesses, je le sentis se positionner pour y frotter son gland. Peut-être espérait-il m'effrayer, mais je ne le craignais plus. Il m'encula sans la moindre hésitation. J'aurais voulu lui dire à quel point j'allais perdre la tête rapidement, mais ma bouche était aussi ficelée que le reste de mon corps.

Délice d'être à sa merci, délice de le sentir partout en moi, délice que ce plaisir qu'il m'offrait sans retenue. Je jouis dans cette position étrange, et il n'y eut que le flot de mon plaisir sur ses doigts pour le lui annoncer. Il redoubla d'ardeur et éjacula, peu après, dans un râle d'une vive intensité. Longtemps, il resta en moi, même après que son sexe eut perdu sa vigueur et même si nos fluides coulaient sur mes cuisses. Prisonnière de mes liens, la peau brûlante de ses coups, j'étais incroyablement bien.

Soudain, il libéra un nœud, et tous mes membres furent relâchés d'un coup sec, comme ceux d'une poupée disloquée. Il m'ordonna de rester là, sans bouger, puis il défit, un à un, les rubans enroulés autour de chacun de mes membres. Il termina avec mon bâillon et le remplaça par sa bouche, m'embrassant jusqu'à ce que j'oublie tout.

— Tu as été très bien, Annabelle, dit-il en se laissant retomber à ma gauche.

— Merci, monsieur.

Je restai là, sur le côté, à le regarder avec des petits yeux affamés. J'avais envie de me serrer contre lui, de m'endormir contre son torse, mais j'étais figée. Par la douleur, d'abord, mais aussi par la crainte d'avoir l'air d'une midinette. J'étais folle de lui.

— Vous êtes… un Maître extraordinaire, monsieur, chuchotai-je, en essayant de masquer l'émotion qui me gagnait.

Il me sourit, avec une joie vive, puis me caressa la joue.

— Merci, mademoiselle.

Il m'ouvrit les bras, et je m'y installai lentement, courbaturée par les coups qu'il m'avait infligés mais heureuse de l'étreinte dont il me gratifiait. Je fermai les yeux et je m'endormis rapidement.

CHAPITRE 35

LE MENTOR

John me demanda de venir le rejoindre un soir, en semaine. Voilà qui n'était pas courant. En dehors des week-ends, c'était généralement lui qui venait à mon appartement. Sous son ordre, je montai à l'étage, me dénudai et redescendis au sous-sol avant de m'agenouiller sous son regard.

— Depuis combien de temps êtes-vous ma soumise, Annabelle ?

— Presque deux mois, monsieur.

— C'est juste, oui. Regrettez-vous quelque chose de votre ancienne vie ?

Je relevai la tête vers lui, un peu troublée par sa question.

— Je… Non, monsieur.

— Hum… Pourtant, je dois dire que je suis un peu déçu, mademoiselle.

Je sursautai, et mes yeux s'embuèrent de larmes. Il était déçu ? De moi ?

— Durant toutes ces semaines, jamais vous ne m'avez téléphoné pour d'autres raisons que le travail, continua-t-il avec un air visiblement contrarié. Oseriez-vous me faire croire que vous ne vous êtes jamais caressée durant ces deux mois ?

— Bien sûr que non, monsieur ! répondis-je avec verve, choquée par l'accusation que sous-tendait sa question.

— Non ? N'en ressentez-vous donc pas le besoin ? L'envie ?

Mes joues s'empourprèrent aussitôt.

— Oh… bien sûr, monsieur ! Parfois, il est vrai…

— Et pourquoi ne m'avez-vous jamais téléphoné pour me demander la permission de vous toucher ?

— C'est que… je ne voulais pas… vous déranger, monsieur.

— Me « déranger » ? Ne suis-je pas censé répondre à vos besoins, mademoiselle ? Croyez-vous donc que je vous refuserais ce plaisir ?

— Je… je ne sais pas, monsieur.

Comment pouvait-il ne pas croire à ma docilité ? Seule chez moi, le soir, je me refusais obstinément à me toucher sans lui.

— Monsieur…, c'est que… si je me caresse entre nos séances j'ai peur que cela ne nuise à… à cette intensité que je ressens avec vous.

Encore une fois, il sembla surpris par ma réponse.

— C'est un concept intéressant, admit-il en se frottant le menton. Me seriez-vous donc si soumise, Annabelle ?

Je ne savais pas si c'était une question ou un constat, mais je soufflai :

— J'aime à le croire, monsieur.

Ma réponse le fit rire, mais la sonnette nous interrompit. Il se redressa.

— Ah, voilà ! Nous avons de la visite, mademoiselle. Tenez-vous bien, je vous prie.

Je me redressai pendant qu'il montait à l'étage. Persuadée qu'il s'agissait de Laure, je me figeai en percevant la voix d'un autre homme.

— Je suis très content de te revoir, John !

— Merci d'avoir accepté mon invitation, Charles.

J'écoutai les civilités qu'ils s'échangeaient, craintive à l'idée qu'un homme puisse me voir dans cette position. Lorsqu'ils descendirent au sous-sol, je gardai les yeux rivés au sol.

— Alors voilà ta nouvelle ? demanda l'homme.

— Oui. Annabelle.

— Intéressant. Très belle, aussi.

Il marcha autour de moi avant de s'installer dans un fauteuil. John lui offrit de quoi boire, et j'eus l'impression, pendant plusieurs minutes, qu'ils faisaient comme si je n'étais pas là.

— Quand tu m'as dit que tu avais pris une deuxième soumise et qu'elle était plus âgée, je dois dire que je n'étais pas convaincu de ta décision, John.

— J'ai beaucoup hésité, je l'admets.

— Quelle belle femme ! Tu te surpasses chaque fois, on dirait.

— Il me semble, en effet, rétorqua mon Maître avec un petit rire empreint de fierté.

— Annabelle, c'est ça ?

— Oui.

— Approche, petite, m'ordonna l'homme.

Je relevai la tête vers John, et il opina sans un mot. Je marchai à quatre pattes jusqu'à son invité, le regardai quelques secondes avant de me repositionner en soumise devant lui. Il était plus vieux, et ses cheveux étaient presque blancs, comme la moustache qu'il arborait. Dans la cinquantaine avancée, je crois.

— Debout. Laisse-moi t'admirer, tu veux ?

Je m'exécutai pendant qu'il s'installait sur le bout du fauteuil, comme pour se rapprocher de moi. Il me fit tourner, caressa ma croupe, mes seins, pinça mes mamelons, inspecta mes fesses, fouilla mon intimité du bout d'un doigt avant de le porter à sa bouche.

— Elle est bonne, ça oui ! Très bien, confirma-t-il. À genoux, maintenant.

Je me laissai retomber sur les genoux, les joues en feu et le cœur battant la chamade, gênée qu'un autre homme que John m'ait touchée de cette façon, devant lui.

— Parle-moi un peu d'elle, demanda l'homme.

— Pour être honnête, Charles, c'est l'une des soumises les plus faciles qu'il m'ait été donné de dresser. Pourtant, à la base, ce n'était pas gagné !

Il rit, et j'eus du mal à ne pas masquer ma fierté devant ces paroles.

— Rien que ça ! dit l'homme. Quoi d'autre ?

— Elle jouit bien. Et ses fellations sont excellentes.

— Bien. Bien. Et ses points faibles ?

— Pour le moment, elle n'en a pas beaucoup, mais je t'avoue que je suis assez déçu de ne pas avoir plus d'occasions de la punir.

— Trop docile ? Voyez-vous ça…

Ils échangèrent un rire complice pendant que je réfléchissais aux mots de mon Maître. Étais-je réellement trop docile ou John regrettait-il seulement de ne pas pouvoir me punir plus souvent ?

— Il faut dire, reprit mon Maître, qu'en temps normal elle a un de ces caractères ! Mais, vraiment, je ne regrette pas ma décision.

Le silence s'installa dans la pièce pendant un long moment, puis l'homme devant moi demanda :

— Tu permets que je l'essaie ?

Je tressaillis à cette question. À dire vrai, je la redoutais depuis son arrivée, mais depuis le début de leur discussion, l'idée m'était sortie de l'esprit. La réponse de mon Maître sembla se faire attendre.

— Tu n'arrêtes pas de me vanter ses mérites, insista l'homme. Et elle est très jolie. C'est normal que j'aie envie de l'essayer, non ?

— C'est que… je ne sais pas si elle est prête pour ça.

— Elle n'a qu'à me faire une pipe ! proposa-t-il aussitôt. Elle suce bien, pas vrai ?

— Oui, confirma mon Maître.

— Alors voilà !

L'homme tendit la main vers moi :

— Allez, petite, montre-moi ce que tu sais faire avec cette belle bouche.

J'eus un geste de recul, tournai des yeux suppliants vers John, mais son ordre tomba sans attendre :

— Annabelle, suce-le. Montre-lui que je n'ai pas menti à ton sujet.

Je crus que j'allais m'effondrer sur le sol, mais la main de l'homme se posa sur ma tête et me ramena vers son sexe, qu'il avait déjà sorti de son pantalon. Il écrasa ma bouche contre lui, fermement, et poussa son gland entre mes lèvres. J'effectuai des mouvements de va-et-vient en essayant de contenir mes larmes.

— Il faudra que tu la dresses mieux que ça, John. Elle n'y met pas beaucoup de cœur.

— Annabelle ! s'écria mon Maître.

Sa voix me fit sursauter, et je resserrai les lèvres autour du sexe de l'homme pour m'appliquer davantage. Des larmes coulaient sur mes joues, mais, comme je devais garder les mains derrière le dos, je ne pouvais pas les essuyer.

— Ah oui, c'est mieux ! Continue, petite. Fais-moi voir tes talents.

Il était d'un calme étonnant, et cela m'embêta. Si je continuais à ce rythme, j'en aurais pour des heures ! Je décidai de raffermir la pression, de mouler ma bouche autour de son membre, de le cogner dans le fond de ma gorge jusqu'à ce que je sente une variation dans sa respiration.

— Comme ça, oui, souffla-t-il.

Il caressa mes cheveux, ma joue humide, puis glissa une main sous ma poitrine pour jouer avec l'un de mes seins, qu'il tritura désagréablement. Enfin, il se mit à jouir.

— Ah oui, petite ! Oncle Charles va t'inonder… Oui…

Il éjacula en maintenant ma tête contre son sexe, répétant : « Avale bien, oui, c'est ça », puis ses doigts me relâchèrent. Je terminai de le nettoyer avant de reprendre ma position de soumise. Le silence se réinstalla dans la pièce, et l'homme reprit ses esprits en replaçant son sexe mou dans son pantalon.

— Elle est bonne, John, mais elle mériterait une bonne fessée pour ce qu'elle a fait.

— Ce sera chose faite, Charles. Tu peux me croire, gronda-t-il.

La colère était perceptible dans la voix de mon Maître, et je frissonnai.

— Je crois que tu l'as trop gâtée, celle-là, renchérit Charles.

Il se releva, tapota ma tête comme celle d'un chien.

— En tout cas, petite, ta bouche est une vraie merveille quand tu t'en donnes la peine ! Sur ce point, ton Maître n'a pas menti.

John se leva à son tour, et ils montèrent à l'étage pour discuter devant la porte d'entrée. Je n'entendais rien de ce qu'ils se disaient, quand, soudain, je perçus la voix de Charles qui haussait le ton :

— Si tu as besoin d'aide pour la mater, n'hésite surtout pas.

Ils se saluèrent, poliment, puis la porte se referma, et John revint au sous-sol. Sa voix fusa, dure :

— Cet homme, Annabelle, était mon mentor. C'est lui qui m'a initié aux règles, qui m'a appris à devenir le Maître que je suis. Il m'a TOUT appris ! (Sa voix témoignait de sa colère, et le tremblement qui me gagnait aussi.) Te rends-tu compte de ce que tu viens de faire ? Et moi qui n'ai pas cessé de vanter tes mérites ! Tu m'as fait passer pour un imbécile !

Il marchait de long en large dans la pièce, visiblement perturbé par ce que j'avais fait. Mais qu'avais-je fait, exactement ? Il tourna autour de moi.

— Sur la table, chienne ! finit-il par lancer.

Il pointa la table basse du doigt, et je m'y jetai sur le ventre, anxieuse. Il me poussa jusqu'à ce que mon corps soit complètement étalé dessus, me claqua une fesse et s'éloigna. Il revint avec des cordes et m'attacha solidement au meuble. Mes cuisses étaient liées aux pieds de la table alors que mes mains se retrouvèrent ficelées, douloureusement, à l'autre bout.

— Je vais te montrer ce qu'il en coûte de me faire honte !

Je pleurais déjà, prisonnière de la table et de sa colère. Il quitta la pièce, alla chercher sa cravache, ce qui fit grimper mon sentiment d'angoisse. Sans préambule, il se positionna derrière moi, et un coup détona, violent, sur mes fesses. Mon corps se raidit sous la brûlure infligée, et je lâchai un premier cri. Il recommença : deux, trois, quatre fois. Mes doigts serraient le rebord du meuble, et je tentais de reprendre mon souffle. Un cinquième et un sixième coup tombèrent, plus rudes que jamais. J'éclatai en sanglots. John marqua une pause qui me sembla interminable, puis il jeta la cravache à l'autre bout de la pièce, signe incontestable qu'il en avait terminé avec mon supplice. Pourtant, mon soulagement fut de courte durée. J'entendis le bruit de sa fermeture Éclair, puis il se positionna derrière moi et écarta mes fesses avant de me prendre d'un coup sec.

— Tu n'as pas le droit de jouir, Annabelle. Je te l'interdis.

J'eus du mal à croire ce qu'il me disait. Il me refusait le plaisir ? Après toute cette douleur ? Je fermai les yeux, mais son assaut commençait déjà à devenir langoureux et agréable. Alors que mon corps cédait, il me pinça une fesse, puis s'accrocha à mes cheveux, qu'il tira vers l'arrière.

— Ne jouis pas ! répéta-t-il.

Il augmenta le rythme, et j'étouffai un premier râle. Comment pouvait-il me demander de ne pas jouir alors que mon corps était ainsi offert à ses désirs ? J'écrasai ma bouche contre la table, essayai de songer à autre chose, mais je n'eus pas à résister trop longtemps : il éjacula sans bruit, bien avant que mon corps cède au sien.

Les membres endoloris et encore sous le choc de sa colère, je reniflai pendant qu'il se relevait pour faire le tour de la table. Sans un mot, il écrasa son sexe dans ma bouche, se nettoyant sans me demander la permission, puis il quitta la pièce en me laissant ainsi : ficelée et en larmes, sur la table.

Seule, les fesses en feu et la gorge aussi nouée que les mains, je tentai de retrouver mon calme, mais la colère de mon Maître m'était intolérable. N'aurait-il pas dû me pardonner après tous ces coups ? Avais-je été à ce point trop loin en ne m'appliquant pas au début de cette fellation ? Je savais bien qu'il finirait par me donner à d'autres hommes, mais n'aurait-il pas dû me préparer davantage avant de me mettre à l'épreuve ?

Je pleurnichai, incapable de retenir le flot qui coulait de mes yeux. C'était la première fois que John me frappait sans m'offrir le moindre plaisir. La première fois qu'il était aussi furieux après moi.

Même si l'attente me parut interminable, il redescendit au bout de quinze minutes. Il me détacha, et je me laissai doucement glisser sur le sol. Malgré ma chair douloureuse, je repris maladroitement ma position de soumise, mais il semblait ne plus me voir. Récupérant sa cravache sur le sol, il annonça, d'une voix qui ne masquait en rien son énervement :

— Tu peux rentrer chez toi. Tu reviendras samedi matin. J'espère que ma colère sera passée, autrement… tout ça n'aura été qu'un avant-goût de ce qui t'attend.

Il tourna les talons, et j'éclatai de nouveau en sanglots contre le sol. Lorsqu'il remonta sans m'accorder la moindre attention, je me relevai et me dépêchai de lui obéir. C'était la première fois que je rentrais chez moi avec la nette impression que John et moi étions en froid.

Et cela m'était intolérable.

CHAPITRE 36

À QUI LA FAUTE ?

Trois jours passèrent sans aucun signe de vie de la part de John. Je dormais mal, anxieuse face à son silence. Qu'aurais-je dû faire ? Me jeter à ses pieds ? Implorer son pardon ? Ma faute avait-elle donc été si grave ?

Le samedi matin, j'arrivai chez lui, troublée à l'idée que sa colère soit toujours aussi vive et qu'il songe à tout arrêter. Comme toujours, je m'installai, nue, au sous-sol, et j'attendis.

— Debout, Annabelle.

Je me relevai, maladroitement à cause de la douleur qui persistait.

— Tournez-vous.

J'obéis et lui montrai les marques de notre dernière séance. Il eut un petit bruit de bouche que je ne parvins pas à interpréter.

— À genoux, gronda-t-il.

Je me laissai retomber à ses pieds et je soufflai, piteuse :

— Je… Pardon, monsieur. Je vous ai… déçu. Je… ne me suis pas… appliquée…

Mes sanglots m'empêchaient de parler correctement.

— J'aurais dû… être plus douce…

— Vous auriez dû être la meilleure, Annabelle. Au lieu de cela, vous lui avez fait une fellation de débutante !

— Pardon, monsieur.

Il croisa les jambes et détourna la tête. Je pleurai en silence, persuadée qu'un autre châtiment m'attendait. Un soupir plus tard, il reprit, en fixant le vide, comme s'il ne me parlait pas vraiment :

— Charles a raison : je vous ai trop couvée. J'aurais dû vous préparer davantage à ce genre de situation.

Lorsque son regard revint sur moi, je retins mon souffle.

— Mais je vous faisais confiance, Annabelle. Vous saviez que cela arriverait, pas vrai ?

Je me penchai plus avant, piteuse, en reniflant.

— Oui, monsieur.

John se courba vers moi, me pinça le menton entre ses doigts et me fit relever la tête vers lui.

— Après tout ce que j'avais dit à Charles à votre sujet ! Comment avez-vous pu me faire une chose pareille ?

— Pardon, répétai-je.

Son expression sembla s'adoucir.

— Lorsque j'ai dit que je ne vous punissais pas assez, je ne pensais pas que vous le prendriez au mot ! (Il me relâcha, se leva rapidement et fit le tour de ma personne.) Ce corps ne vous appartient plus, mademoiselle. Vous me l'avez confié, dois-je vous le rappeler ? Désormais, il vous faudra apprendre à l'offrir aux autres avec la même ferveur que celle que vous me témoignez.

Je restai estomaquée par sa requête. Pourtant, ces dernières semaines, j'avais souvent songé à mon obéissance et aux épreuves qui viendraient, mais j'avais toujours cru que je n'aurais qu'à être docile. Qu'on m'attacherait et que ce seraient les autres qui me prendraient. Pas que je devrais agir de mon propre chef. Offrir, d'accord, mais ne pouvait-il pas comprendre que je ne voulais être parfaite que pour lui ?

John me tourna le dos.

— Méditez un peu sur ça, conclut-il avant de partir.

Lorsqu'il redescendit, j'étais lasse. Mes genoux et mes cuisses étaient endoloris, mais il fit mine de ne pas le remarquer. Il ouvrit son peignoir, m'imposa son sexe dans la bouche et dicta le rythme qu'il souhaitait en retenant ma tête d'une main. Il se retira avant d'avoir éjaculé, puis soupira, visiblement contrarié.

— Le problème, mademoiselle, c'est que j'ai envie de vous, dit-il soudain.

Il annonça cela comme si c'était une faiblesse de sa part. S'agenouillant devant moi pour que nos visages soient face à face, il ajouta :

— Promettez que vous ne me ferez plus honte, Annabelle.

— Je vous le promets, monsieur.

— Bien.

Sa voix s'était adoucie, et il caressa doucement mon épaule.

— Tournez-vous, mademoiselle.

J'obéis, difficilement, car mon corps était courbaturé par les marques qu'il avait laissées sur mon dos et par cette attente. Il me poussa jusqu'à ce que je me retrouve à quatre pattes, puis inséra deux doigts dans mon sexe. Je fermai les yeux ; la façon abrupte avec laquelle il me prenait, comme un objet, sans délicatesse, me laissait amère. Au bout de quelques passages appuyés, il s'impatienta :

— Annabelle, tu dois jouir !

Sur le moment, je ne compris pas sa requête. Voulait-il réellement me donner du plaisir ou avait-il simplement envie d'entendre mes cris ? Je restai là, à réfléchir, incapable de reprendre possession de mon corps, quand il écarta mes fesses et enfonça un doigt dans mon anus. Mon dos se cambra, comme électrifié. Au premier râle que je laissai échapper, il retira ses doigts, et je sentis son sexe se frotter contre le mien. Il me pénétra doucement, en soupirant, comme s'il savourait nos retrouvailles, puis cette douceur s'estompa. D'une main, John empoigna mes cheveux, me souleva de terre et me plaqua contre le fauteuil, tout près. Contre lui, soumis à cette friction délicieuse, mon corps se détendit. Doucement d'abord, puis de façon vertigineuse.

— Jouis, Annabelle, souffla-t-il contre mon oreille.

— Oh… monsieur…

Visiblement impatient que je lui cède, John me prit plus fort, puis enfonça un doigt entre mes fesses, comme s'il cherchait à posséder tous mes orifices. Ce geste déclencha une réaction en chaîne dans mon corps. L'orgasme grimpa à toute vitesse, et je perdis la tête dans un cri, heureuse de relâcher toute la pression des derniers jours.

Alors que je m'étais légèrement étalée contre le meuble, mon Maître me tira vers l'arrière et m'étreignit. Depuis combien de temps ne m'avait-il pas serrée contre lui de cette façon ? Je retins ses doigts sur ma peau, heureuse de les sentir de nouveau. Lorsque ses coups de reins reprirent, je compris que j'avais été la seule à perdre la tête et je suivis ses gestes au rythme qu'il imposait. Cette position était inconfortable. Mais que m'importait ? J'étais ravie qu'il me garde contre lui. Son bras m'enserrait fermement, à la manière d'une ceinture de sécurité, et il me mordillait l'épaule. Son souffle se troublait près de mon oreille, et je fermai les yeux pour savourer cet instant d'intimité parfaite entre nous.

— Annabelle, je veux t'entendre, se plaignit-il.

Il chercha à glisser une main entre mes cuisses, frotta mon clitoris jusqu'à me faire sursauter contre lui.

— Oui, laisse-toi aller, gronda-t-il contre mon oreille.

Il me donna quelques coups plus violents, et je lui offris un premier râle. Il s'activa davantage, pressé, s'évertuant à m'amener au plaisir. Je compris ses précédentes paroles : ma jouissance l'excitait. Il me frotta de plus en plus fort, m'arrachant de petits cris suaves en répétant : « Oh, Annabelle ! » Sous l'impact de ses coups de reins rapides, nos corps basculèrent contre le fauteuil, et il s'empressa de perdre la tête à son tour.

Légèrement écrasée sous lui, je ne bougeais pas, malgré l'inconfort et la douleur qui persistaient dans mes jambes. Lorsqu'il se releva, je me retins au meuble, puis sa voix résonna derrière moi :

— Montez à l'étage et prenez un bain. Vous en avez bien besoin.

Je me redressai, difficilement, avant de lui obéir. Je laissai mon corps s'immerger dans une baignoire remplie d'eau chaude. C'était le début du week-end, mais avec mon manque de sommeil des derniers jours, j'étais déjà épuisée. Je fermai les yeux et savourai le calme qu'il était parvenu à ramener dans mon corps, mais, au bout de quelques minutes, il arriva. D'un simple geste de la main, il m'obligea à me redresser pour s'installer derrière moi, puis me colla contre lui, sans un mot. Je soupirai, heureuse de cette quiétude qui s'installait entre nous. Étions-nous enfin réconciliés ?

— Monsieur ?

— Oui, Annabelle ?

— Est-ce que… vous finirez par me pardonner ?

— Si ce n'était pas le cas, je devrais déchirer le contrat qui nous unit, dit-il simplement.

Je tressaillis, et cela fit trembler l'eau, mais il me calma aussitôt.

— Rassurez-vous. Je n'en ai pas l'intention.

— Merci, monsieur.

Il écrasa une main dans mes cheveux, me massa doucement le crâne, et j'en oubliai aussitôt notre conversation. J'allais m'assoupir quand il me demanda de me lever. Faisant mousser ses mains, il entreprit de me savonner, s'attardant longuement sur mes jambes, et plus encore sur mes orifices. Ses doigts entraient en moi, lentement, devant, derrière, comme si mon Maître cherchait quelque chose. Je me retins au mur, tanguant délicieusement sous ses gestes, puis je réprimai une plainte agréable.

— Offre-toi à moi, Annabelle.

Son ordre me surprit, autant que la vitesse avec laquelle il poussa ses doigts simultanément dans mes deux orifices. Je me courbai, en proie à un délicieux vertige. John me scrutait, semblant prendre plaisir à ma déroute. Il voulait me voir jouir, et je lui offris mes gémissements, puis mes plaintes, et, enfin, un cri qui me parut assourdissant dans cette pièce. Je me laissai retomber contre lui, et il dévora ma bouche avant de m'offrir un regard de feu.

— Tu es vraiment magnifique.

Rendue un peu béate par mon dernier orgasme, je marmonnai, avec un petit sourire las :

— Merci, monsieur.

Il me repoussa doucement et entreprit de se savonner à son tour. Je posai une main sur la sienne.

— Est-ce que… je peux le faire ?

Son sourire me répondit, et il me céda la savonnette que je m'empressai de faire mousser entre mes doigts. Je me dépêchai de nettoyer son torse.

— Pourriez-vous… vous lever ? murmurai-je.

John m'obéit, et je me retrouvai à genoux devant son sexe, qui taquinait mes lèvres. Je le fixai, songeant à le prendre en bouche sans lui demander la permission d'abord, puis je relevai les yeux vers mon Maître.

— Puis-je, monsieur ?

— Voilà exactement ce que j'espérais, mademoiselle, souffla-t-il en hochant la tête.

Mon cœur bondit dans ma poitrine, et je me fis violence pour ne pas répondre à sa requête trop rapidement. J'engloutis son sexe dans ma bouche, le caressai de mes lèvres. Il gémit doucement, posa une main sur ma tête sans interférer avec le rythme que j'instaurais. Son souffle saccadé résonnait dans la salle de bains, et il se retenait de son autre main au carrelage du mur, comme s'il craignait de défaillir. Mon Maître, défaillir ? Cela était-il seulement possible ? J'amplifiai mes mouvements et resserrai ma bouche autour de son sexe.

— Annabelle, bon sang…, tu me fais… perdre la tête !

Son compliment me donna des ailes ! J'accélérai, avide de le rendre fou. Sa jouissance se fit plus sonore. Son sexe se gonfla, et je le cognai dans le fond de ma gorge avec bruit. Il répéta mon prénom, puis céda à ma bouche. J'avalai son offrande avec joie. Ses genoux tremblaient, et il se laissa retomber près de moi, si vite qu'une vague d'eau éclaboussa le sol. Dans un état second, mon Maître m'attira contre lui et m'embrassa voluptueusement.

— Tu m'as manqué, murmura-t-il.

— Oh, Maître… vous aussi !

Mes yeux s'embuèrent, et je ne masquai pas la joie que ses paroles provoquaient en moi. Il me sourit, me caressa tendrement la joue.

— Tu es une bonne soumise, Annabelle. Tout cela ne change rien. Compris ?

Je me rembrunis et détournai la tête en me remémorant ma déroute des derniers jours. En moi, il y avait ce doute constant : celui de ne pas être à la hauteur.

— Annabelle, dit-il en ramenant mon visage vers le sien, tout est ma faute. J'aurais dû te préparer davantage à cette rencontre. (Il marqua une hésitation.) Charles m'a surpris, je ne te le cache pas. Il y avait fort longtemps qu'il n'avait eu envie de tester l'une de mes soumises. (Je retins ma moue boudeuse alors que le sourire de John s'accentuait.) C'est un compliment, mademoiselle. Cela devrait vous faire plaisir.

Je réprimai mon froncement de sourcils. Un compliment ? Mais que m'importait ce que pensait cet homme de ma personne ? Seul l'avis de mon Maître comptait ! Alors que je persistais à garder le silence, la mine de John s'assombrit légèrement.

— Pourtant, Charles avait raison sur une chose, poursuivit-il. Je t'ai trop gâtée.

Je le fixai sans comprendre. Se moquait-il de moi ? Au lieu de soutenir mon regard, il pinça les lèvres.

— Le problème, Annabelle, c'est que ta jouissance me plaît beaucoup. Elle m'excite. Quand je ne te mène pas jusqu'à l'orgasme, il me semble que cela ne m'est pas aussi agréable.

Incapable de m'en empêcher, je fronçai les sourcils, perdue par les paroles de John.

— En quoi est-ce… une mauvaise chose ?

— Tu dois apprendre à n'exister que pour mon plaisir, Annabelle, sans en attendre de gratification en échange.

Je baissai les yeux, ébranlée par ses propos. Comment lui dire que la douleur qu'il m'infligeait n'avait de sens que parce que j'en retirais du plaisir ? S'il me refusait cette gratification, que me resterait-il ?

— Je suppose que je finirai bien par me lasser de la façon dont tu jouis, ajouta-t-il d'un ton léger. En attendant, je crois que mon statut de Maître me permet de prendre ce qui me convient de ton corps, n'est-ce pas ?

— Oui, monsieur, répondis-je, soulagée.

— Cependant, il y a un autre problème, et celui-là, il vaut mieux que je le règle rapidement. (Je ne dis rien, mais le ton de sa voix m'inquiétait déjà.) Il faut que je partage la magnifique jeune femme que tu es avec d'autres hommes. Cela fait partie de ton dressage. De mes obligations de Maître, tu comprends ?

Sa remarque me consterna. Il devait m'offrir ? Était-ce réellement une obligation ? Je baissai les yeux, par crainte de lui montrer le choc que provoquaient ses paroles. Une main sous mon menton, il m'obligea à relever le visage vers le sien.

— Tu ne dois pas te satisfaire de moi, Annabelle, insista-t-il. D'autres ont beaucoup à t'apporter.

— Oh, monsieur ! soufflai-je, les yeux embués.

— Dis-moi que tu m'obéiras lorsque le moment sera venu.

Mon corps tremblait déjà à cette idée, mais je hochai la tête docilement.

— Je ferai… ce que vous me direz, Maître.

Ma réponse sembla lui plaire, et il plaqua un baiser sur mon front.

— Tu es une bonne fille. Allons au lit, maintenant. Ce sera plus confortable.

Je bondis sur mes jambes et quittai la baignoire.

— Je m'occupe de ranger et j'arrive.

— Dépêche-toi ! dit-il avec un sourire joyeux.

J'étais déjà sur le sol en train d'éponger l'eau que nous avions fait déborder. Il me tapota la tête avant de quitter la pièce, et je me hâtai, le sexe grondant d'envie. Il me tardait déjà de me retrouver dans ses bras.

CHAPITRE 37

LE LANCEMENT

Pour le lancement de son livre, John m'avait demandé de porter quelque chose de sexy, sans aucun sous-vêtement. Sa requête m'avait troublée. Il n'allait quand même pas me baiser durant la soirée, alors que mes collègues y seraient ? Peu importe. Il m'avait donné un ordre, et je comptais bien y obéir. Je pris un temps considérable pour me préparer. Nadja avait insisté pour que nous nous déguisions selon le thème choisi. Je me trouvai une robe en cuir, quelque chose de moulant et d'aguichant. Parfaite à la fois pour la soirée et pour exciter mon Maître.

Les invités commencèrent à arriver, mais John se laissa désirer par le public autant que par moi. La salle était bondée, et des femmes en tenues sexy dansaient à plusieurs endroits.

Je reconnus quelques amis de John : Maître Denis et Maître Paul, Sylvie aussi. Leurs soumises les accompagnaient, dans des tenues plus sobres que la mienne. Ils me saluèrent discrètement, non sans un regard malicieux qui me mit mal à l'aise. Savaient-ils que j'étais la soumise de John, désormais ?

Mon Maître arriva. Enfin ! Il salua les invités. Des tas d'admirateurs essayèrent d'obtenir un autographe de sa part, et il dut s'arrêter plusieurs fois pour le leur offrir.

Lorsqu'il me vit, il me salua d'un signe de tête discret, admiratif aussi. Je crois que ma robe lui plaisait, mais au lieu de venir dans ma direction, il repartit dans la foule, et je me contentai de le suivre du regard.

Les heures passèrent. Le vin et les petits-fours aussi. Je restai là, dans mon coin, à discuter avec des collègues dont certains semblaient bien éméchés par l'alcool. L'un d'eux me gratifia d'un commentaire déplacé :

— Le petit bonbon est devenu un sacré sucre d'orge, hein ?

Je ne compris pas tout de suite sa référence à ma collection, mais la façon dont il caressa le bas de mon dos m'agaça. Je me défis de son étreinte.

— Ça te va bien, les livres érotiques, reprit-il.

— Carl, tu devrais arrêter l'alcool.

Il se pencha vers moi.

— Tu es bandante, tu le sais ? chuchota-t-il maladroitement à mon oreille.

Je lui jetai un regard noir.

— Le paquet cadeau n'est pas pour toi. Dégage !

Il me fusilla du regard avant de s'éloigner. Je soufflai, agacée par sa vulgarité. Il aurait pu être poli, au moins !

— C'est vrai que vous êtes bandante, mademoiselle, murmura une autre voix.

Dans sa bouche, ces mots étaient exquis. Je me tournai vers mon Maître, sourire aux lèvres.

— Bonsoir, John. La soirée vous plaît ?

— Pas que la soirée, répliqua-t-il en parcourant mon corps du regard.

Je ris doucement. Je crois que mes joues rougissaient.

— Ce paquet cadeau serait-il pour moi ?

Je baissai la tête docilement.

— En douteriez-vous, monsieur ?

Il s'approcha de moi, très près.

— Annabelle, j'ai très envie de vous. Avez-vous respecté mes consignes ?

Mon cœur battit à tout rompre devant sa question, mais je hochai rapidement la tête.

— Oui, monsieur.

— Suivez-moi.

Il repartit dans la direction opposée, et je le suivis sans un mot, sans le toucher, gardant volontairement une certaine distance entre nous. Il s'arrêtait ici et là pour répondre à une question ou pour recevoir un compliment. Il s'excusait avant de poursuivre son chemin, se faufilant dans une allée qui menait aux toilettes. Il ouvrit une porte : « Personnel seulement » et me fit signe de le rejoindre. Je pressai le pas. Il nous enferma dans la pièce sombre, et je n'eus le temps de voir qu'un bureau avant d'être plaquée contre le mur. Il releva ma robe, fouilla mon sexe de ses doigts.

— Coquine, tu le fais exprès de me rendre fou !

Sa bouche fouillait mon décolleté, et je cherchais à sortir son sexe.

— Maître, aimeriez-vous…

— Pas le temps, gronda-t-il.

Dès que je libérai son érection, il me souleva contre le mur et me pénétra sans attendre. J'étouffai un gémissement. Il y avait du bruit de l'autre côté de la porte. Cela suffirait-il à masquer celui que nous faisions ? John grogna en me cognant contre la paroi, sans se soucier du reste du monde. Comment y arrivait-il ? Trois coups de reins brusques plus tard, il se retira, et mes pieds réintégrèrent le sol.

— Tourne-toi.

Je tressaillis devant ce que son ordre laissait présager, mais j'obéis docilement. Visiblement impatient, John me fit prendre appui contre le mur, remonta ma robe et recula ma croupe, me tirant jusqu'à ce que je sois à la bonne hauteur. Son gland se frotta entre mes fesses, puis il taquina mon anus d'un doigt. Je fermai les yeux, paniquée à l'idée de ce qu'il s'apprêtait à faire.

— Monsieur, non… Pas ici ! le suppliai-je. On pourrait… nous voir…

Ses gestes s'affirmèrent, et sa voix trahissait l'excitation qui le gagnait.

— Dire que tous ces idiots pourraient assister à ce spectacle. Ils verraient à quel point votre obéissance est sans faille. Parce qu'elle l'est, n'est-ce pas, Annabelle ?

Troublée autant par ses caresses que par ses paroles, je gémis :

— Oh… oui, monsieur !

Satisfait de ma réponse, il retira son doigt et me sodomisa, bien plus doucement que ce à quoi je m'attendais. Un frisson d'excitation me traversa lorsqu'il reprit possession de moi, et je lâchai un râle délicieux avant de serrer les dents. J'essayais de contenir mes gémissements pour que personne ne sache ce qui se passait dans cette pièce, mais John me pénétra plus fort, dans un souffle bruyant, avide de perdre la tête. Quel délice ! Même si je tentais de réprimer mes cris, certains m'échappèrent. Son rythme s'accéléra, et, à force de tirer sur ma robe, mes seins furent éjectés du vêtement et se balancèrent dans le vide. Probablement parce que je tanguais trop, il me plaqua de nouveau contre le mur, et mon esprit commença à déraper.

— Monsieur…, soufflai-je.

— Oui !

Ses doigts se faufilèrent sur mon clitoris, le caressèrent frénétiquement. Dans cette folie des corps, je perdis la tête en écrasant une main contre ma bouche. John me coinça contre le mur, me martelant comme un fou avant de s'arrêter brusquement pour éjaculer en moi. Contre mon oreille, le chant de son plaisir résonna discrètement, et nous restâmes ainsi, à reprendre nos esprits.

— J'ai pensé à ton cul toute la soirée, avoua-t-il.

Je ris, charmée par son compliment. Même si son corps avait été loin du mien pendant le lancement, voilà qui prouvait que j'avais maintenu son attention sur moi. Était-ce la robe ?

— Regarde dans quel état je suis à cause de toi ! pesta-t-il en reculant d'un pas.

Il pointa son sexe d'une main. Sonnée par mon dernier orgasme, je m'agenouillai pour venir le nettoyer.

— Vite, on m'attend ! souffla-t-il à la seconde où je le pris en bouche.

Je me dépêchai, mais ne pus m'empêcher de taquiner son gland de ma langue, ce qui provoqua une légère érection. Quand je relevai les yeux vers lui, il me jeta un regard moqueur.

— Ça, tu vas me le payer, tout à l'heure.

Je reculai la tête et libérai son sexe.

— Voulez-vous que je continue, monsieur ? demandai-je d'une voix innocente.

— Je n'ai pas le temps, tu le sais bien ! (Il referma son pantalon sous mon nez et replaça ses vêtements.) Vous pouvez me croire, je n'en ai pas terminé avec vous, mademoiselle !

Il quitta la pièce en coup de vent, et j'eus un fou rire devant sa menace. Je me relevai, j'arrangeai mes vêtements et mes cheveux, puis je bifurquai vers la salle de bains pour aller me nettoyer. Quand je retournai me mêler à la foule, la soirée tirait déjà à sa fin. Je serrai des mains, lançai des regards complices vers John, qu'il me rendit bien. C'était une magnifique soirée, sur tous les plans.

Lorsque l'heure du départ sonna, mon Maître s'approcha de moi et me tendit une main polie.

— Merci pour tout, Annabelle.

— Oh, mais je n'y suis pour rien, c'est Nadja qui a tout organisé !

Il fit mine de m'embrasser sur la joue et chuchota à mon oreille :

— Je ne parlais pas de la soirée.

Mes joues rougirent, mais mon sourire n'en fut pas moins lumineux. Quand il me relâcha, il attendit qu'un groupe s'éloigne avant de proposer à voix basse :

— Seriez-vous libre pour m'accompagner quelque part ?

Je le fixai sans comprendre.

— Vous voulez dire… maintenant ?

Il hocha la tête.

— C'est que… j'ai ma voiture…, bredouillai-je, anxieuse de ce rendez-vous soudain.

— Voilà qui est parfait, puisque je n'ai pas la mienne. (Il se pencha vers moi.) Comme nous avions convenu de nous voir demain matin, autant passer cette nuit ensemble, ajouta-t-il, tout près de ma bouche. Qu'en pensez-vous ?

Ma respiration se coupa, et je hochai furtivement la tête, avec l'espoir fou qu'il m'embrasse. C'était ridicule, bien sûr ! Jamais il n'aurait osé en public ! Et pourtant, ce soir, j'aurais aimé que John soit mien aux yeux de tous. Mien autant que j'étais sienne.

Satisfait de ma réponse, il me donna quelques instructions, et je me retrouvai à quitter la soirée avant lui. Je l'attendis dans mon véhicule pendant de longues minutes. Lorsqu'il me rejoignit, il s'installa sur le siège passager.

— Nous allons au bar de Maître Denis, annonça-t-il.

Je démarrai la voiture, un peu troublée par notre destination.

— Vous êtes vraiment magnifique dans cette tenue, mademoiselle, dit-il pendant que nous roulions.

Il posa une main sur mon genou et remonta lentement vers ma cuisse.

— John ! grondai-je en chassant son geste.

— Cette tenue de cuir m'excite beaucoup.

Je gardais mon attention rivée sur la route, anxieuse de l'endroit où je nous conduisais. Moi qui espérais que nous irions directement chez lui ! Durant un interminable silence il ne me quitta pas des yeux.

— Maître Denis m'a demandé la permission de s'amuser avec vous, annonça-t-il.

Je lui jetai un regard effrayé, mais je n'osai pas parler.

— J'ai accepté, lâcha-t-il encore, parce que c'est quelqu'un que j'estime beaucoup et que je sais qu'il fera attention à vous. (Je refoulai mes larmes, mais la peur qui grimpait en moi ne fit qu'augmenter.) Vous comprenez ce que je vous demande, Annabelle ?

— Oui, monsieur.

Ma voix tremblait, et je fus soulagée de pouvoir me garer dans une petite rue, non loin de l'établissement, même si cela signifiait que nous étions arrivés. Derrière le volant, je restai là, immobile, figée par ce que mon Maître attendait de moi.

— Annabelle, dites-moi ce que vous pensez.

— J'ai peur, dis-je aussitôt.

— De Maître Denis ?

— Non. J'ai peur… J'aurais aimé…

Je baissai la tête, honteuse de mon aveu.

— J'aurais voulu… n'appartenir qu'à vous, monsieur.

— Nous en avons déjà parlé. Tout cela fait partie de votre dressage.

Il m'obligea à tourner la tête vers lui.

— Vous ne serez jamais qu'à moi, peu importe ce qu'un autre homme vous fait.

Cela ne me rassura pas. Je fermai les yeux et hochai la tête avec un air faussement courageux. J'avais peur de sortir de cette voiture, peur d'aller dans ce bar. Ses doigts revinrent entre mes cuisses, et il força mes jambes à s'ouvrir afin d'accéder à mon sexe.

— Si vous acceptez de franchir cette étape, vous prouverez à tous ces gens votre confiance à mon endroit.

Alors qu'il plongeait deux doigts en moi, je le scrutai, incertaine de comprendre ce qu'il exigeait de ma personne. Son autre main écarta davantage ma cuisse pour mieux me pénétrer, et je tressaillis sur mon siège.

— Apprenez à porter votre obéissance comme un bijou dont vous seriez fière, Annabelle.

Ma tête retomba vers l'arrière, cherchant un appui pendant qu'il me touchait de la sorte. Dehors, des gens marchaient sur le trottoir et ils avaient tout le loisir de voir ce que nous faisions, mais je n'en avais cure. Je m'abandonnai aux caresses de mon Maître et lui offris l'obéissance qu'il exigeait de ma personne.

— Réussissez cette épreuve, Annabelle, et je vous promets une belle récompense.

Je me fichais bien de sa récompense en ce moment ! J'avais seulement envie de rester là, dans cette voiture, et de jouir sous son regard. Malheureusement, il retira ses doigts avant de me faire perdre la tête, et je me retrouvai à devoir les nettoyer. Ne voyait-il pas que j'avais besoin d'être calmée ?

Il sortit de la voiture, et je pris un temps considérable avant de le rejoindre. Prenant ma main dans la sienne, il me questionna du regard.

— Vous êtes prête ?

J'hésitai avant d'opiner en silence. Je n'étais pas sûre de l'être, mais je ne voulais surtout pas le décevoir.

Il fouilla dans sa poche, en sortit une ficelle, similaire à celle que je portais la dernière fois à sa soirée, et l'accrocha solidement à mon poignet.

— Tout ira bien, assura-t-il, probablement pour me rassurer.

Il reprit ses pas, sans me lâcher la main.

— Fais que je sois fier de toi, énonça-t-il vite et fort pendant que nous marchions vers le bar. Je suis ton Maître, Annabelle, et un Maître sait les épreuves que sa soumise doit surmonter. Crois-moi, tu es prête pour celle-ci.

Nous entrâmes, et il m'entraîna vers le fond du bar.

Maître Paul, Sylvie et Maître Denis y étaient, attablés. Leurs soumises étaient installées sur le sol. Je me laissai tomber auprès d'elles, l'air triste, alors que mon Maître saluait les invités de la table.

Ils se mirent à boire. Ils discutaient du lancement du livre de John et de son futur succès. Les rires fusaient, mais je restais là, sur le sol, à éviter tous les regards. Je m'imaginais Maître Denis, nu. Il avait un petit ventre et une moustache. Je l'imaginais poilu. Du coin de l'œil, je perçus le regard de Maître Paul sur moi, et je réprimai un sanglot en imaginant que John allait probablement me donner à lui aussi. Cette pensée m'était intolérable.

J'avais les genoux endoloris lorsque Maître Denis lança :

— Alors, tu me la prêtes, ta bibliothécaire ?

— Tu sais qu'elle est novice, n'est-ce pas ?

— Ouais ! Ne t'inquiète pas, je vais y faire attention !

— Elle est déjà en prêt ? s'enquit Maître Paul. Je la veux bien, moi aussi. Elle a un de ces culs ! Et qu'est-ce qu'elle jouit !

Il rigolait en leur rappelant des bribes de cette soirée où je m'étais offerte à ce joli blond.

— Elle n'est pas encore prête, l'informa John. Maître Denis sera le premier à obtenir cette faveur de ma part.

— Je veux bien être le deuxième.

— Pas ce soir. Elle n'en est pas encore là !

Mon Maître avait un ton ferme, et je le devinais énervé par cette insistance. Cela remplit mon cœur de joie. Pas Maître Paul. Pas ce soir.

— Annabelle, debout.

Sous son ordre, je me relevai, tremblante.

— Approche ! me dit John.

Je m'installai à ses côtés, et il récupéra mon poignet afin de montrer la ficelle qu'il y avait accrochée.

— Comme tu vois, il y a une condition à ce prêt.

Maître Denis fixa mon poignet et haussa les épaules.

— Ça me va. Je ne suis pas très porté sur ça, de toute façon. Allez, viens, ma jolie ! On va s'amuser un peu.

John releva les yeux vers moi et me fixa longuement.

— Tu dois obéir à Maître Denis, Annabelle. De la même façon que si c'était moi qui te donnais des ordres. Est-ce que tu comprends ce que ça veut dire ?

— Oui, Maître.

— Il pourra faire tout ce qu'il veut de toi, compris ?

— Tout, sauf labourer ton joli petit cul, se moqua Maître Paul.

Je jetai un coup d'œil à la ficelle que John avait accrochée à mon poignet. C'était donc cela ? J'eus un regard rempli de gratitude pour mon Maître.

— Je ne vous décevrai pas, Maître, dis-je d'une voix ferme.

Son sourire me parut triste, mais il hocha la tête.

— Je sais.

Maître Denis m'emmena dans l'une de ces pièces où John et moi avions assisté à divers spectacles. Il décida de fermer la porte sur nous. J'en fus étrangement soulagée. Il m'aurait semblé terrible que l'on puisse assister à mon supplice.

— Déshabille-toi, tu veux ?

Je retirai ma robe et la posai sur une chaise.

— C'est vrai que tu es mignonne.

Il s'avança, posa les mains sur moi, me toucha les seins, puis glissa les doigts sur mes fesses.

— Quand j'ai su qu'il t'avait eue, ma jolie, j'ai posé ma candidature sur-le-champ. Qu'est-ce qu'il est doué pour ramener les minettes, ton Maître ! Et il a un de ces goûts. (Il me tripotait sans arrêt alors que j'essayais de garder la tête froide.) Tu me fais bien bander. Touche-moi ça ! Tu vas voir !

Il récupéra ma main, la posa sur son sexe. Je le cherchai à travers son pantalon. Il respirait avec bruit, décidément très excité par notre tête-à-tête.

— Allez, sors-le de là ! Il ne va pas te faire de mal…

Je détachai son pantalon, sortis son sexe, que je tins en main. Il était plus court mais plus gros que celui de mon Maître.

— Suce, allez ! Fais-toi plaisir !

Il me poussait vers le sol pour que je m'agenouille, et je me laissai tomber devant lui. Il sentait la sueur, et je dus retenir ma respiration avant de le prendre en bouche. J'étais dégoûtée de sentir ce sexe sale sur ma langue.

— Allez, mieux que ça ! grogna-t-il. Montre un peu ce que tu sais faire !

Je m'appliquai. Je n'avais aucune envie de décevoir mon Maître. En plus, je savais que plus vite Maître Denis éjaculerait, plus vite nous en finirions avec tout cela. Je soutins un rythme régulier, le poussai le plus loin possible au fond de ma gorge. Il était suffisamment court pour que cela ne me gêne pas outre mesure. Je pinçai les lèvres, le menai vers l'extase sans trop de mal, pendant qu'il gémissait sans arrêt :

— Oh oui ! Putain, qu'est-ce que tu suces, petite ! Comme ça, oui ! Tu aimes ça, hein, petite garce ?

À défaut d'apprécier son vocabulaire, je me disais que ces mots me permettraient de deviner s'il était sur le point d'éjaculer. Il s'essouffla vite, puis chercha subitement à retenir mes gestes.

— Oh ! Attends… Doucement… Je…

Il bloqua ma tête, cherchant à retarder l'inévitable, mais c'était déjà trop tard. Il me ramena tout aussi brusquement contre lui et grogna comme un ours en rut pendant que sa semence inondait ma bouche.

— Oh oui, prends tout !

Il donnait encore des petits coups de bassin alors que son sexe était déjà ramolli.

— Continue, petite, ça va revenir !

Je continuais, mais c'était étrange. Son sexe mou s'écrasait sur ma langue et partait dans tous les sens.

— Attends, je vais m'étendre, dit-il.

Il se détacha de moi, le pantalon aux genoux et la chemise à moitié défaite. Il retira le bas et marcha jusqu'au lit, puis se laissa tomber sur le dos.

— Allez, viens là !

Je grimpai à côté de lui, caressai son sexe avec ma main.

— Non, avec la bouche. Encore !

Je retournai entre ses jambes, continuai de caresser son sexe avec ma langue. J'usai des mêmes stratégies qu'avec John pendant d'interminables minutes. Cela fit bientôt son effet. Il recommença à gémir, puis il m'arrêta, alors que je recommençais ma fellation :

— Non, attends ! Je veux te baiser.

Il se releva, se dirigea vers les anneaux accrochés au mur. Se tourna vers moi, agacé que je ne l'aie pas suivi.

— Allez, viens !

Je m'approchai de lui. Il me prit un poignet et l'éleva vers l'anneau. Il m'y attacha avec une menotte. J'étais à bout de bras et je restai sur la pointe des pieds pendant qu'il emprisonnait mon autre bras. J'eus du mal à rester droite, et cette position m'était tolérable tant que je ne bougeais pas. Je sentis ses mains partout sur mon corps, puis il fouilla mon sexe sans scrupules.

— Ah oui, tu mouilles ! Je t'excite, hein, salope ? Dis-le !

— Oui.

— Oui, quoi ? gronda-t-il en me claquant rudement une fesse.

— Vous m'excitez, Maître ! Oui !

Il me claqua une autre fesse, plus fort cette fois. Je me balançais à bout de bras et je cherchais à poser le pied au sol chaque fois que ce balancement s'estompait. Les larmes me montaient aux yeux.

— Tu vas voir comme je vais te baiser, salope.

Il s'éloigna légèrement, et je le vis mettre un préservatif avec des gestes empressés. Je ravalai un soupir de soulagement. Lorsqu'il revint à mes côtés, il m'écarta rudement les cuisses, puis me plaqua dos au mur avant d'enfouir son sexe en moi. Dans cette position, le poids de Maître Denis s'ajoutait au mien, et je ne parvins pas à retenir mes sanglots tellement mes poignets me faisaient mal.

— Ça te plaît hein, salope ?

— Oui, Maître, soufflai-je alors que des larmes coulaient sur mes joues.

— Je sais que ça te plaît. Tu mouilles comme une chienne.

Il se balançait sur moi, très vite, en respirant avec bruit. Il était probablement essoufflé à force d'essayer de me retenir contre le mur. Pour ma part, j'étais incapable de trouver le moindre appui. Il éjacula une seconde fois, plus vite que je ne l'aurais cru. C'est d'ailleurs son grognement qui me l'indiqua. Pour ma part, je n'avais rien senti. J'avais passé la majeure partie de nos ébats à chercher la meilleure position pour empêcher le balancement. Les menottes semblaient sur le point de déchirer ma peau. Elles me brûlaient.

Pendant qu'il reprenait son souffle, il joua avec mes seins, les pinça et les mordilla à sa guise. Enfin, il retourna se rhabiller et revint pour me détacher. Je m'écroulai au sol, à ses pieds, et frottai mes poignets avec un sanglot au fond de la gorge. Il me tapota la tête.

— C'était très agréable. Merci, Annabelle.

Il sortit en laissant la porte ouverte. J'étais toujours par terre, nue et en larmes. Je me dépêchai de remettre mes vêtements, tout en essayant de refouler mes sanglots, puis me réfugiai dans la salle de bains pour me nettoyer avant de retourner auprès de mon Maître. Je repris ma position de soumise, à ses pieds. Il me caressa la tête sans un mot.

CHAPITRE 38

LE CADEAU

Il était tard lorsque John me sortit de ce bar. J'attendis qu'il prenne place dans mon véhicule et je démarrai la voiture. Je filai en direction de la banlieue. Il resta silencieux pendant la majeure partie du trajet et je le lui rendis bien. J'avais toujours envie de pleurer, mais je me le refusais. Je ne voulais pas avoir l'impression de lui faire une scène.

Une fois dans son allée, j'arrêtai la voiture et j'attendis. Quoi ? Qu'il sorte, probablement, et qu'il me laisse seule.

— Viens avec moi.

Je secouai la tête et fermai les yeux. Une larme tomba, n'attendant visiblement que ce moment pour se manifester.

— Je préférerais… rentrer.

— Annabelle, insista-t-il d'une voix douce.

J'étouffai un sanglot et retirai finalement ma clé du contact. Il marcha jusqu'à la porte de sa maison, me laissa entrer la première. Je restai là, sur le seuil, pendant qu'il pénétrait dans le salon. J'avais envie de partir en courant, de me réfugier chez moi, de me jeter sous la douche et de m'arracher la peau pour en retirer le souvenir de Maître Denis. John s'installa sur le canapé et tapota la place à ses côtés.

— Approche, Annabelle.

Je m'avançai, ne sachant si je devais retirer ma robe et me jeter à ses pieds, comme au début de chacune de nos séances. Après cette soirée, j'avais la sensation de ne plus savoir ce qu'il attendait de moi.

— Maintenant, raconte-moi tout, chuchota-t-il, lorsque je fus installée près de lui.

Je secouai la tête, et il saisit mes poignets. Les caressa doucement. Cela me tira un petit cri de douleur.

— Allons, ce n'est pas si terrible. Maître Denis a été gentil avec toi, non ?

— Oui, soufflai-je, sans comprendre ce que signifiait ce mot.

— Est-ce que ça t'a plu ?

Je lui jetai un regard noir que je regrettai aussitôt. Je masquai mon visage entre mes mains et éclatai en sanglots.

— Oh, Maître ! Comment pouvez-vous… me demander ça ?

— Je ne t'ai pas empêchée de jouir, Annabelle.

— Mais je… C'était…

— Oui ?

— Je ne le pouvais pas !

Je regrettai l'emportement de ma voix, mais il passa outre. Il scruta mes traits. Vérifiait-il la sincérité de mes propos ?

— Tu n'as pas joui ? insista-t-il.

Soudain, j'eus peur d'avoir commis un impair, et je fis « non » d'un petit signe de tête.

— Vous étiez pourtant très excitée, d'après les dires de Maître Denis.

— Mais je… Vous aviez… dans la voiture…

— Ah.

Il m'obligea à lui raconter tout ce que j'avais vécu pendant ma séance avec Maître Denis. Des larmes coulaient sur mes joues pendant que je relatais mes souvenirs : comment il était venu rapidement dans ma bouche ; sa façon de vouloir rester là, même sans érection ; la douleur des menottes sur mes poignets ; mes tentatives pour m'accrocher quelque part, pour tenir debout pendant qu'il me prenait contre le mur.

— Je ne me suis pas… rendu compte qu'il… éjaculait.

Il gardait un air impassible, fixant l'autre bout de la pièce. À quoi pensait-il ? Devant la durée de son silence, je demandai, avec une petite voix :

— Vous êtes déçu, Maître ?

Il me regarda.

— Non. Maître Denis était satisfait, c'est tout ce qui compte. Dans ce genre de situation, ta jouissance est secondaire.

Je hochai la tête, sans vraiment comprendre. Avec un visage contrit, John me caressa les cheveux.

— Ce n'était pas une punition, Annabelle. Tu le sais, n'est-ce pas ?

— Oui, soufflai-je, tremblante.

— Bien. File à la douche, maintenant.

Je poussai un soupir de soulagement. Je ne pensais qu'à cela depuis que j'étais sortie de cette pièce avec Maître Denis. Malgré mon passage à la salle de bains, il me semblait que son odeur était partout sur moi.

Sous le jet d'eau chaude, je me savonnai, longuement. Je pleurai, aussi. John vint me rejoindre sous la douche. Il récupéra la savonnette et me lava une seconde fois. Ses doigts s'inséraient partout, comme s'il s'assurait de ma propreté. Il s'attarda sur mon sexe. La savonnette tomba au fond de la baignoire, et il me caressa doucement, dans ce passage emprunté par un autre. Sa bouche mordillait mes seins, léchait l'eau qui tombait sur ma peau, embrassait mon cou avec une sensualité qui m'excitait.

— Ce corps n'appartiendra jamais qu'à moi, tu entends ? chuchota-t-il contre mon oreille.

— Oui.

— Peu importe ce qu'il t'a fait. C'est toujours moi qui te prendrai à travers les autres.

Il me rendait folle. Je sentais mon sexe frémir sous ses caresses, comme s'il ne s'ouvrait que pour lui. Je fermai les yeux, le serrai contre moi. Il souleva ma jambe, posa mon pied sur le rebord de la baignoire et me pénétra lentement. Complètement. Son sexe était dur, il me cognait contre le mur et obligeait mon corps à lui céder.

— J'effacerai toujours les autres en toi. Ils n'existent plus.

— Oh oui, Maître ! Il n'y a que vous !

Je gémissais contre sa peau, l'embrassais, le léchais. Ses secousses devinrent plus brusques, et ma jouissance aussi. Il me fit perdre la tête, dans un cri qui résonna dans la petite pièce. Il éjacula ensuite, ses yeux dans les miens, alors que je reprenais mes esprits. Je caressai son visage, émue.

— John, soufflai-je, mon Maître, je suis à vous.

Ces mots étaient sortis si rapidement que je n'en pris conscience qu'après les avoir prononcés. Je lui jetai un regard perplexe. Je l'avais appelé par son prénom. L'avais-je choqué ? Son visage n'en témoignait pas. Il embrassa mes lèvres avant de m'offrir un sourire chaleureux.

— Je sais, Annabelle. Je sais.

Il récupéra la savonnette, lava son sexe et le reste de son corps avec des gestes rapides, tandis que je restais là, à le contempler. Lorsqu'il eut terminé, il posa un baiser sur ma tempe.

— Finissez. Je vous attends dans la chambre.

Il quitta la douche, et j'eus l'impression que l'eau n'était plus vraiment chaude. Je me dépêchai de me nettoyer, encore, puis je retrouvai mon

Maître dans sa chambre, assis sur son lit, magnifiquement nu.

Je me jetai à genoux sur le sol afin de prendre ma position de soumise. Il me regarda longuement, puis sa voix rompit le silence :

— Je suis très fier de vous, mademoiselle.

Je ne masquai pas l'effet que me firent ces paroles. Ma respiration s'emballa, et ma poitrine se gonfla.

— Venez ici, j'ai un cadeau pour vous.

Il tapota la place à ses côtés. Je m'y installai sans attendre, heureuse de revenir près de lui. Il me caressa la poitrine, puis il me pinça le menton pour m'obliger à le regarder.

— Ainsi… vous m'appartenez, mademoiselle ?

— Oui, monsieur, dis-je sans hésiter.

— Ce que vous avez fait pour moi, ce soir, en était-il une preuve, vous croyez ?

Mes yeux se brouillèrent de larmes, et je hochai la tête en guise de réponse.

— Je veux l'entendre, mademoiselle.

— Je vous appartiens, monsieur. Je ferai toujours… ce que vous me demanderez.

Une larme tomba, et je me dépêchai de l'essuyer. Il sourit, sans relâcher mon visage.

— Vous avez franchi une étape, ce soir. D'autres viendront. Vous le savez, n'est-ce pas ?

— Oui, Maître.

— Et vous voulez toujours rester ma soumise ? Malgré cela ?

— Oui, Maître, répétai-je.

Sa main libéra mon menton, et il récupéra quelque chose à côté de lui.

— Voici votre cadeau, annonça-t-il.

Je le regardai fouiller dans un petit sac en velours noir et en sortir un collier de soumise, en cuir, très large, avec un anneau doré en guise de pendentif. Il vérifia ma réaction.

— Vous savez ce que c'est, n'est-ce pas ? Ce que cela signifie ?

— Oui, Maître.

Il l'ouvrit devant moi, et j'avançai la tête pour qu'il puisse me l'accrocher. Je me redressai pour lui montrer le résultat. Il glissa un doigt sous le cuir pour vérifier la taille. C'était étroit mais plus confortable que tout ce que j'avais lu sur le sujet.

— Dites-moi ce que ce cadeau signifie, Annabelle.

— Que je vous appartiens corps et âme, monsieur, dis-je avec une voix émue.

Sa respiration fit un drôle de bruit, puis un sourire furtif apparut sur ses lèvres.

— Cela signifie que vous n'êtes plus une novice, maintenant. Vous avez su me prouver que vous étiez digne d'être ma soumise. Jamais je n'ai été plus fier de vous que je ne le suis maintenant.

J'inclinai la tête devant lui, autant pour masquer mes larmes que pour lui témoigner mon respect.

— Merci, Maître.

— Chaque fois que tu porteras ce collier, Annabelle, tu feras preuve de ton attachement pour moi. Il t'accompagnera durant tes prochaines épreuves.

Je portai la main à mon cou, le caressai doucement.

— Merci, chuchotai-je.

Il saisit l'anneau avec un doigt, le tira vers lui, jusqu'à ce que mon corps soit proche du sien. Nos yeux se croisèrent.

— Êtes-vous comblée, Annabelle ?

— Oui, monsieur !

Une autre larme perla à mes cils, et je sanglotai doucement.

— Est-ce que… je ne vous le prouve pas suffisamment ?

— Ce n'était qu'une question.

— Vous me comblez, monsieur. (Je le fixai avec intensité, espérant renforcer le poids de mes paroles.) Je suis honorée d'être votre soumise. Croyez-le, s'il vous plaît.

— Je le crois, Annabelle.

Il essuya mes larmes, visiblement ravi de ma déclaration. Du bout des doigts, je caressai le collier autour de mon cou.

— Merci de votre cadeau, monsieur.

— Crois-tu que je mérite une récompense pour cela ? demanda-t-il sur un ton plus léger.

— Je… Tout ce que vous voulez, monsieur.

Il rit doucement, probablement amusé par l'émotion qui ne me quittait plus alors qu'il essayait d'y couper court.

— Et si vous terminiez ce que vous avez commencé pendant la soirée ?

Devant son ordre, je me penchai vers lui, léchai son torse et embrassai sa peau par petits à-coups, en descendant vers son ventre. Sa main resta sur ma tête, mais ne me força pas à descendre plus bas. Je profitai de sa docilité, goûtai sa chair et la couvris de baisers. Son membre se dressa vers moi, s'offrant à ma bouche. Je l'avalai avec tendresse, avec amour. John s'étala plus confortablement sur le lit et retint mes cheveux derrière ma tête pour mieux m'observer. Je lui jetai un regard alors que j'enfouissais son sexe au plus profond de ma gorge.

— Oh, Annabelle !

J'augmentai le rythme, cherchant à le rendre fou. J'adorais lorsque ses doigts écrasaient ma peau ou tiraient mes cheveux sous la jouissance. Alors que je le sentais tout près de perdre la tête, il souffla :

— Ça suffit, arrête maintenant.

Je n'obéis pas. Il était sur le point d'éjaculer, j'en étais sûre !

— Annabelle, je veux te prendre. Arrête.

Je relevai les yeux vers lui, cessant ma fellation.

— Mais… je voulais…

— Plus tard. Là, tout de suite, j'ai envie de t'entendre jouir.

Il me repoussa jusqu'à ce que je tombe sur le dos, puis posa sa bouche entre mes cuisses, me lécha avec gourmandise. J'étais déjà transie de plaisir. Je gardai la main contre mon cou, caressai son collier pendant que je jouissais. Je ne réprimai aucun de mes cris. Je les lui offris avec joie. Il avala le chaud liquide de ma jouissance, remonta vers moi pour m'embrasser à pleine bouche.

— Ce collier te va à ravir, chuchota-t-il, heureux.

— Tout ce qui vient de vous me va à ravir, monsieur.

— Oui, confirma-t-il avec un sourire, c'est vrai.

Il semblait captivé par la façon dont je me donnais à lui. J'en avais même oublié le malheureux épisode avec Maître Denis. J'étais si heureuse de me retrouver en sa compagnie.

— J'ai envie de te faire jouir toute la nuit, m'annonça-t-il.

— Et moi de vous servir, Maître.

— Toute la nuit ?

— Tant que vous voudrez de moi.

Son sourire s'amplifia.

— Cette réponse me plaît beaucoup.

Il m'embrassa. Longuement. Ce n'était pas fréquent que nos bouches se retrouvent, mais c'était délicieux chaque fois. Il me serra contre lui, me positionna sur son corps, inséra son sexe en moi, sans que nos lèvres se quittent. Je m'accrochai aux barreaux de son lit et le chevauchai doucement, puis m'immobilisai avant de lui jeter un regard inquisiteur, me remémorant sa réaction, la dernière fois que j'avais pris une telle initiative.

— Monsieur, puis-je… ?

— Ne me demande plus rien, cette nuit, gronda-t-il. Fais tout ce dont tu as envie.

J'eus du mal à saisir toute la portée de ce qu'il me disait, mais il ne le répéta pas. Quelque chose de fort émanait de cette phrase, je le savais. Je me serrai contre lui, repris mon chevauchement. Doucement, puis de plus en plus fort. Il m'obligea à me cambrer en maintenant mes épaules vers l'arrière. Sa bouche suçait mes seins avec force. Je retins un cri. Non ! Je ne voulais pas jouir. Pas maintenant. C'était son plaisir à lui que je souhaitais. Sans attendre, je me plaquai contre lui, remontai sur son sexe, redescendis en le glissant entre mes fesses, là où il aimait être, là où nul autre que lui n'était jamais allé. Ma peau s'étira, mais je poussai son gland jusqu'au fond.

— Annabelle, souffla-t-il.

Il posa les mains sur mes fesses, les écarta pour me permettre de descendre plus loin encore. Je continuai ma chevauchée. Il jouissait. Si bien et si fort que cela m'excitait comme une folle. Il ne maîtrisait rien ce soir. C'était moi. J'étais la reine du jeu, de son corps et de son plaisir. Voilà qui était exquis. Il gémissait. Fort. Comme jamais je ne l'avais entendu. Sa main glissa sur mon sexe, et il caressa mon clitoris. Je secouai la tête.

— Maître, laissez-moi tout vous donner ce soir, le suppliai-je.

— Tu m'as déjà tout donné, Annabelle.

Il se redressa, me saisit par la taille et me plaqua contre les barreaux du lit. D'un seul coup de reins puissant, il reprit le contrôle de mon corps et de notre chevauchée. Je m'accrochai à son cou, fermai les yeux devant le trouble qu'il provoquait dans mon ventre.

— Jouis, chuchota-t-il contre ma bouche.

— Oh ! Maître !

— Ça m'excite quand tu jouis. Tu le sais, ça ?

— Oui !

Son sexe gonflait en moi, et je n'arrivais plus à contrôler mon souffle.

— Venez avec moi, s'il vous plaît, criai-je, sur le point de perdre la tête.

— Oui.

Je glissai une main entre nous, puis posai les doigts sur mon sexe. John sourit. Le plaisir s'amplifia – le mien autant que le sien. Il éjacula le premier, et j'écrasai mon clitoris pour le rejoindre prestement dans l'extase avant de me laisser choir dans ses bras. Nous étions à bout de souffle, mais sa bouche se posa sur la mienne, m'embrassa tendrement. Notre étreinte sembla durer une éternité. Portée par cet élan, je déposai des tas de baisers à la base de son cou, puis sur son épaule. Tout était si parfait, ce soir. Je ne trouvais pas d'autres mots. J'étouffai un autre sanglot contre sa peau.

— Je vous aime, monsieur, murmurai-je.

Il ne répondit rien, mais sa main caressa mes cheveux, et je fermai les yeux pour prolonger cet instant. Ce fut long. Je crois que ni lui ni moi n'avions envie de briser ce silence qui nous entourait. Lorsqu'il se retira pour s'étendre sur le matelas, je le contemplai, nu et visiblement bien détendu.

— Est-ce que… vous aimeriez… ? demandai-je d'une petite voix.

— Qu'ai-je dit, Annabelle ? Ne me demande rien, ce soir.

— Pardon.

Je revins contre lui, l'embrassai, puis descendis vers son sexe pour le nettoyer sans me presser. Assez pour que son érection reprenne vie et que son gland frémisse entre mes lèvres. Sa main me chercha, caressa ma joue sur laquelle il pouvait sentir le va-et-vient que j'effectuais. Il toucha mon collier, joua avec l'anneau qui sonnait au gré de mes mouvements. Ce fut doux. Long. Magnifiquement parfait.

Il était tard. Je somnolais contre lui, la tête bien calée sur son torse.

— Je voudrais que cette nuit ne s'arrête jamais, avouai-je.

Son rire résonna, et sa main caressa mes cheveux.

— C'est le collier qui vous fait cet effet, mademoiselle ?

— Non. C'est vous.

Je me redressai pour le regarder.

— Aimeriez-vous me fouetter ? Vous n'avez qu'à le demander, vous le savez.

— Ai-je le droit de vous aimer, monsieur ? chuchotai-je.

— Oui, Annabelle. Vous le pouvez.

— Merci, monsieur.

Je retournai me blottir contre lui. John joua avec mes cheveux, très doucement, et me berça ainsi jusqu'à ce que je m'endorme dans ses bras.

CHAPITRE 39

LA REPRISE

Pendant trois semaines, le rythme changea entre John et moi. Il venait plus souvent à mon appartement, il prenait de mes nouvelles et était étrangement gentil. Nos ébats étaient tout aussi intenses, et jamais je ne m'étais sentie aussi proche de lui. Même lorsqu'il n'était pas là, je dormais avec son collier, symbole secret de mon appartenance. Quelque chose de fort nous unissait, j'en étais persuadée. Ne m'avait-il pas permis de l'aimer, après tout ? Un soir où nous étions séparés, il me téléphona pour m'annoncer qu'il redonnait une soirée chez lui.

— Comme la dernière fois ? demandai-je.

— Oui.

Je ne dis rien. J'anticipais déjà la suite de ses paroles.

— J'aimerais que vous soyez là, Annabelle. En tant que soumise, bien sûr. À ce titre, vous aurez le devoir de participer.

Je ne répondis pas. J'avais déjà un sanglot dans la gorge. Était-ce un souhait ou me donnait-il un ordre ?

— Cela aura lieu demain soir. Vous devrez porter votre collier.

— Bien, monsieur, chuchotai-je, en retenant mon souffle.

Je fermai les yeux, en imaginant sans mal les personnes qui seraient présentes à cette petite fête, non sans être légèrement dégoûtée à l'idée que Maître Paul mette la main sur moi.

— Je sais que cela vous effraie, Annabelle, mais je serai là. Vous n'avez rien à craindre.

— Oui, je… je sais, monsieur, bredouillai-je.

Malgré moi, la peur me chavirait l'estomac. J'allais me faire baiser sous les yeux de mon Maître. Voilà qui ne me rassurait absolument pas. Était-ce là son souhait ? Possible que ma crainte se fasse sentir au bout du fil, car il insista :

— Ayez confiance en moi, Annabelle.

— Je vous fais confiance, monsieur, répondis-je. Et je ne vous décevrai pas.

— Bien… Alors à demain, mademoiselle.

Lorsque je raccrochai, j'inspirai longuement pour tenter de reprendre mon calme. Je ne devais pas céder à la panique. John avait raison : je ne devais pas seulement lui offrir mon corps, mais tout ce que j'étais, et cela incluait une confiance totale en son jugement.

Le lendemain, j'arrivai plus tôt pour me préparer avec Laure. Elle m'aida avec mon rasage, moi avec le sien. Nous regardions nos sexes sans aucune pudeur désormais.

— J'adore ces petites fêtes ! dit-elle en se brossant les cheveux.

Je ne répondis pas. J'avais la gorge nouée à l'idée de me retrouver devant tous ces gens, nue.

— Allons, ça va bien se passer ! m'encouragea-t-elle. Il y aura Maître Paul et Sylvie. Janice est tellement douée. Tu vas l'aimer, aussi.

— Ça m'effraie, admis-je.

— C'est normal, mais tu vas prendre ton pied, tu peux me croire ! Maître John n'invite que des gens bien, tu sais. Maître Paul est un peu bourru, mais ça ne me déplaît pas qu'il me traite de petite salope. Il baise bien, en plus ! Ah ! Et Sylvie ! Elle te lèche la chatte, et tu jouis en moins de deux !

— Et… il va y avoir… Simon ?

— Qui ? Ah, le grand blond ? Bien foutu ? Hmm, je ne sais pas, il ne vient pas toujours à ces fêtes. En tout cas, il a de sacrées mains !

— Qu'est-ce qu'il est, exactement ? Un Maître ?

— Non, juste un gars comme ça. Qui sait où notre Maître déniche ses joueurs ?

Elle était folle d'excitation à l'idée de cette soirée. Moi, je n'arrivais pas à m'y faire. Je me souvenais de ma séance avec Maître Denis. Je n'avais ressenti aucun plaisir. Je ne savais pas ce qui m'inquiétait le plus : jouir ou ne pas jouir avec un autre devant mon Maître ?

— Laisse-toi aller ! insista-t-elle. C'est normal d'avoir peur, c'est ce qui rend le plaisir si fort !

Je vérifiai mon allure dans le miroir. À côté d'elle, je me trouvais fade. Vieille. Laure me pinça un sein pour me taquiner. Je lui rendis son geste, et nous éclatâmes de rire comme deux gamines. Je fis un mouvement pour sortir de la salle de bains, mais elle me bloqua le chemin, posa la bouche sur la mienne et m'embrassa doucement.

— Tu veux que je te détende avant qu'on y aille ? chuchota-t-elle en se frottant contre moi.

— Laure…, tu sais que… on n'a pas le droit.

— On sera discrètes. Allez !

Je me détachai, un peu mal à l'aise.

— Laure, non. Monsieur sera… il sera fâché.

Elle râla, mais ne me retint pas. Je filai au sous-sol, où John vérifiait le nombre de bouteilles de champagne au frais. Il me détailla du regard.

— Prête ?

— Je… Oui.

Il me fit signe d'approcher, et je crois que son sourire se voulait rassurant. Mon cœur battait à tout rompre. Personne n'était encore là. Il glissa un doigt dans mon sexe et le porta à sa bouche.

— Ah oui, petite coquine ! Tu es prête.

Je ne parvins pas à soutenir son regard. Pourquoi mon corps me trahissait-il de la sorte ? De la poche de son peignoir, John sortit un bout de ficelle et le plaça à hauteur de mes yeux.

— Tu sais ce que c'est ?

Je hochai la tête. C'était le même bracelet que l'autre soir, celui qui interdisait mon cul aux autres. Il repositionna mon collier, puis caressa ma joue.

— Cela te dérangerait-il de le porter, ce soir ?

— Je… Non, monsieur.

Bien au contraire ! J'étais soulagée et je crois que mon expression en témoignait, d'ailleurs. Il noua le bout de ficelle autour de mon poignet et s'assura de la solidité de son nœud.

— Je dois dire… que je suis très attaché à cette partie de ton anatomie.

— Merci, monsieur.

— Mais pour le reste…

— Je sais, dis-je très vite, et je ne vous décevrai pas.

Du bout des doigts, il releva mon visage vers le sien.

— Tu as le droit de jouir, tu m'entends, Annabelle ?

Je serrai les dents quelques secondes.

— Oui, monsieur. Je ferai de mon mieux.

— Bien ! Va te mettre en position. Nos invités ne devraient plus tarder.

Laure descendit et s'agenouilla dans un coin de la pièce. Je la rejoignis, encore nerveuse devant la soirée qui m'attendait. John se promenait dans la maison, donnait des instructions à l'homme qui gardait l'entrée.

Maître Paul et sa soumise, Janice, furent les premiers à arriver. Lui me détailla du regard avec envie, à peine fut-il installé au salon, et cela me troubla. Je résolus de garder la tête baissée pendant tout le reste de la soirée, espérant lui faire oublier ma présence.

Dès que John lui servit un verre de champagne, la voix de Maître Paul résonna :

— Deux soumises, quand même ! Vous n'êtes pas en reste, mon cher !

— J'ai beaucoup de chance, il est vrai.

— C'est parce que vous êtes écrivain ! Les petites garces, ça les excite ! Vous devez avoir des tas de propositions !

— Quelques-unes, je l'avoue, répondit John avec un rire modeste.

Sylvie arriva, et John alla l'accueillir au bas de l'escalier. Le pied de Maître Paul se posa soudain sur ma fesse et me poussa un peu.

— Toi, ma belle, tu vas y goûter !

Je me doutais bien qu'il me ferait une remarque dans le genre et j'en avais déjà des nœuds à l'estomac. Malgré mes craintes, je ne réagis pas. Je gardai les yeux rivés au sol.

— On attend quelqu'un d'autre ? demanda Sylvie en descendant.

— Une personne, oui.

— Le beau blond ?

Je perçus le regard de Laure se lever subtilement, intriguée.

— Simon, oui, confirma mon Maître.

— Il est adorable, ce petit ! Il devrait devenir Maître !

— Il y a songé, l'an dernier, mais je crois que toutes ces responsabilités l'effraient.

Ils continuèrent de discuter et de boire pendant que Janice, Émilie, Laure et moi étions au sol, têtes baissées.

— Je vois qu'on a droit à une nouvelle, ce soir, roucoula Sylvie en me faisant relever le visage vers elle d'un doigt sous le menton. Décidément, on a les mêmes goûts, John.

— Vous m'en voyez ravi.

Elle me relâcha avant de s'installer dans le canapé.

— Dans tous les cas, elle ne sera pas en reste, votre protégée, ricana Maître Paul. Depuis le temps que je veux me la faire.

— Observez bien son poignet, Maître, avisa John.

— Qu'est-ce que c'est que cette obsession pour son cul ! cingla-t-il. Je ne vais pas vous l'abîmer !

— C'est à prendre ou à laisser. Il y a suffisamment de femmes ici pour combler tous vos besoins, il me semble.

Laure tourna les yeux vers moi, visiblement étonnée par le bout de ficelle qui ornait mon poignet. Mon cœur battait si violemment dans ma poitrine que j'avais du mal à entendre la conversation en cours.

Simon arriva. Je l'entendis s'excuser de son retard. Il fila au premier et revint, cette fois vêtu d'un peignoir. Non que j'aie osé le regarder, mais le tissu frôla ma peau lorsqu'il passa à côté de moi.

— Enfin ! gronda Maître Paul. Nous étions fort impatients de commencer cette soirée !

— Désolé, répéta-t-il en se plantant debout, dans un coin de la pièce.

— Allez, John, faites-nous voir ce qu'elle vaut, votre nouvelle, lança Sylvie. Elle nous excite bien, comme vous pouvez le constater.

John claqua des doigts à côté du fauteuil où il était installé.

— Approche, Annabelle. En chienne.

Je m'avançai vers lui à quatre pattes et me positionnai à ses pieds.

— Montre donc à Sylvie quelle bonne chienne tu es.

Je ne savais pas trop ce que cela voulait dire, mais je m'avançai, à quatre pattes. Elle écarta les jambes devant moi. Son pantalon de cuir était complètement ouvert au milieu et dévoilait un sexe finement rasé.

— Lèche ! dit-elle avec un large sourire. Montre-moi ce que tu sais faire.

J'imaginai le sexe de Laure au lieu de celui-ci, y jetai ma bouche, répétai les mêmes gestes, un peu mécaniquement. Je m'appliquai. Il était hors de question de faire honte à mon Maître.

— Ah oui, elle est douée ! Émilie, montre donc à Maître John comment tu te sers de ta bouche, toi aussi.

Je perçus du mouvement. Fis mine de ne pas l'entendre. Qu'une autre femme touche John me retournait l'estomac. Je ne devais pas y penser. Sylvie poussa ma tête plus avant en elle. On ordonna quelque chose, mais je n'entendis pas. Je sentais de l'agitation, partout autour de moi, mais je ne me concentrais que sur ce sexe et sur les réactions de Sylvie.

— Oui, petite, comme ça. Comme ça !

Elle jouit rapidement, mais je continuai de la lécher, inlassablement. Elle repoussa ma tête, puis la tapota comme si c'était celle d'un chien.

— Tu as été très bien, petite. File au centre.

Maître Paul prenait Laure par-derrière alors qu'Émilie suçait mon Maître. Simon caressait Janice. Il me tendit la main alors que je m'apprêtais à retourner au centre de la pièce.

Je m'avançai vers lui, toujours à quatre pattes. Janice gémissait comme un instrument de musique entre ses mains, et il vérifia l'autorisation de mon Maître avant de m'impliquer dans leur jeu.

— Embrassez-vous, mesdemoiselles, dit-il.

Janice tendit les lèvres vers les miennes et me toucha sans hésiter. Je répondis à son geste, mal à l'aise face à ce corps si imposant contre le mien. Elle me semblait beaucoup plus grande, un peu rustre aussi. Simon nous enlaça alors que nous étions l'une contre l'autre. Ses mains nous caressaient avec beaucoup d'habileté, et je me remémorai cet orgasme qu'il m'avait offert la dernière fois. Il glissa la main entre mes cuisses, et je ne doutai pas que Janice ait droit au même traitement. J'écartai les jambes pour lui faciliter la tâche.

— Étendez-vous, mesdemoiselles, chuchota-t-il.

— Deux femmes, monsieur Simon, je veux bien voir cela !

Il ne sembla pas entendre la voix railleuse de Sylvie. Une fois que je fus couchée aux côtés de Janice, Simon nous fit signe de nous embrasser. Décidément, il avait un don pour nous faire oublier les gens qui nous entouraient. J'obéis. J'embrassai goulûment la bouche de Janice en lui touchant les seins. Simon nous prenait l'une et l'autre, en même temps. Ses doigts poussaient dans mon sexe et me faisaient tressaillir. Ma compagne jouissait fort, repoussait ma bouche pour chercher l'air frais, puis elle revint dévorer ma poitrine. Je fermai les yeux. Oubliai les gens dans cette pièce. Je me concentrai sur cette main en moi. Lorsque l'orgasme me saisit, j'emprisonnai la main de Simon entre mes cuisses et le cherchai du regard pour le remercier. Il me sourit doucement pendant que Janice revenait contre ma bouche. Elle perdit la tête à son tour, se tortillant dans tous les sens. Le spectacle devait être saisissant.

— À moi, gronda Maître Paul en se rapprochant de nous.

Je perdis immédiatement la béatitude que m'avaient procurée les caresses de Simon. Peut-être perçut-il ma crispation, car ses doigts étaient toujours en moi. Je ne sais pas si mon Maître donna l'autorisation à Maître Paul d'user de ma personne, mais il repoussa cavalièrement Simon et le remplaça entre mes cuisses. Ses doigts plongèrent rudement dans mon sexe.

— Ah oui ! Tu es bien chaude, maintenant. Tu vas voir, un peu ! (Il fit un geste pour me tourner, impatient.) À quatre pattes, chienne !

Je me redressai, un peu mollement, pendant qu'il cherchait à réintroduire ses doigts en moi.

— Qu'est-ce que tu es mouillée. Tu m'excites, salope !

Il m'écarta les cuisses, se dépêcha d'enfiler un préservatif avant de me pénétrer avec force. Cogna contre mon flanc. Mes yeux cherchaient un lieu à fixer, mais tout bougeait autour de moi. Il me faisait glisser contre lui, me repoussait, et ses mains me tenaient fermement la taille. Je relevai les yeux vers John qui observait la scène, sans réaction particulière. On aurait dit qu'il analysait froidement chacun des détails de cet instant. Voulait-il en faire un texte ? Je réprimai un sanglot, baissai la tête vers le sol, espérant que Maître Paul éjacule rapidement. Il était excité. Cela jouerait-il en ma faveur ? Je refusai à mon ventre le droit de jouir. Je ne voulais pas céder à cet homme. D'un coup sec, il me claqua une fesse.

— Ça te plaît, hein ? Allez, petite, fais-nous voir comment tu jouis !

Il recommença, plus fort cette fois. J'étouffai un cri de douleur. Il prit ce bruit pour de la jouissance et augmenta le rythme de ses coups de boutoir.

— Ah oui, quelle garce tu fais ! Je vais te défoncer, moi !

Il essaya d'introduire un doigt dans mon anus. J'eus un mouvement de recul et je tentai de me débattre. Il m'écrasa facilement sous son poids, m'obligeant à reprendre ma position à quatre pattes, mais un léger grognement de mon Maître lui fit comprendre qu'il n'approuvait pas son geste. Aussitôt, Maître Paul retira son doigt, mais son sexe semblait vouloir se venger de cet affront. Il m'écarta les fesses jusqu'à ce que la peau me fasse mal, me martela avec une telle force que je devais me retenir au sol pour ne pas glisser. Au bout de trois coups, il me tira violemment les cheveux vers l'arrière jusqu'à ce que mes mains ne touchent plus terre pour me chevaucher. Je fus incapable de retenir mon cri.

— Oh oui ! Débats-toi ! Tu m'excites !

Son sexe gonflait. Je le sentais. Je fermai les yeux pendant qu'il redoublait d'ardeur, à bout de souffle.

— Oh oui, tu m'excites ! répéta-t-il jusqu'à ce qu'il s'épanche enfin.

Une fois comblé, Maître Paul continua de donner des coups de bassin, puis relâcha ma tête. Je retombai à quatre pattes, en larmes.

— Ça t'a plu, ma chienne, hein ?

Il claqua mon cul avec une force qui me tira un nouveau cri.

— Dis-le, allez !

— Oui, Maître, soufflai-je.

— Ça suffit, gronda John. Vous avez eu ce que vous vouliez, lâchez-la, maintenant ! Laure, calme Annabelle !

Le corps de Maître Paul s'éloigna de moi, et les douces mains de Laure me tournèrent sur le dos. Je fermai les yeux pendant que sa bouche léchait mon sexe. Cette fois-ci, je n'étais pas mécontente qu'on m'accorde un peu de douceur. J'étais dégoûtée, humiliée, et je ravalai un sanglot. Je n'osais plus rouvrir les yeux. J'avais peur de croiser le regard de Maître Paul, et plus encore celui de John.

— Laisse-moi goûter, intervint la voix de Sylvie.

Je compris que Laure se détachait de moi et qu'une autre bouche remplaçait la sienne. Une bouche beaucoup plus gourmande, qui me fit frissonner en moins de trois secondes. Sa langue semblait aussi dure qu'un sexe d'homme, et ses lèvres taquinaient mon clitoris avec volupté. Je savais qu'elle allait me faire jouir. Et vite. J'ouvris les yeux, cherchai mon Maître du regard. Il ne souriait pas, mais il hocha la tête quand même. Je refermai les yeux, me laissai envahir par le plaisir. J'eus un orgasme bruyant. Violent aussi : mon corps se redressa dans un spasme, puis retomba dans un même souffle. Qu'est-ce qu'elle était douée !

Sylvie me léchait, inlassablement. Douce et ferme à la fois. Lorsqu'elle remonta vers moi, elle écrasa les lèvres contre les miennes et m'embrassa avec sensualité.

— Tu jouis bien, dit-elle avec un sourire. Et quels orgasmes tu as !

— Et vous…, madame…, vous êtes… incroyable, soufflai-je, encore sous le choc de ses caresses.

Elle sourit, visiblement ravie de mon compliment, puis ses yeux dérivèrent à travers la pièce.

— Émilie, il n'y a que toi qui n'as pas goûté la nouvelle. Viens lui montrer comme tu lèches bien.

Une autre tête se glissa entre mes jambes, fouilla mon sexe. Sylvie restait à mes côtés, m'embrassait, me caressait les seins. Tout mon corps était tendu depuis mon dernier orgasme. La bouche d'Émilie n'était pas aussi douée que celle de sa maîtresse, mais elle était experte, ça oui ! Mon corps allait exploser. Je cherchai le sexe de Sylvie pour y insérer les doigts, comme pour la remercier de ce bonheur qu'elle m'avait offert. Elle gémit doucement, et j'eus l'impression que nous partagions un moment unique, toutes les deux. Puis tout disparut, et je me laissai chuter dans l'orgasme.

Nous restâmes longtemps, toutes les trois, à nous caresser les unes et les autres. Je ne m'en lassais pas. Puis la voix de mon Maître résonna :

— Annabelle, aux pieds !

Je sursautai devant son ordre, puis me détachai des autres femmes pour retourner, en chienne, devant mon Maître. Je me replaçai en position de soumise. Il pointa du doigt son sexe dressé, humide. Il venait de prendre quelqu'un, probablement. Je m'avançai vers lui, et il guida ma tête entre ses jambes. Ma bouche masqua son gland, le poussa jusqu'au fond de ma gorge, puis j'entamai sur mon rythme habituel. Celui qu'il préférait. D'une main, il ralentit mes gestes.

— Doucement. Nous avons tout le temps, mademoiselle.

Il avait raison. Plus j'étais là, à ses pieds, moins je serais obligée de jouer avec les autres. Je lui obéis, contente de sa requête et heureuse de retrouver mon Maître.

De nombreux gémissements montaient du centre de la pièce. J'oubliai tout. Seul mon Maître comptait. Seul son plaisir m'importait. Je le suçai jusqu'à ce que les muscles de mon visage deviennent douloureux, mais rien ne sortit de son sexe. Il m'arrêta et me demanda de monter sur lui. Je m'exécutai, et il se laissa prendre alors que je le chevauchais doucement. D'un simple regard, je compris ce qu'il voulait et empalai mon cul sur son sexe, me cambrai davantage vers l'arrière, jouis par petits soupirs. Il me ramena contre son torse et reprit ses mouvements de bassin, accélérant le rythme.

Il voulait me rendre folle, je le savais. Il me scrutait et semblait se délecter du plaisir qu'il provoquait en moi. Je ne résistai pas. J'étais tellement heureuse d'être avec lui. J'en oubliai le monde extérieur et laissai mes soupirs se transformer en petits cris.

— Oh Maître ! Je… je vais…

Je ne parvins pas à prononcer le reste de ma phrase, j'étais déjà dans des convulsions auxquelles je m'abandonnai volontiers. Il me retint de ses mains alors que j'essayais de me cambrer. Il me ramena contre lui et me caressa les cheveux pendant que je reprenais mon souffle. J'aurais voulu que nous soyons autre part, lui et moi. Que personne n'ait pu assister à un tel spectacle. C'était si délicieux que j'aurais souhaité que cela reste notre petit secret. J'ouvris les yeux, perçus un regard sombre de la part de Laure. Quelque chose que je connaissais bien pour l'avoir moi-même ressenti vis-à-vis d'elle : de la jalousie.

— Viens ici, petite. Montre-moi ce que vaut ta bouche, gronda Maître Paul lorsque je retournai aux pieds de mon Maître.

Je savais déjà, juste à son intonation, qu'il s'adressait à moi. Je me dirigeai à quatre pattes dans sa direction.

— Annabelle, attends, m'arrêta mon Maître.

Je me figeai, à mi-chemin.

— Allons, Maître, vous n'allez pas garder cette petite garce pour vous tout seul !

— Contrairement à vous, Simon, Émilie et Laure n'ont pas eu droit à ses faveurs. Vous devrez passer votre tour, cette fois.

Je jetai un coup d'œil aux trois personnes en question. Simon léchait Laure et m'invita à les rejoindre. Je vérifiai auprès de mon Maître, et il accepta d'un hochement de tête. Je tentai d'embrasser Laure, mais elle tourna le visage dans l'autre direction, visiblement ébranlée par ma séance avec notre Maître. Simon remonta vers elle.

— Étends-toi sur le canapé, tu veux ? chuchota-t-il à son oreille.

Elle obéit docilement, et il s'installa à ses côtés. Les mains de Simon se mirent à la caresser pendant que son sexe se dressait vers moi. Comprenant son désir, je me faufilai entre eux deux et débutai une fellation. Il gémissait comme s'il chantait, doucement, timidement. Laure, en revanche, semblait se délecter de ses caresses, et ses soupirs couvraient ceux de son partenaire. J'attendis qu'elle ait son orgasme avant d'amplifier mes gestes. La main de Simon se posa sur ma joue.

— Annabelle…, tu es… très douce…

Au diable, ma douceur ! Mes lèvres exercèrent une telle succion sur son sexe que je le sentis tressaillir.

— Attention. Je vais…, chuchota-t-il, sur le point de jouir.

Il me prévenait ? C'était une première ! Son sexe s'échappa prestement de ma bouche, et il éjacula dans sa main, juste sous mon nez. Je restai là, surprise par son geste, à le dévisager pendant qu'il reprenait ses esprits.

— Alors, Simon ? demanda mon Maître.

— Elle est géniale. Vous avez beaucoup de chance, Maître.

— Oui. Je sais.

Simon récupéra une serviette et s'essuya sans rien exiger de ma personne. Ne voulait-il pas que je le nettoie ? Pour ma part, je revins me repositionner près de mon Maître. La fête s'essoufflait, et moi aussi. Quand Sylvie m'attira vers elle et m'embrassa de nouveau, Émilie chercha aussitôt à se joindre à nous. Je retournai auprès des femmes, et mon Maître fit en sorte que plus aucun homme ne me touche cette nuit-là. Plus aucun. Sauf lui, bien sûr.

CHAPITRE 40

L'IMPAIR

Je ne revis John que plusieurs jours après cette soirée. Je me languissais cruellement de lui. Jamais notre séparation n'avait été aussi longue. Je ne reçus aucune visite-surprise ni aucun coup de téléphone de sa part. C'était inhabituel. On aurait dit qu'il avait oublié mon existence. Je dormais nue, avec mon collier, le portable sur ma table de chevet. Je me souvenais parfaitement de ce qu'il avait fait pour moi, ce soir-là. Il m'avait protégée contre Maître Paul, contre ses assauts. Il avait empêché que l'on me sodomise. Il éprouvait quelque chose pour moi, j'en étais certaine. Après cette nuit magnifique où il m'avait offert ce collier, tout comme les nombreuses autres qui avaient suivi à mon appartement, comment pouvais-je en douter ? J'avais vu la surprise de Laure devant mon bracelet, sa jalousie aussi. Je la comprenais parfaitement. Combien de fois mon ventre s'était-il noué alors qu'il la prenait devant moi, qu'il la faisait jouir en me laissant de côté ? Il nous aimait toutes les deux, probablement, mais il me plaisait de croire que c'était plus intense entre nous.

Cette fois-là, il téléphona tard le soir. Plus qu'à l'accoutumée. Il annonça sa venue, signe que je devais me préparer à l'accueillir. Je sautai dans la douche, fis ma toilette, excitée à l'idée de le revoir après tant de jours sans nouvelles, sans même avoir le droit de me caresser.

Il entra alors que je l'attendais à genoux, sur le sol du salon, près du fauteuil sur lequel il avait l'habitude de s'asseoir.

— Bonsoir, Annabelle.

— Bonsoir, Maître.

Il ne s'assit pas, mais resta debout près de la porte qu'il avait refermée derrière lui et m'observa en silence.

— Je suis… heureuse de vous revoir, Maître.

— Je ne t'ai pas autorisée à parler, me gronda-t-il. Aurais-tu déjà perdu tes bonnes manières ?

— Pardon, monsieur, soufflai-je en baissant davantage la tête.

Il marcha en direction de ma chambre, et je l'entendis fouiller dans mes placards. Il revint vers moi avec une robe à la main. Il la jeta sur le canapé et prit place sur le fauteuil, près de moi.

— Regarde-moi, Annabelle.

Je levai la tête vers lui, eus une légère émotion en revoyant son visage, dont il m'avait privée depuis si longtemps. Mon ventre se tordait déjà de plaisir.

— J'ai commis un impair avec toi, et je vais devoir le réparer.

Son intonation et ce qu'il annonçait n'étaient en rien rassurants. Il semblait impassible, contrarié même.

— J'ai négligé Laure depuis que tu es avec moi. Tu n'es plus une novice, maintenant, et je crois qu'il est temps que je cesse de te protéger.

Tout cela ressemblait à l'introduction d'une nouvelle épreuve, et je perçus un léger tremblement dans mes cuisses.

— J'ai passé ces derniers jours à réparer le tort que j'avais fait à Laure, mais je me rends compte que tu as peut-être mal interprété mon rôle de Maître.

Son « rôle » ? Pourquoi est-ce que cette discussion me paraissait déjà difficile à entendre ? Était-ce son ton froid ? La façon détachée qu'il avait de poser les yeux sur moi ?

— Mon rôle, Annabelle, est de te faire progresser. Toi, autant que Laure. Je ne voulais certainement pas qu'elle se mette à te jalouser. J'ai dû lui expliquer que tu étais mon nouveau jouet et que je veillais sur ta sécurité au même titre que j'avais veillé sur la sienne, au début de notre relation. Je comprends, maintenant, que je n'aurais pas dû t'offrir ce statut privilégié à cette fête. Vous auriez dû être égales, toutes les deux. Je le regrette, crois-le bien. Qui plus est, cela m'a causé bien des soucis.

Je serrais les poings à m'en faire mal tellement ses paroles me blessaient. Il regrettait de m'avoir offert ce bracelet, l'autre soir, et le chagrin qu'il avait causé à Laure ? Même si cela m'en coûtait de l'admettre, je partageais sa culpabilité. Il m'avait favorisée alors que j'aurais dû être l'égale de son autre soumise. À la place de Laure, j'aurais été malheureuse, aussi.

— Pour Laure, ce n'est plus un problème. Elle a eu réparation, annonça-t-il. Cependant, tu m'as mis dans une drôle de position vis-à-vis de Maître Paul.

Le souvenir de l'ignoble individu me revenait en mémoire. J'avais vu son regard lorsque John lui avait refusé cette fellation. Je baissai la tête, frappée par la honte que je faisais subir à mon Maître, une nouvelle fois.

— Pardonnez-moi, soufflai-je.

— C'est moi qui ai fait une erreur, Annabelle. Cependant, comme tu es celle qui en a profité, je vais avoir besoin de toi pour… réparer ma bêtise.

Je hochai la tête docilement.

— Bien sûr, Maître. Demandez-moi ce que vous voulez.

— J'ai convenu d'un arrangement avec Maître Paul. Bien évidemment, tu en fais partie.

Mon visage se contracta.

— Annabelle, je sais que Maître Paul est vulgaire et rustre à ses heures, mais c'est un excellent Maître. Et c'est aussi un ami. Tu comprends ?

— Oui, Maître.

— D'autre part, il peut t'apporter quelque chose de très différent de mon enseignement. Il excelle en bondage et il maîtrise parfaitement le fouet. Il pourrait t'offrir énormément…

Ses paroles provoquaient un véritable chaos dans mon ventre. J'eus peur de m'évanouir. Attachée et battue ? C'était donc là ce qu'il me demandait ?

— Tu es en droit de refuser ma requête, Annabelle, parce que c'en est une. Je veux que tu t'offres à Maître Paul de la même façon que tu t'offres à moi.

Je relevai des yeux larmoyants vers lui, incapable de prononcer le moindre mot. Mes lèvres se pinçaient, se tordaient de douleur. J'essayais de retenir mes larmes.

— Pour que nos relations redeviennent comme avant, Maître Paul a exigé trois heures en ta compagnie, dans sa propre résidence. Seul avec toi. Cela signifie que tu seras livrée à toi-même et qu'il pourra faire ce qu'il voudra de ta personne. Aucun bracelet. Et aucune exigence de ma part ne pourra être émise.

Je crus défaillir. Cet homme allait me prendre sauvagement pour se venger de ma froideur, je n'en doutais pas. Des larmes coulaient sur mes joues, et mon corps tremblait de plus en plus fort.

— Vous voulez… que j'accepte, monsieur ? bafouillai-je d'une voix presque inaudible.

— Cela, ce n'est pas à moi d'en décider, mais à toi, Annabelle. Le seul avantage de ta condition, c'est que je suis généralement responsable de tes actes. Cela allège ta conscience lorsque tu commets des gestes que tu juges dégradants pour ta personne. Lorsque je t'oblige à agir en chienne ou que je te punis, rien de tout cela n'est de ta responsabilité, mais de la mienne. Tout ce que tu peux te reprocher, c'est d'avoir accepté de m'obéir.

Je n'étais pas certaine de tout comprendre. Mon cerveau était engourdi par la peur, et mon tremblement ne faisait que s'intensifier.

— J'attends ta réponse, Annabelle. Cette fois, ce sera ton choix et non le mien.

Il me fallut un temps considérable pour parvenir à maîtriser mon tremblement. John était là, assis, à me dévisager en silence. Voyait-il tout l'émoi qu'il provoquait en moi ?

— Puis-je… poser une question, monsieur ?

— Bien sûr.

— Est-ce que… si j'accepte… vous… vous…

— Oui, Annabelle ?

— Serez-vous… fier de moi ?

Il fronça les sourcils, et je compris que ma question l'avait surpris. Il ne répondit pas pendant plusieurs secondes, alors j'insistai :

— Est-ce que… cela réparera… tout le tort que j'ai causé, monsieur ?

Il pinça les lèvres et se pencha vers moi. Il me caressa la joue d'un geste tendre, et je fermai les yeux, si heureuse de sentir ses doigts sur moi. Il me semblait que cela faisait une éternité qu'il ne m'avait pas touchée.

— Oui, Annabelle, répondit-il d'une voix douce. Je serai fier de toi. Et Maître Paul ne me tiendra plus rigueur pour les actes que j'ai commis l'autre soir.

Il se détacha de moi, se réinstalla dans le fauteuil.

— J'attends toujours ta réponse.

— Je ferai… n'importe quoi pour vous, monsieur.

Il détourna la tête.

— Ce n'est pas une réponse.

— Oui, monsieur. Je le ferai. Pour vous.

Il reposa les yeux sur moi. À ma grande surprise, ils étaient tristes et froids.

— Bien. Habille-toi, maintenant. Il nous attend.

« Maintenant » ? Mon tremblement reprit de plus belle, mais la robe qu'il avait sélectionnée ne m'avait-elle pas déjà mise sur la voie ? Je me relevai maladroitement et laissai glisser le vêtement sur mon corps.

J'arrangeai mes cheveux, repris ma position de soumise, debout cette fois. Il se leva, récupéra mes clés et ouvrit la porte. J'enfilai mes chaussures et le suivis à l'extérieur.

Nous étions dans la voiture lorsqu'il reprit la parole :

— Seras-tu à la hauteur, Annabelle ?

— Oui, monsieur.

— Tu pourras, à tout moment, arrêter votre séance, mais je préférerais que tu abdiques maintenant si tu ne t'en sens pas la force.

— Vous serez ma force, monsieur. Je ne vous décevrai pas.

Il posa une main sur ma cuisse, la serra entre ses doigts.

— Tu es une bonne fille, Annabelle.

— Merci, monsieur.

Une vingtaine de minutes plus tard, mon Maître arrêta la voiture devant une maison en banlieue.

— Voilà. Nous y sommes.

Je restai immobile et inspirai un bon coup, à la recherche de courage.

— Maître Paul m'a fourni ses derniers tests médicaux, pas plus tard que ce matin, annonça John. Sais-tu ce que cela signifie ?

Je tournai la tête dans sa direction, incapable de lui répondre.

— Il exige de te prendre à sa guise, sans protection. (Je clignai des yeux, peu sûre d'apprécier cette information.) Va, maintenant, ordonna-t-il.

J'ouvris la portière d'un geste mécanique. J'avais l'impression de n'être plus tout à fait consciente. Il m'interpella avant que je la referme derrière moi :

— Annabelle ?

— Oui, monsieur ?

— Fais en sorte que je sois fier de toi.

— Oui, monsieur.

Il me jeta un regard entendu, et je refermai la portière. Il démarra sans attendre, me laissant là, au milieu de nulle part, devant une maison dans laquelle je n'avais jamais mis les pieds, sans argent ni papiers. J'inspirai avec difficulté, puis marchai en direction de la porte.

CHAPITRE 41

MAÎTRE PAUL

Maître Paul m'accueillit vêtu d'un peignoir, un sourire satisfait accroché au visage.

— Bienvenue chez moi, ma jolie. Entre, voyons !

Il m'entraîna dans le sous-sol de sa maison, et je frémis dès que j'en aperçus le mobilier. Tout était noir. Des bougies étaient allumées partout dans la pièce. Un énorme lit trônait au centre. Tout cela ne me révulsait pas outre mesure, mais un système de cordes et de poulies pendait du plafond. Je serrai les dents pour empêcher mon tremblement d'être audible.

— Jolie pièce, pas vrai ? On va bien s'amuser, tous les deux.

J'étais pétrifiée. Je fixai les cordes et portai machinalement la main à ma gorge. J'aurais aimé sentir le collier de John sur ma peau.

— Bien, déshabille-toi. On n'a pas beaucoup de temps.

« Pas beaucoup de temps » ? Trois heures ? Cela me semblait être déjà une éternité ! Je fis glisser ma robe à mes pieds, me penchai pour la ramasser, et Maître Paul en profita pour me fourrer deux doigts dans la chatte.

— Je vois que tu es déjà excitée ! Bien !

Sa voix exprimait un certain contentement. Je m'étais redressée sous son geste et lui avais jeté un regard que je regrettais déjà. Il le soutint néanmoins.

— Tu veux dire quelque chose, ma jolie ?

— Je… Non, monsieur. Pardon, monsieur.

Je me repenchai pour reprendre ma robe, et il recommença son manège.

— Sacré salope ! Qu'est-ce que tu m'excites, toi.

Je me relevai doucement pour ne pas le froisser. Je pliai ma robe, puis la déposai au pied de l'escalier. Il me suivit, la main dans mon sexe, me frottant vigoureusement.

— Tu mouilles bien !

Il me poussa contre la rampe d'escalier, m'écarta les cuisses, intensifia son geste. Je fermai les yeux, déjà excitée par ses mouvements. Je n'avais pas joui depuis si longtemps que toute cette zone me semblait très sensible. J'eus un gémissement que je tentai de retenir.

— C'est bien. Je vois que tu es docile, ce soir.

Il retira ses doigts, m'agrippa par le bras et me conduisit vers le lit. Il me claqua une fesse.

— Grimpe là-dessus.

J'obéis pendant qu'il montait sur le lit avec moi. Il m'attacha, dos à lui, les mains en hauteur, à chaque extrémité du lit. Il étira les liens jusqu'à ce que je sois incapable de retenir un petit cri.

— Tu n'es pas très souple. Avec moi, tu n'aurais pas ce problème, tu sais.

Il toucha mes aisselles, mon ventre, puis mes seins. Je crois qu'il vérifiait que mes muscles étaient suffisamment tendus. Il s'amusa avec mes seins pendant un moment, les pétrit comme on le ferait avec de la pâte en disant :

— Ah oui, petite, tu m'excites ! Tu vas voir ce que je vais te faire. Tu vas en redemander !

Ce n'était pas plus encourageant que la position à laquelle il me soumettait. Il lâcha ma poitrine, récupéra mes pieds, les bloqua aux autres extrémités. Si loin que j'étais suspendue dans le vide, au-dessus du lit, les bras et les jambes écartés comme ceux d'une poupée de chiffon. Il utilisa un système de poulie pour modifier mon angle, remonta ma croupe plus haut, me claqua une fesse avec bruit.

— Ah oui, tu fais moins la maligne comme ça, hein !

Il caressa ma peau : mon dos, mes cuisses, mes mollets, retourna sur mes seins, mon ventre, mon entrejambe.

— Quelle œuvre d'art je ferais en t'attachant, si on avait toute la nuit. Tu serais bien jolie, empaquetée comme un cadeau de Noël. Enfin… on n'a pas trop le temps. Ce sera pour la prochaine fois.

Encore une claque sur ma fesse, toujours la même. Elle commençait à m'échauffer. Il retira son peignoir, le jeta sur le côté pour que je le voie bien tomber. Je crois qu'il voulait m'annoncer que la séance allait commencer.

Il quitta le lit, en fit le tour pour m'observer, ainsi maintenue.

Complètement à sa merci.

— Habituellement, je ficelle mes soumises et je les bâillonne, mais pas ce soir. Non. Ce soir, je veux t'entendre crier. Hurler. De douleur d'abord. De plaisir, ensuite. Ne te gêne pas, petite. Ça va drôlement m'exciter.

Je laissai retomber la tête pour éviter son regard. J'étais dans une position qui me permettait si peu de liberté que seules mes dents en train de claquer témoignaient de la peur qui me saisissait. Je les bloquai avec ma langue. Je ne voulais pas lui offrir cette satisfaction. Il reprit ses pas, et je relevai la tête pour vérifier où il allait. Il revint avec un fouet, le positionna devant mon nez, le poussa contre ma bouche.

— Suce !

J'ouvris la bouche, entrepris de sucer l'objet, ou, plus précisément, la partie rigide qu'il tenait en main puisque le fouet était composé de plusieurs lanières de cuir.

— Bien. Ça suffit.

Il le retira de ma bouche, tourna autour de moi en laissant les lanières caresser mon dos.

— Dommage qu'on n'ait que peu de temps, ma jolie.

Il m'assena un premier coup sur le dos. Ce ne fut rien de doux, bien au contraire, mais je restai de glace. Il recommença deux, puis trois fois. J'avais cessé de respirer et serré les dents pour éviter de crier. Seuls des gémissements de douleur m'avaient échappé. Il continua de marcher autour de moi, et je me dépêchai d'aspirer de l'air frais pendant que je le pouvais. Lorsque je n'entendis plus ses pas, je récupérai un maximum d'air en moi et bloquai ma respiration, encore. Trois nouveaux coups tombèrent sur mes fesses. Les lanières allaient partout, me brûlaient. Il continua sa marche, lente, autour de moi, reprit ses coups sur mon dos. Mes gémissements s'amplifièrent. Il frappait au même endroit que la fois précédente, où ma peau était encore sensible. Il passa devant moi, me releva le menton, vérifia mes yeux et les larmes qui en coulaient.

— Oui, ça te plaît.

Il commença un second tour. Cette fois, j'eus l'impression que ses coups étaient beaucoup plus forts. Ils me tirèrent un premier cri que j'étouffai en serrant les dents.

— Tu peux jouir, tu sais. Je ne vais même pas t'en vouloir.

« Jouir » ? Était-il complètement fou ? Je n'arrivais même pas à reprendre mon souffle. Ses mots me déstabilisèrent et m'empêchèrent de me préparer à son prochain assaut. Il reprit ses coups de fouet sur mes fesses. Cette fois, je criai.

— Tu t'amuses, on dirait.

J'étouffai un sanglot, tentai de me détendre et de me calmer. J'avais l'impression que la peau de mon dos était déchirée tellement elle m'élançait. Ma position ne faisait rien pour m'aider. J'aurais aimé me recroqueviller sur moi-même, assouplir ma peau, essuyer mes larmes. Il revint devant moi.

— Ton Maître sera très fier de toi, petite.

Il tenait son sexe dans une main, le fouet dans l'autre. Je crois qu'il se masturbait. Il appréciait donc tant que cela le spectacle ?

— Montre-moi un peu ce que tu sais faire.

Il laissa tomber le fouet sur le sol, et j'eus du mal à ne pas laisser échapper un soupir de soulagement. Il me fit descendre vers l'avant alors que mes pieds se relevaient. Il ajusta la position pour que ma tête soit au niveau de son sexe, le poussa dans ma bouche sans attendre. Je tentai de répondre à son assaut, mais je ne pouvais rien faire dans cette position. Il ne semblait pas dérangé outre mesure. Il effectuait, seul, ses mouvements de va-et-vient, prenant ma bouche comme on prend un sexe.

Il donnait des coups de bassin, me procurant des haut-le-cœur auxquels il n'accorda aucune attention. J'eus peur de vomir. Je laissai échapper une plainte. Sa main se posa sur ma tête, comme pour avoir une meilleure prise sur moi.

— Suce, bébé. Montre-moi ce que vaut cette petite gueule de chienne.

Il amplifia ses gestes, et sa respiration s'emballa. Il gémit doucement.

— Oh oui, c'est bien ! N'arrête pas.

Arrêter ? Comment ? Il violait ma bouche ! Je n'avais plus aucun contrôle sur ce qu'il faisait à mon corps ! Je pinçai les lèvres, caressai son gland de ma langue. Puisqu'il fallait y passer, autant que cela se fasse le plus rapidement possible. Dans le peu de latitude que j'avais, j'y plaçai tout mon dévouement. Cela fit son effet.

— Oh ! Salope !

Il retira son sexe de ma bouche, m'éjacula sur le visage. Je fermai les yeux, juste avant d'être aveuglée par sa semence. Je toussai, à bout de souffle pendant qu'il continuait d'éjaculer. Il frotta son sexe gluant sur ma joue, comme s'il tenait à m'en mettre partout. C'était affreusement humiliant.

— Tu fais moins la fine bouche, maintenant, pas vrai ?

Je sentais mes cheveux se coller à son sexe. Je me risquai à ouvrir les yeux et dus m'y reprendre à plusieurs fois avant que ma vision s'éclaircisse. Ce que je vis n'était guère rassurant, il s'était penché pour récupérer son fouet. Il recommença le même manège, et ses coups reprirent sur mon dos et mes fesses.

Je ne retenais plus mes cris, c'était inutile. Mes larmes lavèrent un peu mon visage, dégagèrent mes yeux. Il prenait son temps, écrasait parfois ses doigts quelques secondes dans mon sexe, puis il grognait :

— Ah oui, ça t'excite, hein petite chienne ?

Le pire, c'est que je sentais que cette partie réagissait. Était-ce tout ce temps sans sexe ou la douleur provoquait-elle vraiment cette réaction en moi ? C'était d'autant plus affreux que je ne souhaitais pas jouir. Pas comme ça. Pas avec lui. J'étais dégoûtée. Autant de lui que de la réaction de mon propre corps. J'éclatai en sanglots, mais cela n'eut aucun effet sur lui. Il reprit ses coups sur mes fesses, puis j'entendis le bruit du fouet sur le sol. Encore un moment où l'espoir refit surface en moi. Je me gavai d'air frais. C'était tout ce qui m'était permis dans cette position.

Son sexe s'introduisit en moi. Une fois, deux fois. Si fort que mes poignets et mes chevilles ressentaient le poids de Maître Paul et s'étiraient davantage. J'eus un gémissement, mais j'aurais été incapable de dire si c'était de douleur ou de plaisir. Tout se confondait. Mon corps était si endolori que la moindre sensation était décuplée. Au troisième coup, un spasme tordit mon ventre, et le bruit qui sortit de mes lèvres me trahit.

— Oui. Je savais bien que ça te plaisait. Maintenant que ton Maître n'est pas là, tu fais moins la fière, hein ?

Il continua de me pénétrer, et je tentai d'étouffer ce qui grondait en moi. Ce plaisir, affreusement alléchant, dont j'avais été privée pendant de trop nombreux jours. Il surgissait, là, avec lui, cet ignoble individu. Je priai pour que mon corps ne ressente plus rien, pour que ma conscience s'évapore. Je ne voulais pas jouir comme ça. Il augmenta la force de ses coups, un autre cri franchit mes lèvres, puis un autre. Je tirai sur mes attaches pour libérer mes mains. J'aurais voulu les écraser dans ma bouche. J'aurais aimé qu'il me bâillonne. Tout, mais pas ça.

— Continue, tu m'excites.

C'était à la limite de l'absurde. Tout ce qui m'arrivait était précisément ce que je refusais. Je ne voulais ni l'exciter ni jouir, mais c'était bien tout cela qui survenait. Je fermai les yeux, songeai à autre chose, à n'importe quoi d'autre. Il y eut un moment de répit pendant lequel aucun son ne franchit mes lèvres, puis son sexe quitta mon vagin et s'introduisit dans mon cul. Cette fois, mon cri fut instantané. Je me tordis au bout de mes liens. J'avais l'impression qu'il transgressait toutes les lois de mon Maître. Pourtant, n'avais-je pas été avertie de ce qui allait m'arriver ?

— Je vais te défoncer, petite. Et crois-moi, tu vas jouir !

C'était pire que tout. Non seulement je savais qu'il avait raison, mais il le faisait de la façon la plus terrible pour moi. Par le seul endroit qui n'avait jamais appartenu qu'à mon Maître. Je me remis à sangloter comme une enfant pendant qu'il trouvait un rythme convenable pour ses allées et venues entre mes fesses. Il était excité, je l'entendais rien qu'à la façon dont il respirait.

J'essayai de retenir le plaisir qu'il faisait naître en moi, je voulais qu'il éjacule avant que mon corps cède aux sensations. Il allait me faire avoir un orgasme, je le sentais.

— Ah, putain, qu'est-ce que tu me fais bander !

Il ralentit son rythme, probablement trop près de l'éjaculation. Pourquoi ne venait-il pas ?

Ses doigts retournèrent dans mon sexe, me caressèrent. Tout en moi était tendu. Autant mon corps que mes orifices. Son sexe dans mon anus et ses doigts dans mon vagin prenaient toute la place. Au bout de son troisième va-et-vient, un gémissement franchit mes lèvres. Cette fois, il était langoureux. C'était presque une plainte. Mon corps n'attendait que cela : que je cède.

— Ça te plaît, pas vrai ? Dis-le.

— Oui, chuchotai-je.

Il amplifia ses gestes, me tirant une autre plainte, plus forte que la première.

— Dis-le ! gronda-t-il.

— Oui, monsieur. Ça… ça me plaît, monsieur.

C'était pire que ça : j'étais à deux doigts de perdre la tête. Il reprit ses va-et-vient. Forts. En moins de trois minutes, j'en oubliai tout : je hurlai. Mon corps avait pris le contrôle de ma tête. Mon orgasme fut d'une violence inouïe, s'inséra dans tous les pores de ma peau. Il fut long. Jamais plaisir ne m'avait paru aussi long. Maître Paul continuait de m'enculer, plus doucement, comme s'il prolongeait cet instant. Au lieu de s'affaiblir, ma jouissance ne cessait d'augmenter. J'étais entièrement sienne, et un feu me ravageait tout entière.

— Quel orgasme !

Cela ne faisait que l'exciter davantage. Sa main était inondée. Il se retira de mon cul, retourna dans mon sexe, continua de me pénétrer. Il semblait infatigable. Et moi, insatiable. Je n'arrêtais plus de lui donner satisfaction en gémissant, en criant, en hurlant.

— Continue, petite… Continue ! Je… oh !

Il sortit pour éjaculer sur mon dos. Cela semblait lui plaire. Ce liquide sur moi rafraîchit mes plaies. Il y eut un moment d'accalmie, puis il reprit ses va-et-vient dans mon sexe et dans mon cul avec ses doigts. J'étais morte de honte, mais je ne parvenais plus à m'empêcher de jouir. C'était plus fort que moi.

— Tu es une sacrée garce, toi, pas vrai ?

Je me sentais pire que tout ! Mon corps ne m'obéissait plus. Ma tête n'avait plus aucune emprise sur lui. Comment pouvait-il obéir à ce porc que je détestais ? J'éclatai en sanglots, encore, et pourtant, ma tête se releva pour mieux ressentir ce trouble qu'il provoquait dans mon ventre.

— Dis-le, que tu es une garce !

— Je suis… oh… une… garce.

Il me claqua une fesse déjà bien amochée, m'arrachant un cri de douleur.

— Putain, qu'est-ce que tu me fais bander quand tu cries. Allez, petite, on remet ça !

Il répéta son geste, encore une fois, se promenant entre mes orifices, sans mal. J'étais à bout de souffle. J'avais du mal à respirer. Chaque partie de mon corps était endolorie et souillée par ses mains. Il me faisait répéter que j'étais une garce, que j'aimais ce qu'il me faisait. Quand j'atteignis mon troisième orgasme, je fermai les yeux et perdis connaissance.

Lorsque je revins à moi, j'étais sur le lit, détachée. Sale. Depuis combien de temps étais-je là ?

Maître Paul se pencha sur moi.

— Tu sais que tu me fais perdre un temps précieux, ma jolie ? Allez, nettoie un peu ce bordel.

Il écrasa son sexe contre mes lèvres, força ma bouche. Son pénis était presque sec, ce qui m'indiquait que j'avais perdu conscience un bon moment. Je me relevai, difficilement vu mes courbatures, pour mieux accueillir le visiteur.

— Dépêche-toi un peu, ton Maître va s'impatienter.

J'ouvris les yeux, jetai un coup d'œil à la pièce. Il n'y avait personne. Je me dépêchai. Cela signifiait que les trois heures étaient terminées. Je nettoyai Maître Paul. Il cogna quelques fois son sexe dans le fond de ma gorge, comme pour me rappeler que j'étais à ses ordres.

— Ah oui, petite, ton Maître peut être fier de toi ! Tu es sacrément bonne.

Il gémissait. Je crois qu'il voulait davantage qu'un simple nettoyage. Je m'appliquai. Pinçai les lèvres, jouai avec son gland, augmentai le rythme. Cette fois, c'était la dernière chose qu'il me demanderait, j'en étais certaine. Autant en finir, et vite !

— Oh oui ! Comme ça.

Il éjacula rapidement, dans ma bouche cette fois. Il poussait son sexe au plus profond pendant qu'il perdait son tonus. Je continuai de le lécher jusqu'à ce qu'il se retire. Il me tapota la tête.

— C'est bien. File à la douche, maintenant.

Je me relevai difficilement, me réfugiai dans la salle de bains, entrai dans la douche, laissai le jet d'eau froide tomber sur moi. Cela calma mes blessures. Je me savonnai doucement, mais j'aurais préféré me gratter la peau avec quelque chose de rugueux. J'insérai mes doigts enduits de savon dans tous mes orifices, mais rien n'y fit : j'étais salie. Rien ne disparaissait. Ni les images qui me revenaient en mémoire ni la honte de ce que j'avais vécu.

Des voix me firent sursauter : mon Maître était de retour. Je coupai l'eau, me séchai à toute allure et enfilai ma robe. Je sortis et me laissai tomber à ses genoux, en position de soumise. Je réprimai un cri de douleur en ramenant mes mains derrière mon dos.

— Ouais, je vous l'ai un peu abîmée, mais pas trop quand même, ricana Maître Paul. En tout cas, vous savez vraiment bien les choisir, les soumises. Elle est bien plus docile que je ne le croyais.

La main de John se posa sur ma tête, comme un remerciement.

— Vous me voyez heureux de vous savoir aussi satisfait, Maître.

— N'empêche, trois heures, c'est court. D'autant plus qu'elle s'est évanouie pendant presque vingt minutes.

Je sentis les yeux de John se poser sur moi. Était-il mécontent ? Allais-je le décevoir pour ça ?

— Pardon, chuchotai-je.

— C'est pour ça qu'elle est en retard, ajouta Maître Paul. Il a fallu que je rentabilise ce qu'elle m'a fait perdre.

— Je comprends, Maître. Bien, il est tard. Il vaut mieux que nous partions.

John me tapota la tête, et je compris qu'il me demandait de me relever. J'obéis lentement, non sans gémir sous les courbatures qui se réveillaient à chacun de mes mouvements.

— Je suis content qu'on se soit entendus, Maître John.

Il tendit une main vers celle de mon Maître, et j'assistai à leur échange en silence. La gorge nouée. Je suivis John vers la sortie et j'entendis la voix de Maître Paul derrière moi :

— Au revoir, Annabelle. Merci.

.

CHAPITRE 42

PRÉCIEUSE OBÉISSANCE

Le trajet du retour fut silencieux. À cause de l'heure tardive, il n'y avait pratiquement personne sur la route. Je compris, lorsque la voiture revint en ville, que John me ramenait chez moi. Était-ce mieux ainsi ? Je n'en étais pas certaine. Me retrouver seule, après cette soirée, m'effrayait. Mais, sans John, j'allais pouvoir pleurer à ma guise.

Lorsqu'il se gara à proximité de mon immeuble, je chuchotai :

— Bonne nuit, monsieur.

Je défis ma ceinture et ouvris la portière quand je remarquai qu'il faisait de même. Ma respiration se bloqua, et je le fixai, incrédule.

— Monsieur, je… je ne suis pas sûre que… (J'éclatai en sanglots.) Je ne veux pas que vous me voyiez comme ça.

— Et moi, je ne veux pas que vous soyez seule, Annabelle.

— Je vais… Je ne serai pas…

Il récupéra ma main et la serra dans la sienne.

— Venez. Je m'occupe de tout.

Je sortis de la voiture, et nous montâmes à l'étage à pas lents. Il m'ouvrit la porte et alluma quelques lumières. Pour ma part, je titubai jusqu'à la salle de bains et me jetai sur la cuvette. Je vomis tout ce qui restait dans mon estomac. Je filai sous la douche et y restai de longues minutes avant que la voix de John résonne :

— Annabelle ? Puis-je entrer ?

Je secouai la tête, mais il n'attendit pas mon autorisation : la porte s'ouvrit, puis le rideau. Je faisais sans doute peine à voir. À genoux sous le jet d'eau tiède, incapable de cesser de pleurer. Il s'accroupit à mes côtés, de l'autre côté de la baignoire. Du bout des doigts, il caressa ma peau déchirée et rougie par le fouet. Enfin, il se pencha pour mettre la bonde et laissa la baignoire se remplir.

— Allonge-toi.

Ravalant mes larmes, je m'étendis avec des gestes lents. John arrêta l'eau lorsque je fus suffisamment immergée. Il ne dit rien. Il resta là, à mes côtés, sans un mot.

— Vous devriez partir, dis-je d'une voix tremblante. Je… serais… incapable…

— Bon sang, Annabelle, pour qui tu me prends ? Je ne suis pas venu pour ça !

Son emportement me secoua. Je l'avais fâché. Je lui tournai le dos pour ne pas pleurer devant lui, et sa main se posa doucement sur mon épaule.

— Annabelle, je ne voulais pas crier.

J'attendis de retrouver un filet de voix pour chuchoter :

— Pardon, Maître.

— Pardon ? Pourquoi ?

— Je vous ai… fâché.

— Je ne suis pas fâché, Annabelle, dit-il tristement.

Ni l'un ni l'autre, nous ne parlâmes pendant un moment, puis je me retournai pour laisser mon dos replonger dans l'eau tiède. Je fermai les yeux jusqu'à ce que le calme emplisse mon corps.

— Tu es fatiguée. Viens, je vais mettre de la crème sur tes blessures et te coucher.

Il se releva et me tendit la main pour m'aider à me redresser. La douleur s'était estompée. J'étais toujours courbaturée, mais je pleurais surtout à cause de mon orgueil blessé, et non à cause de la souffrance physique.

John m'aida à me sécher, puis m'étendit sur mon lit. Il disparut un instant avant de revenir avec un tube de crème que je ne connaissais pas.

— Ferme les yeux.

J'obéis, contente d'être dans mon lit, à plat ventre, et que sa main fraîche se pose sur mes brûlures. Il étala de la crème sur mon dos, mon flanc, l'arrière de mes cuisses, avec des gestes doux. Chaque courant d'air qui passait dessus était agréable. Lorsque ce fut fini, je l'entendis refermer le tube, puis tout sembla immobile autour de moi.

— Merci, chuchotai-je.

— Annabelle, je comprendrais que tu sois en colère contre moi…

Je relevai la tête vers lui.

— Monsieur, non.

Je fis un geste pour me relever, mais il me l'interdit. Il se coucha à mes côtés pour que je puisse le regarder.

— Monsieur, c'est vous qui devriez être en colère. Je… j'ai…

Mes larmes coulèrent, et je cachai mon visage dans l'oreiller.

— Ça a été affreux. Et pourtant…

— Tu as joui ? C'est ça ?

Je hochai la tête sans le regarder, morte de honte à l'idée de le lui avouer. Sa main se posa sur ma tête.

— C'est bien, Annabelle. Tu ne dois pas te sentir coupable.

— J'aurais voulu… je ne voulais pas…

— Ta volonté n'a rien à voir là-dedans. Cela fait partie de ton apprentissage. Ton corps ne t'appartient pas, Annabelle. Il est à moi. Tu t'en souviens ?

Je relevai des yeux détrempés vers lui.

— Oui, monsieur, soufflai-je.

— Maître Paul a été bon pour toi. Il aurait pu te prendre sans te laisser jouir. C'était son droit. Mais, vu comme il t'a fouettée, je suppose que ton corps avait bien besoin de s'évader.

Quelque chose dans ces paroles me réconfortait. Ainsi, mon corps m'avait trahie dans un but précis ? C'était cette souffrance qui m'avait fait faillir à ce point ? Je n'étais donc pas totalement coupable ?

— Vous ne m'en voulez pas, Maître ?

Il eut un sourire triste.

— Non. Au contraire. Je suis très fier de toi, Annabelle.

Je poussai un soupir de soulagement. Ce compliment ne me semblait pas mérité, mais j'étais heureuse que mon Maître ne soit pas fâché contre moi. J'affichai un premier sourire.

— Merci, Maître.

Il me caressa les cheveux.

— Tu es fatiguée. Veux-tu que je te laisse ?

Je sursautai, posai ma main sur son torse pour le retenir à mes côtés.

— Non. Restez, s'il vous plaît.

Mon geste le fit sourire, mais il éloigna ma main et se releva pour retirer ses vêtements. Je l'observai les poser sur un coin de ma commode, puis il revint s'étendre près de moi.

J'attendis quelques secondes, le temps de trouver un minimum de courage, avant de chuchoter :

— Monsieur, pourquoi est-ce que… vous faites cela ?

Il baissa la tête vers moi, mais j'évitai son regard.

— Quoi donc ? me questionna-t-il.

— Me donner à d'autres hommes.

Je parlai timidement, par crainte de le froisser, mais j'avais besoin de savoir. Avec un lourd soupir, John releva les yeux au plafond et prit un bon moment avant de rétorquer :

— Voilà une question fort complexe, mademoiselle, et je veux bien y répondre, même si je serais tout à fait en droit de dire : « Parce que c'est mon droit. »

Un silence passa avant qu'il poursuive :

— Vu ce qui s'y passe, il est important de pouvoir faire confiance aux gens qui sont présents à nos soirées. Même si tu ne l'estimes pas beaucoup, sache que Maître Paul est un membre précieux de notre petite communauté. C'est la raison pour laquelle je voulais qu'il obtienne satisfaction, ce soir. (Je hochai la tête contre lui, sans oser le regarder directement.) C'est dans ces instants que ton obéissance m'est le plus précieuse, Annabelle, car elle prouve, à moi mais également aux autres, à quel point tu m'appartiens.

Troublée par ces paroles, je trouvai le courage de me redresser pour mieux le voir.

— Seul votre avis m'importe, Maître.

Les yeux toujours rivés au plafond, John tourna la tête vers moi et afficha un sourire qui me parut triste.

— Que me vaut ta soumission dans l'ombre, Annabelle ? Celle-ci n'est grandiose que dans les instants où tu dépasses tes limites. Tu ne voulais pas que Maître Paul te touche. Crois-tu que je ne le savais pas ? Et pourtant, tu l'as fait pour moi. Parce que ton obéissance est plus grande que ton amour-propre. C'est là le plus beau cadeau que tu puisses me faire.

— Je vous obéis parce que je vous aime, Maître, dis-je, malgré ma gorge nouée. S'il ne tenait qu'à moi, je n'appartiendrais qu'à vous.

La main de John se posa sur ma joue, et il caressa mon visage dans un geste doux.

— Tu n'appartiens qu'à moi, Annabelle, déclara-t-il, et ce lien qui nous unit va bien au-delà de toutes ces considérations physiques. Que d'autres te touchent, te fouettent ou te fassent jouir ne changera jamais rien à cela. Au contraire ! Chaque fois que tu reviens vers moi, après ces épreuves, je considère qu'il s'agit d'une preuve de l'amour que tu me portes.

Je pinçai les lèvres et glissai une main sur mon cou.

— Maître, est-ce que je pourrais… avoir mon collier ? demandai-je à voix basse.

Ces derniers jours, j'avais pris l'habitude de le porter, la nuit. Sa présence me rassurait, et, ce soir, le besoin de le retrouver était plus fort que jamais. Je voulais que John y voie le signe de cette obéissance qu'il exigeait de ma personne. J'avais surmonté cette épreuve et j'avais besoin qu'il sache à quel point mes sentiments étaient puissants.

Devant son air perplexe, je pointai du doigt la table de chevet pour lui indiquer où se trouvait le collier. Il me fixa sans réagir.

— Je dors mieux quand… il est sur moi, m'empressai-je d'ajouter, comme pour justifier ma requête.

Enfin, il allongea le bras, récupéra l'objet en cuir et l'attacha autour de mon cou. Je soupirai de contentement.

— Merci, Maître.

Il se recoucha à mes côtés, et je me blottis dans ses bras. Je caressai son torse d'une main, humai son odeur, embrassai sa peau. Il y avait si longtemps que nous n'avions pas été l'un contre l'autre, ainsi. Je cherchai son sexe. Il était dur. Je refermai mes doigts autour, me laissai emporter.

— Annabelle, tu devrais dormir.

— Ça fait… tellement longtemps, me plaignis-je d'une petite voix.

— Tu n'es pas en état d'être secouée, jeune fille.

Je descendis la tête vers son sexe, ne demandai aucune permission et en remplis ma bouche. Il ne dit rien. Peut-être comprit-il que j'en avais besoin. Que lui seul pouvait effacer le souvenir de Maître Paul en moi ?

— Attends. Viens par ici, murmura-t-il.

Je relevai la tête vers lui, et il me fit signe de remonter. Nul besoin de mots pour comprendre ce dont il avait envie. Je glissai sur son corps, grimpai sur lui et m'empalai sur son érection. Je restai droite, heureuse de sentir son sexe entier dans mon ventre. John posa les mains sur ma taille plutôt que sur mon dos endolori, il me dicta un rythme doux. Je fermai les yeux. Des ondes de chaleur se répandirent en moi, et j'augmentai la cadence. Il retint mes gestes.

— Doucement. Laisse-moi faire.

Il me serra contre lui, et ses bras se refermèrent autour de moi, comme un étau. Il prit le contrôle de nos ébats. J'enroulai mes bras autour de son cou, l'embrassai sur la bouche sans lui demander la permission.

— Oh, monsieur ! gémis-je. Vous êtes… merveilleux.

Il écrasa ma bouche contre la sienne, m'embrassa jusqu'à ce que je perde la tête. Nos corps s'étaient retrouvés. C'était un moment parfait. Je m'effondrai contre lui, complètement épuisée. Il me caressait l'épaule du bout des doigts. Je crois qu'il attendait que je m'endorme.

Lorsqu'il sentit que j'allais sombrer dans le sommeil, il me fit glisser à ses côtés et remonta la couverture sur moi.

— John, je vous aime, soufflai-je.

Il m'embrassa le front et me caressa les cheveux d'une main apaisante. Je sombrai, très vite, et j'oubliai Maître Paul et son épreuve accablante.

CHAPITRE 43

RETOUR AU TRAVAIL

Deux semaines plus tard, Jason – mon patron – me convoqua dans son bureau. Je m'installai devant lui et répondis aux banalités d'usage, puis il croisa les jambes avant de tendre un dossier dans ma direction.

— Voici les ventes de John Lenoir de ce mois-ci.

Je le pris, jetai un coup d'œil aux chiffres.

— Tu y remarqueras aussi les ventes de ses autres tomes, semaine après semaine. Comme tu peux le constater, son dernier roman connaît un franc succès.

C'étaient des résultats astronomiques. Rien à voir avec ce que mes auteurs de Rose Bonbon atteignaient. Je pus constater que John avait vendu deux fois plus de son troisième tome que de son deuxième. Je souris. En général, lorsque Jason me convoquait, c'était que les ventes n'étaient pas bonnes. Voilà qui changeait !

— M. Lenoir m'a téléphoné la semaine dernière. Il dit que tu es une éditrice de grand talent. Il m'a recommandé de t'augmenter.

— Oh, euh… eh bien…

— J'ai regardé ta fiche d'employée, et j'ai découvert que tu avais un manque à gagner d'environ treize pour cent pour obtenir le même salaire que Jade. J'ai donc fait rectifier le tout, et cela devrait être effectif sur ta prochaine paie. Je sais aussi que Nadja t'avait promis un bonus si tu bouclais le manuscrit à temps, alors voilà.

Il ouvrit le tiroir de son bureau, en sortit une enveloppe qu'il me tendit. Je la pris sans même regarder ce qu'elle contenait.

— Tu pourrais au moins jeter un coup d'œil, me gronda mon patron.

Je baissai les yeux et sortis un chèque de 2 000 $. Je relevai la tête, surprise.

— Tout ça ?

— Tu as bien travaillé. Et je sais que John envisage déjà de te soumettre de nouveaux textes. C'est un tour de force, à mon avis. Tout ça à condition que tu t'occupes de lui, bien sûr. Ça t'intéresse ?

Mon cœur battit à tout rompre dans ma poitrine. Reprendre mon travail avec John ? Recommencer nos séances de l'après-midi ? Comment pouvais-je refuser une telle offre ?

— J'en serais ravie, dis-je en essayant de tempérer ma voix.

— Super ! Sache que j'apprécie tout le travail que tu fais pour nous, Annabelle.

— Merci, Jason.

Je reposai les yeux sur le chèque, ayant encore du mal à prendre conscience de tout ce que cette collaboration avec John m'avait apporté. Et pas seulement financièrement. Gonflée à bloc, je me redressai, prête à prendre congé, lorsque mon patron ajouta :

— Concernant ta collection… (Je le scrutai, inquiète.) je me suis dit que… peut-être que tu voudrais arrêter de t'en occuper. Pour te consacrer à John et à… je ne sais pas, moi…, deux ou trois auteurs plus exigeants ?

— Tu veux me reprendre ma collection ? demandai-je.

— Non, enfin… c'est quand même particulier qu'une éditrice ado fasse aussi dans l'érotisme, tu comprends ? Il est peut-être temps que tu passes à la catégorie supérieure ? J'en ai discuté avec Nadja, enchaîna-t-il avant que je puisse réagir, et on songe à créer une nouvelle collection, quelque chose dans le genre littéraire de John Lenoir. Tu prendrais deux ou trois auteurs de cet ordre, et voilà.

— Que de l'érotique ? Mais Nadja m'avait promis un polar, lui rappelai-je sans pouvoir empêcher ma voix de se teinter de déception.

— Je sais, mais… tu es douée pour ça. Tu ne peux pas dire le contraire, quand même ! C'est vraiment le meilleur tome de la série. (Je gardai le silence.) Tu passes en pro, Anna, insista-t-il. Tu t'occuperas d'auteurs qui font de très bonnes ventes. Tu les bichonnes, tu les invites au resto… Tu lis vite, tu ne froisses pas leur susceptibilité d'écrivain. Si ça ne te convient plus dans un an ou deux, on en reparle.

Je ne savais plus quoi dire. J'étais scotchée devant son bureau.

— Et Rose Bonbon ? finis-je par demander.

— Ton assistante s'en chargera. Elle ira te voir si elle a des problèmes. C'est tout.

— Je… Waouh !

Il rit de bon cœur. Je crois que ma réaction lui plaisait.

— Moins de travail pour toi, même salaire, déjà augmenté, me rappela-t-il, des bonus de temps en temps, mais plus de responsabilités et des délais plus serrés, évidemment.

— C'est… Waouh, Jason ! Je n'arrive pas à y croire !

Il se leva à son tour et me tendit la main.

— Alors ? On dit qu'on est d'accord ?

J'acceptai sa poignée de main avec un large sourire.

— Oh oui, alors ! Merci, Jason. Merci beaucoup !

— C'est moi qui te remercie, Anna. On a bien failli perdre Lenoir, tu sais. Si tu n'avais pas été là… je crois bien qu'il serait parti ailleurs. Enfin… c'est réglé ! Si tu savais tout le bien qu'il pense de toi, je ne te dis pas !

J'étais aux anges ! Je tenais un chèque entre les mains, et j'allais devenir une éditrice de renom. Tout ça grâce à John. Mon Maître.

Je sortis de son bureau, me dépêchai de m'enfermer dans le mien, me jetai sur le téléphone et composai le numéro de John.

— Bonjour, monsieur, dis-je d'une voix joyeuse. Est-ce que votre éditrice a le droit de vous inviter au restaurant ?

CHAPITRE 44

NOS SOUVENIRS

Ma nouvelle promotion me permit de reprendre mon souffle. Je transférai mes dossiers à la nouvelle responsable de Rose Bonbon et dépouillai des manuscrits triés sur le volet afin de dénicher de nouveaux auteurs dans ce qui serait bientôt ma future collection.

Même si John avait déjà écrit des textes, il ne voulait pas me les envoyer par mail. Il exigeait que je les lise devant lui. J'arrivai donc, ce lundi-là, heureuse de reprendre nos séances de travail habituelles. C'était étrange d'aller chez lui en tant qu'éditrice et non en tant que soumise. Il me servit son habituel thé glacé, me remit une copie papier de ses nouveaux textes, me demanda de m'installer sur le canapé pour lire. Je me figeai après le premier paragraphe, alors qu'il m'observait. Je levai les yeux vers lui, tremblante.

— Mais… c'est… moi.

— Je sais. Lisez, s'il vous plaît. Oubliez que ce sont des choses que vous avez vécues, voulez-vous ?

Cela me prit un temps considérable. Je baissai les yeux vers la page, crayon à la main, mais je fus incapable de m'en servir. John avait raconté mes premiers pas en tant que soumise. Ma première visite chez lui. Nos premiers rapports sexuels aussi. Je perdis le souffle devant la façon dont il décrivait ma première sodomie. La douleur, la violence, ma jouissance. Malgré moi, mon sexe devint brûlant sous ma jupe, et je marquai un temps d'arrêt.

— Plaît-il ?

— Oh, monsieur…

— John, rectifia-t-il. En ce moment, vous êtes mon éditrice, Annabelle. Et ce que je vous demande, c'est un avis professionnel sur un texte.

— C'est que… (Je cherchai mes mots, incapable de savoir ce que je pouvais lui dire.) Je… je ne veux pas que vous publiiez ça.

— Pourquoi pas ? Je ne parle pas de vous, je parle simplement de ce que vous avez vécu.

— C'est la même chose !

— Bien sûr que non ! Personne ne saura jamais que c'est vous ! J'ai soigneusement effacé ou modifié tous les détails vous concernant. Par exemple, la jeune femme dans ce récit est brune et non blonde.

J'étais troublée par son aisance à argumenter. Il était vrai que toutes ces séances appartenaient à mon Maître. N'avais-je pas signé ce contrat qui lui permettait de publier nos histoires ? Alors pourquoi me plaignais-je de ces écrits qui ne mentionnaient même pas mon nom ?

— J'ai l'impression… que vous rendez public… quelque chose de secret. Quelque chose auquel je tiens, admis-je timidement.

— Annabelle, écrire ces textes me permet de figer le souvenir de toutes ces choses que nous avons vécues ensemble. Est-ce que ce ne sont pas de magnifiques instants ?

— Bien sûr que si !

Je serrai les pages entre mes doigts, incapable d'imaginer que d'autres pourraient les lire. John se releva de sa chaise, vint me rejoindre sur le canapé et posa la main sur la mienne.

— Vous êtes ma muse, Annabelle. J'aime écrire ces textes parce qu'ils me rappellent tout le bonheur que nous avons ressenti, vous et moi.

— Mais de là… à les publier…

— Quel mal y a-t-il à ça ? Le fait est que je n'ai pas envie d'écrire autre chose. Sans oublier que cela nous permet de nous voir régulièrement. N'est-ce pas deux excellentes raisons ?

Sa main quitta la mienne, glissa sous ma jupe pendant que son sourire s'élargissait.

— J'ai beaucoup songé à ces moments où vous liriez ces textes en ma compagnie…

Il se heurta à ma culotte, et cela lui fit plisser les yeux.

— Je suis votre éditrice, rappelez-vous, me moquai-je.

— Hum…, c'est juste !

Il retira sa main et soupira tristement.

— Je croyais que cela vous plairait de relire tous ces moments.

— Bien sûr que oui ! Mais… pour des fins de publication ?

— Annabelle, vous aurez toujours le dernier mot ! Si un détail vous dérange, il suffira de le changer.

Il n'avait pas tort. Après tout, j'étais son éditrice. Je pouvais lui faire revoir les passages en question.

— Annabelle, vous et moi, tous ces textes, tous ces après-midi… Vous n'allez pas me refuser ce plaisir, n'est-ce pas ?

Je soupirai et lui répondis par un petit sourire taquin.

— Vous savez bien que je suis incapable de vous refuser quoi que ce soit.

Son rire résonna dans la pièce.

— Voilà une réponse qui fait plaisir, mademoiselle ! Et autant vous dire que, si vous refusez, je serai obligé d'aller à des tas de soirées afin de trouver autant de jolies histoires à raconter.

Je grimaçai. Je n'avais pas envie de soirées, de fêtes, de bars BDSM. J'avais juste envie de le voir, lui, en tête à tête. Ces moments-là étaient plus tendres, plus agréables aussi. C'est pourquoi je hochai la tête :

— Je suis d'accord pour publier celui-ci.

Il me pinça le menton et m'embrassa rapidement sur la bouche. Je me braquai dans un rire.

— Monsieur Lenoir, je suis votre éditrice, voyons !

— Mais vous êtes bien trop jolie pour cela ! Vous devriez plutôt être ma soumise !

Je ris à mon tour, me jetai contre sa bouche. Sa main retourna sous ma jupe.

— Je déteste les sous-vêtements, grogna-t-il.

— Je préfère en porter lorsque je travaille.

— Retirez-les.

Il tirait sur ma culotte pour la faire descendre, et cela provoqua mon fou rire.

— Monsieur Lenoir ! m'offusquai-je faussement alors que je le laissais faire.

Ses yeux plongèrent dans les miens, et son sourire ravagea mon cœur.

— Appelez-moi Maître, voulez-vous ?

— Maître, soufflai-je, émue.

Il me retira ma culotte et la jeta sur le sol. J'espérais secrètement qu'il allait revenir sous ma jupe, mais il se leva et retourna à son bureau.

— Nous avons quand même du travail. Lisez, s'il vous plaît.

Je respirai avec bruit pour reprendre mon calme et recommençai ma lecture. J'essayais de regarder uniquement la qualité littéraire du texte. Ce n'était pas facile. Certains souvenirs étaient encore si présents à ma mémoire, et leur intensité chavirait mon ventre.

Lorsque je terminai le premier texte, je restai un moment à contempler la dernière phrase : « À la seconde où elle s'effondra sur le sol, le cul offert, remplie de mon plaisir et heureuse de notre premier contact, je compris que je ne voudrais plus jamais la laisser repartir. Une bonne soumise n'est pas nécessairement celle qui veut connaître tous vos désirs, mais celle qui les comble naturellement. »

— Oui ? demanda-t-il enfin.

— John… monsieur…

J'étais confuse et émue. Je ne savais plus comment l'appeler ni qui parlait. La soumise ou l'éditrice ?

— Je suis… touchée.

— C'était bien ce que j'espérais.

— Et… je trouve que c'est un excellent texte.

Il rit doucement.

— À la bonne heure ! Et combien cela vaut-il ?

— Eh bien… deux ? suggérai-je.

— Que deux ?

— Du point de vue technique, ce n'était qu'une fellation et une sodomie.

J'avais beau tenter de discuter de cela le plus naturellement du monde, mes joues s'étaient mises à rougir. De son côté, John afficha un air choqué.

— « Que » cela ? Vous oubliez que c'était notre premier contact !

— Mais est-ce que ce sera aussi excitant pour d'autres lecteurs que pour moi ? Moi, je n'ai pas besoin d'imaginer la scène, elle existe dans mon esprit. Mais ce ne sera pas le cas des autres, vous comprenez ?

— Hum…, c'est juste ! concéda-t-il.

— Et ce que vous n'avez pas écrit… est quand même là. Dans ma tête.

Il opina, et je reposai les yeux sur le texte, relus les derniers mots, si émouvants. Je serrai les pages contre moi.

— C'est vraiment un magnifique cadeau, monsieur, ajoutai-je.

— Je suis heureux qu'il vous plaise.

Je jetai un coup d'œil rapide à l'heure, notre rendez-vous était bien terminé. Je m'installai plus confortablement sur son canapé.

— Puis-je demander quelque chose, monsieur ?

Peut-être avait-il perçu mon geste, car il vérifia l'heure à son tour.

— Oui, mademoiselle ?

— Puis-je… me caresser ?

— Devant moi ? Maintenant ?

— Oui.

Ma requête m'excitait déjà follement.

— Retirez vos vêtements d'abord, voulez-vous ? exigea-t-il d'un geste de la main.

Je m'empressai d'obéir. Je le fixai droit dans les yeux pendant que je retirais ma chemise et mon soutien-gorge, et gardai la jupe pour la fin. Sachant qu'il aimait mon cul, je me positionnai dos à lui et me penchai de façon provocante pour la retirer.

— Ne bougez plus, dit-il, alors que mes fesses étaient pratiquement sous son nez.

Je restai immobile pendant qu'il se levait, et je l'entendis se déshabiller à son tour.

— J'ai changé d'avis. Je n'ai pas envie de vous regarder. Je vous veux, maintenant.

Il arriva derrière moi, m'écarta les cuisses et me pénétra sans mal. Je me retins au canapé, puis basculai vers l'avant. Ses mouvements étaient si rudes que ma tête s'écrasa contre le revêtement en cuir. À la façon dont sa respiration s'emballait, je savais qu'il était excité. John était souvent d'un calme exemplaire, même pendant nos ébats. Mais, aujourd'hui, il paraissait empressé et ne retenait aucun de ses râles.

— Oh, Anna…, tu me rends fou !

— Monsieur, vous aussi. Oui ! Oui !

Il retira son sexe du mien pour m'enculer, pour venir dans cet endroit qu'il affectionnait particulièrement. Il continuait de jouir bruyamment. C'était exquis et si rare. Je gémissais, autant par plaisir que pour lui offrir un maximum d'excitation. J'adorais le sentir aussi fébrile et aussi peu en contrôle de sa jouissance.

— Oui ! Jouis, Annabelle, jouis ! me somma-t-il.

C'était un ordre auquel je refusais de ne pas obéir. Jouir du corps de mon Maître, jouir pour lui. Je portai une main à mon sexe, me caressai pendant qu'il amplifiait ses coups de reins. J'atteignis l'orgasme rapidement, et il éjacula, avec un bruit qui témoignait d'une libération presque douloureuse.

Je reprenais péniblement mon souffle quand il me poussa vers le canapé. Je m'y laissai tomber, et il me rejoignit pour me serrer contre lui.

— John, je vous aime, chuchotai-je en calant ma bouche dans son cou.

À dire vrai, j'étais follement amoureuse de lui, et je rêvais qu'un jour il ressente la même chose à mon égard, mais il embrassa simplement mon front et me caressa les cheveux.

Ce ne fut qu'après un long silence paisible qu'il reprit la parole.

— Laure vient ce week-end. Pourquoi ne te joindrais-tu pas à nous ? Il y a longtemps que vous n'avez pas été ensemble, toutes les deux.

Même si je tentai de n'en rien laisser paraître, son offre m'attrista. Il avait pourtant raison. Cela faisait des semaines que je n'avais pas vu Laure. Depuis la soirée où j'avais senti sa jalousie, très exactement. Cela s'était-il calmé ?

— Il serait temps que vous vous revoyiez, tu ne penses pas ? insista-t-il.

— Vous n'avez pas à me demander mon avis, monsieur. Ordonnez, et je serai là.

C'était une façon détournée de ne pas répondre à sa question, mais cela ne le dérangea pas outre mesure.

— Samedi matin. Sois là.

— Bien, monsieur.

CHAPITRE 45

LE DOUTE

Laure ne sembla pas surprise de me voir dans la salle de bains, alors que je me préparais en prévision de notre journée. Elle se glissa dans la pièce pendant que je sortais de la douche et se dénuda devant moi.

— Tu n'es pas venue, la semaine dernière ? me demanda-t-elle. Tu avais un empêchement ou quoi ? Tu sais que j'ai dû me farcir Maître Paul ? Il n'a pas arrêté de raconter combien tu jouissais bien et qu'il t'avait fait tomber dans les pommes ! (Elle me jeta un regard curieux.) Il t'a attachée dans son sous-sol, toi aussi ?

— Euh… oui.

— Waouh ! Quel système ! Qu'est-ce que j'avais joui, moi aussi ! (Elle en souriait de béatitude alors que ce souvenir me remplissait d'amertume.) Enfin, bref… c'était moins intéressant sans toi, conclut-elle.

— Quoi ? demandai-je, perdue.

La lueur qui brillait dans ses yeux était bizarre.

— Attends… Maître ne t'a pas invitée à sa soirée ?

Que me disait-elle ? Que John avait organisé une soirée ? Sans moi ? Je déglutis nerveusement avant de bredouiller :

— Je… Non.

Elle afficha un air confus.

— Ah…, je ne savais pas ! Pardon.

— Non, je… Ce n'est pas grave.

Je haussai les épaules en essayant de raccrocher un sourire à mes lèvres, mais c'était loin d'être naturel. Pourquoi John m'avait-il exclue de cette soirée ? Était-ce parce que je l'avais déçu, la dernière fois ? N'avais-je pas réparé mon erreur par la suite ? Il y avait forcément une raison. Après tout, nous n'avions jamais été aussi proches que ces derniers temps.

— Ce n'est pas grave, hein. C'était comme ça avec l'autre, aussi. Au début, il nous mettait ensemble, puis il s'est mis à alterner. Une fois c'était moi, une fois c'était Jade.

Sa phrase me fit sursauter.

— Jade ? Tu veux dire… son éditrice ?

— C'est toi, son éditrice, dit-elle en riant. Tu veux dire, son ex-éditrice. Alors oui, c'est elle. Ça n'a pas duré. Elle est restée… quoi ? Six mois ?

Je reculai jusqu'à sentir le mur dans mon dos.

— Elle était… sa soumise ? Elle aussi ? demandai-je.

— Tu ne le savais pas ?

— Non.

Elle porta la main à sa bouche, comme pour s'excuser de me l'avoir dit, mais, cette fois, je compris qu'elle n'en regrettait rien. Son regard trahissait ses véritables intentions. Bien sûr ! Elle sous-entendait que John finirait par se lasser de moi aussi. Elle se délectait de mon chagrin. J'étais blessée, et les larmes dans mes yeux ne lui échappèrent pas.

— Laure… pourquoi tu fais ça ?

— Quoi ? Te dire la vérité ? Peut-être qu'il est temps que tu le saches.

— Que je sache quoi ?

— Tu te crois vraiment spéciale, pas vrai ? Mademoiselle On-ne-touche-pas-mon-cul. Quelle idiote tu fais ! John est un Maître, il joue avec nous, rien de plus. Il ne te doit rien et il ne te devra jamais rien. Il prend. Ne te fais pas trop d'illusions, ma vieille : tu vas finir comme Jade. Il va écrire un joli tome qui racontera toutes les fois où il t'a baisée, puis il passera à la suivante. Il se lasse vite de ses nouveaux jouets. Moi, je le sais.

Je récupérai la serviette, l'enroulai autour de moi et quittai la salle de bains. Je heurtai John de plein fouet sur le pas de la porte de ma chambre.

— Mademoiselle, attention !

— Je… je…

Je lui jetai un regard noir. J'avais envie de crier.

— Retirez cette serviette.

Je secouai la tête.

— Je veux rentrer chez moi.

— Ce n'est pas à vous d'en décider, mademoiselle.

Il m'arracha la serviette et la jeta loin de moi.

— Maintenant, descendez au sous-sol.

Je ne bougeai pas. Je le fixais, incapable de croire tout ce que m'avait dit Laure.

— Jade était-elle votre soumise ? lui demandai-je franchement.

Ma question l'étonna, mais il resta d'un calme exemplaire.

— Elle l'a été, c'est vrai.

— Vous collectionnez les éditrices, monsieur ? sifflai-je, blessée.

Il sursauta, et je vis de la colère traverser son regard. Au loin, je perçus du bruit, et John s'empressa de couper court à la discussion :

— Ceci n'est ni le lieu ni l'heure pour en discuter. Maintenant, descendez au sous-sol.

Je relevai fièrement la tête vers lui.

— Non. Je rentre.

— Annabelle !

Je m'enfuis dans ma chambre et je lui claquai la porte au nez. Il me suivit et m'arracha la robe que je tenais entre les mains.

— Quand je parle, vous devez obéir ! s'énerva-t-il.

Il avait haussé le ton. Suffisamment pour que je me mette à trembler. Pourtant, je restai immobile, à soutenir son regard.

— Descendez au sous-sol ou je déchire tous vos vêtements, et vous devrez repartir nue.

Sa menace me troubla. Folle de colère contre lui, je lui jetai un regard noir et courus jusqu'au sous-sol. Laure était déjà installée en position de soumise. Elle me sourit avec ironie alors que je n'avais qu'un visage inondé de larmes à lui offrir.

Ce fut long avant que John descende nous rejoindre. Il arriva en peignoir, se dénuda, puis tourna un visage impassible vers moi.

— Comme tu ne souhaitais plus participer à cette séance, Annabelle, tu en resteras spectatrice. Je prendrai donc Laure devant toi, et tu n'auras pas le droit de te toucher.

Je percevais déjà le bonheur de Laure devant cette annonce, et les choses se déroulèrent exactement comme John les avait prédites. Il la coucha devant moi, sur le dos, glissa la bouche entre ses cuisses. Elle jouissait comme une folle, et je ne doutais pas qu'elle en faisait beaucoup uniquement pour me blesser. C'était un spectacle cruel qui m'arracha des larmes. Il la prit longuement, par tous les orifices, de toutes les façons possibles. Il gémissait, lui aussi, comme avec moi, lorsque j'avais l'impression d'être la seule à ses yeux. Je n'avais été qu'un jouet. Jamais, durant cette séance, il ne me jeta le moindre regard. Il agissait avec Laure comme si je n'étais pas là. Aussi doux avec elle qu'il l'était avec moi. C'était intolérable.

Lorsque tout s'arrêta, Laure s'étala gracieusement sur le sol, comblée. John daigna enfin relever les yeux vers moi.

— Tu peux rentrer chez toi.

Je bondis sur mes jambes et grimpai à l'étage. Je m'habillai en toute hâte, récupérai mon bagage et sortis de cette maison en coup de vent, dévastée.

CHAPITRE 46

RAPPEL À L'ORDRE

John annula nos rencontres du lundi et du mercredi. Il m'en informa par un simple mail de nature professionnelle, s'obstinant visiblement à garder le silence sur ce qui s'était produit ce week-end. Il ne répondit pas à mes appels répétés. Je me sentais trahie et perdue. Pourquoi me punissait-il ainsi ? N'étais-je pas en droit de savoir ?

Lasse d'attendre, j'avais pris la liberté de faire ma propre enquête sur le congé maladie de Jade et j'étais même allée la rencontrer chez elle. Dès qu'elle m'avait vue, elle avait compris : j'étais la nouvelle.

— Il t'a fait le coup de la reine de la soirée, toi aussi ?

Mon cœur avait loupé une série de battements. Tout ça n'avait donc été qu'un spectacle ? Un jeu ? Agissait-il de la même façon avec chacune de ses soumises ? J'avais eu peur de me mettre à vomir. Je m'étais levée et avais quitté son appartement en me retenant aux murs, prise d'un vertige désagréable. J'étais restée longtemps dans ma voiture à pleurer, incapable de reprendre le volant. J'étais comme un animal blessé. J'avais l'impression que, si quelqu'un voyait à quel point je souffrais, il m'achèverait.

Ironiquement, ce fut ce soir-là que John décida de me téléphoner. Son ton resta poli.

— Bonsoir, Annabelle.

— Bonsoir, John.

— Vous avez passé une bonne semaine ?

— J'en ai connu de meilleures.

Le silence fut long, mais il finit par le rompre.

— Vous êtes toujours en colère, alors ?

— Oui.

Au bout du fil, il souffla d'énervement.

— Annabelle, cessez ces enfantillages, voulez-vous ?

J'en avais bien envie, mais j'en étais incapable, et je gardai le silence par crainte de me mettre à pleurnicher.

— Je n'avais pas à vous parler de Jade, expliqua-t-il. Il n'est pas bien vu de parler de ses anciennes soumises, surtout si elles se connaissent. Vous devriez être en mesure de le comprendre, non ?

Je fermai les yeux. Je cherchais quelque chose de tangible à quoi me raccrocher. J'espérais désespérément ne pas avoir été aussi trahie que je le pensais.

— Vous vous moquez de moi, soufflai-je.

— Non, Annabelle. Je ne me suis jamais moqué de vous.

Disait-il vrai ? Comment savoir ? J'avais été si aveugle depuis le début de notre relation que je ne savais plus à quoi me rattacher. Et, pourtant, la simple douceur de sa voix parvenait à me chavirer le cœur.

— Est-ce que… vous faites toujours ça ? Vous couchez avec vos éditrices et… vous leur faites toujours… les mêmes choses ?

— Annabelle, vous vous faites un film ! Jade a été ma soumise et vous l'êtes aussi, mais il n'y a rien de comparable entre vous deux.

— Oh John, comment vous croire ?

— Douteriez-vous de moi, mademoiselle ?

J'éclatai en sanglots. Oui, je doutais de lui. Peut-être avais-je tort, mais comment pouvais-je de nouveau lui faire confiance alors que mes sentiments me faisaient aussi mal ?

— Annabelle, je n'aime pas que l'on mette ma parole en doute.

Ça ne me plaisait pas non plus. Je restai là, au bout du fil, à sangloter. Les choses étaient tellement plus simples quand je lui appartenais, quand j'avais confiance en lui et que je pouvais croire aveuglément tout ce qu'il me disait. En étais-je encore capable ?

— Pardon, monsieur, chuchotai-je en pleurant.

Il poussa un soupir qui me sembla de soulagement, mais sa voix se durcit.

— Malheureusement, vous avez commis une faute grave en défiant mon autorité devant Laure. Il me faudra vous punir sévèrement pour cela. Vous le comprenez, n'est-ce pas ?

Je fixai le vide devant moi. J'allais être punie ? C'était la meilleure ! Ne l'avais-je pas déjà été suffisamment, par le chagrin qui me terrassait ces derniers jours ? Je ne trouvais plus de mots pour répondre.

— Vous m'avez beaucoup déçu, mademoiselle, poursuivit-il d'une voix sombre. Dire que je croyais que nous avions un lien unique, vous et moi.

Mes pleurs augmentèrent. Je l'avais déçu. Ce seul mot m'était insupportable.

— Si vous acceptez votre punition, Annabelle, je viendrai vous chercher demain soir, à 20 heures précises. Autant vous le dire d'entrée de jeu : ce sera dur. Mais, si vous m'aimez autant que vous le dites, vous surmonterez cette épreuve. Nous la traverserons ensemble, comme toujours.

Je n'arrivais plus à parler. J'étais recroquevillée sur mon lit et je sanglotais comme une enfant. J'aurais voulu qu'il soit là pour me consoler, et, au lieu de cela, il m'annonçait que les choses seraient pires demain.

— Dois-je venir vous chercher demain soir, mademoiselle ? demanda-t-il enfin.

— Je… Oui, monsieur.

— Bien. À demain, alors.

Il n'attendit pas ma réponse. Il raccrocha, me replongeant dans une terrible solitude.

CHAPITRE 47

L'ÉPREUVE

John m'attendait en bas de mon immeuble, dans sa voiture. Il m'avait donné des instructions strictes par mail : une robe, mon collier, pas de sous-vêtements. Dès que je m'installai sur le siège du côté passager, il fila sur la route sans un mot. Pendant tout le trajet, j'espérai qu'il brise le silence entre nous, qu'il dise quelque chose : un mot d'encouragement, des explications… N'importe quoi aurait mieux valu que ce froid qu'il persistait à laisser entre nous. En désespoir de cause, je me rabattis sur l'épreuve vers laquelle il m'emmenait. Je me convainquis que cette punition saurait redorer mon image aux yeux de mon Maître. Il n'ouvrit la bouche qu'une fois la voiture arrêtée devant une maison en banlieue, dans un quartier similaire à celui de Maître Paul.

— Nous y sommes. Tu devras entrer là-dedans et faire tout ce qu'on te demandera. Je reviendrai te chercher à minuit.

Je regardai l'heure sur le tableau de bord. Encore une fois, il me donnait à un autre pendant un peu moins de trois heures. Je pris une longue inspiration, jetai mon sac à mes pieds et ouvris la portière.

— Annabelle ?

Je me tournai pour mieux le voir.

— Tu as compris que cela allait être difficile, n'est-ce pas ?

Je retins mon souffle avant de hocher la tête.

— Bien. À plus tard.

Je refermai la portière derrière moi, et il partit sans me jeter le moindre regard. C'était intolérable ! J'avais envie de me jeter sur le sol et de pleurer, mais je pris mon courage à deux mains et marchai en direction de la porte. Elle s'ouvrit avant même que j'aie à frapper. Un homme, dans la quarantaine, torse nu et vêtu d'un bas de survêtement, m'ouvrit.

— Salut, toi. Entre !

Je franchis le seuil en évitant que nos yeux se croisent. Il referma derrière moi et me détailla pendant de longues minutes.

— Il n'a pas menti à ton sujet. Tu es vachement belle ! La dernière était plus jeune, mais toi… oh oui…, je sens que ça va me plaire.

Il caressa ma croupe par-dessus ma robe et paraissait déjà bien excité. Mon sentiment de panique augmenta lorsqu'il m'emmena au salon. J'y trouvai deux autres hommes, assis dans un fauteuil pour l'un et dans un canapé pour l'autre, sirotant un verre d'alcool.

— Elle est mignonne, pas vrai ? me présenta-t-il. Anna, c'est ça ?

— Euh… oui, soufflai-je, déjà angoissée.

— Tu veux boire quelque chose, ma jolie ? me demanda-t-il.

— Pas d'alcool, il a dit, gronda l'autre, sur le canapé.

Il y avait trois hommes, tous dans la quarantaine. Le premier, celui qui m'avait ouvert, était baraqué et brun. C'était définitivement le plus mignon. Celui sur le fauteuil était blond et moustachu. Le troisième, dans le canapé, était chauve et obèse. Dire que j'étais là, toute seule, face à eux. Je n'osai imaginer ce qu'ils allaient me demander et j'eus peur de m'évanouir.

L'homme de l'entrée caressa le bas de mon dos et me poussa vers l'avant.

— Mets-toi donc à l'aise, Anna. Retire ces vêtements qu'on se rince l'œil, un peu.

Ils avaient jeté des tas de coussins dans un coin de la pièce, de l'autre côté d'une table basse. Au centre, c'était vide, et je compris que c'était ma scène. Je m'y avançai sans un mot. L'homme brun s'installa sur le canapé, près du chauve, et me fit signe de commencer.

Avec des gestes lents, je fis descendre ma robe. Je me sentais comme une stripteaseuse qu'on aurait payée pour la regarder se dévêtir, sauf que je savais que le spectacle ne s'arrêterait pas là. Je laissai tomber mon seul vêtement sur le sol et pivotai vers eux.

— Elle est pas mal, jeta le moustachu sur un ton admiratif.

— Tourne un peu qu'on voit ton petit cul, gronda le chauve.

J'obéis, en évitant leurs regards.

— On n'est pas difficiles, tu vas voir, lança le brun. Tu peux même choisir lequel tu vas sucer en premier. Hein, les gars ?

— Ouais !

Celui qui était sur le fauteuil vint rejoindre les deux autres sur le canapé, et les trois firent en sorte de dévoiler chacun un sexe dressé, de taille différente. J'eus un haut-le-cœur devant la tâche qui m'attendait. Je n'allais jamais y arriver !

Je fermai les yeux un instant, et le chauve s'impatienta :

— Ça vient, oui ?

Je sursautai et me laissai tomber à genoux. Je choisis l'homme qui m'avait ouvert la porte. Il était plus joli garçon que les autres. Je me faufilai entre ses jambes, posai ma bouche sur son membre, et il soupira, ravi.

— Du calme, les gars, y en aura pour tout le monde. Pas vrai, Anna ?

Je ne répondis pas. J'en aurais été bien incapable, non seulement parce que j'étais en train de le sucer, mais surtout parce que j'avais peur de ne pas y arriver. Il me releva les cheveux, probablement pour que les autres puissent mieux voir ce que je faisais.

— Putain, les gars, quelle bouche ! Oh !

— Tu m'excites, petite ! Viens là ! Donne-m'en un peu.

Le gros rapprocha son sexe de mon visage, et je quittai celui du brun pour m'occuper de lui. Son odeur était désagréable. Son corps aussi, mais je fermai les yeux et récupérai son membre, plus petit, entre mes lèvres. Il pressa la main sur ma tête, comme si je ne poussais pas son sexe suffisamment loin en moi, mais c'était loin d'être le cas.

— Je n'avais pas fini, gronda le premier.

J'alternai. Un sexe, puis un autre, trois coups chacun, deux coups chacun, quatre coups chacun. À ce rythme, ils n'éjaculeraient jamais. Et dire qu'il en restait un troisième ! Le blond se lassa d'attendre : il saisit ma main et la posa sur son entrejambe.

— Fais-toi plaisir, tiens, dit-il avec un rire.

Je le caressai, mais c'était difficile de garder le même rythme pour chacun. Je comptais les coups de bouche, comme un métronome. Plus j'étais régulière, plus vite ils éjaculeraient. Du moins, c'est ce que j'espérais. Celui qui n'avait que ma main gémit :

— Ah oui, tu es une sacrée garce ! Et tu as un de ces culs ! Attends un peu.

Il se leva, et je le sentis se placer derrière moi. Il plongea un doigt dans mon sexe, effectua un petit mouvement de va-et-vient, puis un second se mêla à la danse.

— On ne va pas se priver, les gars ! Après tout, il ne faut pas oublier que Cendrillon disparaît à minuit.

— Ta gueule ! gronda le brun. Continue, petite, suce. Oui, comme ça !

L'autre continuait à me branler, et mon corps commençait à se contracter autour des doigts qui bougeaient de plus en plus vite entre mes cuisses. Au lieu de poursuivre, l'homme s'avança entre mes jambes et frotta son gland sur mon clitoris avant de me pénétrer d'un coup sec. Je sursautai et j'eus du mal à maintenir le rythme de ma fellation.

— Doucement, petite, grogna l'obèse. Franck, la pousse pas trop, tu veux ?

Des mains s'accrochèrent à mes hanches et essayèrent de m'immobiliser, mais le sexe qui me prenait par-derrière cognait en moi à un bon rythme. J'eus un moment d'absence, portée par ces secousses qui n'avaient rien de désagréable, avant qu'une main me rappelle à l'ordre.

— Garde le rythme…

Je repris ma fellation, les yeux fermés, en proie à un agréable vertige, mais le brun me tira vers lui et guida ma tête vers son gland. Une autre queue revint entre mes lèvres et poussa contre ma langue. Incapable de gémir, je raffermis la pression et accélérai mes passages.

— Oh oui ! Reste là, petite, je vais venir.

Il donna quelques coups de bassin vers le haut et éjacula avec une plainte, les doigts dans mes cheveux. L'autre profita de ce moment d'accalmie pour me prendre plus rudement.

— Oh, les gars, je ne vous dis pas comme elle est bonne !

— Reviens ici, ordonna le gros.

La main libéra ma tête, et je retournai à l'autre sexe, mais cela m'était de plus en plus difficile, car l'homme derrière moi me secouait de plus en plus fort. Mes lèvres cessèrent de bouger, et je laissai un petit gémissement m'échapper.

— Du calme, Joey ! gronda l'homme que je suçais. Tu nuis à mon rythme.

— Attends un peu, souffla-t-il, je vais venir. Et je veux…

Le sexe en moi se retira brusquement, et une main m'empoigna par les cheveux.

— Viens ici, petite, suce !

Je réprimai une plainte de douleur pendant qu'il me guidait vers son sexe. Son gland plongea entre mes lèvres, puis il effectua des mouvements de bassin amples en gémissant :

— Oui, suce, ma belle !

Il cognait le fond de ma gorge et m'écrasait le nez contre son ventre. Je devais retenir ma respiration, mais cela ne fut que de courte durée. Il hurla des tas de « oui » avant d'éjaculer par longs jets, et je n'eus pas le temps de me retirer que le gros maugréa, encore :

— Tu as fini de me faire attendre ?

Une fois libre, j'essuyai mon visage et me dépêchai de revenir vers lui.

— Pardon, monsieur, dis-je avec une petite voix.

Je retournai à son sexe. Il avait perdu un peu de tonus, et il me fallut m'appliquer davantage pour lui redonner de la vigueur, ce qui l'énerva.

— Vous deux, laissez-moi venir en paix !

— Allez, Éric, y en a pour tout le monde ! On ne va pas laisser ce beau petit cul libre quand même !

Des doigts s'insérèrent dans mon sexe et me caressèrent rudement. Je crois qu'ils s'y prenaient à deux. Ils malmenaient ma vulve de toutes parts. Je réprimai un petit cri de douleur.

— Tu vois qu'elle aime ça, lança Joey. Putain, qu'elle est bandante ! Bon, Éric, tu viens, oui, qu'on s'amuse ?

Le gros se mit à cogner ma tête contre son énorme ventre. Il suait terriblement et respirait fort. J'augmentai le rythme et la pression de mes lèvres.

— Oh oui, comme ça, c'est bien.

Son ton était suppliant. C'était étrange de les sentir si vulnérables lorsqu'ils étaient sur le point d'éjaculer alors que, le reste du temps, ils se plaisaient à m'insulter. Il jouit bruyamment, et, dès qu'il eut éjaculé, on me tira vers l'arrière.

— À toi, Franck, essaie-la !

Ils parlaient de moi comme d'une voiture, mais je n'eus pas le temps de bouger que d'autres doigts me pénétrèrent et me poussèrent vers l'avant. Je me retrouvai secouée au-dessus du membre ramolli que je venais de sucer pendant qu'on me fouillait sans gêne. Je fermai les yeux, honteuse du bruit qui provenait de mon sexe. Mon ventre cédait. J'aurais largement préféré déconnecter ma tête de mon corps et ne ressentir aucun plaisir durant cette épreuve. Pourquoi s'acharnaient-ils à me toucher de la sorte ?

— Tu vois ça ? Elle mouille comme une garce. Il n'a pas menti à son sujet…

Des doigts détrempés se mirent à branler mon clitoris, et je me raidis instantanément, émettant un petit cri qui annonçait ma chute.

— Oui, ma belle, montre-nous à quel point ça te plaît. Ça me fait bander.

Un autre râle m'échappa, et je remarquai que le blond, à ma droite, se branlait en contemplant la scène. L'homme chauve faisait de même, avec moins de succès. Son gland se balançait sous mon nez, et mon plaisir s'estompa devant le spectacle.

— Attends, viens là !

On me tira vers l'arrière, et je me retrouvai à quatre pattes, devant Joey. Il replaça son membre à peine dur entre mes lèvres pendant que Franck recommençait à me doigter comme un fou. Très vite, une verge raide remplaça ses doigts. Je gémis, une queue entre mes lèvres qui reprenait vie, et des mains me tirant de tous les côtés. J'étais prise de toutes parts. Il leur fallut quelques minutes pour trouver un rythme adéquat, me balançant d'avant en arrière, en riant comme des gamins. Et moi, je commençais à perdre la tête, avec des cris que je n'arrivais plus à retenir. Joey écrasa alors une main dans mes cheveux et poussa son sexe plus avant dans ma bouche.

— Oui, jouis… et suce bien en même temps.

— Putain de merde ! C'est un déluge par ici !

Il avait raison. Je griffai le sol et me raidis alors que mon corps cédait, gémissant tant bien que mal avec cette queue qui s'enfonçait dans ma bouche. Des mains retenaient les soubresauts de mon corps. Je cherchai à reculer, à retrouver mon souffle, mais Joey me retint contre lui et donna des coups de bassin rudes contre mes lèvres.

— Reste là… Encore !

Son sexe grossissait dans ma bouche, mais ne crachait plus rien. Et moi, je n'en voyais plus la fin. Franck me pénétrait de plus belle, triturant mes fesses pour augmenter son excitation. Je restai là, écœurée par toutes ces secousses, honteuse de l'orgasme qui venait de me ravager. Quand Franck s'essouffla, il se retira d'un coup en grognant. Je masquai mon soulagement, puis sursautai lorsqu'il me claqua le cul. Enfin, il se redressa pour se jeter dans le fauteuil.

— Putain ! Elle est géniale, mais je n'en peux plus. Éric, prends ma place.

— Envoie-la-moi, ordonna le chauve.

Joey libéra ma bouche, qui commençait à être raide sur les côtés. Avec un soupir, il se laissa tomber sur le sol, la queue toujours raide.

— Allez, ma belle, va t'occuper de lui, lâcha-t-il à bout de souffle. On continuera après.

Du canapé, l'homme chauve me fit signe de venir le rejoindre. Lentement, j'installai mes genoux de chaque côté de ses jambes, dans les coussins, puis m'empalai sur sa verge avant de démarrer une douce chevauchée sur lui.

— Quelle belle fille, pas vrai, Éric ? entendis-je. Tu ne vas pas me dire que ça ne valait pas le coup de passer tous ces tests médicaux !

Derrière, ils rigolaient, mais l'homme sous moi ne répondit pas. Il commençait à jouir en jouant avec mes seins. J'accélérai mes coups de reins. Il se mit à grogner, visiblement déjà essoufflé par nos ébats.

— Putain, qu'est-ce que je bande ! lança Joey. Je n'ai jamais bandé autant de ma vie.

— La petite pilule bleue, c'est génial, hein ?

— Tu parles ! Une chose est sûre, on va bien rentabiliser notre soirée avec cette fille.

Je cessai d'écouter ceux qui nous observaient, anxieuse tout à coup de savoir qu'ils avaient pris des cachets pour garder la forme. Moi qui pensais en avoir bientôt terminé ! Je me concentrai sur celui qui était sous moi. Il faisait un bruit désagréable en jouissant.

— C'est bon, mais tu m'épuises. Donne-moi… quelques minutes, haleta-t-il.

— Viens là, ma belle, m'appela Joey. Je pense qu'on peut passer au plat principal, maintenant. Hein, les gars ?

Mon ventre se noua à ces paroles. Le « plat principal » ? Qu'est-ce que cela voulait dire ? Comptaient-ils m'attacher ? Me frapper ? Je me levai du canapé, et Joey pointa du doigt la table basse.

— On va t'enculer, juste là, m'annonça-t-il. Comme tu vois, on est gentils, on a mis des coussins pour tes genoux.

Je tressaillis en comprenant ce qu'ils appelaient le « plat principal ». Je fermai les yeux et avalai ma salive. Soudain, j'eus peur de vomir.

Le claquement de doigts de Franck me fit sursauter.

— Allez, installe-toi, ma belle. Joey, j'y vais le premier.

Ils bougèrent. Pour ma part, mon corps resta immobile.

— Je voudrais… aller aux toilettes, bredouillai-je, en essayant de retenir le tremblement au fond de ma voix.

En réalité, j'avais besoin d'eau froide. Sur ma nuque et dans ma gorge aussi. Je craignais de m'évanouir.

— Désolée, ma belle, mais le compteur tourne.

— Sans oublier qu'on a dû payer un extra pour ton cul, renchérit Joey.

Je ne bougeai pas. J'étais sonnée par les mots qu'ils venaient de prononcer. Ils avaient payé ? John m'avait vendue comme une prostituée ? Était-ce là ma punition ? Perdue dans mes pensées, je chassai la main qui se posait sur mon bras et essayai de m'éloigner d'eux, mais Franck me saisit de nouveau, plus fermement cette fois.

— J'ai dit : sur la table !

Il me repoussa vers le centre de la pièce alors que je cherchais un moyen de passer le barrage que formait son corps. J'allais être malade. Un sentiment de panique grimpa en moi devant ce qui se tramait dans cette pièce. John m'avait vendue, et pas à des Maîtres. Tout cela n'avait rien à voir avec les jeux pervers auxquels j'avais eu droit avec Maître Paul. J'étais là, livrée à moi-même, à trois hommes. Vendue… comme une pute.

— Non, s'il vous plaît, suppliai-je en sentant des larmes me brouiller la vue.

— Bordel, c'est dingue ! Tu as vu comme elle panique ? s'égaya Franck. Elle est peut-être vierge du cul, si ça se trouve ! C'est peut-être pour ça qu'il nous a demandé tant d'argent. Tu vas voir, petite, tu vas adorer.

Il essaya de me repousser vers le centre de la pièce, mais je me débattais. Énervé, Joey me ceintura par l'arrière, et je me retrouvai, malgré mes efforts, à plat ventre sur la table. Le brun me retenait les mains au-dessus de la tête pendant que le deuxième me coinçait contre le meuble et m'écartait les cuisses. Je me tortillai jusqu'à ce que je comprenne qu'ils étaient trop forts. J'étais coincée.

— Sacré petit brin de femme, hein ? Il nous gâte, cette fois !

Les deux hommes rigolaient alors que je les suppliais :

— Messieurs, s'il vous plaît ! Arrêtez.

— Arrête de te plaindre, s'énerva Franck. Ton mec nous a dit de ne pas te faire de cadeau, et, vu le prix qu'on y a mis, tu vas y passer. Compris ?

Il cracha dans sa main, écrasa un doigt contre mon anus, l'inséra sans ménagement.

— Oh oui, on va se régaler, les gars !

J'essayai de m'avancer, de l'obliger à retirer son doigt, et je glissai sur le côté de la table, tombai sur le sol.

— Merde, Joey ! Tu la tiens, oui ?

On me récupéra, on me remit sur la table avec violence.

— Tiens-toi tranquille ! dit Joey en emprisonnant mes mains dans les siennes. Tu vas aimer, je te dis. Allez, Franck, sers-toi !

Des mains m'écartèrent les jambes, et des doigts retournèrent entre mes fesses. Je n'avais pas beaucoup de latitude, mais je tentai de me dérober à son geste.

— Oh oui, petite, ça m'excite quand tu te débats comme ça ! Retiens-la, Joey, j'y vais.

Son sexe me transperça l'anus et m'arracha un cri.

— Oh oui, hurle ! Je veux t'entendre crier.

Il m'empoigna les cheveux, me tira vers l'arrière et continua de m'enculer en exultant de joie.

— Quel cul ! Je vous jure ! Bien serré, comme je les aime.

Je sanglotais. J'avais du mal à croire que John m'avait jetée là, comme une putain. À la limite, avec d'autres Maîtres, en guise de punition, avec Maître Paul s'il le souhaitait, mais là, c'était au-dessus de mes forces !

— Oh, les gars ! Je ne vous dis pas comment je prends mon pied ! Oh !

J'avais cessé de me débattre. Je n'y arrivais plus. Je restai là, à pleurer. John m'avait trahie, il m'avait vendue et il m'avait lâchement abandonnée. Je sanglotais comme une enfant, contre le meuble. Quand Joey vit que mon corps s'était relâché, il me fourra son sexe dans la bouche.

— Allez, suce, petite.

Je ne bougeai pas. Je fermai les yeux et les laissai faire ce qu'ils voulaient de moi. J'étais brisée. Et je ne souhaitais plus qu'une chose : que John m'ait vendue suffisamment cher pour justifier toutes les bassesses auxquelles ces hommes me soumettaient.

CHAPITRE 48

POINT DE RUPTURE

John me récupéra à minuit pile. On le complimenta sur mes talents, et personne ne se plaignit de toute la partie où j'étais restée totalement passive. Ça ne les avait clairement pas freinés. Que leur importait mon plaisir, au fond ? Après des banalités que je n'écoutai pas, John me ramena à la voiture. Il démarra, et nous étions déjà loin lorsqu'il prit la parole :

— Ça a été ?

Je ne répondis pas. Les vibrations de la voiture me retournaient l'estomac.

— Arrête la voiture, soufflai-je, je vais être malade.

Il stoppa, si sèchement que cela ne fit qu'amplifier mon haut-le-cœur. Je me jetai dehors, vomis sur le bord de la route en toussant. J'enfonçai mes doigts dans le fond de ma gorge. Je voulais être sûre de tout recracher. Je restai là, un long moment, à genoux, à pleurer. John ne bougea pas de son siège. Il attendit patiemment que je revienne dans la voiture avant de reprendre la route. Son indifférence était pire que tout.

Je fus soulagée de revoir la ville et de savoir qu'il me ramenait chez moi. Je n'étais pas certaine d'avoir assez d'argent dans mon sac pour me payer un taxi. Mes larmes séchèrent, et je tournai la tête vers la vitre, ravalant à la fois mes mots et ma colère. Lorsqu'il se gara près de chez moi, je récupérai mon sac et j'attendis. Quoi ? Un mot gentil ? Une explication ? Que pouvait-il dire pour soulager ma peine ? Comme s'il voulait m'assener le coup de grâce, il sortit une enveloppe et la posa sur mes genoux.

— C'est pour toi. De la part de ces messieurs.

Je crois qu'il s'attendait à me surprendre, mais ce ne fut pas le cas. Je jetai un coup d'œil au montant. C'était beaucoup d'argent. Il devait y en avoir pour 500 ou 600 dollars. Je me surpris à me demander combien il en avait gardé pour lui.

— Merci, dis-je simplement.

Je rangeai l'argent dans mon sac, sans un mot. Je voulais seulement sortir de là, me retrouver seule, me doucher et pleurer. J'ouvris la portière et posai un pied sur le sol.

— Annabelle ? (Je m'immobilisai, mais ne me retournai pas vers lui.) N'as-tu rien à me dire ?

— Non, mentis-je en essayant de garder une voix calme.

Un silence passa, puis je pivotai vers lui et le défiai du regard.

— Et toi ? Tu as quelque chose à me dire avant que je rentre chez moi ?

Je l'avais tutoyé délibérément, ce qui parut le surprendre.

— Cette épreuve fait partie de ta formation, Annabelle.

— Je ne savais pas qu'il y avait une formation pour devenir putain.

— Annabelle ! lança-t-il, pour me rappeler à l'ordre. Je t'avais pourtant prévenue que cette épreuve serait difficile !

Aveuglée par mes larmes, je retirai mon collier de soumise, toujours autour de mon cou, et le jetai sur ses cuisses.

— C'est terminé, John.

Je fis un geste pour sortir de la voiture, mais il se pencha pour me retenir. Sa main me serra le bras.

— Tu es sous le choc. Tu ne te rends pas compte de ce que tu dis !

Je retirai brusquement mon bras et le fusillai du regard. Ma voix sonna sèchement :

— J'ai dit : c'est terminé, John. Je ne suis plus ta soumise. Est-ce suffisamment clair pour toi ?

Je le déstabilisais. Je pouvais le voir à son regard.

— Je crois que tu devrais…

— Non, le coupai-je.

Je sortis de sa voiture, claquai la porte derrière moi et montai à mon appartement sans me retourner. Une fois en sécurité, je me laissai tomber sur le sol et pleurai toutes les larmes de mon corps.

CHAPITRE 49

LE CHOIX

John m'avait détruite. J'avais la sensation que mon corps et ma tête avaient été réduits à néant. Heureusement, il me restait un soupçon d'orgueil, et je l'utilisai à bon escient. Je n'annulai aucun de nos rendez-vous, mais je ne m'y présentai pas. Qu'il m'attende ! J'étais en colère et je voulais qu'il le sache. Et, même si cela me démangeait, je ne répondis à aucun de ses appels.

Au bureau, je ne faisais plus rien. Je passais la journée à lire tout et n'importe quoi, à essayer de ne pas pleurer, à oublier les images de cette nuit-là.

J'avais la tête pleine de questions : John m'avait-il seulement aimée ? Avais-je imaginé tous ces instants ? Peut-être était-il heureux, tout compte fait, de se débarrasser de moi. Peut-être était-ce son but en m'offrant à ces hommes ? Je ne reconnaissais plus celui que j'avais aimé. Tout se confondait dans mon esprit : les bons et les mauvais souvenirs.

Au bout de trois jours de silence complet, John surgit dans mon bureau sans crier gare, en plein après-midi.

— Bonjour, Annabelle.

Je ne répondis pas, trop occupée que j'étais à vouloir bondir sur mes jambes pour essayer de le fuir, mais il referma la porte derrière lui. Je retombai sur ma chaise.

— Peut-on discuter calmement ? demanda-t-il en guise de préambule.

Son détachement me choqua. Tant de mots me brûlaient la gorge, mais je les ravalai. Je ne voulais pas qu'il voie l'étendue des dégâts qu'il avait causés.

Avec un visage que j'espérais impassible, je l'invitai à prendre place devant moi. Il s'assit en prenant son temps et brisa enfin le silence :

— J'ai beaucoup réfléchi à cette petite scène, l'autre soir.

— Parce que tu crois que je t'ai fait une scène ?

J'avais essayé de me retenir, mais c'était peine perdue. Ma voix s'était emballée sans que je puisse l'en empêcher. Au moins, je l'avais tutoyé, et j'avais pu voir juste à la façon dont il avait pincé les lèvres que cela lui déplaisait.

— As-tu seulement réfléchi à ce que tu as fait ? me questionna-t-il rudement.

— À ce que j'ai fait quand ? Avant ou après avoir joué la pute pour toi ?

Piqué au vif, il frappa mon bureau avec un bruit sourd.

— Annabelle ! Tout cela n'était qu'une mise en scène ! Cela fait partie de ton dressage !

— Faisait partie, rectifiai-je.

Il se calma aussitôt. Était-ce parce que je venais de réitérer ma décision ? Qu'il avait enfin compris que je ne comptais plus retourner sous son emprise ?

— Comment peux-tu seulement songer à tout arrêter après tout ce que nous avons vécu tous les deux ?

Je ne répondis pas. Cette fois, ses mots m'avaient touchée, et la douceur de sa voix aussi.

— Tu es encore sous le choc, reprit-il, et je conçois que la situation te dépasse un peu.

« Un peu » ? Est-ce qu'il se moquait de moi ? Devant mon froncement de sourcils, il s'empressa d'ajouter, comme s'il tentait de rattraper ses dires :

— Peut-être que j'ai mal évalué tes capacités à surmonter cette épreuve. Je me suis pourtant assuré qu'aucun d'eux ne te frapperait.

— Ils m'ont violée ! crachai-je, sidérée par ses paroles.

Sa tête se pencha sur le côté, visiblement sceptique et réprobateur.

— Qu'est-ce que tu racontes ? Tu étais consentante ! Tu y es allée de ton plein gré !

— Pour te prouver que je t'aimais !

Je fermai les yeux et, sentant venir les larmes, détournai le visage.

— Je t'avais prévenue que ce serait difficile, me rappela-t-il. Et quoi que tu en penses, tu méritais cette punition.

— Je la méritais ? répétai-je en reportant un regard sombre sur lui. Je méritais de me faire violer par trois hommes ? Quel était mon crime, déjà ? Ah oui ! J'ai défié ton autorité devant ta petite Laure.

Il me pointa d'un doigt menaçant.

— Attention à ce que tu dis.

— Sinon quoi ? Tu vas me frapper ? demandai-je, nullement impressionnée. Oh, mais vas-y ! Crois-tu vraiment que tu pourrais me faire plus de mal que ce que tu m'as fait, ce soir-là ?

Son air s'assombrit.

— Annabelle, tu n'as pas compris le sens de cette punition.

Je lâchai un rire amer.

— C'est ça. C'est moi qui ne comprends rien.

J'ouvris le tiroir de mon bureau, en sortis ma copie de notre contrat et la déchirai sous ses yeux.

— C'est terminé, John. Je veux que tu sortes de ma vie.

Malgré moi, ma voix trembla en prononçant ces mots. Le remarqua-t-il ? Il se pencha vers moi et m'attrapa la main.

— Annabelle…, ne fais pas ça. Je pensais que tu m'aimais…

Je retirai mes doigts et l'affrontai du regard, même si des larmes s'étaient mises à couler sur mes joues.

— C'est vrai, admis-je. Contrairement à toi, je crois l'avoir suffisamment prouvé.

Il parut troublé par ma réponse.

— Qu'est-ce que ça signifie ? Tu crois que je ne t'aime pas ?

Sa question m'étonna, et je haussai les épaules, incertaine. Comment aurais-je pu savoir ? Il ne me l'avait jamais dit, après tout. Un silence passa avant qu'il ouvre de nouveau la bouche :

— Annabelle, je t'aime. Comment peux-tu seulement en douter ?

Je clignai des yeux, surprise. J'avais tellement espéré ces mots, ces dernières semaines, que je ne savais plus comment réagir à sa déclaration.

— Annabelle, tout ça… ce n'est qu'une épreuve que nous surmonterons ensemble.

Je restai là, à le fixer, sous le choc. Comment osait-il me dire une chose pareille, alors que les images de cette soirée me revenaient sans cesse en mémoire ?

— Ce n'est rien ? répétai-je, en haussant le ton.

Il se raidit.

— Non, enfin…, s'empressa-t-il d'ajouter pour justifier ses propos, ce que je veux dire, c'est que… ce n'est pas grave au point de devoir nous séparer.

Étais-je en train de rêver ? Il me semblait qu'il cherchait ses mots et que son intonation laissait filtrer de la nervosité.

— Quel est le problème, John ? Tu ne veux pas que je parte parce que tu n'as pas encore terminé ton livre ?

— Annabelle ! me gronda-t-il. C'est donc ce que tu penses de moi ?

Je pris un moment avant de hocher la tête.

— Oui, John, avouai-je tristement. Depuis que tu m'as prostituée, voilà ce que je pense de toi.

Il se releva brusquement, et je fus étonnée de voir son visage défait. J'eus l'impression de l'avoir frappé en plein cœur.

— Anna… je… je ne veux pas te perdre.

Il bafouillait, visiblement décontenancé par ma décision. De le voir aussi humain me noua le ventre, et je baissai les yeux par crainte de me laisser attendrir.

— Dis-moi au moins que tu vas y réfléchir, insista-t-il.

Je ne répondis pas. J'étais incapable de lui promettre quoi que ce soit. Devant mon hésitation, il se pencha vers moi pour capter de nouveau mon attention.

— Annabelle, ne fais pas ça. Je t'aime ! Crois-tu que je serais là, à vouloir tout arranger, si ce n'était pas le cas ?

Je me remis à chercher quelque chose dans son regard. Une preuve de sa sincérité. Quelque chose de tangible.

— Prouve-le, dis-je soudain.

Il se redressa, choqué.

— Quoi ?

— Prouve-le, répétai-je. Si tu m'aimes, accepte que je ne sois plus ta soumise.

Il parut complètement déstabilisé par ma demande.

— Quoi ? Tu… tu me donnes un ultimatum ?

— Non. Je te donne ce que je n'ai pas eu : le choix.

— Qu'est-ce que tu racontes ? Tu as eu le choix ! À chaque étape !

— Quel choix ? m'emportai-je. Pour être avec toi, je devais devenir ta soumise ! Eh bien, aujourd'hui, je ne veux plus l'être ! Et si tu veux vraiment être avec moi, il faudra que tu acceptes mes conditions.

Un silence passa, puis John croisa les bras et me toisa de haut.

— Qu'est-ce que tu veux, exactement ?

Ma voix se brisa :

— Je veux que tu m'aimes. Même si je ne suis plus ta soumise.

Détournant la tête, il lâcha un drôle de soupir, mais continua de m'écouter, alors j'ajoutai, très vite, comme si je pouvais encore sauver quelque chose de notre relation :

— Je t'appellerai Maître, si ça te chante, et tu pourras faire ce que tu veux de moi, mais… personne d'autre que toi ne pourra me toucher. Jamais.

Il reporta un regard amusé sur moi, et un rire moqueur s'échappa de ses lèvres.

— Tu crois que je vais céder à ton petit chantage ? Personne n'a le droit d'exiger quelque chose de moi, Annabelle. Personne. Pas même toi.

Sa réponse écrasa mes derniers espoirs. À quoi m'étais-je attendue, au fond ? À rien. Je ne faisais définitivement pas le poids face à John Lenoir. Du bout des doigts, j'essuyai ma joue humide et retrouvai un semblant de contenance.

— Bien, alors… tout a été dit.

Il se raidit devant moi, et j'eus la sensation de le voir tressaillir. Et, pourtant, au lieu de chercher à me retenir, il pesta :

— Te rends-tu compte de la femme que tu es devenue grâce à moi ? Une femme libre, décomplexée, épanouie…, et encore je ne parle même pas de ta carrière !

— Tu parles du fait que je suis devenue une putain ?

Il blêmit, et je crus qu'il allait s'emporter. Voilà qui était étrange pour un homme comme John. Il inspira profondément et retrouva sa contenance habituelle.

— Bien, dit-il enfin. Si c'est ce que tu veux, alors c'est terminé. Bonne chance, Annabelle.

Ses mots me furent douloureux à entendre, mais je tentai de n'en rien laisser paraître. Je le regardai marcher vers la sortie quand il pivota, juste avant d'ouvrir la porte.

— Tu comptes rester mon éditrice ? me demanda-t-il encore.

— Pour quoi faire ? D'après Jade, ce qui t'excite, c'est de nous attirer dans tes filets. Tu m'as eue. Je ne vois plus trop quel intérêt je peux encore avoir pour toi.

Il serra les dents, choqué. Jamais je ne l'avais vu dans un tel état.

— Tu ne comprends vraiment rien, finit-il par dire.

— Je sais. En plus d'être une sale pute, je suis une sale conne. Voilà tout ce que tu as fait de moi. Merci, Maître.

Il resta sidéré par mes paroles, puis quitta mon bureau sans un mot, en claquant la porte derrière lui. J'attendis, le temps d'être certaine qu'il ne reviendrait pas, puis je laissai mes larmes couler.

Cette fois, c'était bien fini.

CHAPITRE 50

LE PIÈGE

Après de longues négociations, Jason accepta de me remettre en charge de la collection Rose Bonbon et dut se résoudre à trouver une autre éditrice à John. Ma décision l'avait déçu. Je l'étais également. En revenant à la case départ, j'avais l'impression d'avoir échoué sur toute la ligne.

Même si j'agissais avec professionnalisme, je n'étais plus que l'ombre de moi-même, au travail. J'avais du mal à rester concentrée. Je restais tard, le soir, pour éviter de me morfondre dans la solitude de mon appartement. Alors que j'essayais de l'oublier, tout ramenait John à ma mémoire. Nadja se fit une joie de venir m'annoncer qu'elle lui avait trouvé une nouvelle éditrice. À l'idée qu'il m'ait remplacée aussi facilement, mon cœur se brisait un peu plus. Dire que j'avais tout donné à cet homme et que sa vie continuait sans encombre. À croire que je n'avais jamais existé.

La semaine suivante, je le croisai à quelques reprises, au bureau, probablement alors qu'il allait rencontrer sa nouvelle éditrice. Il me saluait poliment, restait quelques secondes à me fixer, planté dans l'embrasure de ma porte, puis continuait sa route. Ces quelques instants me ravageaient. Mon visage avait beau rester de glace, tout en moi fondait de désespoir. Pourquoi s'obstinait-il à demeurer dans ma vie ? Pourquoi ne pouvait-il pas disparaître ?

Au bout de trois semaines, il me transmit de nouveaux textes, ceux qu'il songeait à publier, disait-il dans son mail. Espérait-il une approbation de ma part ? Étaient-ce ses dernières séances avec Laure ou était-il déjà parvenu à ramener sa nouvelle éditrice sous son joug ? Autant ne rien savoir. Je ne répondis à aucun de ses messages et j'effaçai tout, sans même y jeter un coup d'œil. C'était forcément un piège. Je ne devais pas lui céder. Il fallait que j'oublie cet homme et que je passe à autre chose.

Un matin, je reçus une enveloppe contenant une copie imprimée de ses textes. Je faillis craquer en voyant le mot manuscrit sur le dessus du document : « Souviens-toi de nous, Annabelle. » Énervée, je déchirai les feuilles avec rage et les jetai dans ma corbeille en pleurant. De toute évidence, John n'entendait pas sortir de ma vie. Il n'y avait qu'une façon de le chasser de mon existence : c'était de partir d'ici. À la fin de la journée, je déposai une lettre sur le bureau de Jason et quittai *Quatre Vents*.

Définitivement.

Avant de me mettre en quête d'un nouveau travail, je décidai de prendre deux semaines de repos. Le temps s'étira considérablement. Je restais seule, chez moi, allongée, à regarder les murs de ma chambre, à chercher le sommeil, ou plutôt le repos. Je n'y arrivais pas. Malgré ma colère contre John, mon corps se languissait du sien. C'était pire qu'une drogue. Je ne pensais plus qu'à ça. J'étais toujours sous son emprise, me sentant coupable dès que je me caressais, incapable d'en retirer le moindre plaisir. Tout ça n'avait plus d'intérêt sans John. Que m'avait-il fait ? J'avais la sensation qu'il ne me restait plus rien.

Alors que je somnolais, un jour en fin d'après-midi, il téléphona.

— Annabelle, où es-tu ? Pourquoi as-tu démissionné ?

J'ouvris les yeux lorsque je reconnus sa voix. Il avait enfin remarqué mon absence ? Après quoi ? Dix jours ? Dans ce constat, quelque chose me désespérait et me rassurait à la fois.

— Annabelle, parle-moi, supplia-t-il. Dis-moi au moins comment tu vas.

— Je… Ça va.

J'éclatai en sanglots. Comment pouvais-je lui dire ça alors que j'étais là, dans mon lit, tiraillée de toutes parts ?

— Annabelle, je suis en bas de chez toi.

Sa phrase me fit l'effet d'un coup de fouet. Je me redressai sur mon lit, le cœur battant la chamade.

— Tu… Quoi ? soufflai-je.

— Je veux te voir et m'assurer que tu vas bien.

— Je vais bien, dis-je très vite, espérant qu'il ne réitère pas son invitation.

Mon corps était dans un tel état, juste parce que j'imaginais sa présence dans cette pièce !

— Je veux te voir, répéta-t-il.

Je n'arrivais pas à lui répondre. « Non » était une réponse trop difficile à lui donner. C'était comme si mon corps m'en empêchait.

— Annabelle, c'est ma faute si tu es dans cet état. Laisse-moi t'aider.

— Comment ? m'entendis-je demander.

Je me mordis la langue. J'avais une folle envie de l'appeler Maître, de lui demander de me faire n'importe quoi. Tout me semblait plus supportable que ce silence et cette distance qui nous séparait.

— Laisse-moi monter.

Je soupirai en fermant les yeux, et mon cœur prit la parole :

— D'accord.

Je raccrochai, mais je ne quittai pas mon lit tout de suite. J'avais l'impression d'avoir rêvé notre conversation. Il frappa à la porte. Combien de fois avais-je espéré entendre ce son ? Je me levai, lentement, enfilai mon peignoir et me plantai devant l'entrée. Ma main fit pivoter la poignée, et il compléta mon geste, entra chez moi sans attendre mon invitation.

— Ce n'est pas… une bonne idée, soufflai-je.

Il referma la porte et me regarda pendant un long moment, l'air triste. Était-ce à cause de mon état ? Je baissai la tête, gênée qu'il assiste à ce spectacle. Je tenais toujours le téléphone entre mes doigts. Soudain John m'ouvrit les bras, et mon corps s'y jeta en pleurant.

— Annabelle, murmura-t-il contre ma tête.

Il me consola longuement. Me caressa le dos, les cheveux. Je crois qu'il attendait que mes pleurs s'arrêtent. Je laissai tomber le téléphone sur le sol, m'agrippai à son cou, tremblante. Je voulais qu'il dise quelque chose, que ses mots pansent mes plaies, qu'il prononce une formule magique pour effacer tout ce mal qu'il avait laissé en moi, mais ce ne fut pas le cas. Lorsque mes larmes séchèrent, il remonta mon visage vers le sien et embrassa doucement mes lèvres, puis sa langue vint chercher la mienne. Je me détachai difficilement de cette étreinte.

— John…

— Non. Reste là, chuchota-t-il.

Il reprit ma bouche, et mon corps lui obéit comme il l'avait toujours fait. Ce baiser dura une éternité. Ses mains caressèrent ma peau, entrouvrirent mon peignoir, se faufilèrent entre mes cuisses. Je secouai la tête, sans un mot. Je savais que je ne devais pas lui céder, mais mon corps ne m'obéissait déjà plus. Il fouilla mon sexe sans gêne. Je crus que j'allais m'évanouir tellement c'était agréable, tellement j'avais rêvé de cet instant.

— John, gémis-je.

Il me plaqua contre la porte d'entrée, récupéra ma bouche, embrassa mon cou, alors que sa main continuait de me caresser.

— Annabelle…

Ses doigts me pénétraient, provoquant des soubresauts divins dans mon corps. J'étais si avide de plaisir que je ne retins aucun de mes cris. Je voulais chaque seconde de ce bonheur. J'en avais besoin. John me mena à l'orgasme rapidement, comme s'il souhaitait me prouver qu'il me connaissait mieux que quiconque. Mieux que moi, aussi. Je me laissai choir contre lui, comme si je venais d'être ravagée par une tornade. J'étais si heureuse d'oublier ma détresse, d'abandonner mon corps à ses mains expertes et de cesser cette lutte.

John me souleva du sol, me porta jusqu'à mon lit et m'y déposa. Lorsque j'ouvris les yeux, il retirait ses vêtements. Je les observai tomber un à un, subjuguée par la beauté de ce corps auquel j'avais appartenu.

Il grimpa sur le lit, se glissa entre mes cuisses et se mit à embrasser mon sexe. Je fermai les yeux. C'était si bon ! Il me transporta au paradis à une vitesse fulgurante ! Je jouis avec bruit, comme si ces cris pouvaient me libérer de tout ce mal qui m'avait habité ces dernières semaines. Une fois leur tâche accomplie, les lèvres de John embrassèrent chaque parcelle de ma peau entre mon ventre et ma tête, puis revinrent sur ma bouche. Entre deux baisers fougueux, je pris conscience que je lui avais cédé. Et deux fois plutôt qu'une ! Je le serrai contre moi, sentis une larme couler sur ma joue.

Écartant ma cuisse d'une main, John guida son sexe vers le mien et me pénétra rudement. Son geste m'arracha un cri. Il m'emprisonna dans ses bras, souleva mon bassin pour me posséder complètement, puis me fit me redresser en position assise. Dans un coup de reins brusque, il écrasa mon corps et le bloqua contre la tête de lit. Il reprit son mouvement, vif, provoquant soubresauts et tremblements partout en moi. Le plaisir brouilla de nouveau ma tête, et je redevins sa chose. C'était si simple de lui céder…

— John ! John !

J'étais sur le point de jouir. Encore ! Toujours !

— Tu es à moi, rugit-il. À moi !

Comme s'il tenait à prouver ses dires, il se retira de mon sexe et me sodomisa sur-le-champ. Mes doigts s'accrochèrent à ses épaules, et j'eus peine à contenir le bonheur qui m'habitait alors qu'il me prenait ainsi. Mon corps se cambra, et je recommençai à jouir. C'était exquis. Nous ne faisions plus qu'un. Il me prenait avec fougue, suscitant en moi des sensations si intenses que j'en oubliais tout le reste. Je m'agrippai à lui, le laissai me mener à l'orgasme, doucement, comme s'il souhaitait prolonger cet instant où tout était parfait. Il retenait mon plaisir, me l'offrait, jouait avec mon corps, et j'eus l'impression de n'être qu'un instrument de musique entre ses mains. Quelle symphonie il créa, cette nuit-là !

Il était tard lorsque John s'écroula à mes côtés, la bouche dans mon cou et la respiration haletante. Je luttai contre l'envie de m'endormir.

— John…, chuchotai-je.

— Chut ! Demain. Dors, maintenant.

Je fermai les yeux et sombrai dans un sommeil de plomb. Dans ses bras.

CHAPITRE 51

L'ADIEU

J'ouvris les yeux sur le visage de John. Il me regardait dormir en souriant. Je refermai prestement les paupières. Dans un premier temps, je crus que cette nuit n'avait été qu'un rêve, puis je rouvris les yeux, et des images d'une intensité folle me revinrent en mémoire.

— Bonjour, dit-il.

Je paniquai. John était vraiment là, dans mon lit, souriant, heureux. Mon cœur se serra. J'étais émue de le retrouver.

— Bien dormi ?

— Oui, murmurai-je.

En fait, je n'avais jamais aussi bien dormi depuis notre séparation, mais je me défendis de le lui dire. Je me relevai, cherchai le drap pour le remonter sur moi, mais il me retint contre lui en glissant un bras autour de ma taille. Sa bouche retourna dans mon cou pendant que ses mains cherchaient déjà à retourner entre mes cuisses.

— John…

— Chut. Annabelle, je suis tellement content que nous nous soyons retrouvés.

Il repoussa le drap qui cachait mon corps, puis ses doigts me pénétrèrent sans autre préambule.

— John, non, soufflai-je en essayant de retenir ses gestes.

— Ton corps le désire, tu ne l'entends pas ? Il crie. Il en a besoin.

Je fermai les yeux, savourai ses caresses en étouffant le râle qui cherchait à franchir mes lèvres. Il avait raison : j'étais dans un tel chaos, dans un tel état de manque, que je n'arrivais plus à me contrôler. John était devenu une drogue. Je ne pouvais plus m'en passer.

Je retins ma respiration et repoussai sa main. Relevant les yeux vers lui, je posai la seule question qui me vint en tête :

— Et après ?

Il cessa de lutter pour revenir entre mes cuisses et me scruta, surpris.

— Quoi, après ?

Qu'il ait cessé de me caresser me permit de retrouver mon sang-froid, et ma voix s'affirma davantage.

— Oui, John : et après ? Tu vas me baiser et ficher le camp, c'est ça ?

— Non ! Annabelle, je suis là pour tout recommencer. Parce que tu as besoin de moi.

Il tenta de ramener sa main vers mon sexe, mais je le repoussai d'un geste brusque.

— John, qu'est-ce que tu veux ?

— Je te veux, toi ! Quelle question !

— Et comment me veux-tu ?

Il serra la mâchoire, et je compris qu'il n'était pas là pour négocier. Il était simplement venu tester mes défenses. Et moi, comme une idiote, je lui avais cédé à la première caresse…

— Tu veux que je redevienne ta soumise, soufflai-je, troublée.

— Évidemment ! Annabelle, rappelle-toi combien tu étais heureuse avec moi…

Je me jetai hors du lit, récupérai mon peignoir et l'enfilai, tremblante.

— Je ne t'ai demandé qu'une chose, John ! Me garder pour toi ! Suis-je donc si exigeante ?

— Personne n'a le droit d'exiger quelque chose de moi, Annabelle. Je suis celui qui prend et celui qui donne. Quand vas-tu le comprendre ?

Je crois qu'une gifle de sa part m'aurait fait moins souffrir.

— Je ne suis plus ta soumise, lui rappelai-je, avec moins de force que je ne l'aurais souhaité.

— Tu le resteras toujours. Jamais tu ne pourras te passer de moi.

Je reculai jusqu'au mur en secouant la tête. J'avais peur qu'il n'ait raison. Surtout après cette nuit. Il avait laissé sa marque partout sur moi. En moi. Avec difficulté, je laissai la colère remonter dans mon ventre.

— Sors d'ici.

— Annabelle, cesse de lutter. N'oublie pas que je sais ce qui est bon pour toi. Je te connais par cœur…

Je secouai la tête, plus vivement cette fois, puis je reposai des yeux humides sur lui et forçai ma bouche à lui sourire.

— Qu'est-ce que ça a dû te coûter de revenir ici pour me supplier. Dire que j'ai cru… que tu allais accepter mon offre !

— Elle était ridicule, Annabelle.

— Oui. Tu as raison. Je suis ridicule.

Je laissai couler mes larmes, troublée d'avoir cru en lui. Dire que j'espérais qu'il me revienne !

— Regarde-toi, Annabelle : tu te braques, tu luttes, mais nous savons tous les deux que tu as besoin de moi.

Je le foudroyai du regard.

— Mon corps est dépendant de toi, c'est vrai, affirmai-je avec plus de détermination. Je le sens. C'est comme une drogue. Mais tu peux me croire, John : je m'en remettrai.

Il se rembrunit, et je profitai de son silence pour ajouter :

— Et quelque chose me dit que je ne suis pas la seule à ressentir ce manque.

Il serra les dents, sans un mot. Touché.

— Tu crois que ce sera aussi simple ? me défia-t-il.

— Je n'ai pas dit que ce serait simple. J'ai dit que je le ferais. Va-t'en, maintenant.

Il ne bougea pas.

— C'est un ordre, monsieur, intimai-je.

Mes mots le fouettèrent. Il se leva, et je l'observai pendant qu'il se rhabillait. Lorsqu'il fut prêt à partir, il se rapprocha de moi.

— Tu me reviendras, Annabelle.

— À ta place, je n'y compterais pas.

Il tourna les talons et sortit de ma chambre. Je le suivis jusqu'à l'entrée, déterminée à verrouiller la porte à la seconde où il sortirait. Une fois le verrou en place, je tombai à genoux pour me vider de mes larmes. Cette fois, c'était fini. Je devais chasser John Lenoir de ma vie à tout jamais avant qu'il me détruise complètement.

CHAPITRE 52

UNE RENCONTRE

J'avais trouvé un nouveau poste dans une revue pour adolescentes. Ce n'était pas aussi prestigieux que mon ancienne maison d'édition, mais cela m'occupait l'esprit. N'était-ce pas ce qui comptait, en fin de compte ? Mon nouveau patron, Alexandre, m'avait trouvée surqualifiée pour ce poste, mais je connaissais bien le lectorat, et le salaire était bon. Il était visiblement comblé par le travail que j'effectuais chez lui. Pour cause ! J'acceptais toutes les heures supplémentaires et je restais même quand ce n'était pas nécessaire pour boucler mes dossiers. J'avais besoin de m'étourdir l'esprit.

Chasser John de ma vie ne fut pas simple : je sous-louai mon appartement, changeai de numéro de téléphone et coupai tous les liens qui pouvaient le ramener vers moi. Inutile d'attendre un signe de sa part : il ne pouvait plus me joindre. Pourtant, je l'attendais quand même. C'était plus fort que moi. Mon cœur espérait un miracle.

J'avais du mal à rester seule, le soir, chez moi. Je traînais partout : à la bibliothèque, au cinéma, au restaurant. Mon corps était en manque, mais je refusais qu'on me touche. Pour combler ce vide, j'avais acheté des tas de jouets. Une sorte de drogue de substitution. Mes vibromasseurs n'avaient rien de comparable avec un homme en chair et en os, mais ils me permettaient de survivre et m'empêchaient de retourner me jeter aux pieds de John.

Le temps avait filé. C'était déjà la fin de l'hiver. J'étais assise dans un café, un dimanche après-midi. Je lisais les dernières parutions de mon ancienne collection, un peu nostalgique. Un homme, à une table voisine, attira mon attention. Il me dévisageait. Lorsque je portai mon attention sur lui, il se leva pour venir à ma table, café en main.

— Annabelle ?

Je plissai les yeux pour mieux l'observer. Il me connaissait visiblement, mais je n'arrivais pas à me souvenir de lui. C'était pourtant un homme charmant. Blond, musclé, avec un visage d'ange. Ça me semblait incroyable de ne pas me rappeler un pareil adonis.

— Oui ? finis-je par dire.

— Tu ne te souviens pas de moi… ou peut-être que tu préfères que je ne t'aborde pas ?

Il se confondait en excuses alors que je ne savais même pas pourquoi.

— Je suis… On s'est rencontrés… à une soirée, dit-il en percevant mon incompréhension.

— Une soirée ? répétai-je. Quelle soirée ?

Dans ma tête, le mot « soirée » signifiait «lancement de livres ». Il baissa la tête.

— Chez John, avoua-t-il, visiblement mal à l'aise.

Était-ce le nom qui me fit sursauter ? Quoi qu'il en soit, la tasse sur ma table trembla avec un drôle de bruit.

— Je n'aurais pas dû… Pardon, grimaça-t-il, devant ma réaction.

Il voulut s'éloigner, et je le reconnus soudain. Ce magnifique blond, c'était celui qui m'avait offert mon premier orgasme, le soir où j'avais été la reine de la soirée. Je rougis en me remémorant la douceur de ses mains sur ma peau.

— Oui, je… Ça me revient, bredouillai-je. Simon, c'est ça ?

Il me jeta un rapide coup d'œil et hocha la tête.

— Pardon, me repris-je, gênée, c'est que… tout ça, c'est tellement loin.

— Non, c'est moi qui… C'est idiot. Qui a envie de se faire reconnaître ? Je ne sais pas ce qui m'est passé par la tête…

Je ris de le voir aussi confus. Il rougissait, et c'était définitivement réciproque. Je lui proposai la chaise devant moi.

— Tu peux t'asseoir, si tu veux.

Il m'interrogea du regard, et j'insistai avec un sourire. Il prit place et posa sa tasse de café sur la table. Je regrettai aussitôt mon geste. De quoi pouvions-nous parler ? Je me voyais bien mal évoquer ces soirées, ce que nous avions fait ou… John. Je crois qu'il partageait le même malaise que moi, car il but nerveusement sa tasse, puis posa un regard sur mon livre.

— Qu'est-ce que tu lis ?

— Des trucs pour ados. Ça vient de la collection dont je m'occupais avant.

— Ah oui ! Tu es éditrice, c'est ça ?

— Je l'étais. Maintenant, je travaille dans une revue pour adolescentes.

— Et tu fais quoi, là-bas ?

— Je corrige, je rédige des petites critiques, j'approuve les textes.

— Tu fais tout, finalement ! dit-il avec un rire.

— Non, quand même ! Mais je fais un peu de tout.

— C'est bien.

Je jouai avec ma tasse, qui tinta désagréablement.

— Et toi ? demandai-je enfin. Qu'est-ce que tu fais dans la vie ?

Il pouffa, et je l'imitai.

— Merde, on a l'air con, pas vrai ? dit-il.

— Oui, admis-je.

Nous échangeâmes encore un rire, puis il tendit la main vers moi.

— Je m'appelle Charles-Simon Hébert.

Je récupérai sa main.

— Annabelle Pasquier.

— Enchanté, mademoiselle.

Il me sourit plus franchement, et cela détendit l'atmosphère entre nous.

— Je suis cuisinier. Enfin… la plupart du temps.

— Et le reste du temps ?

— Je fais de la comptabilité, je gère des dossiers, ce genre de choses. C'est que… le restaurant m'appartient.

— Ah !

Je le fixai, surprise, pendant qu'il fouillait dans la poche de sa veste. Il sortit une carte dudit restaurant et me la tendit.

— Si tu as envie de venir goûter à ma spécialité… (Je faillis éclater de rire.) Je parlais des fruits de mer, s'empressa-t-il d'ajouter.

— Oh ! Pardon, c'est juste que… c'est vraiment bizarre.

— Oui, admit-il, et c'est ma faute. Si je ne t'avais pas abordée, je suppose que tu ne m'aurais même pas reconnu…

— Parce que tu es habillé, probablement.

Nous n'arrêtions plus de rire, et il nous fallut un temps considérable pour reprendre notre sérieux.

— Est-ce que… tu es un Maître ? demandai-je, une fois que j'eus retrouvé un semblant de courage.

— Moi ? Grands dieux, non ! Tu as cru que… ? Non ! Dans ces soirées-là, je suis juste… je ne sais pas. Un invité ? C'est vrai que la question s'est posée, à un moment, mais je n'ai pas voulu sauter le pas.

— Pourquoi ?

— Trop de responsabilités, je suppose.

Je me contentai d'acquiescer, et il grimaça de nouveau :

— On pourrait parler d'autre chose ?

— Euh… OK.

Je cherchai un autre sujet, mais ne trouvai rien. De quoi pouvions-nous parler alors que nous n'avions que cela en commun ? Lorsque le silence s'étira trop longtemps, il poussa sa tasse vers le centre de la table et se releva.

— Bien, je… je ne veux pas t'importuner plus longtemps…

— Oh, mais… tu ne me gênes pas, le rassurai-je.

Il resta un moment planté devant ma table, les yeux rivés sur moi, puis il soupira.

— Malheureusement, je dois y aller, dit-il.

Il alla récupérer son manteau qu'il avait laissé sur son ancienne table, puis revint vers moi.

— Je suis content de t'avoir revue, Annabelle. (Il tapota sa carte d'affaires, toujours posée près de ma tasse.) Si tu veux passer au resto, un de ces soirs… Enfin, comme tu veux hein ! Et c'est sans sous-entendu. Je voulais juste… t'offrir un café. Discuter… Enfin, c'est idiot. Excuse-moi. (De plus en plus rouge, il soupira pour tenter de reprendre son calme.) Salut !

— Salut, Simon.

Il s'éloigna en me jetant un dernier regard. Je récupérai la carte, la fis tourner plusieurs fois entre mes doigts, un peu troublée par cette rencontre. Son restaurant, *La Perle*, n'était pas très loin d'ici. Je connaissais l'enseigne. J'étais même souvent passée devant.

Après une brève hésitation, je rangeai la carte dans mon sac.

CHAPITRE 53

L'APPEL

Les jours suivants, je songeai beaucoup à Simon. Même s'il me rattachait à mon passé, et à John, il me paraissait tout à fait charmant. Et ce n'était pas un Maître. Il avait été très clair sur le sujet. Étendue sur mon canapé, je rêvassais à ce bel ange blond, me remémorant qu'il avait été le premier à me faire succomber, ce soir-là. Il m'avait caressée, m'avait fait perdre la tête devant tous ces gens. Je le savais déjà habile de ses mains. Je connaissais le goût de son sexe, la douceur de sa voix et de son regard. Jamais il ne m'avait traitée de garce ou de pute. Il avait été, en tout point, parfait.

Et, même si je doutais que ce soit une bonne idée, j'avais envie de le revoir.

Je composai plusieurs fois le numéro de son restaurant, mais je raccrochai avant même d'entendre la sonnerie. Je savais que c'était malsain, mais j'avais envie d'un homme capable de me faire perdre la tête et susceptible de me traiter correctement. Je ne voulais pas retomber dans les griffes d'un Maître ou me donner au premier venu. Simon me paraissait quelqu'un d'accessible et de gentil. Pourquoi pas ?

Au bout de cinq jours, je me risquai à lui téléphoner. Je demandai à parler à « M. Hébert », et on me mit sur attente. J'hésitai à raccrocher, puis la voix de Simon se fit entendre :

— Oui ?

— Euh… Simon ? Je… C'est… c'est Annabelle.

Un bref silence s'installa, puis son rire se fit entendre.

— Annabelle ? Eh ben ça alors ! Je ne l'espérais plus !

— Je te dérange là, non ?

— Euh… un peu…, mais ce n'est pas grave !

— Je peux rappeler plus tard…

— Non ! Attends une minute, tu veux ? Juste une minute !

Il me remit en attente, avec la petite musique habituelle dans ce genre de cas. Lorsqu'il reprit la conversation, j'entendais beaucoup moins de bruit autour de lui.

— OK, là, c'est mieux.

Je ris doucement.

— Je pouvais rappeler…

— Et risquer que tu ne changes d'avis ? Pas question !

Décidément, il avait le don de me faire rire. Quand le silence se réinstalla, il proposa sans attendre :

— Si je t'offre un café… ça t'intéresse ?

Charmée par la vitesse avec laquelle il m'invitait, je gloussai comme une idiote. Je n'avais même pas eu à faire le premier pas !

— Je préférerais t'offrir un dîner, mais ce soir, je suis coincé en cuisine jusqu'à 22 heures, expliqua-t-il.

— Oh !

J'avais envie l'inviter directement à mon appartement, mais je pinçai les lèvres. Qu'allait-il penser de moi ?

— Soit tu attends jusque-là pour dîner avec moi, soit on sort prendre un café après. C'est comme tu veux.

— Euh…

Je jetai un coup d'œil à l'heure : il était 18 heures. J'avais envie de le voir, et il m'offrait deux raisons plutôt qu'une pour ça. C'était inespéré !

— Tu sais où c'est ? Le resto ? me questionna-t-il encore.

— Oui. Ce n'est pas très loin de chez moi.

— Super, alors. Tu n'as qu'à arriver un peu avant 22 heures. On prendra un verre en attendant que les derniers clients partent, puis je te ferai à manger.

— C'est toi qui vas faire le repas ? demandai-je, surprise.

— Je ne sais pas trop. Ça te plairait ?

— Eh bien… oui ! Je crois.

— Alors voilà ! On fait comme ça. On se dit : à plus tard ?

— Oui. À plus tard, répétai-je.

Je raccrochai, le sourire aux lèvres. J'étais déjà très excitée à l'idée de revoir Simon. Le cœur léger, je sautai dans la douche.

CHAPITRE 54

SANS ARRIÈRE-PENSÉE

Dès que j'entrai dans le restaurant, presque désert à cette heure, Simon sortit de la cuisine et m'accueillit à la place de l'hôtesse.

— Salut, dis-je.

Il m'embrassa sur la joue, m'aida à retirer mon manteau, comme si nous étions amis.

— Je suis content de te voir. Très content. Viens !

Il me guida à l'intérieur, et j'aperçus sa salle à manger. C'était grand, spacieux. On ne doutait pas que c'était un restaurant assez onéreux.

— Waouh, c'est... c'est impressionnant ! m'exclamai-je.

— C'est gentil. Je te montre les cuisines ?

— OK.

Il m'emmena dans les arrière-salles. Plusieurs commis débarrassaient et nettoyaient. On me salua chaleureusement, non sans un petit regard intrigué. On aurait dit que j'étais sa petite amie. Quelle idée de me présenter à tout le monde, aussi ! Simon me montra ses installations, puis me ramena à la salle à manger, où il m'installa à une table. Pour sa part, il resta debout.

— Bien... De quoi as-tu envie ? Tu aimes les fruits de mer ? Sinon, j'ai du poulet aussi.

— Les fruits de mer, ça me va.

— OK. (Il arrêta la serveuse au passage.) Lise, tu peux nous apporter deux soupes du jour ? Et demande à Carl de nous faire griller quelques calmars avant de partir.

— D'accord.

— Ah ! Et j'ai mis une bouteille de côté dans le frigo. Tu peux nous l'apporter en revenant ?

Elle prit le temps de me sourire avant de s'éloigner. Simon reposa les yeux sur moi.

— Tu aimes le vin, au moins ?

— Oui.

— Et les calmars ? C'est bête, je n'ai pas pensé à te le demander.

— Simon ! Arrête un peu. Tu… tu me rends nerveuse.

Il tira la chaise en face de moi pour s'asseoir, et son visage se rembrunit.

— Ce n'est pas ce que je voulais, dit-il. En fait, j'essayais juste de t'impressionner.

— C'est fait, je t'assure, rigolai-je. Enfin… presque ! Je croyais que j'allais te voir cuisiner ?

— Oh, mais je vais le faire ! On va d'abord manger les entrées, le temps que les autres terminent de ranger, puis on ira en cuisine, et je ferai le repas.

Étonnamment charmée par son organisation, je retins un gloussement ridicule. Simon était véritablement aux petits soins pour moi. C'était tellement incroyable. Lise nous apporta une bouteille de vin. Il en versa dans nos verres et trinqua avec moi.

— À cette belle surprise ! lança-t-il.

Mes joues rougissaient. J'avais l'impression qu'il me faisait la cour comme si j'étais une dame. Et, pourtant, j'étais déjà prête à faire tout ce qu'il me demanderait.

— Tu sais…, tu n'es pas obligé de faire tout ça, chuchotai-je.

— Faire quoi ? T'inviter à dîner ?

— Oui.

Il parut étonné.

— Il faut bien que tu manges, non ?

Je ris à mon tour.

— C'est vrai, confirmai-je.

— Et ça nous donne l'occasion de discuter un peu, poursuivit-il. Remarque, ça aurait été plus romantique si je t'avais emmenée ailleurs.

« Romantique » ? J'affichai un air perdu, et il se remit à rougir.

— Merde ! N'écoute pas ce que je dis, tu veux ? Je suis un peu nerveux. C'est juste un dîner.

On nous interrompit pour déposer des soupes devant nous.

— Les calmars sont bientôt prêts. Vous voulez que j'attende avant de les servir ?

— Non, ça ira, Lise. Merci.

Elle s'éloigna, et il reporta les yeux sur moi.

— Allez ! Goûte !

Je plongeai dans ma soupe. L'odeur me plaisait, et j'étais affamée. Dès que j'avalai la première bouchée, son regard se fit plus intense.

— Alors ? C'est bon ?

— C'est délicieux, avouai-je en hochant la tête.

— Crème de palourdes. C'est moi qui l'ai faite, pas plus tard que ce matin.

Je reportai mon attention sur mon plat, essayai d'en distinguer les ingrédients.

— Waouh ! Tu es… vraiment doué.

— Ce n'est que de la soupe ! Attends de goûter à mes queues de langouste !

Il étouffa un rire que je partageai.

— Merde ! s'exclama-t-il. Je n'en rate pas une !

— C'était très drôle.

— Et c'est vraiment très bon comme plat. Sans aucun sous-entendu, insista-t-il.

Il se pencha pour commencer son repas, et nous échangeâmes plusieurs rires étouffés. J'étais incapable de m'en empêcher. Les calmars arrivèrent, et il prit une grande inspiration avant de m'annoncer, sur un ton quasi solennel :

— Je ne pense pas pouvoir faire de jeux de mots idiots avec « calmar », mais, juste au cas où j'aurais tort, excuse-moi à l'avance.

— Ne t'en fais pas… C'est drôle.

— Et embarrassant aussi.

— Un peu, mais ce n'est pas grave. Je dois dire que… ça fait longtemps que je n'avais pas autant ri.

Il posa un regard sur moi, visiblement troublé par ma remarque, et je récupérai un calmar pour le porter à ma bouche.

— Miam ! C'est bon.

— Merci.

Simon avait cessé de manger. Il me regardait pendant que je dégustais mes plats avec appétit.

— C'est… euh… la première fois que je rencontre un cuisinier, bredouillai-je, anxieuse de me sentir ainsi observée.

— Eh bien…, ce n'est pas aussi prestigieux qu'un écrivain, mais… (Mon visage se rembrunit.) Annabelle, pardon, se reprit-il aussitôt. Je faisais plutôt référence à ton travail… Je ne voulais pas… parler de lui.

Je posai mes couverts de chaque côté de mon plat, puis enfouis mes mains sous la table, troublée par ses paroles.

— Merde ! Je gâche tout. Moi qui espérais qu'on passe une soirée agréable, qu'on fasse connaissance, et puis… voilà que je passe mon temps à dire n'importe quoi ! Tu vas vraiment me prendre pour un fou…

Il paraissait visiblement attristé par la façon dont notre soirée partait en vrille. Pourtant, je ne pouvais pas lui en vouloir. Je l'avais rencontré par l'entremise de John. N'était-ce pas normal qu'il aborde le sujet, à un moment ou à un autre ?

Espérant chasser le malaise qui régnait entre nous, je récupérai un autre calmar et le portai à mes lèvres pour clore la discussion. Simon m'imita. Au moins, quand nous mangions, personne ne disait de bêtise !

Quelques employés quittaient l'établissement en nous saluant au passage. Je mangeai la moitié du plat en un temps record, d'abord parce que j'étais affamée, mais surtout parce que c'était délicieux. Simon m'observait en silence. C'est à peine s'il mangeait.

— Si tu continues, tu n'auras plus faim pour la suite, me prévint-il en riant.

— Ça ne risque pas. Je n'ai rien mangé de la journée, avouai-je.

— Comment ça : rien ?

Je haussai les épaules.

— Ça m'arrive d'oublier.

Un silence passa, et j'eus la sensation que Simon réfléchissait à mon aveu. Peut-être aurais-je dû éviter de lui parler de mon maigre appétit. Heureusement, il força la note pour ramener la bonne humeur entre nous.

— Dois-je m'inquiéter pour mes provisions ? Tu ne comptes quand même pas dévorer la moitié de mon frigo, hein ?

Je retrouvai un air moqueur, dévorai un autre calmar.

— Heureusement que c'est toi le proprio, le taquinai-je.

Son rire me rassura. Il attendit que je termine ma bouchée, se leva, récupéra son verre et la bouteille de vin.

— Tu viens me voir à l'œuvre ? proposa-t-il.

Je ne me fis pas prier. Je pris mon verre et le suivis à l'arrière. Il s'installa aux fourneaux, enfila un tablier et sortit des tas d'ingrédients.

— Tu veux de l'aide ? demandai-je.

— Surtout pas ! J'ai bien l'intention de t'impressionner !

— Un homme en cuisine, ça m'impressionne déjà, rétorquai-je avec un rire.

Je salivais devant les queues de langoustes qu'il préparait devant moi. Il combinait des tas d'ingrédients, faisait revenir des légumes dans une poêle, du riz dans une autre… En moins de trois minutes, la vinaigrette était prête. Lorsqu'il enfourna les queues de langoustes, il s'adossa au comptoir et porta le verre de vin à ses lèvres.

— C'est tout ? me moquai-je, alors qu'il avait tout fait en un tournemain.

— OK, j'avoue, ce n'est pas un plat très compliqué. La prochaine fois, je te ferai un filet de truite aux amandes dont tu me diras des nouvelles.

Mon ventre se serra. Il avait dit : « la prochaine fois ». Il voulait donc me revoir ? C'était plutôt bizarre.

— Quoi ? demanda-t-il en percevant mon trouble.

— Rien… Je suis juste… surprise.

— Et encore tu n'as pas goûté, lança-t-il, pensant que je parlais du repas. C'est délicieux, tu vas voir !

Devant moi, il commença à dresser habilement les plats. Je l'observai, interloquée. Certes, je connaissais la douceur de ses mains, mais là… quel talent ! Avec sa vinaigrette, il traça une traînée sombre au fond d'une assiette, déposa du riz, puis quelques légumes colorés qu'il plaça de façon symétrique. Enfin, il déposa une queue de langouste sur laquelle il fit couler une sauce, dont l'odeur me chavira les sens.

— Waouh…, tu es vraiment doué ! soufflai-je.

Il rit, et ses joues se colorèrent légèrement.

— Bah, ça fait un moment que je suis cuistot ! Disons que j'ai mes trucs…

Avec un bout de chiffon, il essuya le pourtour de l'assiette et se tourna vers moi.

— Voilà, c'est prêt.

— Dis donc, ça donne faim !

— Il n'y a pas de plus belle phrase dans l'oreille du cuisinier ! dit-il, ravi.

Dès que tout fut prêt, nous retournâmes dans la salle, que les derniers employés quittaient. Je m'installai à notre table pendant que Simon éteignait une partie des lumières, puis l'enseigne. J'étais légèrement anxieuse à l'idée d'être seule avec lui. Allait-il exiger quelque chose de ma part ici ? Aborder le sujet qui m'effrayait tant ? Pourtant, dès qu'il prit place devant moi, il fit un geste de la main en direction de mon plat.

— Mange, sinon ça va être froid !

Je levai mon verre dans sa direction.

— Merci pour ça.

Il se dépêcha de m'imiter.

— Merci d'avoir appelé. Et d'être venue, aussi.

J'attaquai mon plat avec appétit.

— C'est délicieux ! dis-je, la bouche pleine.

Il n'arrêtait plus de sourire, et c'était agréable. Nous étions bien, dans ce restaurant, juste nous deux. Il me laissa dévorer la moitié de mon plat avant de reprendre la parole :

— J'ai le droit de te poser des questions ?

J'avalai ma bouchée un peu vite, toussotai. Était-ce le moment de passer aux choses sérieuses ? Je relevai des yeux intrigués vers lui.

— Juste pour mieux te connaître, s'empressa-t-il de me rassurer. Du genre… quel est ton plat préféré ?

— Je…

Je me mis à réfléchir. Sérieusement. J'avais l'impression que je ne faisais que grignoter ces derniers temps. Je tentai de me rappeler ce que j'aimais, avant, mais ne trouvais aucune réponse.

— J'aime bien… le riz, bredouillai-je.

— Ce n'est pas vraiment un plat.

— Euh… la pizza, alors ?

— Ah ! Ça, je sais faire ! Et les choses épicées, tu aimes ?

Avec difficulté, je tentai de garder un air impassible, mais cette discussion commençait à me rappeler étrangement John. Me demandant s'il ferait le lien avec mon genre de sexualité, je répondis :

— Un peu épicé, ça me va, mais pas trop, quand même.

Simon rigola.

— Non, je voulais dire… « relevées », mais pas nécessairement piquantes. La paella, par exemple.

— Oh… eh bien…, je ne sais pas trop ! bafouillai-je, confuse, en comprenant qu'il parlait toujours de nourriture.

— Tu n'as jamais goûté de paella ?

— Non, dus-je admettre.

Je me sentais idiote. À croire qu'il n'avait réellement eu aucune arrière-pensée en me posant cette question.

— Si tu me demandais ce que je lis, j'aurais probablement le même air que toi, avoua-t-il.

Cette fois, je souris plus franchement.

— On pourrait faire des échanges, proposa-t-il. Tu me prêtes des livres, et je te fais goûter des plats. Qu'est-ce que tu en penses ?

Son offre me toucha. Il semblait vraiment souhaiter qu'on se revoie.

— C'est une belle idée, mais mon domaine de spécialisation est la littérature jeunesse. Pour adolescentes, lui rappelai-je.

— Ce sera difficile, mais je suis prêt à tenter le coup. À cœur vaillant, rien d'impossible !

Il jeta ces mots en brandissant sa fourchette en guise d'épée, toujours aussi rieur. Quel charme il avait ! Alors que je restais là, à le contempler, il insista :

— Alors ? Ça te dit ?

Je clignai des yeux pour reporter mon attention sur notre conversation.

— Tu n'y es pas obligé…, murmurai-je. Ce n'est pas… Il y a peu de chance que ça te plaise…

— Tu n'as qu'à m'en prêter un que tu aimes bien. Après, on pourra en discuter, si tu veux ? (Il pointa sa fourchette vers moi.) En échange, je te ferai de la paella ! Qu'est-ce que tu en penses ?

J'étais sidérée par son insistance. Malgré moi, mon sourire s'était figé.

— Annabelle, qu'est-ce que j'ai dit ?

— Rien. Je… C'est bizarre, tu… tu n'arrêtes pas de sous-entendre qu'on va se revoir…

— Oh, si tu veux, bien sûr ! Tu n'es pas obligée d'accepter, non plus. Avec toutes les bêtises que j'ai dites, je comprendrais si…

— Oh non ! l'arrêtai-je. Ce que je veux dire, c'est que… je ne comprends pas… pourquoi tu fais tout ça. Pourquoi… tu es aussi gentil.

— Comment ça ?

Je me rembrunis, et il fronça les sourcils.

— Ce n'est pas parce que tu as été la soumise de quelqu'un que j'ai le droit de te manquer de respect, Annabelle.

Voilà. Il avait abordé le sujet. Pourtant, cela ne me soulageait pas. Et comme il semblait attendre une réponse de ma part, je bredouillai, un peu vite :

— C'est juste que… dans un rendez-vous, en général, on n'a pas encore couché avec la personne qu'on rencontre.

— Techniquement, on n'a pas couché ensemble.

Il rit, puis fit mine d'effacer un tableau devant lui.

— Écoute, je ne pensais pas qu'on en parlerait, ce soir. Je voulais juste apprendre à te connaître. Et malgré toutes les stupidités que j'ai dites, je t'assure que je n'avais pas d'arrière-pensée en t'invitant ici.

— Moi, je… j'en avais, avouai-je, honteuse.

Sa respiration s'accéléra brusquement.

— Je n'aurais pas dû dire ça, pardon, me repris-je.

— Non. En fait… tu as bien fait de le dire. C'est seulement que j'espérais qu'on attendrait au moins le deuxième rendez-vous pour parler de sexe, mais comme on a déjà renversé toutes les lois, je suppose qu'on n'est pas à ça près.

Je crois qu'il espérait me faire rire, mais je n'y arrivai pas. Déposant mes couverts, je nouai mes mains sur le rebord de la table, effrayée par la discussion qu'il entamait.

— Annabelle, si tu cherches un Maître, tu ne le trouveras pas ici.

Surprise qu'il aille ainsi droit au but, je m'empressai de secouer la tête.

— Non, je… ne cherche pas de Maître.

Il me fixa un moment en silence.

— Tu veux me dire ce qui s'est passé avec John ?

Inspirant un bon coup, je secouai doucement la tête.

— Tu es encore amoureuse de lui ?

Troublée par cet interrogatoire complexe, je haussai les épaules. Comment savoir ce que je ressentais pour John ? Je ne l'avais pas vu depuis des mois. Son souvenir me hantait toujours. Sa trahison aussi.

— Annabelle, pourquoi tu m'as téléphoné ?

— Parce que tu n'es pas un Maître, dis-je sans hésiter. Et parce que tu sais ce que je suis.

— Ce que tu es ? Annabelle, je t'ai vue deux fois dans ces soirées ! Ce n'est pas vraiment une façon de connaître quelqu'un…

— Non, je veux dire…

Je masquai mon visage entre mes mains, sentant déjà les larmes me piquer les yeux.

— Annabelle, qu'est-ce que j'ai dit ?

Il semblait confus. Il se leva, vint s'agenouiller près de moi, posa une main dans mon dos.

— Annabelle…, je ne comprends pas…

— Je veux dire… Toi, tu sais que… que je suis…

— Quoi ? insista-t-il.

— Une pute !

J'avais crié. Il sursauta, et sa main quitta mon dos.

— Quoi ? répéta-t-il.

J'essuyai mes yeux avec la serviette, la déposai sur la table et me levai. Il fit de même, et son corps me bloqua le passage.

— C'était idiot, je n'aurais pas dû… téléphoner, soufflai-je en essayant de le contourner.

— Non, attends. (Il me retint par les épaules.) Annabelle, pourquoi est-ce que tu dis ça ?

— Parce que… c'est comme ça, c'est tout.

— Je croyais que tu travaillais dans une revue ?

Je détournai les yeux en essuyant mes joues. Je n'arrêtais plus de pleurer.

— C'était une mauvaise idée de venir ici, dis-je en essayant de me défaire de ses mains. J'ai cru… que ce serait plus facile… parce que toi, tu savais…

J'avais du mal à respirer. J'avais peur de m'écrouler. Je crois que mon tremblement l'inquiéta.

— Grands dieux, Annabelle ! Mais qu'est-ce qu'il t'a fait ?

— Il m'a… vendue. Comme une pute.

Je ravalai mes larmes, mais, dès qu'il me serra contre lui, je me remis à pleurer. Longtemps. C'était interminable. Simon me garda contre lui sans montrer le moindre signe d'impatience. Quand je parvins à retrouver mon calme, il recula pour mieux me voir, puis caressa ma joue humide.

— Ça va mieux ? demanda-t-il.

— Oui. Pardon.

— Bien, alors… juste pour que je comprenne bien : John t'a vendue ?

Je baissai les yeux avant de hocher la tête.

— À trois hommes, ajoutai-je, la gorge nouée.

Du bout des doigts, il remonta mon visage vers le sien.

— Annabelle, je te défends d'en avoir honte. Tout ça n'a rien à voir avec ta volonté. Tu as obéi à ton Maître, tout simplement.

Je reniflai et j'eus du mal à soutenir le regard de Simon. Qu'il sache ce que j'avais fait me rendait d'autant plus vulnérable.

— Tu n'es pas une pute, Annabelle, répéta-t-il avec une voix posée.

De nouvelles larmes tombèrent de mes yeux, et il me ramena contre lui dans un geste réconfortant.

— Et si lui, il te l'a laissé croire, c'est parce que c'est un très mauvais

Maître, pesta-t-il contre ma tête.

Je ne répondis pas, parce que je ne savais pas ce que cela signifiait. Je n'avais connu que John, et il m'avait brisée.

Simon me repoussa, et nos regards se croisèrent de nouveau.

— Chacun a le droit de vivre sa sexualité comme il l'entend, Annabelle, insista-t-il, mais à une condition : tout le monde doit être consentant. À la seconde où John t'a obligée à faire quelque chose contre ton gré, là, il a failli à sa tâche.

Je ne répondis pas, mais quelque part en moi ses mots faisaient sens.

La main de Simon glissa de mon épaule à mon bras, puis s'éloigna de moi.

— Attends-moi ici, dit-il. Je range et je te ramène chez toi.

CHAPITRE 55

UN DESSERT ?

Même si j'avais ma voiture, Simon insista pour me suivre avec la sienne jusque chez moi. Il se gara et m'accompagna à la porte de mon immeuble, où il me tendit une petite boîte blanche.

— Le dessert, dit-il. Je ne me suis aperçu qu'en partant que… je ne t'en avais pas offert.

— Oh ! Ce n'est pas grave…

— Bah, quand même ! Je l'ai cuisiné pour toi, en plus !

Son geste me toucha.

— Qu'est-ce que c'est ? demandai-je, intriguée.

— Tu verras.

Il plaqua un baiser rapide sur ma joue, et je fus déçue qu'il n'essaie pas de prendre ma bouche.

— Allez, je file. Il est tard.

— Tu… euh… ne veux pas entrer ?

Devant son air scrutateur, je remontai la boîte devant moi et bafouillai, comme pour justifier mon offre :

— Pour manger le dessert ?

Il sourit devant ma tentative pour l'inviter chez moi, mais secoua la tête.

— Je ne crois pas que tu sois prête pour ça.

— Pour manger du dessert ? me moquai-je.

— Tu sais ce que je veux dire.

Son froncement de sourcils tentait de me rappeler à l'ordre, mais cela ne me convainquit pas pour autant. Pour une fois que j'avais envie de me laisser toucher par un homme, pourquoi fallait-il que ce soit si compliqué ?

— Tu comptes me rappeler ou… ? demanda-t-il, après un long soupir. (Il leva les yeux pour regarder mon immeuble.) Remarque, je peux toujours essayer de sonner à chaque appartement…

J'éclatai de rire. Je posai la boîte sur le sol et sortis de quoi noter mon numéro sur un bout de papier. Avec un sourire timide, je le glissai dans sa poche de veste.

— Est-ce que ça veut dire… que tu aimerais me revoir ?

— Oui, dis-je avec une petite voix.

Je récupérai la boîte sur le sol et me plantai de nouveau face à lui. Simon semblait chercher une façon de couper court à notre entretien.

— Bien, alors…

— Tu es sûr ? l'interrompis-je. Pour le dessert ?

Devant mon insistance, il rigola. Je n'étais décidément pas très douée pour la subtilité.

— Tu ne veux même pas savoir si ton dessert va me plaire ? le questionnai-je. Et puis ce serait quand même plus poli si on le partageait.

Soudain, j'avais les joues en feu en me rendant compte des efforts que je devais déployer pour essayer de le convaincre de monter chez moi. Avais-je à ce point perdu mes charmes ?

D'une main douce, Simon me caressa la joue.

— Si je te propose de le manger dans ma voiture, ça t'intéresse ?

— On serait plus à l'aise chez moi, dis-je avec une moue.

Il étouffa un rire et pointa du doigt son véhicule, tout près.

— Allez, viens.

Il saisit mon avant-bras et me guida. J'étais déçue qu'il refuse mon offre, mais heureuse de ne pas me retrouver seule, chez moi. Une fois à l'intérieur de sa voiture, il démarra le moteur pour que la chaleur se réinstalle dans l'habitacle, puis récupéra la boîte et l'ouvrit.

Il avait songé à tout ! Une fourchette en plastique avait été posée dans la boîte, et il avait fait un gâteau que je ne distinguais pas bien dans la pénombre. Il alluma le plafonnier.

— Autre spécialité du chef : gâteau au chocolat.

Nous mangeâmes à même la boîte, en nous passant la fourchette. Visiblement passionné par son gâteau, Simon m'expliqua la recette, qui avait l'air drôlement compliquée. Je lui confiai que je n'avais jamais fait un gâteau de A à Z, que j'avais toujours utilisé des préparations en boîte. Il parut choqué par mon aveu.

— Alors là, c'est un crime ! Je vais devoir te montrer comment on fait des gâteaux ! Comment ça se fait que tes parents ne t'ont jamais appris ça ?

— C'était ma mère qui cuisinait à la maison, et elle était… trop occupée.

— Elle faisait quoi dans la vie ?

Je nettoyai la fourchette avec un certain malaise avant de répondre :

— Elle se faisait battre. Par mon père.

— Ah. Je vois.

Je baissai les yeux et me sentis vraiment pitoyable. Il allait croire que j'étais une fille à problèmes. Je lui tendis la fourchette, et il pointa le bout de gâteau au fond de la boîte.

— Il en reste !

— C'est très bon, mais là, je n'ai plus faim. Et puis… il est tard.

Le tableau de bord lumineux de sa voiture indiquait près de 2 heures du matin. J'aurais préféré terminer ma soirée avec lui autrement que dans ce véhicule, mais la fatigue commençait à se faire sentir.

— Merci pour tout.

— C'est moi qui te remercie, Annabelle.

Je m'avançai vers lui, posai un baiser rapide sur sa joue, mais sa main me retint près de lui et fit pivoter mon visage pour que nos lèvres se touchent. C'était doux et rapide, mais ce fut suffisant pour que mon cœur batte à tout rompre dans ma poitrine.

Lorsque je reculai, j'étais à bout de souffle et lui aussi.

— Bonne nuit, chuchotai-je.

Quelque chose nous ramena l'un vers l'autre, comme si ce premier baiser avait été insuffisant et que nos langues souhaitaient prolonger cet instant. Il m'embrassa, presque délicatement, mais sa bouche sur la mienne me chavirait. Il jeta le dessert à l'arrière pour me prendre dans ses bras, et ses doigts chauds caressèrent mon cou pendant que notre étreinte s'éternisait. Il se détacha enfin, comme s'il manquait d'air.

— Ça, c'est… un super dessert, dit-il.

Je ris nerveusement en essayant de contrôler le rythme de ma respiration. J'avais bien envie de recommencer.

— Qu'est-ce que tu es belle ! souffla-t-il.

Il avait pris ma main dans la sienne et avait laissé retomber sa tête contre son siège. Il me regardait avec un large sourire. Je l'imitai. Soudain, je n'avais plus envie de partir. J'étais bien là, près de lui.

— Je crois que le reste du gâteau ne ressemblera plus à rien, dit-il dans un rire.

Il me montra l'état de la boîte sur le siège arrière, et je ris à mon tour. Que m'importait le gâteau en ce moment ? Je me rapprochai de lui et posai ma tête dans le creux de son épaule. Il m'enlaça sans un mot. Sans m'embrasser.

— Qu'est-ce que tu fais demain ?

— Rien de précis.

— Je dois être au resto pour 16 heures, mais j'ai tout le reste de ma journée. Ça te dirait qu'on déjeune ensemble ? (Il jeta un coup d'œil sur la pendule.) Ou un brunch, plutôt ? Je ne sais pas trop à quelle heure tu risques de te lever…

Je levai la tête vers lui, l'embrassai dans le cou. Son odeur était absolument délicieuse.

— Si tu dormais chez moi, tu le saurais, soufflai-je.

Il se détacha de moi et soupira avec bruit.

— Grands dieux, Annabelle, tu ne vois pas que j'essaie de rester sage ?

Je ris. Il était tellement adorable quand il se forçait à être raisonnable !

— Écoute, il vaudrait mieux que tu montes dormir. Je t'appellerai… disons… vers 11 heures ?

Je restai là, espérant qu'il change d'avis, mais il se pencha pour m'embrasser du bout des lèvres.

— Onze heures ? répéta-t-il.

— OK.

Il sortit pour venir m'ouvrir la portière et fit mine de me tirer vers l'extérieur.

— Dehors, diablesse !

Il m'accompagna, une seconde fois, jusqu'à l'entrée de mon immeuble. Il se pencha pour reprendre mes lèvres dans un baiser très doux. Sa bouche resta tout près de la mienne lorsqu'il chuchota :

— Bonne nuit, Annabelle.

Il tourna de nouveau les talons. Pour de bon cette fois. Et je grimpai à mon étage, le cœur léger. Il me tardait déjà d'être à demain.

CHAPITRE 56

LE BRUNCH

Simon téléphona à 11 heures précises et me récupéra trente minutes plus tard, devant mon immeuble. Il était fraîchement rasé et sentait le parfum pour homme. Je devinai une chemise blanche sous son manteau et j'observai la manière dont ses mèches de cheveux se promenaient sur son visage alors qu'il conduisait.

— Je ne sais pas trop si c'est bon, lança-t-il en se garant, mais sur Internet on dit que ça va.

— Ça ira.

— J'ai failli t'offrir de te faire le petit déjeuner à domicile, tu sais ?

Je fronçai les sourcils, puis j'éclatai de rire.

— Je n'ai pas grand-chose à la maison pour ça !

— Qu'est-ce que tu manges, d'habitude ?

Je ne répondis pas.

— Je vois…, grommela-t-il.

Je le suivis à l'intérieur du restaurant, et l'odeur du pain grillé réveilla ma faim.

— Pourquoi tu ne l'as pas fait ? demandai-je, pendant qu'on s'installait à une table.

— Quoi ?

— M'offrir de me faire à manger.

Il me jeta un regard rempli de sous-entendus, et mes joues se mirent à brûler. Je baissai les yeux en lâchant un petit « hum ! » que j'espérai détaché.

— Tu es jolie quand tu rougis, se moqua-t-il.

— C'est ça.

— Tu es jolie tout court, de toute façon.

Je fis mine de soutenir son regard, mais j'éclatai de rire aussitôt. On nous proposa du café. Simon commanda un plat avec du pain, des œufs, du jambon et différents fromages. Sans réfléchir, je pris le même.

— Tu ne vas jamais manger tout ça ! pouffa-t-il.

— Je meurs de faim ! me défendis-je. Hier soir, je suis allée dans un resto… et il n'y avait presque rien à manger !

Ma blague lui plut. Il n'arrêtait plus de rire, et c'était fort agréable à entendre. Pendant que nous attendions notre repas, je récupérai deux livres dans mon sac et les lui tendis.

— Voilà. Cadeau.

— Cadeau ?

— Le livre ado que j'ai préféré et un autre que j'aime beaucoup.

Il les détailla plusieurs minutes.

— Il va falloir trouver un autre plat, commenta-t-il.

— Pourquoi ?

— On avait dit : un livre pour la paella. Là, il faudra que je cuisine pour le deuxième livre aussi.

J'étais charmée par son attention et je crois que mes yeux en témoignaient.

— On dirait que tu vas devoir me supporter encore quelques jours, annonça-t-il, comme s'il s'agissait d'une rude épreuve.

Pour ma part, j'étais très heureuse qu'il souhaite me revoir. Avec Simon, j'avais la sensation de pouvoir enfin être moi-même. Il connaissait déjà ma part d'ombre et il semblait l'accepter sans la juger. Sans oublier qu'il était charmant et qu'il avait un talent fou pour me faire rire.

Pendant de longues minutes, il chercha des plats que je ne connaissais pas, en proposa trois ou quatre, me promit de me faire goûter à tous ceux dont les ingrédients me plaisaient. Il certifia qu'il lirait les livres rapidement, pour que nous puissions en discuter ensemble. À l'entendre, nous allions nous voir tous les jours de la semaine !

Je dévorai mon repas devant son regard surpris.

— Quel appétit ! lança-t-il. C'est la première fois que je rencontre une fille qui mange autant !

— Non, mais… c'est que… en général je grignote, dis-je, gênée. Je me fais un sandwich ou une soupe, ça me suffit.

Il fit mine de se boucher les oreilles.

— Ne dis pas une chose pareille à un cuisinier !

Il pointa mon plat avec sa fourchette.

— Et comment tu fais pour survivre ? Tu as un sacré appétit !

— Oui. C'est vrai !

Cela faisait bien longtemps que je n'avais pas eu aussi faim, d'ailleurs.

— Je suppose que… c'est parce que tu es là. Manger avec quelqu'un, c'est plus agréable.

— Oui. Ça, je peux le comprendre.

Une fois gavée, je repoussai mon plat et me mis à le questionner :

— Pourquoi est-ce que tu n'es pas marié ?

— Qui dit que je ne le suis pas ?

— Hum ! Pas faux. Et que dit ta femme du fait que tu rentres à 3 heures du matin ?

— Je lui dis que je travaille ! plaisanta-t-il. Non, en fait, je… (Il redevint sérieux.) Ça ne marche jamais longtemps avec les filles, en général.

— Pourquoi ?

— Plusieurs raisons : elles veulent un homme qui rentre dîner le soir, mais, avec le resto, je suis rarement là avant 23 heures. Et puis… elles sont toujours très ouvertes lorsque je leur parle de certaines choses, mais ça finit par les déranger de savoir.

— Savoir quoi ?

— Ce que j'ai fait. Les soirées auxquelles j'assiste, parfois.

— Oh ! Oui. Là… je comprends.

— Ne va pas croire que je suis dépendant de ce genre de trucs ! C'est juste que… quand je suis célibataire je ne vois pas pourquoi j'irais dans un bar. Après tout, je suis toujours certain de vivre quelque chose d'intense dans ce genre de soirées, que je participe ou non. (Je hochai la tête sans répondre, la gorge nouée.) Mes petites amies ont toutes eu la même réaction : au début, ça ne les dérange pas, puis elles veulent que je les compare aux filles que j'ai vues dans ces soirées. Ensuite, elles ont peur que je retourne là-bas en cachette ou que ce ne soit pas assez bien avec elle… Bref, elles pensent que j'ai une… sexualité anormale.

Il résumait assez bien mes propres angoisses.

— Pourquoi tu leur en parles, alors ? demandai-je.

— Parce que je suis idiot, probablement, mais je ne vois pas comment on peut bâtir une relation solide si on ne parle pas de sexualité ouvertement entre nous. Ce n'est pas parce que j'ai des désirs que je suis anormal, il me semble.

Je crois qu'il attendait que je lui donne mon opinion, et j'eus un haussement d'épaules.

— Tu n'es pas anormale, Annabelle.

Je ne répondis pas, mais une chose était sûre : je n'avais plus la moindre idée de ce qui était normal ou pas…

— Le problème, reprit Simon, c'est de trouver deux personnes compatibles dans ce domaine et de voir si… s'ils arrivent à former un couple.

On nous resservit du café, et il en profita pour aborder un sujet épineux.

— Je peux savoir comment ça s'est fini entre John et toi ?

— Comme je te l'ai dit, il m'a… vendue. Mais ça n'allait déjà plus très bien. J'avais appris qu'il avait fait la même chose avec Jade.

— Jade ? Ah oui ! L'autre éditrice. Je l'ai vue, une fois.

Je grimaçai.

— Il s'amuse, il écrit ses séances et il en fait un best-seller.

Mon ton était amer, et je baissai les yeux, troublée de m'être emportée de la sorte.

— En fait, je suis content de le savoir, m'avoua-t-il, mais je ne peux pas dire que j'approuve ses méthodes…

Un silence passa, lourd, puis il poursuivit son interrogatoire.

— Donc… tu l'as quitté ?

— Oui, enfin… disons que je lui ai donné le choix.

— Tout ou rien ? Alors là, je connais, dit-il en riant.

— Non, tout ce que je voulais, c'était… qu'il ne me donne plus à personne.

— Une relation exclusive ? Aïe ! Personnellement, j'ai du mal à imaginer John en couple.

— Oh, mais moi, je me fichais bien qu'il reste Maître ou qu'il baise d'autres personnes. C'est moi qui… je ne voulais plus… d'autres hommes.

Il me dévisagea longuement.

— Il a refusé ça ?

— On dirait bien, répondis-je en retenant difficilement un air sombre.

— Grands dieux, quel idiot !

Il éclata de rire, avant de se rendre compte que je pouvais mal le prendre.

— Je ne ris pas de toi ! expliqua-t-il devant mon air perplexe. J'ai juste l'impression que tu tombes du ciel ! Tu vois, moi, c'est exactement ce que je cherche. Quelqu'un qui peut comprendre ce que je suis, toutes ces choses que j'ai faites, et qui souhaite… vivre une relation exclusive.

Il me scrutait avec attention, et je me sentis légèrement mal à l'aise.

Correspondais-je vraiment à cette description ?

— Quand j'ai compris que ça ne marcherait jamais avec des filles à la sexualité trop classique, je me suis dit que ce serait plus facile avec des filles du BDSM. Au moins, elles seraient à même de comprendre ce que j'avais vécu.

— Pas bête, admis-je.

— Le problème, c'est que, les femmes qui vont là-bas veulent rarement un seul partenaire. Elles cherchent des expériences… très intenses.

Je le fixai, la gorge sèche. Tout ce dont je me souvenais, de ces soirées, c'était que j'y allais uniquement pour faire plaisir à John. Laure, elle, les appréciait. Peut-être que je n'y avais jamais été vraiment à ma place ?

— Je garde de très bons souvenirs de ces soirées-là, s'empressa-t-il d'ajouter, mais ce sont des expériences isolées. Je n'ai pas envie que ça dirige ma vie ! C'est de l'amusement, c'est tout.

Je n'étais pas certaine de comprendre ses paroles. « De l'amusement » ? Comment était-ce possible de voir les choses ainsi ? Cela avait pratiquement détruit ma vie !

— Je dois dire que… ce n'était pas un jeu, pour moi, soufflai-je, avec une petite voix.

Il ne répondit pas, mais il hocha la tête, comme s'il saisissait le sens de mes paroles. Et, pourtant, je me sentis obligée de les justifier :

— Tu sais, avant tout ça, j'étais une fille très différente. Je veux dire : j'étais fiancée. Je serais même probablement mariée si…

Je laissai ma phrase en suspens, incapable de prononcer son nom.

— Des regrets ? me demanda-t-il.

— Pour le mariage ? Non.

— Et pour John ?

Le ventre noué, je me contentai de hausser les épaules, mais cela ne lui suffit pas. Son regard se fit insistant, et il attendit que je formule des mots.

— Parfois, lâchai-je alors.

Je jouais toujours avec ma tasse sans la boire. Le café devait déjà être froid. Simon tendit soudain la main vers moi, et je glissai la mienne sous sa paume, heureuse de ce contact rassurant.

— Je suis content que tu me l'aies dit, Annabelle. C'est important pour moi.

Il me souriait, confiant. C'était agréable de le voir aussi plein d'espoir. Il saisit mes doigts pour les embrasser.

— Merci d'avoir téléphoné, hier, ajouta-t-il.

Je gloussai.

— Merci de m'avoir abordée dans ce café.

— Je ne te dis pas la honte ! Tu ne m'as même pas reconnu ! plaisanta-t-il.

— C'est parce que… j'ai essayé de… d'oublier.

Je me remémorai nos retrouvailles, puis je commentai, avec un rire gêné :

— Dire que je me suis dit que, si j'avais vraiment connu un aussi bel homme, je m'en serais souvenue !

— Tu as vraiment pensé ça ?

— Oui.

Il m'embrassa de nouveau la main, et son sourire illumina notre petite table.

— Moi, je me souvenais très bien de toi, avoua-t-il à son tour.

Je rougis violemment et masquai mes rougeurs dans mon autre main.

— Non, pas comme ça… enfin… pas juste comme ça, rectifia-t-il, taquin.

Il eut du mal à reprendre son sérieux, mais, lorsqu'il le fit, sa voix me toucha en plein cœur tant elle était empreinte de tendresse :

— Tu étais différente. Tout le monde l'a vu, d'ailleurs. Ils étaient tous… subjugués par toi. Tout le monde te voulait. Tout le monde te regardait. Et moi aussi, tu sais ? Je te voyais te refuser et essayer de te contrôler…

— Mais toi, je ne t'ai rien refusé, murmurai-je en me remémorant la scène.

J'étais en train de mouiller ma culotte en me rappelant avec quelle facilité je m'étais retrouvée dans ses bras et combien j'avais joui. Je me jetai sur mon café froid, espérant que cela me rafraîchirait les idées. Possible que mon trouble ne soit pas passé inaperçu, car il rit nerveusement.

— Je te gêne. Pardon.

— C'est… un peu plus que de la gêne.

— Oh !

Nous échangeâmes un rire timide, puis il relâcha ma main. Elle était moite, et cela me rassura un peu : il avait chaud, lui aussi. Il rangea les livres dans la poche de son manteau, puis regarda l'heure.

— Qu'est-ce que tu as envie de faire aujourd'hui ? s'enquit-il. Il nous reste un peu de temps…

Je n'avais envie que d'une chose : l'inviter chez moi, l'étendre sur mon canapé et sentir ses mains sur mon corps. Je haussai les épaules, n'osant lui faire ce genre de proposition alors qu'il m'avait repoussée, la veille au soir.

— Si je te déposais chez toi, là, tout de suite, qu'est-ce que tu ferais ? insista-t-il.

— Je lirais ou… je… je regarderais la télé.

— OK. On fait ça.

Il se leva et remit son manteau. Je le suivis à sa voiture, sans comprendre.

— Quoi ? Tu vas… me laisser chez moi ?

— Non. Je vais lire ou regarder la télé avec toi.

Je le regardai d'un air ébahi. Il venait avec moi ? Chez moi ? La chaleur dans mon ventre se manifesta immédiatement.

— Enfin… si tu m'invites, bien sûr.

Je confirmai d'un signe de tête. Rien n'aurait pu me faire plus plaisir !

— Et ça tombe bien, poursuivit-il, j'ai justement deux livres à lire.

J'étais confuse. Il venait chez moi pour lire ? Voilà qui me décevait énormément.

— J'ai envie de passer du temps avec toi, expliqua-t-il avec un sourire.

Il récupéra ma main dans la sienne, et je la serrai avec force. Je regardai ses doigts s'entremêler aux miens en silence. C'était charmant. Romantique aussi. Il me semblait que même ce mot reprenait sens. J'étais bien avec Simon, à profiter simplement du temps passé avec lui, et, en même temps, j'avais hâte qu'il me touche. Qu'on éteigne ce feu en moi. Qu'on me prouve qu'un autre homme que John pouvait me faire vibrer.

CHAPITRE 57

PETITS PLAISIRS

Simon monta dans mon appartement, jeta un coup d'œil curieux aux différentes pièces, même si ce n'était pas très grand. Il resta un moment au salon, à contempler une vaste bibliothèque dont j'étais plutôt fière. Une fois sa visite terminée, il marcha jusqu'au canapé et ramassa un livre posé sur la table basse.

— C'est celui que tu lis en ce moment ?

— Oui.

J'étais restée à l'entrée du salon, une boule de feu dans l'estomac.

— Approche ! Je ne vais pas te sauter dessus ! dit-il en riant.

C'était bien tout le problème : c'était exactement ce dont j'avais envie ! Dès qu'il tendit la main vers moi, je m'empressai de venir la prendre. Simon me serra dans ses bras, puis me fit asseoir près de lui, sur le canapé. Récupérant mon livre, il le brandit sous mon nez.

— Tu veux lire ?

— Non.

— Tu veux qu'on regarde la télé ?

Je relevai des yeux troubles vers lui.

— Non plus, soufflai-je.

Il reposa le livre sur la table, caressa doucement ma joue, puis m'embrassa. Aussitôt, je l'entourai de mes bras et le serrai fort contre moi.

— Doucement, chuchota-t-il.

Il posa un regard appuyé sur moi, comme s'il voulait me faire comprendre quelque chose, mais j'étais trop occupée à reprendre ses lèvres.

— Annabelle, gronda-t-il avec un rire.

— Simon, j'ai envie de toi, dis-je en m'asseyant sur lui.

Il retenait mes gestes empressés, repositionnait constamment ma tête pour que nous nous regardions.

— Anna, non…

Je soupirai bruyamment, agacée qu'il me repousse sans cesse.

— Mais pourquoi ? demandai-je avec une moue boudeuse.

— Annabelle, tu ne vois pas que j'essaie de faire les choses correctement ? Tu me plais. Beaucoup. Mais il faut que tu saches que je veux plus qu'une baise improvisée sur ton canapé. Surtout avec si peu de temps devant nous.

Ma mine contrite se dissipa légèrement. Simon avait raison : après tous ces mois d'abstinence, une baise rapide ne suffirait probablement pas. Je soupirai, dépitée par ce nouveau refus.

— Annabelle… tu es une belle femme. Pourquoi moi ? Je suis sûr que n'importe quel gars dans la rue se ferait un plaisir de te donner ce que tu veux.

Je grimaçai à cette idée.

— Ça n'a rien à voir, répondis-je, avec gêne. Toi, tu… tu sais ce que je suis.

— Et qu'est-ce que tu es ?

Je crus qu'il se moquait de moi, mais ce n'était pas le cas. Son visage était tout, sauf souriant. Je cherchai une autre réponse que celle que je lui avais déjà sortie.

— Une… ex-soumise ? finis-je par dire.

— Bonne réponse, répondit-il avec un petit rire.

Je respirai mieux, comme si je venais de réussir mon examen.

— Donc, récapitula-t-il, tu m'as téléphoné uniquement pour coucher avec moi ?

— Non ! Enfin… peut-être un peu. (Mes joues se mirent à brûler.) Mais ça ne veut pas dire que je ne te trouve pas d'autres talents, au contraire ! m'empressai-je d'ajouter. Tu cuisines, tu as ton resto, tu es… incroyablement gentil et… (Lentement, je reposai mes mains sur son torse et le caressai avec force, incapable de retenir mes gestes.) Tu es beau et… tellement sexy !

Il afficha un sourire charmé, et je ne résistai pas à venir emprisonner sa bouche sous la mienne. Pendant que nous partagions un baiser passionné, Simon glissa une main sous mon tee-shirt et me caressa le creux des reins. Une vague d'excitation grimpa en moi, et j'eus la sensation que s'il me repoussait encore une fois j'allais me mettre à pleurer.

— S'il te plaît, ne t'arrête pas, le suppliai-je.

Ses mains empoignèrent mes fesses et me plaquèrent contre son corps massif. Je percevais son érection contre ma cuisse et, à l'idée de la glisser en moi, je laissai échapper un soupir d'envie.

— Dis-moi ce que tu veux, chuchota-t-il.

Ses mains tiraient ma jupe vers le haut, et j'avais la sensation que nous y étions enfin ! Mes doigts cherchèrent à déboutonner sa chemise. J'avais une folle envie de toucher sa peau.

— Je veux que tu me fasses perdre la tête, dis-je sans réfléchir.

Je repoussai le vêtement et me frottai contre lui, sur son sexe en érection. J'étais follement excitée. Simon m'embrassa dans le cou, très lentement. Je crus que j'allais jouir tellement mes sens s'éveillaient de façon vertigineuse. Ses mains remontèrent entre mes cuisses, découvrirent une culotte détrempée et un sexe hautement sensible.

— Annabelle, murmura-t-il, depuis combien de temps on ne t'a pas touchée ?

— Je ne sais plus. Des mois.

— Combien ?

Il me demandait de compter alors que ses doigts venaient de se faufiler contre mon sexe en feu ? J'écrasai ma bouche contre la sienne, ondulai sur lui pour augmenter cette douce friction.

— Combien ? répéta-t-il, en retenant mes gestes.

— Oh ! Simon !

Lorsqu'il poussa deux doigts en moi, je réprimai un gémissement délicieux, mais il les retira prestement.

— Combien ? se moqua-t-il devant ma réaction.

— En septembre, dis-je très vite, incapable de compter.

Il titilla mon clitoris. Je me tortillai sur lui, soupirai de soulagement lorsqu'il revint insérer, avec une extrême lenteur, ses doigts en moi. Je fermai les yeux sous la vague de plaisir qui grondait déjà dans mon ventre.

— Oh, Simon…, je vais… perdre la tête !

— Je croyais que c'était ce que tu voulais ?

— Oui, mais…

À chacun de ses gestes, mon corps tremblait et mon souffle s'emballait. Je n'arrivais déjà plus à réfléchir.

— Mais ? insista-t-il.

— Mais… je… je vais… trop vite…

Je retins ma respiration, comme pour essayer de contrôler ce tourbillon qui était déjà en train de me prendre, mais Simon arrêta tout pour m'étendre sur le canapé. Aussitôt, ses mouvements dans mon sexe devinrent plus précis, plus forts aussi. Je m'accrochai à sa nuque, à son épaule, à n'importe quoi qui pouvait me permettre de me maintenir en place. Au lieu de m'accorder l'orgasme, il se retira, puis me débarrassa de ma culotte avec empressement. Enfin ! Allait-il se décider à me prendre ? Avec des gestes rapides, il retroussa ma jupe, m'écarta les cuisses, et sa langue experte remplaça ses mains. Mon corps se dressa et se mit à trembler, puis mes gémissements devinrent des cris de plaisir. Simon me rendait folle. Il me dévorait, mais ses doigts continuaient de me prendre de façon langoureuse. J'oubliai tout, me laissai sombrer dans un orgasme délicieux.

J'étais affalée, béate, incroyablement bien, lorsque Simon remonta vers moi, le visage heureux.

— Je n'ai jamais vu une femme jouir comme toi, chuchota-t-il en m'embrassant du bout des lèvres.

— Merci, soufflai-je.

— De quoi ?

Je me blottis contre lui. Je n'osai pas lui avouer à quel point j'avais eu besoin de cet orgasme.

— Pour le gâteau au chocolat ? proposai-je, avec une petite voix moqueuse.

— Ah oui ! Il était bon, pas vrai ?

— Exquis, dis-je, espérant qu'il comprenne que je parlais autant du gâteau que de l'orgasme.

Il rigola, chercha ma bouche, l'embrassa longuement. C'était divin. D'une main, je cherchai son sexe, triturai sa fermeture Éclair pour tenter d'ouvrir son pantalon, mais il m'en empêcha en posant les doigts sur les miens.

— Annabelle, non.

Je le scrutai pour essayer de comprendre. Qu'est-ce que cela signifiait ? Je n'avais pas le droit de le toucher ?

— Pas maintenant, dit-il avec une moue triste. J'ai cédé, parce que j'ai senti que tu en avais besoin, mais pour le reste… j'ai envie que tu sois vraiment prête. En plus, le temps file. Je travaille à 16 heures, tu te rappelles ?

Je tournai mon regard vers l'horloge.

— Simon, j'en meurs d'envie, maugréai-je avec une petite voix. Et si je faisais comme toi ? On a le temps pour ça…

Mes mains luttaient pour libérer son érection, mais il recula pour m'en empêcher.

— Quelle diablesse tu fais ! Mais j'ai d'autres plans pour les minutes qui restent…

Avant que j'ouvre la bouche, sa main retourna contre mon sexe, et des doigts revinrent me prendre avec fougue. Je réprimai mon envie de fermer les yeux.

— Mais… et… toi ? bredouillai-je.

— Il y a plus urgent, souffla-t-il en forçant mon corps à retomber sur le canapé. Il faut apaiser ce feu qui gronde.

— Oh… oui !

Je m'abandonnai à ses caresses et savourai chacun de ses passages appuyés. Simon prenait son temps, se plaisait à provoquer de petits soubresauts dans mon corps. Il m'observait, sourire aux lèvres, visiblement ravi de la façon dont je réagissais. Je ne pouvais pas m'empêcher de jouir. Il y avait si longtemps qu'on ne m'avait pas touchée ainsi. Et, malgré la douceur de Simon, mon sexe hurlait, et je plongeai dans un second orgasme délicieux.

Apaisée, j'attirai son corps vers moi. Nos langues se retrouvèrent avec bonheur, mais, alors que je cherchais à l'étreindre, il s'esquiva avec un profond soupir.

— Faut que j'y aille…

Je vérifiai l'heure et sursautai.

— Tu es en retard !

— Et alors ? Je suis aussi le patron. (Il me reprit contre lui et me serra dans ses bras.) Il y a des instants qu'on ne peut pas interrompre.

— Oui, acquiesçai-je avec un sourire ravi.

Il se releva, arrangea ses vêtements, puis emprunta ma salle de bains pendant que je restais là, comblée, sur le canapé. Quand il revint, au lieu de chercher à filer en douce il reprit place près de moi.

— Je n'ai pas envie de partir, tu sais.

Encore sous les effets bienfaisants de l'orgasme, je marmonnai, en m'étalant davantage sur le canapé :

— Tu n'as qu'à rester.

— Si seulement…

Il rit, et ses yeux me dévorèrent pendant une petite minute. Qu'il était bon de se sentir désirée ! Je rêvais de le sentir sur moi ! Qu'attendait-il pour me combler totalement ?

— Si tu veux, je te rapporte de quoi dîner ? Disons… vers 22 heures ? proposa-t-il.

Mon cœur bondit dans ma poitrine, et je sortis de ma torpeur pour me redresser partiellement. Quoi ? Il voulait déjà me revoir ? Je hochai la tête avec vigueur.

— Ce serait génial.

— Eh bien, voilà ! On va se voir dans… (Il bondit sur ses pieds en voyant l'heure.) Aïe ! Moins de six heures. Bon, j'y vais ! Autrement, je vais me faire assassiner !

Il se pencha pour poser un baiser sur mes lèvres, puis récupéra son manteau et sortit d'un pas rapide. Il était 16 h 20. Il était resté pour moi. Il était en retard pour moi. Tout prenait un sens démesuré dans mon esprit. J'avais l'impression d'exister et d'être importante. Il m'avait donné du plaisir sans rien exiger en retour. Il avait calmé mon corps.

Je me laissai retomber sur le canapé et fermai les yeux. Je m'assoupis, ivre de bonheur.

CHAPITRE 58

LA FAIM

Simon arriva tard. Il rangea des tas de choses dans mon frigo en émettant un commentaire désobligeant sur le fait qu'il était bien vide. Il n'avait pas tort. Depuis que j'avais emménagé ici, je n'achetais que l'essentiel. Pour éviter la discussion, je me plantai devant lui et l'embrassai longtemps, ce qui le rendit aussitôt de bien meilleure humeur.

— Tu sais que j'ai été distrait aujourd'hui ? J'avais toujours des images de cet après-midi en tête, dit-il avec un rire.

— Oh !

Je ris contre sa bouche, flattée d'avoir accaparé ses pensées, et me serrai plus fort contre lui.

— J'ai mélangé les sauces, ajouta-t-il, je n'ai pas fait un seul plat de la bonne façon, j'ai dû recommencer une béchamel deux fois ! Je crois que tout le monde a vu que j'étais ailleurs ! (Il continuait de rire, nullement fâché.) On s'est bien moqué de moi… : « Alors patron, c'est la belle blonde qui vous met dans cet état ? »

Ses joues s'étaient mises à rougir, et il me regarda avec un visage heureux.

— Ils ont raison, tu sais ? Je n'ai pas arrêté de penser à toi.

— Moi aussi.

Remarqua-t-il le désir qu'il m'inspirait ? Je me surpris à souhaiter qu'il me juche sur la table de cuisine pour me prendre sur-le-champ. Ses caresses m'avaient menée au paradis, mais ce ne serait pas suffisant cette fois. J'avais passé la soirée à imaginer comment il me prendrait, cette nuit.

Je posai un baiser rapide sur son torse, au travers de sa chemise, et relevai des yeux faussement innocents sur lui.

— J'ai très envie de toi, murmurai-je en déboutonnant son vêtement.

— On devrait manger… J'ai… apporté du saumon…

Il m'empêcha de continuer, le souffle court. Pourtant, je le sentais fébrile. Pourquoi retenait-il mes doigts dans les siens ? Il n'avait qu'à me laisser faire ! Avec un soupir, il se détacha de moi et chercha à ouvrir la bouteille de vin qu'il avait apportée. Je le suivis avec un petit regard triste.

— Si on prenait une petite entrée d'abord ? proposai-je.

— Annabelle, crois-moi, j'en ai tout aussi envie que toi, soupira-t-il, une main autour du goulot de la bouteille.

— Alors qu'est-ce qu'on attend ?

Il fit mine de sourire.

— Tu n'as pas faim ?

— De toi, oui.

Dès qu'il pivota dans ma direction, je me collai de nouveau contre lui, tirai sur sa chemise, et, cette fois, il ne m'en empêcha pas. Je soulevai le vêtement et me jetai à ses genoux pour venir embrasser son ventre chaud.

— Anna…

Sous mes lèvres, il frissonna, et sa main tenta de me relever vers lui. Luttant contre son geste, j'attaquai sa braguette.

— Non, attends, dit-il en reculant d'un pas.

Je lui jetai un regard perdu. Non ? Il n'en avait pas envie ? Depuis quand un homme refusait-il une pipe ? Je restai là, à genoux, devant lui, à fixer son érection à travers le tissu de son pantalon.

Quand il eut retrouvé son sang-froid, il revint vers moi et s'accroupit pour me faire face.

— Annabelle, je ne pense pas que tu sois prête.

— Mais… ça fait des mois que…

— Pas physiquement, moralement ! essaya-t-il de m'expliquer.

Il baissa les yeux pendant d'interminables secondes, puis les releva pour les river dans les miens.

— Écoute, mangeons d'abord, tu veux ?

Il se releva, replaça ses vêtements et entreprit de chercher où je mettais les ustensiles dans mes placards. Troublée par sa réaction, je me laissai tomber sur les fesses, en plein milieu de la cuisine. Pourquoi ne comprenait-il pas que j'avais besoin de lui ? De son corps et de sa force ? Il sortit des assiettes, commença à répartir la nourriture dans les plats, et j'eus l'impression qu'il avait complètement oublié ce qui venait de se passer dans cette pièce.

— C'est encore chaud. J'espère que ça va te plaire.

Je relevai la tête vers lui. Il était gigantesque dans cette position.

— Est-ce que… tu as envie de moi ?

Il laissa tout en plan et posa un genou par terre pour revenir à mes côtés.

— Annabelle, comment peux-tu seulement en douter ?

Il récupéra l'une de mes mains, la posa sur son entrejambe pour me faire sentir son érection.

— J'ai été dans cet état pratiquement toute la journée, précisa-t-il.

— Alors… pourquoi tu… ?

— Parce que je ne veux pas que notre histoire ne soit basée que sur ça, m'expliqua-t-il. Je te l'ai déjà dit, Annabelle : je cherche une vraie relation. Quelque chose de plus solide qu'une simple baise de fin de soirée. Je veux apprendre à te connaître, toi, et pas seulement ton corps.

Je clignai des yeux, confuse. La seule chose qui se rapprochait d'une « vraie relation » pour moi remontait à Steven, et je ne me rappelais plus exactement à quoi ça ressemblait. Je travaillais, on dînait, il regardait la télé, on baisait…

Simon se releva, chercha quelque chose dans mes tiroirs pour ouvrir la bouteille de vin, puis en remplit deux verres. Il déposa le tout sur le sol et me tendit une assiette. Je ris en le voyant faire. Il se laissa tomber à côté de moi, son assiette en main.

— Tu sais que j'ai une table ? me moquai-je.

— On n'est pas bien, là ?

— Oui, admis-je.

Nous étions tous les deux sur le sol, adossés à mon comptoir, et nous utilisions nos genoux en guise de table. Il trinqua avec moi et m'encouragea à goûter son plat. Il me dévisageait avec attention, comme si mon opinion avait une importance capitale.

— C'est… très fin, dis-je finalement. Il y a une épice ou… ?

— La ciboulette et la crème. C'est tendre, pas vrai ?

— Oui.

C'était étrange d'être ainsi observée. Il mangea plusieurs bouchées de son plat avant de reprendre, comme s'il tenait à trancher la question une bonne fois pour toutes :

— Annabelle, je veux que ce soit clair : je ne veux pas d'une soumise. Je veux qu'ensemble on essaie de trouver un équilibre qui nous conviendra à tous les deux.

« Ensemble » : voilà un mot qui me troublait. Surtout que je n'attendais rien de concret de la part de Simon. Pas même autant de gentillesse. C'était à la fois touchant et déstabilisant.

Le nez dans son verre de vin, il reprit, d'un ton encore plus sérieux :

— J'ai déjà été en couple avec une soumise, et c'est la raison pour laquelle j'ai beaucoup songé à devenir Maître à cette époque. Mais je n'ai pas pu. Tous ces jeux me plaisaient bien, c'est vrai, mais… je voulais plus que ça. (Il soupira tristement, puis reporta son attention sur moi.) Toi, tu n'as pas été avec lui si longtemps, il me semble…

— Je… Pas trop, non. Cinq mois. Enfin… disons plutôt… six. (Il me lança un regard perçant.) J'ai fait une sorte de… rechute, me sentis-je obligée d'ajouter.

— Tu es allée le voir ?

— Non, dis-je très vite. C'est lui qui est passé. Il voulait… J'ai cru que je lui manquais. Qu'il m'aimait assez pour… enfin… peu importe.

Je ris en me remémorant l'incongruité de la demande que j'avais faite à John. J'aurais accepté pratiquement n'importe quoi pour que nous puissions être de nouveau ensemble, et lui, il avait essayé de me piéger.

— Tu préfères qu'on n'en parle pas ? me questionna-t-il.

— Non, c'est juste que… j'ai vraiment cru… qu'il était amoureux de moi.

Il ne répondit pas. Il semblait réfléchir à mes paroles avec sérieux.

— C'est possible. Après tout, ce genre de relation nous emmène parfois dans des zones troubles. (Il déposa son plat sur le sol, puis but un peu de vin.) Annabelle, continua-t-il, si tu veux qu'on aille plus loin, il va falloir qu'on établisse des limites, toi et moi.

J'avalai rapidement la bouchée que je venais de prendre et reportai mon attention sur Simon. De quelles « limites » parlait-il ?

— Dis-moi une chose que tu n'aimes pas sexuellement, lâcha-t-il encore.

Sa requête m'étonna, et je me sentis rougir légèrement. Même si sa question paraissait simple, il m'était difficile d'y répondre. Avec John, je n'avais pas eu ce genre de choix.

— Peut-être que j'aime tout ? chuchotai-je, incertaine.

— Tout ? Tu veux dire : coucher avec des femmes, lécher le plancher, te faire sodomiser, fouetter, humilier… ?

— Euh… non ! Je n'aime pas le fouet. Ni… lécher par terre ! (Je marquai une hésitation.) Et je n'aime pas vraiment les femmes non plus, ajoutai-je, les joues de plus en plus rouges. Enfin, je n'ai rien contre ! Je préfère ça aux hommes…, enfin… à d'autres hommes…

Il sourit.

— Tu n'es pas lesbienne, j'ai compris. Quoi d'autre ?

Je haussai les épaules.

— La sodomie ? demanda-t-il.

— Ça, je… je crois que ça me plaît.

Je baissai la tête, ravagée par le feu qui me montait aux joues.

— Mais… si toi, bredouillai-je, tu… ce n'est pas grave !

Il rigola devant mon air gêné et m'attira vers lui pour plaquer un baiser rapide sur mon front.

— Si tu veux mon avis, John a été bien bête de te laisser filer. (Ses doigts caressèrent ma joue, puis son sourire s'estompa.) Moi, j'aurais cédé sans hésiter, ajouta-t-il soudain très sérieux.

Ses paroles suscitèrent une douce chaleur dans mon ventre, et je me penchai vers lui.

— Alors… qu'est-ce que tu attends pour le faire ? chuchotai-je.

Il me scruta pendant d'interminables secondes. Avait-il compris ce que je lui demandais ? Dans un geste lent, il me retira l'assiette des mains et se releva pour nous en débarrasser. Lorsqu'il revint sur le sol, il se pencha vers moi pour emprisonner ma bouche dans un baiser qui n'avait rien de doux. Mon corps se courba contre le sien, et je m'accrochai à sa nuque, comme pour l'empêcher de partir. Allait-il enfin cesser de me repousser ? Lorsque j'entrepris de défaire sa chemise, il recula légèrement. Ses yeux cherchèrent les miens.

— Anna… tu ne dois faire que ce dont tu as envie, souffla-t-il. Tu comprends ce que je dis ?

Je descendis le vêtement le long de ses bras et léchai son torse avec envie.

— J'ai envie de te dévorer. Je peux ? dis-je, en replongeant mon regard dans le sien.

Il reprit ma bouche avec fougue et me plaqua le dos contre l'armoire. Mes doigts se faufilèrent entre nos corps et cherchèrent à lui retirer son pantalon.

— Il vaudrait mieux que… je prenne une douche d'abord, dit-il.

— Après.

— Mais…

J'étouffai sa plainte sous ma bouche, avant de libérer son sexe, chaud et humide. Je le tenais entre mes doigts avec un bonheur inexplicable. Je le caressai doucement et sentis son ventre se contracter de plaisir. Il gémit et chercha à me ramener contre lui, à rapprocher nos corps. Sa respiration s'emballait, et je le regardai s'abandonner peu à peu.

Je descendis ma tête contre son torse, embrassai son ventre, mais il m'empêcha de prendre son sexe dans ma bouche, d'une main tremblante.

— Annabelle…

Je repoussai sa main.

— Laisse-moi faire…

Il lutta, voulut cacher son sexe sous ses doigts, comme pour faire barrage. Je le masturbai dans un mouvement plus rapide tandis que mes lèvres taquinaient son ventre. Je léchai sa peau, chaude et salée après sa journée de travail. Il trembla, et ses résistances cédèrent une à une. Il leva la main pour me toucher. Je profitai de sa faiblesse pour engloutir son sexe dans ma bouche.

— Oh, Annabelle !

Mon nom se perdit dans un souffle. Il y avait si longtemps que je n'avais pris un sexe entre mes lèvres que cela me prit plusieurs minutes avant de trouver un rythme adéquat. Je baissai son pantalon, dans lequel son corps semblait emprisonné, m'allongeai devant lui pour être au niveau de son sexe, augmentai la vitesse de ma fellation. Je voulais l'entendre jouir, le sentir trembler, le rendre fou. Ma main se posa sur son ventre pour percevoir ses contractions. Il gémissait, de plus en plus fort.

— Oh…, je ne peux pas ! haleta-t-il. On ne va pas… faire ça… pas ici…

J'eus peur qu'il ne m'arrête, et ma bouche se fit plus insistante. Il étouffa un cri. Son corps se tordait contre le comptoir. Il répétait mon prénom, et ses gémissements m'indiquaient qu'il allait bientôt perdre la tête.

— Anna…, attends… je vais…

Il posa une main sur ma joue, comme pour me retenir, et je l'emprisonnai sous mes doigts, espérant qu'il comprenne que je voulais qu'il jouisse dans ma bouche. Simon entremêla nos doigts, serra fort, à m'en faire mal, et je compris qu'il était sur le point d'éjaculer. Il gronda avec force pendant que son sperme s'écoulait sur ma langue, puis son corps se détendit complètement, et sa respiration se calma.

Je remontai vers lui en couvrant de baisers chaque parcelle de cette magnifique peau. Il attira ma tête contre la sienne pour m'embrasser avec une fougue de tous les diables, puis son rire résonna dans ma cuisine.

— Tu m'as eu.

— Oui, dis-je fièrement.

Il me fixa longuement.

— Tu n'étais pas obligée de faire ça, tu le sais, pas vrai ?

— Oui, mais j'en avais envie.

Je me jetai à son cou, glissai mon sexe, emprisonné dans une culotte humide, contre le sien.

— Puis-je t'obliger à faire les choses dont j'ai envie, aussi ?

— M'obliger ? dit-il dans un rire. Qui te dit que je ne le veux pas ?

Ses mains défirent mon chemisier et firent tomber mon soutien-gorge avec un doigté impressionnant. Lorsqu'il me bascula dos contre le sol, il poursuivit sa quête et retira prestement ma jupe, puis ma culotte, qui fit un vol plané derrière sa tête. Je restai un moment à le contempler. Dire qu'il était tout à moi, cette nuit. Il jeta sa bouche contre mon sexe, tel un fauve affamé, et je fermai les yeux pour savourer ses caresses. Il était fougueux, précis, et il aurait certainement pu me donner un orgasme dans la minute, mais il semblait prendre un malin plaisir à me faire languir. Lorsqu'il remonta embrasser mon ventre, ses doigts me pénétrèrent doucement, et je tressaillis sur le plancher.

— Oh, Simon, tu vas… me rendre folle ! haletai-je.

Il remonta pour lécher mon sein, taquina ma pointe dressée et sensible. Sous le râle agréable qu'il provoqua, il remonta un visage souriant vers moi.

— Te rendre folle de plaisir… oui, je crois que c'est mon intention.

Je gloussai comme une idiote. Voilà un programme très alléchant. Sous ses caresses appuyées, mon corps se tendit de plus en plus, se tortillant sur le plancher.

Soudain, Simon se redressa, et je le cherchai du regard, paniquée en sentant ses doigts s'échapper de mon sexe. Ma main se posa sur la sienne, tenta de le retenir entre mes cuisses.

— Non ! Ne t'arrête pas !

— Oh, tu peux me croire, je suis loin d'en avoir fini ! me rassura-t-il d'une voix rauque.

Il retira complètement son pantalon, se masturba quelques secondes, planté entre mes cuisses, comme pour m'annoncer ce qu'il prévoyait de faire, puis je le vis dérouler un préservatif le long de sa verge prête à l'emploi. Chavirée de le savoir bientôt en moi, je soulevai mon bassin vers lui, impatiente.

— Dépêche-toi, soufflai-je.

Dans un sourire, il se pencha sur moi et m'embrassa avant de guider son sexe vers le mien. Il me pénétra doucement, lentement, comme pour me rendre d'autant plus excitée. Je fermai les yeux et le serrai contre moi. Nous ne faisions qu'un, enfin ! Il s'enfonça davantage, toujours dans un rythme lent, alors que j'avais envie qu'il ravage tout.

— Plus fort, le suppliai-je.

Il me remonta contre lui, et je me retrouvai de nouveau le dos contre l'armoire. Ses coups de reins me clouèrent sur place, et, cette fois, tout s'embrouilla dans mon esprit. La jouissance grimpait dans mon ventre. Je sentais ma respiration devenir de plus en plus bruyante. J'étais prisonnière de ses bras, de l'armoire, de la chaleur qui augmentait, du plaisir qui m'enivrait. Il gardait un rythme constant, affreusement langoureux.

— J'ai envie que ce soit long, Anna… Je veux… te voir jouir… très fort…

Ses gestes devinrent plus rapides, plus rythmés aussi. Je sentais mes doigts le retenir, le pincer. Cela dura une éternité. Il s'assurait de me mener tout près de l'orgasme, puis m'empêchait de l'atteindre en ralentissant. À force de gémir, j'avais la gorge en feu. Chaque fois, j'avais la sensation que c'était de plus en plus fort, de plus en plus sensible aussi. Mon ventre hurlait, et chacun de ses va-et-vient me tirait des plaintes qui ne faisaient qu'augmenter en puissance.

— Simon…, tu vas me rendre folle…

— C'est le but, rappelle-toi.

Il recommença encore, m'amena à un cheveu de l'extase, puis me regarda redescendre. Nos corps étaient complètement en sueur, je glissais contre sa peau. Son sexe était gonflé, tendu. Je sentais qu'il était aussi excité que moi. C'était affreusement délicieux, et je grondais chaque fois qu'il retenait ses gestes.

— Je vais… hurler…

— Moi aussi, dit-il, essoufflé.

Il m'embrassa doucement, puis sa langue chatouilla ma gorge en sueur.

— Tu es magnifique… et délicieuse.

— Et très… tendue…

— Oui. Ça n'en sera que meilleur…

Je n'en doutais plus. Mon sexe se contractait autour du sien même quand il ne bougeait plus.

Il recommença à me prendre, tout doucement, mais c'était déjà trop sensible. Mon dos glissait sur l'armoire à cause de la sueur. J'avais l'impression que nous étions dans un four. Simon étouffa un cri, puis m'allongea sur le sol. Le froid contre mon dos me plut. Son sexe me pénétra plus rapidement, et mes jambes l'emprisonnèrent. Son corps se déhancha sur moi, sans aucune retenue, désormais. Il allait jouir, je le sentais, et moi donc ! Il plongea les yeux dans les miens, mais, dès que l'orgasme me submergea, mon corps se cambra vers l'arrière, et je sentis que ma main heurtait quelque chose de froid. Que m'importait ? Je laissai jaillir le plaisir et les cris, puis, dans un dernier élan, Simon me rejoignit dans ce moment parfait. Son corps s'immobilisa sur le mien, puis il bascula sur le dos en m'entraînant avec lui, écrasant mon corps contre son torse, alors que sa bouche dévorait la mienne pour masquer son cri. Puis tout sombra dans le silence, et je retombai à ses côtés, complètement désarticulée.

Mes cheveux étaient humides. Je passai doucement la main dedans pour essayer de deviner ce que c'était.

— On a fait tomber le vin, expliqua-t-il, encore essoufflé.

Je ris en fermant les yeux, et il se tourna vers moi, me reprit contre lui.

— La douche s'impose, cette fois, dit-il avec un rire.

— Oui.

Je ne bougeai pas. J'étais bien comme ça. Tellement détendue. J'aurais voulu m'endormir là. J'ouvris les yeux. La cuisine m'apparut, et je fus incapable de m'empêcher de rire.

— On a baisé dans la cuisine ?

— À qui la faute ? fit-il mine de me gronder.

— Dois-je m'excuser ?

— Surtout pas !

Je le regardai et caressai son visage, si beau, si angélique. Il ne cessait plus de rire. Il semblait épanoui et heureux. Je crois que je l'étais aussi. Je me tournai vers lui, plaquai ma bouche contre la sienne.

— Merci, Simon, chuchotai-je.

— Pour ce qui s'est passé ou pour ce qui va encore se passer ?

— Pour tout.

Je me serrai contre lui et fermai les yeux. Oui. J'avais envie de le remercier pour tout. Pas seulement pour le plaisir, mais surtout pour l'espoir qu'il faisait naître en moi.

CHAPITRE 59

CONFIDENCES

La nuit était déjà bien avancée lorsque Simon me tira sous la douche. Nous n'arrêtions plus de rire, de nous toucher, de nous embrasser. Son corps était magnifique, et ses mains étaient constamment sur moi. Il me savonnait, me caressait, faisait naître des frissons sur ma peau, s'amusait à faire jaillir mes râles.

— Je sens que je vais devenir accro à ça…

— À quoi ? demandai-je, abandonnée à ses caresses.

— À cette façon que tu as de jouir.

— C'est ta faute, soufflai-je. Tu as des mains… tellement…

— Oui ? se moqua-t-il.

Je ne savais déjà plus ce dont nous parlions. Il était en train de me faire perdre la tête.

— Que disais-tu à propos de mes mains ?

— Elles sont… Oh ! Simon…

Je voulus glisser dans le fond de la baignoire, mais il me retint contre le carrelage.

— Et ma bouche ? Elle ne te plaît pas, ma bouche ?

Il s'agenouilla, et sa langue remplaça ses doigts, titillant mon clitoris.

— J'adore ta bouche ! soufflai-je, dans un spasme.

Il rit contre mon sexe, et la vibration amplifia la jouissance qui s'installait. Le plaisir jaillissait de partout, et je ne retenais aucun de mes cris. Mes genoux flanchèrent, et il me retint dans ma chute. Je me retrouvai sous le jet d'eau tiède, dans ses bras.

— Tu jouis comme une reine, dit-il en m'embrassant.

Je lui jetai un regard trouble devant ce compliment qui me remémorait la première fois où il m'avait touchée, chez John.

— Tu m'as dit ça. Ce soir-là.

— Oui. Jamais je n'avais vu… de femme aussi belle… et dont les cris m'excitaient autant.

Je n'aimais pas qu'il ramène ce souvenir entre nous. J'aurais préféré que John reste loin de ma tête en cet instant.

— Annabelle, il faut que je t'avoue quelque chose…

Malgré l'angoisse provoquée par sa phrase, je demandai, avec une petite voix que j'espérais légère :

— Ce n'est pas un peu tard pour ça ?

— C'est que… tu ne m'as pas laissé beaucoup de temps avant de me sauter dessus !

Je rigolai, un peu rassurée.

Il semblait hésiter à reprendre la parole, et j'eus peur que son aveu ne soit grave. Pour chasser le malaise qui m'animait, je fis mine de plaisanter :

— Tu n'es pas marié ou un truc du genre ?

Il pouffa devant ma question.

— Non ! Quelle idée ! Ce n'est rien de… d'inavouable, c'est juste… gênant. (Il chercha mon regard, et je le sentis troublé de poursuivre.) Après ce soir-là… j'ai cherché quelqu'un comme toi.

— Comme… moi ? répétai-je, surprise.

— Je ne sais pas comment l'expliquer, mais tu es différente, Annabelle. Quelque chose m'excite quand tu jouis. Peut-être ce chant qui sort de ta bouche, ou la façon dont ton corps s'offre… Tu n'as vraiment rien à voir avec les femmes qui vont dans ces soirées. Il n'y a… aucune vulgarité en toi, juste un feu. C'est comme si tu le retenais et quand tu le laisses surgir… on dirait un volcan. Je t'assure. C'est magique.

C'était intimidant de le voir décrire ma jouissance de cette façon. J'étais probablement rouge comme une pivoine.

— Eh bien, c'est… agréable pour moi aussi ! plaisantai-je.

— Je suis très sensible à ça, tu sais, poursuivit-il, toujours aussi sérieux. C'est mon point faible, je crois. J'adore voir les femmes jouir, les voir s'abandonner et perdre la tête. Ça me rend fou. Et avec toi, je suis servi. Voilà, tu connais mon secret, maintenant.

— Quoi ? Que la jouissance des femmes t'excite ?

— La tienne, ça, c'est sûr, mais je parlais du fait que… j'avais cherché quelqu'un comme toi. (Il caressait mon visage d'une main, m'observait comme si j'étais unique à ses yeux.) Quand je t'ai vue, dans ce café, je t'ai tout de suite reconnue. Je n'ai pas pu m'empêcher de t'aborder.

— Merci de l'avoir fait !

Nous partageâmes un rire, tous les deux gênés.

— J'ai cru que tu ne m'appellerais jamais ! avoua-t-il. Qu'est-ce que j'ai été idiot, au café ! Je me suis maudit pendant des jours !

Je ris contre lui. L'eau se rafraîchissait de plus en plus. Il coupa le jet, mais resta là, contre moi, dans la baignoire. Il embrassa mon cou, ma bouche, m'offrit un sourire qui me chavira le ventre.

— Tu seras ma reine, Annabelle. Pas ma soumise, ma reine.

CHAPITRE 60

L'ADAPTATION

Les semaines suivantes, mon quotidien changea pour s'adapter à celui de Simon. Nous avions des horaires tellement différents, lui et moi. Comme il travaillait le soir, nous nous voyions au petit déjeuner ou après son service. Nous nous couchions tard, gavés par ses repas et par nos ébats. Le sommeil me manquait cruellement, mais que m'importait de dormir alors que mon corps n'avait pas vécu pendant tous ces mois ? J'étais heureuse et comblée. Grâce à Simon, ma vie semblait reprendre un sens. Jamais on ne s'était occupé de moi de la sorte. Simon me rapportait des tas de petits plats, nourrissait mon âme et mon corps de toutes les façons possibles, lisait les livres qui me plaisaient, m'apprenait à cuisiner, me faisait découvrir la musique qu'il appréciait. Il changea ses horaires pour obtenir un jour de congé le week-end, pendant lequel il m'emmenait partout : au musée, au cinéma, au bout du monde. Il disait qu'il voulait construire nos souvenirs.

Au lit, il s'énervait dès qu'il sentait mes habitudes de soumise resurgir. Par exemple, lorsque je voulais nettoyer son sexe avec ma bouche.

— Je peux me nettoyer tout seul, maugréait-il alors, en prenant une serviette.

— Mais c'est moins agréable…

— Le faisais-tu avant d'être soumise ?

Tout se rapportait à ça. Ce que je ne faisais pas, avant, n'était pas naturel pour lui. J'avais pourtant découvert de nouveaux plaisirs que je ne souhaitais pas abandonner. La sodomie, par exemple. Sur ça, il était catégorique et refusait de me prendre de cette façon. Pas encore. Pas maintenant. Nous avions le temps, répétait-il. Il considérait que nous avions été trop rapides, qu'il fallait construire notre relation petit à petit. Certains soirs, il refusait obstinément de me toucher et nous obligeait à regarder la télé. Il avait peur de m'épuiser, d'en demander trop. Il disait que je ne connaissais pas mes limites.

Au travail, tout le monde remarqua vite mon changement d'attitude. Je riais davantage, je m'intéressais aux autres, je prenais même plaisir à me rappeler des anecdotes de la journée pour les raconter à Simon. Il pouvait me téléphoner dix fois par jour ou me faire livrer des fleurs. Il n'arrêtait plus de me charmer.

Au bout de quelques semaines, il m'invita à son appartement pour la première fois. Jusqu'ici c'était toujours lui qui venait me rejoindre, après le travail. Cette fois, dès que le restaurant fut fermé, il me conduisit de l'autre côté de la ville, dans un appartement très moderne et très grand.

— C'est... immense ! m'exclamai-je en marchant dans le salon.

Je me détachai de son étreinte pour continuer ma visite. Sa cuisine était ouverte sur le salon. Le comptoir était si long qu'il pouvait servir de table.

— Ça fait très... cuisinier !

— Je ne l'ai acheté que pour la cuisine, admit-il en riant. Et, si c'est aussi grand, c'est parce que je n'ai pas de table. Je mange toujours au comptoir... ou sur la table basse du salon. (Il marcha jusqu'au frigo.) Ce soir, annonça-t-il, je n'ai rien rapporté du resto, je ferai tout moi-même ! Tu m'aides ?

— Euh... OK.

Il me tendit une bouteille de vin que j'ouvris. Je nous versai deux verres en le regardant s'activer. Il se promenait entre le comptoir, le frigo et les fourneaux avec aisance. Je l'observai couper des pommes de terre, nettoyer des haricots, puis sortir deux immenses steaks.

— Je me suis dit que tu en avais peut-être assez du poisson.

Je ris. Il est vrai que j'en avais fait une cure depuis que je le connaissais, mais c'était tellement savoureux que je ne m'en plaignais pas. D'une main, il récupéra une télécommande, alluma la radio à distance et se mit à chantonner. Il était heureux et souriant.

— Tu as l'air d'un ange, dis-je.

— Un ange ? Parce que je suis blond ?

— Parce que tu es magnifique.

Il posa les yeux sur moi, charmé.

— Je te retourne le compliment.

Chaque fois qu'il parlait de ma beauté ou de mon corps, j'étais intimidée. Il me faisait toujours rougir. Je ne savais pas si c'était son timbre de voix ou la façon dont il me regardait, mais quelque chose me remplissait d'émotion. Sa sincérité, probablement. Jamais un homme ne m'avait paru plus honnête que Simon.

— Lise, au resto, a dit qu'on fait un très beau couple.

— Un beau couple ? répétai-je.

— Oui. (Il plissa les yeux, intrigué par ma réaction.) C'est trop tôt pour en parler ?

— De quoi ?

— Du fait qu'on est un couple ?

Je serrai machinalement le verre contre ma poitrine, la gorge sèche. Je m'entendis bafouiller :

— Je… Non… Enfin… on en est un ?

— Quoi ? Un couple ? J'espère bien ! dit-il en riant. Qu'est-ce qu'on serait d'autre ?

— Euh… amis ?

Il me fit signe de m'approcher et me passa un bras autour de la taille pendant que de l'autre il continuait de mélanger les pommes de terre dans le fond de la poêle.

— Tu fais ça avec tous tes amis, toi ?

— Quoi ? Des patates ? plaisantai-je.

— Non, jouir.

— Ah ! Euh… non.

Il se détacha de moi pour plonger ses haricots dans l'eau, finit par me reprendre contre lui. Comment arrivait-il à faire tout ça et à soutenir cette conversation ?

— Annabelle, si c'est trop tôt pour toi, tu n'as qu'à le dire…

— Non. C'est juste… je ne sais pas… je pensais… que tu te lasserais.

Cette fois, il relâcha la casserole et me jaugea avec un air étonné.

— Me lasser de toi ? Grands dieux, pourquoi ?

— Je ne sais pas. C'est un peu… comme un essai, non ?

Son sourire s'éteignit brusquement.

— Je suis en probation ou un truc du genre ? C'est ça que tu veux me dire ?

— Non ! dis-je en riant. C'est juste que… qu'on ne pouvait pas savoir, il y a trois semaines, si ça fonctionnerait entre nous.

— Et maintenant ?

Il semblait inquiet.

— Eh bien…, ça va.

Ma voix était timide, incertaine, et je compris que je ne l'avais pas rassuré.

— Simon, je suis très heureuse, insistai-je. Comment peux-tu en douter ?

— Mais peut-être que ce n'est pas assez. Peut-être que… qu'il te manque quelque chose avec moi ?

Je ne savais pas quoi répondre. Ma vie était un tel désert avant Simon. Comment pouvait-il douter du bonheur qu'il m'offrait ? Le bruit de la cuisson attira son attention. Il retourna à la préparation du repas.

— Anna, insista-t-il, tu sais que tu peux tout me dire, hein ?

— Oui, mais… vraiment… je ne vois pas… ce que je peux vouloir d'autre…

Il me récupéra de son bras libre et scruta mon regard, comme s'il craignait que je ne mente.

— Annabelle, as-tu envie qu'on soit un couple ? Peut-être que tu veux juste un amant ? Après tout, je t'ai toujours dit que je voulais une vraie relation, mais toi, tu ne m'as jamais dit ce que tu cherchais.

C'était vrai. Qu'est-ce que j'en savais, au fond ? J'avais toujours été ce que les autres espéraient que je sois : Steven avait voulu une épouse, John une soumise, Simon voulait une petite amie. Et moi ?

— Je veux… être heureuse.

C'était vague comme réponse, mais c'était la seule qui me vint en tête.

— Et je te rends heureuse, moi ?

Je retrouvai mon sourire.

— Oui. Énormément.

Son expression se détendit, puis il plissa les yeux.

— Juste au lit ou… ?

— Non ! dis-je avec un rire. J'aime quand on est tous les deux. Comme ça. J'ai toujours l'impression… que tu t'intéresses à moi.

— Mais c'est le cas !

— Oui… Enfin… c'est bizarre.

Il se détacha pour commencer la cuisson des steaks.

— Je suppose que ta journée ne l'intéressait pas, lui, lâcha-t-il sur un ton sec.

Je ne répondis pas. Avec John, c'était surtout très différent. Il faisait partie de mes journées, à l'époque. Nous travaillions ensemble. Il n'avait donc pas à me demander ce qui s'était passé.

— J'ai dit que c'était bizarre, pas que ça me déplaisait, dis-je soudain.

Il se concentra sur le repas, mais j'avais quand même la sensation de l'avoir blessé. Je récupérai mon verre, retournai marcher dans son appartement. Je regardai les livres et les disques de sa bibliothèque, scrutai la ville à travers ses immenses fenêtres. Simon était merveilleux avec moi, mais je sentais que mon passé lui pesait. Pourtant, j'avais tout ce que je pouvais espérer : un homme magnifique et un amant hors pair, mais ce n'était pas John. Rien ne serait plus comme avec John.

— Le repas est servi, ma reine.

Je revins m'installer au comptoir.

— Ça ne te dérange pas trop de manger à 23 heures, tous les soirs ? demanda-t-il.

— Pas trop. C'est vrai qu'il m'arrive de manquer de sommeil, mais, à bien y réfléchir, je préfère ça à manquer de sexe, répondis-je avec un rire.

— J'ai des horaires impossibles, hein ?

— Oh, mais tu sais très bien comment me garder éveillée.

Je lui jetai un regard lourd de sens qui lui plut. Il se pencha, écrasa sa bouche contre la mienne, et son baiser me sembla plein d'émotion. À la seule idée que nous avions une nuit entière ainsi que tout notre dimanche ensemble, je jubilais.

Dès que je reposai ma fourchette, il relâcha la sienne et prit ma main. Il m'embrassa tendrement, me poussa vers la chambre en retirant mes vêtements. Nous tombâmes, nus, sur son lit. Il débutait toujours nos ébats en me faisant perdre la tête avec ses mains ou sa bouche, mais pas ce soir. Il me serra contre lui et me prit doucement. Dès que je commençai à jouir, il me ramena sur lui, en position assise, et me fit me balancer sur son sexe. Son doigt glissa entre mes fesses, et il me dévisagea avec intensité, comme s'il attendait un ordre de ma part.

— Oui, soufflai-je.

Il faufila un doigt dans mon anus, et un gémissement de bonheur traversa mes lèvres. Je me déhanchai sur lui. Son sexe gonflait en moi, mais je le voulais ailleurs. Son doigt était trop petit, je ne le sentais pas suffisamment. Sans attendre, je me redressai et redescendis mon anus sur son sexe. Pendant que je le laissais s'enfoncer complètement en moi, je poussai de petits cris, incapable de taire le plaisir que cela me procurait. Je fermai les yeux, restai immobile, simplement heureuse de le sentir là.

— Ça, ça me manquait, avouai-je. (Je lui jetai un regard interrogateur, consciente d'avoir agi sans son autorisation.) Ça te dérange ? Peut-être que… ?

— Non.

Il retenait ma croupe contre lui, comme s'il craignait que je ne me retire, mais je n'en avais pas l'intention. Au contraire !

— J'attendais que tu sois prête, dit-il avec un regard tendre.

— Tu vas voir à quel point je le suis !

Je me cambrai, me mis à le chevaucher doucement, au même rythme que celui avec lequel il aimait commencer nos ébats. C'était exquis ! Sa respiration haletante me prouvait que je n'étais pas la seule à apprécier cette position. Il caressait ma poitrine, ma croupe, glissait des doigts dans mon sexe, provoquait des soubresauts dans mon ventre. Je jouissais de façon vertigineuse.

— Oh, Simon, ça me rend folle !

Il me plaqua contre le mur pour récupérer le contrôle de nos ébats, et continua de me prendre à un rythme soutenu. Mon corps se contractait, se tordait dans tous les sens.

— Je perds la tête… Je perds la tête, répétai-je.

Il ralentit, changea de rythme, comme s'il essayait de retenir le feu qui me ravageait, mais cela ne dura qu'un bref instant. Mon corps était heureux de sentir son sexe dans cet endroit, il n'arrivait plus à contenir sa joie. Je jouis sans attendre, sans même essayer de retenir la vague qui déferlait sur moi. Je me jetai contre sa bouche avec une telle force qu'il chuta sur le dos, et nous nous embrassâmes jusqu'à ce que je parvienne à retrouver mon souffle.

— Oh, Simon, j'en avais tellement envie !

Je me redressai sur lui, retrouvai son sexe encore dressé en moi et me forçai à poursuivre notre discussion :

— Si tu préfères qu'on ne le fasse pas…

— Annabelle, je n'ai rien dit.

— Mais ça te plaît au moins ?

Il se redressa pour me faire face.

— Rien ne me dérange Annabelle. Tant que les gestes sont ceux dont tu as envie et qu'ils te procurent du plaisir.

Je fronçai les sourcils.

— Il faut que ce soit réciproque, ce raisonnement.

— Comment ça ?

— Moi, je peux tout faire, mais tu ne me dis jamais ce dont tu as envie.

Il rit en remontant son sexe plus loin entre mes fesses, et mes yeux se fermèrent.

— Tu crois que ça ne me plaît pas ? demanda-t-il.

Je n'arrivai pas à répondre.

— Annabelle, tout ce qu'on fait ensemble me plaît.

— Mais tu pourrais… me parler… de ce que toi…, tu aimes…

Ses mouvements s'accélérèrent, et il gémit doucement.

— J'aime être en toi, souffla-t-il. N'importe où en toi.

Il caressait ma peau, mon ventre, comme s'il percevait le trouble qui revenait en moi.

— J'aime… ce son qui sort de ta bouche quand tu commences à perdre la tête.

Ses doigts remontaient dans mon sexe, et je laissai échapper le son en question. Je ne pus m'empêcher de souffler :

— J'aime ce que tu fais de moi.

— Là, maintenant ?

— Tout le temps.

Il me fit basculer sur le lit et reprit sa pénétration avec plus de force, presque brusquement. Il gémissait avec bruit, avec envie. Et, pourtant, je savais qu'il retenait son orgasme et qu'il attendait que j'en aie de nouveau un. Cela l'excitait et amplifiait sa jouissance. Dès que mon cri se fit plus insistant, il me retrouva dans le néant et s'étendit à mes côtés, à bout de souffle.

Nous restâmes immobiles pendant plusieurs minutes, puis je le sentis me soulever, me border sous les draps, m'enlacer par-derrière. Je ne dormais pas, mais mon corps était souple entre ses mains, et la fatigue s'installait doucement. J'allais chuter, mais je prolongeais le moment où je pouvais sentir sa bouche caresser mon épaule. Alors que j'allais lâcher prise, sa voix souffla :

— Je t'aime, Annabelle.

Je n'arrivais pas à ralentir la chute, et je glissai dans le sommeil.

CHAPITRE 61

LE LIVRE

Simon et moi étions ensemble depuis presque deux mois et nous étions devenus pratiquement inséparables. Il comblait tous mes désirs, et pas seulement ceux que j'avais au lit ! Il venait me voir au bureau, discutait avec mes collègues, m'emmenait avec lui lorsqu'il dînait avec des amis. Il me présenta à sa mère. Nous avions l'air d'un couple normal. Heureux, aussi. J'entrepris de me rapprocher de lui autant qu'il l'avait fait avec moi. Comme il aimait faire du jogging deux fois par semaine, j'intégrai sa routine ; il m'apprit à faire la cuisine, et ça me plaisait de l'aider lorsqu'il confectionnait ses recettes. J'allais souvent le voir au travail et j'avais même sympathisé avec la plupart de ses employés. De son côté, il décida d'engager du personnel supplémentaire au restaurant pour avoir plus de temps libre et un horaire mieux adapté au mien. Même si nous avions décidé de dormir séparés un ou deux soirs par semaine, nous flanchions sans arrêt. Ces soirs-là, il téléphonait, finissait par me dire que je lui manquais, et je le suppliais de venir me rejoindre. C'était idiot, de toute façon : pourquoi fallait-il que nous restions séparés alors que nous avions envie d'être ensemble ?

Le mieux, c'est que Simon ne me refusait jamais rien.

Je savais qu'il m'aimait. Chacun de ses gestes en témoignait. Je le sentais même quand nous n'étions pas ensemble. C'était une présence constante. Rassurante aussi. Il n'avait pourtant jamais redit ces mots, probablement pour ne pas me mettre mal à l'aise ou par peur que je ne sois incapable de les lui offrir à mon tour. Pour cause ! Même si, en général, nous avions l'air d'un couple normal, je savais que ce n'était pas le cas. Je n'avais pas oublié mon passé et j'avais du mal à comprendre que Simon puisse avoir envie d'une relation sérieuse avec une fille comme moi, une fille qu'il avait vue se faire prendre par d'autres hommes et femmes. Et pourtant, il n'en parlait jamais, et je ne pouvais absolument pas douter des sentiments qu'il avait pour moi. C'était incompréhensible.

Le quatrième tome de John L. était paru. Il s'intitulait : *L'Obéissance*. Je l'avais acheté, lu en cachette, fichu sur l'étagère de ma bibliothèque sans en parler à Simon. Comme les autres, ce tome contenait quinze textes, et tous racontaient des scènes que nous avions vécues ensemble. Pas un texte ne m'était étranger. Pour la première fois, John avait mis une dédicace : « Pour A. » Hormis cela, aucun détail ne permettait de découvrir mon identité. Et rien, dans ces textes, n'était vulgaire, mais – contre toute attente – leur lecture ne m'excita plus du tout. Au contraire ! Cela me remémorait mes erreurs, ma chute, mon sentiment d'être une moins que rien. C'était moi et, en même temps, ce n'était plus moi. À croire que Simon m'avait réellement transformée.

Un soir, alors que nous flânions devant la télévision, qu'il était couché sur moi et que je lui caressais les cheveux, il se tourna pour me regarder.

— Quoi ? demandai-je.

— Je t'aime.

Sa déclaration, si soudaine, provoqua une vive contraction dans mon ventre, et je crois qu'il le sentit, car il s'empressa de se redresser pour me faire face.

— Tu n'es pas obligée de répondre, tu sais.

— Simon, tu… tu me dis ça comme ça ?

J'étais haletante et je me mis à rire nerveusement.

— Tu aurais préféré quelque chose de romantique ? me questionna-t-il.

— Non ! C'est juste… Pourquoi maintenant ?

— Pourquoi pas ?

Il souriait, comme si la réponse était évidente. Il posa un baiser rapide sur mes lèvres, et je tentai de le retenir, mais il recula pour mieux me regarder.

— J'aurais dû le dire bien avant, mais ça m'effrayait. Et je sais que… pour toi c'est différent.

Je plissai les yeux en essayant de comprendre le sens de ses mots.

— Ce n'est pas grave, hein. Je voulais te l'avouer parce que… parce que je t'aime, voilà. Disons que c'est une façon plus rapide pour te dire que… depuis que tu es là, ma vie est géniale. Tu me rends heureux, et… je ne veux pas que ça s'arrête.

— Waouh ! Tout ça ?

— Ouais. Tout ça.

Je ris timidement, touchée par sa déclaration. Comme s'il craignait de prolonger le malaise, il se recoucha sur mes cuisses et replongea dans l'émission de télévision. Je crois qu'il essayait de me prouver qu'il n'attendait rien en retour, ce qui ne me surprenait pas : Simon n'exigeait jamais rien.

Au bout d'une dizaine de minutes, je m'entendis demander :

— Pourquoi est-ce que tu m'aimes ?

Il se retourna vers moi, la tête toujours posée sur mes cuisses.

— Elle est sérieuse, ta question ?

— Oui.

Son regard se perdit dans le vide, et un sourire niais apparut sur ses lèvres.

— Je t'aime parce que, le matin, j'ai envie d'être la première chose que tu vois, j'aime inventer des nouvelles recettes parce que tu souris toujours quand tu les goûtes, j'aime la façon dont tu me réveilles la nuit pour qu'on fasse l'amour, j'aime…

— Non ! l'interrompis-je, les joues en feu. Je veux dire… pas vraiment… pourquoi. Disons plutôt… comment ?

— Comment est-ce que je t'aime ?

— Non. Comment… comment est-ce que tu peux m'aimer ?

Il se releva une seconde fois, le visage défait.

— Comment est-ce qu'on peut aimer une fille comme toi, c'est ça ?

Je baissai les yeux, mais, en gros, c'était ça.

— Tu es merveilleuse, Annabelle ! Quand est-ce que tu vas t'en rendre compte ?

J'étirai mes lèvres pour former un sourire, mais ma gorge était sèche. Il me prit par le menton et releva mon visage vers le sien.

— Mais qu'est-ce qu'il t'a fait, cet idiot ? Grands dieux, Annabelle, je t'aime ! Comment tu peux en douter ?

— Je n'en doute pas, je t'assure, dis-je très vite. C'est juste que… tu étais là ! Tu m'as vue, ce soir-là, avec d'autres hommes… et des femmes aussi.

Étonné que je ramène ce souvenir entre nous, il s'emporta légèrement :

— Mais c'est vieux, tout ça ! Annabelle, tu m'as vu avec d'autres femmes aussi ! Est-ce que ça change quelque chose pour toi ?

— Non, dus-je admettre.

— Pourquoi ? C'est la même chose !

Je haussai les épaules. Pourquoi est-ce que je n'arrivais pas à considérer que c'était vraiment la même chose ?

— Il a… publié son dernier tome.

— Je sais, dit-il tristement.

— Peut-être que… si tu le lisais…

— Je l'ai lu, avoua-t-il avec un soupir. J'ai vu que tu l'avais acheté. Je l'ai pris quand tu étais au travail et… je l'ai lu.

Sa phrase me surprit. Il vérifia mon regard, comme s'il craignait d'avoir commis un impair alors que mes pensées allaient dans tous les sens. Simon savait ce que j'avais fait avec John ?

— Ça ne change rien, dit-il doucement.

— Mais… tout ça, c'est moi. C'est de moi qu'il parle, me sentis-je obligée de dire.

— Je sais. La dédicace était très claire, à ce sujet.

Je me triturais les doigts, j'avais envie de pleurer. J'avais du mal à croire qu'il l'avait lu, qu'il savait.

— Simon… comment est-ce que tu peux m'aimer ?

Il releva mon visage vers lui et plaqua un baiser rapide sur ma bouche.

— Tu n'es pas une pute, Annabelle. Pourquoi est-ce que j'ai l'impression qu'on en revient toujours à ça ?

Je détournai la tête. Encore. Il avait raison. On en revenait toujours à ça. Ce sentiment était tellement fort que je ne parvenais pas à m'en défaire.

— Je ne te mentirai pas : je suis content de l'avoir lu. Au moins, je sais ce que tu as vécu. Je ne dis pas que ça m'a plu, mais je suis conscient que ça fait aussi partie de toi. Et moi, je veux aimer tout ce que tu es, et cela implique ton passé.

Je grimaçai : j'aurais voulu que cette partie de ma vie disparaisse dans le néant.

— Anna, si je ne t'avais pas connue à cette soirée, on ne serait peut-être pas ensemble aujourd'hui. D'une certaine façon, je déteste John pour ce qu'il t'a fait, mais je lui suis aussi reconnaissant de t'avoir amenée dans ma vie. Tu comprends ce que je veux dire ? (Je hochai doucement la tête.) À cette époque, insista-t-il, tu étais avec lui. Tu étais son Annabelle. Aujourd'hui, tu n'es plus la même. Est-ce que je me trompe ?

— Non, avouai-je.

Je me rembrunis.

— Et je n'étais pas « son Annabelle ». J'étais juste… sa chose.

— Sa soumise, oui.

Je serrai les doigts de Simon dans les miens et chuchotai, émue d'en faire le constat :

— Aujourd'hui, je suis… *ton* Annabelle.

— Non, rugit-il. Je ne veux pas que tu sois à moi.

— Mais je ne suis pas une chose, pour toi : je suis moi. C'est très différent ! (Je me serrai contre lui, très fort.) Je suis désolée de ne pas t'avoir parlé du livre, murmurai-je. J'avais peur… Je ne voulais pas que tu saches… ce que j'avais fait.

— Ce qu'il t'a fait faire, Annabelle, rectifia-t-il. N'oublie jamais ça.

— Oui.

— Et je suis content de l'avoir lu. Je ne veux aucun secret entre nous. Jamais.

— Moi non plus.

Je me détachai, lui montrant ainsi mes yeux remplis de larmes.

— Ça, c'est… c'est vraiment la plus belle preuve d'amour que tu pouvais me faire.

Il m'embrassa avec fougue. Je crois qu'il espérait que je le fasse basculer contre le canapé, mais ma gorge était encore nouée par l'émotion. Je replongeai mon regard brouillé de larmes dans le sien.

— Je t'aime, Simon.

Les mots étaient sortis naturellement, sans réfléchir. Il me dévisagea, surpris.

— Anna, tu n'es pas obligée de…

— Je ne me sens pas obligée. En fait… je ne me suis jamais sentie aussi libre !

Il sourit, mais son sourire semblait déformé par le trouble qu'il ressentait. Je l'embrassai, longuement, cherchai à lui retirer son chandail.

— Fais-moi l'amour, tu veux ? soufflai-je.

— À vos ordres, ma reine.

Il me souleva du canapé, m'emmena jusqu'à la chambre. Il me prit amoureusement, comme toujours, sauf que, cette fois, l'amour était partout : dans sa bouche, dans son sexe, dans notre vie. Nous étions vraiment heureux.

CHAPITRE 62

L'OFFRE

Nous étions chez Simon, au lit. Je somnolais contre sa peau lorsque la sonnerie de son téléphone troubla notre quiétude. Il récupéra l'appareil sur la table de chevet et répondit tout en me gardant contre lui :

— Oui ? Ah ! Demain, vous dites ? Non, ce ne sera pas possible. Je suis désolé. C'est que je suis avec quelqu'un… Pas ce genre de quelqu'un, non. Bien. Merci de m'avoir appelé… C'est ça, oui, je vous tiendrai au courant. Bonsoir.

Il raccrocha et ne dit rien, mais je sentais que la conversation l'avait crispé.

— Tu n'es pas obligé d'en parler, dis-je simplement.

— C'était une invitation. Pour une soirée.

Sur le coup, je ne réagis pas, puis je relevai la tête vers lui.

— Tu veux y aller, peut-être ?

— Quoi ? Non ! Annabelle, je t'ai déjà dit que je ne faisais pas ça quand j'étais en couple.

Je reposai ma tête sur son torse, comme si la discussion était close.

— C'était John, au téléphone, annonça-t-il. (J'aurais aimé n'avoir aucune réaction, mais je me sentis troublée.) C'est lui qui organise la soirée. Chez lui.

— Oh ! dis-je simplement, le souffle court.

— Il m'a permis d'amener quelqu'un.

Je me soulevai pour le fusiller du regard.

— Quoi ? Tu veux lui montrer que tu m'as, c'est ça ?

— Non ! Je me suis juste dit que… tu aimerais peut-être le revoir ?

— Je sais où il habite.

J'essayai de m'esquiver de son lit, mais il se redressa et me retint contre lui.

— Annabelle, je sais que tu ressens toujours quelque chose pour lui.

— Oui, je le déteste, pestai-je.

— Et tu l'aimes encore, j'ai l'impression.

Je détournai la tête sans répondre, troublée par la tristesse que contenait sa voix, mais je n'essayai même pas de nier. Il avait raison.

— Ça ne te plairait pas de le revoir ?

— Non, répondis-je sans la moindre hésitation. John m'a fait suffisamment de mal comme ça. (Je plongeai mes yeux dans ceux de Simon.) Toi, tu ne m'as apporté que du bonheur.

— Peut-être, mais j'ai parfois l'impression que ça ne te suffit pas. Que quelque chose n'est pas réglé.

Je le regardai longuement, puis je soupirai, triste de son constat. Se pouvait-il que je ne sois pas à la hauteur de ses attentes ?

— Simon, je ne retournerai jamais avec John, mais ça ne veut pas dire que le mal qu'il m'a fait a complètement disparu. Je ne sais pas si j'arriverai à en guérir tout à fait.

Je soupirai, puis chassai mon trouble, déterminée à extirper le souvenir de John de mon existence.

— Je t'aime, Simon. Et ça, je te jure que c'est la seule chose qui compte pour moi. Peut-être que je ne suis pas douée pour te le montrer et peut-être que ça prendra encore un peu de temps avant que tu y crois, mais…

Avant que je puisse terminer ma déclaration, Simon se jeta sur moi avec la force d'un tigre. Je fus plaquée contre le matelas, une bouche vorace sur la mienne. Entre deux baisers, il plongea les yeux dans les miens et souffla :

— C'est tout ce que j'avais besoin d'entendre…

CHAPITRE 66

LE HASARD

C'était la fin de l'été, et la météo était agréable. Je sortais du bureau, sans me presser, avec l'envie de flâner le long des vitrines. Je devais aller rejoindre Simon au restaurant, un peu plus tard. Je m'arrêtai devant un café, avec une soudaine envie de lire sur une terrasse jusqu'à ce que le soleil se couche. Avant que je reprenne mon chemin, sa voix résonna dans mon dos :

— Bonjour, Annabelle.

Je me figeai en reconnaissant cette intonation. Je me retournai en conservant un visage impassible. Il était là, vêtu d'une chemise blanche dont il avait retroussé les manches, les mains nonchalamment plongées dans ses poches. Il n'avait pas changé, toujours aussi séduisant que dans mon souvenir, et il m'observait avec un sourire charmeur que je lui connaissais bien.

— Bonjour, John.

— Puis-je t'inviter à prendre un verre ? (Il fit un geste de la main en direction du café où je songeais déjà à entrer.) Il fait bon, aujourd'hui, insista-t-il. Profitons donc de ce beau soleil…

Je serrai la mâchoire, puis hochai la tête discrètement. Nous nous installâmes face à face, sur la terrasse. Je ne dis rien, mais je n'arrivais pas à détourner les yeux de son visage. Il me semblait que je redécouvrais ses traits, sa beauté, la façon dont ses cheveux glissaient sur son front.

Il suivit le serveur du regard, finit par lui commander deux verres de vin blanc avec son habituelle politesse, puis reposa les yeux sur moi.

— Qu'est-ce que tu lis ?

J'avais gardé un livre en main et je lui montrai la couverture sans répondre.

— Du Rose Bonbon ? Tu n'es pourtant plus chez *Quatre Vents*.

— Ça me plaît de lire ça. Ça me détend.

Je rangeai le livre dans mon sac, comme si je n'avais pas envie d'en discuter avec lui. Il me détailla du regard pendant un long moment.

— Comment tu vas ? demanda-t-il enfin.

— Très bien. (Il ne parut pas me croire.) Vraiment, insistai-je.

— Et qu'est-ce que tu deviens ?

Cet interrogatoire m'agaçait.

— John, qu'est-ce que tu veux ?

— Quoi ? Je ne peux pas prendre de tes nouvelles ?

— Je vais bien, répétai-je.

Ma réponse lui déplut. Soit parce que je le lui avais répété trois fois, soit parce qu'il n'y croyait toujours pas.

— Tu es là par hasard ? demandai-je à mon tour.

— J'ai appris que tu travaillais chez *Zap*. C'est une revue pour ados, c'est ça ?

Même s'il n'avait pas répondu clairement à ma question, je l'interrogeai sans la moindre gêne :

— Qu'est-ce que ça veut dire ? Que tu es venu ici pour me voir ?

Il ne répondit pas. Il scrutait les gens sur la terrasse avec un air désintéressé.

— Tu as déménagé…, reprit-il.

— Oui.

— Et tu as changé de numéro.

— Je sais, oui.

Il me disait tout cela comme s'il m'apprenait quelque chose. Ne se rendait-il pas compte qu'il parlait de ma vie ? Nos verres de vin arrivèrent, mais il continua de poser ses questions sans se préoccuper du serveur :

— Tu as fait tout ça à cause de moi ?

— Oui, dis-je, le plus naturellement du monde.

Il récupéra son verre, en but une gorgée.

— J'étais inquiet, lâcha-t-il en reposant les yeux sur moi.

— C'est inutile, je vais bien.

Il scrutait mes réactions, et je pris conscience que, malgré son charme indéniable, il n'avait plus du tout le même effet sur moi. Je crois même que je le regardais avec un air hautain.

— Pourquoi tu ne m'as pas donné de tes nouvelles ?

— Pour te dire quoi ? « Cher John, aujourd'hui je n'ai pas été une pute » ?

Il reposa bruyamment son verre et me jeta un regard noir.

— Encore cette histoire ! Tu es toujours fâchée pour ça ?

— Je ne sais pas, peut-être, dis-je vaguement.

Il se pencha vers moi.

— Quoi que tu en penses, Annabelle, murmura-t-il, je ne t'ai jamais considérée comme une prostituée.

J'éclatai de rire, si fort que je dérangeai les tables avoisinantes.

— Là, tu fais vraiment fort, John.

— C'était une mise en scène, Annabelle. Ce n'était pas sérieux.

— « Pas sérieux » ? sifflai-je. Ils m'ont violée !

— Ils ont dépassé les bornes, je te l'accorde.

J'affichai un regard qui témoignait de mon incompréhension. Était-ce vraiment tout ce que ces hommes avaient fait, à ses yeux ? Comment pouvait-il voir les choses de cette façon ?

Devant mon air sidéré, il essaya de s'expliquer :

— Annabelle, je ne pensais pas que…

— John, qu'est-ce que tu veux ?

— J'étais inquiet. Et, visiblement, j'avais raison.

Je poussai un soupir. À quoi bon lui répéter que j'allais bien ? Il n'écoutait même pas ce que je lui disais. J'en profitai pour boire mon verre de vin. Le calme revint dans mon corps, et je baissai la tête pour regarder mon bras sur lequel le soleil s'arrêtait parfois.

— Je suis content de te voir, dit-il soudain.

— Super. Fais-toi plaisir ! Car dans cinq minutes je ne serai plus là.

— Que dois-je comprendre ? Que tu n'es pas contente de me voir ?

Je reposai les yeux sur lui.

— Sincèrement, John, moins je te vois, mieux je me porte.

Je repoussai mon verre au centre de la table pour lui signaler mon départ. Il posa la main sur la mienne, m'empêchant de me lever. Je me dégageai en lui jetant un regard noir.

— Je suis venu pour m'excuser, dit-il très vite.

— À quoi bon, puisque ça ne changera rien ?

— Ça changerait peut-être quelque chose si tu arrivais à me pardonner ! jeta-t-il, agacé par la rapidité avec laquelle j'avais répondu.

Je souris de la facilité avec laquelle je l'avais mis en colère, et un étrange sentiment de pouvoir m'envahit. Au fond, n'étais-je pas contente de le revoir ? N'était-ce pas le moment d'en terminer avec cette histoire ?

Pourtant, ce fut long avant que je parvienne à reprendre l'usage de la parole. J'essayais de songer à toutes ces choses que j'aurais aimé lui dire, à toutes les fois où j'avais discuté de ce qu'il m'avait fait avec Simon.

— À bien y réfléchir, je n'ai rien à te pardonner, John, jetai-je finalement. C'est moi qui aurais dû tout arrêter quand j'ai découvert ton histoire avec Jade. Je me doutais bien que ça finirait par arriver. J'ai été bête. J'ai cru qu'on vivait quelque chose d'unique. C'était idiot. Je le sais, maintenant.

— Non. Ce n'était pas idiot, Annabelle. On vivait vraiment quelque chose d'unique.

Il soupira.

— J'ai tout gâché. Je sais que ça ne va rien réparer, mais je te demande quand même pardon.

— Je te pardonne. Va en paix, maintenant.

J'avais prononcé ces paroles avec une pointe de moquerie, en lui faisant un faux signe de bénédiction. Cela ne lui plut pas. Il me foudroya du regard. Je repris mon verre de vin, étouffai mon fou rire. C'était plaisant de voir John aussi déstabilisé, par moi autant que par mes propos. Je crois qu'il ne s'attendait pas à me voir aussi forte.

— Tout compte fait, je suis contente de t'avoir revu, lançai-je. Ça me montre que je suis passée à autre chose. Je pensais que ça me bouleverserait, mais… non. Je me sens bien. Paisible. (Son visage se rembrunit.) Si tu me disais ce que tu veux, qu'on en finisse ?

— Je ne peux pas juste avoir envie de te voir ? On n'a même pas parlé de mon livre !

— Il était très bien, dis-je simplement.

Ma réponse le surprit, encore, et je reposai les yeux sur lui, pour lui montrer que j'attendais la suite. Il n'avait quand même pas fait tout ce chemin uniquement pour me parler de ces nouvelles ! Au bout d'un long soupir, il dit, avec une voix tremblante :

— Je voudrais… j'aimerais… que tu reviennes.

Je sursautai. Pas seulement par ce que ses mots sous-entendaient, mais aussi par le ton qu'il avait pris pour les dire : humble, sans aucune rudesse, sans ordonner. Je clignai des yeux, incertaine d'avoir bien compris.

— Ce que nous vivions me manque, Annabelle, insista-t-il. (Il respira bruyamment.) Reviens. Ce sera différent cette fois. Tu peux me croire, je ne ferai pas la même erreur…

— Non, dis-je très vite.

— Annabelle, je suis sérieux. J'ai cru que je pourrais t'oublier, mais… voilà. Je suis prêt à m'engager, maintenant.

Je fis un geste de la main pour le faire taire.

— John, arrête. Ça ne m'intéresse pas. Je ne suis pas libre.

J'avais jeté ces mots pour mettre autant de barrières possibles entre lui et moi. Je détestais qu'il me supplie de la sorte. De l'autre côté de la table, il fronça les sourcils, visiblement inquiet.

— Tu as… un autre Maître ?

— Non, John, je suis simplement en couple. Je ne serai plus jamais la soumise de quelqu'un. Pas même la tienne.

Il parut soulagé, comme si un autre homme n'était pas aussi difficile à vaincre qu'un autre Maître. Il récupéra son verre, en but une bonne rasade.

— Il te traite bien ? demanda-t-il.

— Oui. Comme une reine, rétorquai-je avec un petit sourire.

— Et le sexe ?

— Ne t'inquiète pas pour ça.

— C'est aussi bon qu'entre nous ?

Je pouffai devant son air si sûr de lui.

— Quoi ? repartit-il. Tu ne vas pas me dire que ce n'était pas génial avec moi ?

— Ce que tu es prétentieux ! Ce n'est pas possible !

Je continuai de rire. Il ressemblait à un adolescent ayant besoin d'être rassuré sur ses prouesses sexuelles.

— Ce n'était pas bien avec moi ? me défia-t-il encore.

— Bien sûr que oui ! Je ne vais pas te dire le contraire.

— Et avec lui ?

Je poussai un petit soupir attendri.

— C'est parfait.

— Ça ne veut rien dire.

— C'est vrai, admis-je en riant, alors disons qu'il connaît mon corps aussi bien que toi, mais qu'il l'utilise différemment. (Il m'interrogea du regard, perdu par ce que je disais.) Avec lui, je me sens moi-même, expliquai-je encore.

— Tu l'étais aussi, avec moi, s'emporta-t-il.

— Allons, John ! Tu n'as aucune idée de qui je suis. J'étais uniquement ta chose, ton jouet, ta soumise… Le plus bête, c'est que je ne l'ai compris que le jour où tu m'as vendue. (Mon sourire s'élargit.) Je devrais peut-être t'en remercier finalement…

Il parut croire que je me moquais de lui, mais ce n'était pas le cas. S'il n'y avait pas eu cette séance abominable, je serais peut-être restée avec lui. J'aurais continué de m'enfoncer dans cette relation qui n'avait aucun but. Sans cette épreuve, jamais je n'aurais su tout l'amour que Simon pouvait m'offrir.

Il s'agrippa à ma main, l'écrasa douloureusement dans la sienne.

— Reviens-moi. Tu seras tout ce que tu veux.

— John, c'est trop tard.

— Ce n'est pas trop tard, gronda-t-il. Ce n'est jamais trop tard. Je t'aime, Annabelle !

C'était la première fois que je le croyais lorsqu'il prononçait ces mots. Cela me fit sourire. Combien de fois avais-je espéré entendre une telle déclaration de sa part ? Malheureusement, cela ne voulait plus rien dire pour moi. J'eus une réaction très étrange : je ris. Sans aucune ironie. Je posai la main sur ma poitrine, comme pour ressentir les battements de mon cœur, et je n'eus qu'un seul constat : j'étais libre.

Complètement libre de lui.

— Je suis prêt à renoncer à tout, Annabelle, reprit-il, plus vite et visiblement anxieux, comme s'il avait compris ce qui m'animait. Même à mon statut de Maître.

— Waouh ! jetai-je, étonnée.

— N'est-ce pas ce que tu voulais ? Seulement toi et moi ?

Je ris, plus doucement cette fois.

— C'était il y a tellement longtemps. Je suis passée à autre chose, depuis.

— Mais tu n'as pas oublié comme nous étions bien ensemble, pas vrai ?

Je haussai les épaules. Non, je n'avais pas oublié, mais je ne savais plus ce que cela représentait pour moi. Simon était partout, à présent. Il m'avait aidée à reconstruire ma vie, nous avions une histoire et des tas de souvenirs, lui et moi.

— Annabelle ? Rappelle-toi comme je sais ce qui est bon pour toi…

Je souris.

— Tu ne connais rien du tout, John.

— Je connais ton corps. Je sais ce que tu aimes.

— Mon corps ? Et alors ? Est-ce que tu connais mon plat préféré ? Les livres que j'aime ?

Il fronça les sourcils.

— Quoi ? Mais qu'est-ce que tu racontes ?

Je me dépêchai de récupérer mon sac. Soudain, il me tardait de retrouver Simon.

— Annabelle, je sais que je peux te rendre heureuse…

— Ce que tu ne comprends pas, John, c'est que je suis déjà heureuse.

— Tu ne le seras jamais autant qu'avec moi, gronda-t-il.

Il y avait de la panique dans sa voix, mais, comme j'étais déjà sur le point de lui échapper, il pesta :

— Cet homme a-t-il seulement la moindre idée de la femme que tu es ? Moi, Annabelle, je sais ce que tu as vécu et celle que tu es vraiment. Personne ne peut t'offrir une relation de cet ordre. Personne.

Je soutins son regard.

— Crois-moi, John : lui, il le peut.

— Vraiment ? Sait-il ce que tu as fait avec moi ? Pour moi ?

Je lui servis un regard sombre.

— Oui, John. Non seulement il a lu ton livre, mais il m'a beaucoup aidée à me sortir de la merde dans laquelle tu m'avais mise.

Malgré son air étonné, il persista à me contredire :

— Je… ne te crois pas.

— Veux-tu que je lui dise bonjour de ta part ?

Il était sous le choc, et sa voix faiblissait.

— Je le connais ?

— Bien sûr. C'est Simon. Tu sais, le magnifique blond que tu invites à tes soirées, chaque mois ? Le Simon qui ne vient justement plus à ces soirées parce qu'il a quelqu'un dans sa vie, maintenant ? Ça te rappelle quelque chose ?

Il ne répondit pas. Il se laissa retomber contre le dossier de sa chaise, le regard perdu dans le vague. Je crois qu'il reliait les informations dans sa tête. Il faisait presque pitié à voir, dans cet état.

— Depuis… combien de temps ? demanda-t-il enfin.

— Presque six mois. On va fêter ça la semaine prochaine.

Il se courba vers l'avant, et j'eus l'impression de l'avoir blessé.

— John, qu'est-ce que tu t'es imaginé ? Que je passerais ma vie à t'attendre ?

— Plus de trois mois, ça, c'est sûr.

— Ça fait presque un an, dus-je lui rappeler. Signe que je ne t'ai pas manqué tant que ça. De toute façon, ça ne pouvait pas fonctionner.

— Ça fonctionnait, rectifia-t-il, légèrement en colère. Et lui, il… il n'avait pas à… s'approcher de toi.

Sa bouche se déformait, il semblait partagé entre la colère et le chagrin. Il souffrait ? C'était donc possible de percer la carapace de John Lenoir ? Pour reprendre contenance, il vida son verre de vin, le repoussa au centre de la table, comme pour clore notre discussion, mais, au lieu de prendre congé, il reporta son attention sur moi.

— Tu te rends compte que j'étais prêt à tout abandonner pour toi ?

— Je sais ce que c'est, John. N'est-ce pas ce que j'ai fait pour toi ?

Je replaçai mon sac sur mon épaule, contournai la table, déterminée à partir, puis je m'arrêtai à sa hauteur.

— Merci d'être venu me voir, aujourd'hui. Autrement… je sais que… j'aurais toujours eu un doute sur nous.

Il serra les lèvres, mais refusa de m'accorder le moindre regard. Il était sous le choc.

— Au revoir, John. Prends soin de toi.

Le cœur léger, je quittai cet endroit sans me retourner.

CHAPITRE 66

SIX MOIS

Cela faisait bien trois heures que je cuisinais pour Simon. Je voulais lui faire une surprise pour nos six mois. J'avais placé des bougies dans son appartement. Ce n'était rien qu'il ne m'avait déjà fait lui-même, mais c'était la première fois que je prenais ce genre d'initiative. Je ne lui avais pas parlé de ma rencontre avec John, mais, depuis ce jour-là, j'étais plus romantique que les midinettes des romans de Rose Bonbon. Il avait forcément remarqué que quelque chose avait changé, mais j'avais pris soin d'éviter toute discussion sur le sujet. Tout était meilleur depuis que mon esprit était libéré de John : mon travail, notre vie, le sexe aussi. C'était comme si j'avais cessé d'attendre que la vie nous réunisse. La vie avait déjà choisi pour moi : John n'avait été qu'une épreuve, Simon était mon point d'arrivée.

Il arriva vers 19 heures, roses en main, étonné de voir l'appartement aussi habillé pour l'occasion. Pour ma part, je ne portais qu'une robe, affreusement aguichante.

— Ça sent bon !

Il m'enlaça par-derrière alors que je nous versais du vin, me présenta ses fleurs en déposant un petit baiser dans le creux de mon cou.

— Bon anniversaire !

Je déposai le bouquet sur le comptoir pour l'accueillir dignement, me retournant vers lui et l'embrassant avec fougue. Il se détacha, le souffle court.

— À ce rythme, je sens que je ne vais pas tenir jusqu'au repas !

Il détailla ma tenue avec un regard gourmand.

— Si j'avais su, je t'aurais invitée au restaurant.

Je remontai doucement ma robe pour lui dévoiler ma nudité.

— Et j'aurais dû mettre des sous-vêtements ?

Il me tira contre lui, et ses mains se faufilèrent sous ma robe. Il caressa ma croupe, visiblement excité par ma petite mise en scène.

— Tant pis pour le repas.

L'une de ses mains faisait descendre une bretelle de ma robe le long de mon épaule alors que l'autre remontait le vêtement jusqu'à ma taille. Empressés, ses doigts finirent par glisser sur mon sexe.

— Tu es… drôlement impatient, soufflai-je.

— À qui la faute ?

Je commençai à le dévêtir, lui arrachant pratiquement sa chemise pendant qu'il me pénétrait de ses doigts. Lorsque j'arrivai à faire tomber son pantalon, je me défis de son étreinte pour me jeter à ses genoux. Il essaya de me retenir en faisant mine de se plaindre :

— Hé ! C'est mon tour !

— Je vais juste calmer tes ardeurs.

J'enfonçai son membre dans ma bouche, et il ne parvint plus à émettre la moindre réserve. Pourtant, il en avait ; ça, je n'en doutais pas : il s'entêtait toujours à me donner le premier orgasme, mais ce soir j'étais têtue. Dans ma bouche, son sexe était gonflé, et je voyais ses doigts s'agripper au comptoir. Il gémissait. Je ne le quittais pas des yeux. J'adorais observer sa jouissance, voir l'effet du plaisir sur son visage.

Ma position l'excitait tout particulièrement. Dès qu'il descendait les yeux vers moi, je percevais des soubresauts dans son ventre. Il résista à l'orgasme, mais je fus beaucoup plus tenace que lui. Il finit par libérer un cri qui ressemblait davantage à un chant langoureux, puis ma bouche fut inondée. À la seconde où il reprit ses esprits, il se laissa tomber sur les genoux, devant moi, puis me serra dans ses bras.

— Annabelle… qu'est-ce que tu as, ces jours-ci ?

— Je n'ai pas le droit de prendre soin de mon petit ami ? demandai-je avec une fausse moue.

— Tu ne prends pas soin de moi, tu me combles !

Je plaquai un baiser sur ses lèvres.

— Tu te plains, maintenant ?

— Non ! C'est juste que… je ne comprends pas.

J'embrassai son cou, léchai le creux de son oreille en parsemant son corps de petits frissons.

— Annabelle, tu vas me rendre fou…

— C'était mon plan pour ce soir.

Il rit en posant les yeux sur moi.

— Ça t'a pris, quoi ? Trois minutes pour parvenir à tes fins ? Qu'est-ce que tu as prévu pour la suite ?

— Hum… du vin, de la nourriture, du sexe… encore du sexe…

— Tu sais qu'on fait l'amour tous les jours ?

Je roucoulai.

— Serais-je trop exigeante ? Vais-je devoir me prendre un amant ? me moquai-je.

Il remonta ma robe par-dessus ma tête pour la jeter à l'autre bout de la cuisine et m'étala sur le sol avant de plonger deux doigts en moi. Il m'arracha un petit cri de plaisir avant de demander :

— Est-ce que je ne comble pas tous tes désirs, ô ma reine ?

— Oh… oui ! soufflai-je.

Sa bouche glissa entre mes cuisses, et il me souleva le bassin pour me dévorer avec fougue. D'une main, je me retenais à sa tête pendant que mon corps lui cédait avec un bonheur démesuré.

— Simon… Simon…

Dès que la jouissance emplit mon esprit, tout mon corps retomba sur le sol. Il vint se lover contre moi. J'étais à bout de souffle, mais l'odeur du repas me ramena à la réalité. Je bondis sur mes pieds.

— Merde, mon gratin !

— Ton gratin ?

J'éteignis le four, vérifiai que tout n'était pas brûlé alors qu'il restait là, couché sur le sol, en plein milieu de la cuisine.

— Mon restaurant aurait plus de succès si tu y faisais la cuisine, tu ne penses pas ?

— Très drôle, trois minutes de plus, et c'était raté !

— Je parlais de toi, nue.

Je lui lançai un regard faussement noir.

— Tu me paierais pour faire un show à tes clients ?

Il me saisit les jambes et les tira pour me faire chuter sur lui dans un éclat de rire.

— Alors là, tu peux rêver !

Il ferma les yeux, huma l'odeur du repas.

— Ça sent bon. Tu commences à te débrouiller en cuisine.

— J'ai un très bon professeur.

Je l'embrassai longuement, puis je soupirai contre sa peau.

— Simon, je t'aime.

— Je t'aime aussi. (Il me jeta un regard intrigué.) Tu me le dis plus souvent aussi, non ? Que tu m'aimes.

Je me serrai contre lui, très amoureusement.

— Je n'avais pas compris à quel point je t'aimais, c'est tout.

— Et maintenant tu sais ?

— Oui.

— OK… Et à quel point est-ce que tu m'aimes ?

Je ris.

— Je t'aime plus que tout.

— Rien que ça ! plaisanta-t-il en tentant de masquer l'émotion qui le gagnait.

Je me relevai, remis ma robe alors qu'il m'observait.

— On en reparlera après le repas si tu veux. Là, j'ai du canard à préparer.

— Du canard ! Ça alors, c'est ma fête ou quoi ?

— Possible, dis-je avec une voix chantante.

Je lui tendis son verre de vin alors qu'il se levait, nu. Il récupéra ses vêtements au sol, mais, contre toute attente, il ne les remit pas. Il disparut dans la chambre et revint, vêtu d'un simple bas de survêtement, puis me prit la poêle des mains.

— Laisse-moi faire.

Je m'occupai de disposer les roses dans un vase, et nous nous jetions des petits regards en coin.

— Je sens que ce repas va être délicieux, dit-il en me détaillant des pieds à la tête.

— Et encore tu n'as pas vu le dessert.

Ses yeux s'agrandirent.

— Toi ? Tu as fait un dessert ?

— Euh… je l'ai acheté, avouai-je timidement.

Il éclata de rire, mais il paraissait soulagé.

— Je ne sais pas ce que j'ai fait pour mériter ça, mais, ces derniers temps, j'ai l'impression que… (Il chercha ses mots, puis m'interrogea du regard.) On est plus proches, je me trompe ?

— C'est possible, dis-je en humant le parfum des roses.

— Je suis fou ou quelque chose a changé ? Parce que, si j'ai fait quoi que ce soit pour provoquer ça, il faut que tu me le dises. Je vais le refaire tous les jours !

Il riait alors que je l'admirais aux fourneaux. J'aimais détailler ce genre de scène, désormais. J'avais l'impression de pouvoir me dire : « C'est ça, le bonheur. » L'homme qu'on aime qui cuisine, qui nous sourit, qui nous aime.

— Alors ? Dis-moi tout !

— Tu n'as rien fait, je t'aime, c'est tout.

— Tu ne m'aimais pas, il y a dix jours ?

— C'était… différent, il y a dix jours.

— Explique.

Il parlait avec une énorme fourchette en main. Il ressemblait à un chef d'orchestre lorsqu'il la faisait tournoyer devant moi. Je récupérai mon verre de vin, contournai le comptoir et m'installai sur un banc.

— Peut-être qu'on pourrait en parler demain ? Aujourd'hui c'est jour de fête ! J'aimerais que tout soit parfait.

Il délaissa le repas pour venir plaquer un baiser sur ma bouche, en se penchant par-dessus le comptoir.

— Si tu m'aimes, ce sera toujours parfait pour moi.

Il retourna aux fourneaux, complimenta mon gratin, visiblement étonné de mes nouveaux talents en cuisine, puis il insista pour que je lui révèle la raison de ce changement.

— J'ai revu John.

La fourchette tomba sur le sol avec un bruit sourd. Il prit plusieurs secondes avant de se pencher pour la ramasser, puis il reposa les yeux sur moi, anxieux.

— Quand ?

— La semaine dernière.

— Mais… qu'est-ce qu'il voulait ?

— D'après toi ?

Son visage se décomposa, et il ferma les yeux pendant quelques secondes, comme s'il venait d'être pris d'un vertige. Il arrêta la cuisson et revint se planter devant moi, de l'autre côté du comptoir.

— OK… Dis-moi tout.

Il se braquait, comme s'il attendait que je lui fiche un coup de poing. Devant ses craintes, je lâchai un petit rire. Il fronça les sourcils.

— Annabelle, ce n'est pas drôle.

— Si tu voyais ta tête ! (Il paraissait rongé par la curiosité et l'inquiétude.) Simon, je suis là, avec toi, plus amoureuse que jamais. N'est-ce pas évident ?

— Mais… il voulait… que tu retournes avec lui ?

— Oui. Il était même prêt à renoncer à sa toute-puissance de Maître.

Il en fut si étonné que sa bouche resta ouverte pendant plusieurs secondes.

— J'ai dit non.

— Il était sérieux, tu crois ?

— Qu'est-ce que j'en sais ? Il avait l'air plutôt surpris de ma réponse. Je crois qu'il s'attendait à me trouver… triste, faible, perdue…

— Comme… il y a six mois.

— Exact.

Je lui fis un signe de la main pour qu'il revienne contre moi, et il contourna le comptoir pour venir s'asseoir à mes côtés.

— Il a vu que quelque chose avait effacé toute trace de John Lenoir en moi.

Son sourire s'affirma, et il emprisonna ma main dans la sienne, en proie à une vive émotion.

— Ça m'a fait un bien fou de le voir, lui confiai-je. Ça m'a permis de prendre conscience que… qu'il n'avait plus aucun pouvoir sur moi. Et quand je l'ai compris, tout est devenu tellement clair ! Simon, je n'ai jamais été plus heureuse ni plus amoureuse de toute ma vie. Je l'ai même remercié, tu sais ? Comme tu me l'as dit une fois, si John n'avait pas été là je ne t'aurais jamais rencontré… et je n'aurais jamais cru qu'on pouvait m'aimer aussi fort.

Il écrasa mes doigts sous les siens, ému.

— Oh oui, Annabelle, je t'aime !

— C'est pour ça que je suis aussi gourmande, ces derniers temps. Depuis que je me sens libérée de lui, j'ai envie d'être très proche de toi, de sentir tout cet amour, tout ce bonheur que tu me donnes. Je ne m'en lasse pas.

Il avait les yeux embués de larmes quand il gronda :

— Merde, tu vas me faire pleurer !

— Si c'est de joie, ça me va.

Il me serra contre lui, longtemps, puis il me scruta encore, toujours aussi étonné.

— Je n'arrive pas à croire que… qu'il soit venu te relancer après tous ces mois ! (Il hésita.) Et que tu lui aies dit non…

Je ris contre sa bouche.

— Le choix était tellement facile, pourtant. Oh, Simon, j'aurais aimé le comprendre bien avant, tu sais !

— Que tu sois là, maintenant, ça vaut bien toutes ces hésitations. Et merde ! souffla-t-il. Maintenant, mon cadeau…, il n'aura l'air de rien à côté de ça.

— Un cadeau ? Miam, tu m'intéresses !

Je caressai son torse avec un rire pendant qu'il fouillait dans la poche de son pantalon. Il en sortit une clé attachée à un ruban rouge. Je la récupérai entre mes doigts.

— C'est… la clé de l'appartement, expliqua-t-il.

— C'est une bonne idée. Je te donnerai un double de la mienne aussi.

— Non, je… Ça veut dire… est-ce que tu aimerais vivre ici ? Avec moi ?

Mon regard erra de la clé à ses yeux, tant j'étais étonnée par sa proposition.

— C'est grand, et… tu es souvent ici, bredouilla-t-il. Et puis ce n'est pas trop loin de ton travail, non plus… Remarque, si tu veux changer des choses, la déco ou… ce que tu veux, au fond…

— Simon, je suis… très touchée.

— Ça veut dire oui ?

— Ça veut dire oui.

Il m'embrassa avec fougue, mais il ne cessait de sourire contre ma bouche. Sans me relâcher, il se redressa, et je nouai mes jambes autour de sa taille.

— Qu'est-ce que tu fais ? demandai-je.

— Je t'emmène dans ma chambre. Dans notre chambre, rectifia-t-il.

— Et le repas ?

— Le canard peut attendre. Pas moi.

Printed in Poland
by Amazon Fulfillment
Poland Sp. z o.o., Wrocław

25989921R00242